陇原当代文学典藏·散文卷

纸上苍生

马步升 著

敦煌文艺出版社

图书在版编目（CIP）数据

纸上苍生 / 马步升著. -- 兰州：敦煌文艺出版社，2017.8（2021.9重印）
（陇原当代文学典藏. 散文卷）
ISBN 978-7-5468-1501-5

Ⅰ.①纸… Ⅱ.①马… Ⅲ.①散文集－中国－当代 Ⅳ.①I267

中国版本图书馆CIP数据核字（2016）第317224号

纸上苍生
陇原当代文学典藏·散文卷
马步升 著

责任编辑：李恒敬
封面设计：马吉庆

敦煌文艺出版社出版、发行
地址：（730030）兰州市城关区读者大道568号
邮箱：dunhuangwenyi1958@163.com
0931-8152198（编辑部）
0931-8773112　0931-8120135（发行部）

北京一鑫印务有限责任公司印刷
开本　880毫米×1230毫米　1/32　印张 9.875　插页 6　字数 266 千
2018 年 4 月第 1 版　2021 年 9 月第 3 次印刷
印数：2 001~4 000

ISBN 978-7-5468-1501-5
定价：56.00 元

如发现印装质量问题，影响阅读，请与出版社联系调换。

本书所有内容经作者同意授权，并许可使用。
未经同意，不得以任何形式复制。

目录

陇原当代文学典藏·纸上苍生

第一辑　万般方寸

故乡的反方向是故乡	/ 003
无边无际的村庄	/ 033

第二辑　多少事

羊的谣曲	/ 063
狐子谣	/ 069
驴事荟萃	/ 075
一碗杂碎	/ 083
一只雏鸟改变了谁的人生	/ 100
日光流年	/ 108

第三辑　对山河百二

寻访花儿歌手	/ 121
风从祁连来	/ 134
沙漠写生	/ 144
走甘南	/ 157

第四辑　眉间心上

鸠摩罗什的法种与舌头　　　　　　/ 167
敦煌夜行记　　　　　　　　　　　/ 176
乡　赌　　　　　　　　　　　　　/ 192
与生活谈判　　　　　　　　　　　/ 212
无主题呻吟　　　　　　　　　　　/ 221
疑似有理　　　　　　　　　　　　/ 241

第五辑　一点风月

从这里出发　　　　　　　　　　　/ 251
恐怖一条街　　　　　　　　　　　/ 266
江湖夜雨灯　　　　　　　　　　　/ 270

第一辑 万般方寸

故乡的反方向是故乡

是的,我是一个不回老家的人,一个生活在距离老家并不算远,而且也并没有忙到分身无术境况的人,几年,十年,二十年,未曾回过一次老家。在我们这个把老家捧上至高无上地位的文化氛围下,非但不容易被理解,相反,对于人们,有关的,完全无关的人们,从各个不同角度的指责,你都得默默听着,默默承受着。因为指责你的人是占据着前定的道德制高点的,而对你开展的合法性指责,对于指责者来说,至少有两层立竿见影的好处,一是满足了自己对道德感的追求,一是可以遮盖自己在道德方面的某种不足。国人向来喜欢指责别人,其动机,其功用,大抵如此。谁见过真正有道德的人,会动不动抡起道德的大棒打人?古人说,小人无错,君子常过。说的是小人永远不觉得有错,错了的只能是别人,而君子因为习惯于反省,反躬自问,便常常会发现自身的诸多不是来。我们且不说小人君子之类的语焉不详的模糊话,在日常生活中,小人说出的话往往一派君子气象,大言炎炎,放之四海而皆准,而君子说话往往带有小人腔,因为要求实求真,说话要接地气,而地上有肥田茂草,也少不了污泥浊水。

我并不是没有回过老家。这期间,有几次,站在河对岸的山畔上,在对老家久久伫望过后,决然返身而去,并未像在老家生活时那样——如果从老家以东的方向回家,到了河边,无论春夏秋冬,水涨水落水清水浊,脱掉鞋子,或挽起裤脚,或扒光衣服,趟过河去,那就是家啊——可我再也不愿意趟过这条河,踏上那座被河水和黄土高坡环抱的小村庄了。我不是刻意要这样诀别老家,而是心中不愿,确实不愿,不愿再踏上那片曾经寄托过我十六年生命的土地。但我得郑重声明:我与老家没有任何过节,也与自己的人生处境毫无关系。我与老家的离心离德产生于老家。在我懵懂记事时,有朝一日逃离这个地方,便是我对人生最大的奢望。逃离了,便是逃离了,谁见过脱网的鱼儿会主动返回网里?家是由一个单字组成的语词语义完全闭合的丝毫不具备开放性的概念,在家的前面加上任何限定词或修饰词,比如老家,娘家,便意味着那是别人的家,不再是自己的家了。家只是家,自己的家,生存意义上的家,事实意义上的家,法律意义上的家。

不知道为什么,我是那样醉心于流浪,从能够记事起,这个念头便无比强烈。记事以前呢?我想一个贯穿数十年的念头,和由念头凝聚而起的决心,其诞生绝非毫无征兆。那么,将其归结为天性,将其说成是生命中本身潜藏着流浪的因子,也是在理的。

现在我得说说我老家的样子。

从我记事起,我仰首面前的山,我对眼中能够看见的东西,看一眼后,便不再感兴趣,装满眼睛的渴望是被山挡住的看不见的世界;看不见前面的山以外的事物,便回首身后的山,而身后的山几乎压在我的头上,没有足够的角度观测。严格地说,身后的山并非看见,而是感知到的,那种碾压式的推搡和紧逼,使我时时感到,我会被身后的山推到面前的马莲河中。当然,我后来知道了,身前身后的山,都不是山。这是我终于有足够的体力和自由爬上山顶后才得知的。那是一种叫塬的地形。本来也是可以被称作原的,平原的原,高原的原,原野的原。这是高原上的平地,又是黄土高原上的平地,原来大约是一望无际的那种平地,只因是用黄土堆积而成的,质地太过疏松,在雨水亿万斯年的冲刷中,平地被反复切割,如同一个顽童,用刀子、木棍,或手指,在一只蛋糕上,充满恶意地、反复地划拉,而留下的残迹。于是,原变成塬了,特指的含义是:黄土残塬。

而我住在川里。川,便是被洪水切割下去的壕沟,宽大的叫川,窄小的叫沟。细分的话,还有冲沟、毛沟等等。本地人对这种地形不会感到惊奇,住在川里或沟里的人,将住在塬上的人,统一称为塬上人,而塬上人则将住在川里或沟里的人,称作川里人。这样的称呼极其厚道,或者圆滑,乃至于虚荣。而这正是家乡民间文化的基本底色:厚道,圆滑,或者虚荣。塬是有大小之分的,最大的塬,比如董志塬,那可是地球上最大的、土层最为深厚的黄土塬,几十万人在这里过着衣食无忧的生活,大约还有几十万座坟头占据着可观的肥田沃土。可喜的是,我出生在董志塬边的马莲河畔,可恨的是,这只是地质学上的说法,要化为真实的人生,还得爬上漫长而崎岖陡峻的黄土高坡,在田园时代,那可是需要卓越的体力耐力才可跨越的一道道天堑啊。一代代男人被这一道道天堑累断了腰,一代代女人被这牢狱一般的天堑禁闭在一孔孔黄土窑洞里,生死荣辱全凭天意,或自己的些许小运气。小一点的塬,可以成为一个县、一个乡镇的核心,而最小的塬,只可供几户人家,或一户人家安身立命,比如,六寸塬、四寸塬。听听这名字!这样的塬,准确的叫法,应该是峁。就是在影视剧中,在摄影绘画作品中常见的,那种馒头样的黄土山丘。明明是峁,却被叫作塬,正是黄土文化的厚道,圆滑,或者虚荣。如同当下将几乎一文不名的人也称作老板,而把脸皮早已山川起伏的女人称作女生一样,都是一种假装。我假装不知道你生存的窘迫,一声貌似恭敬的老板,叫得你也假装自己不那么窘迫了,把身上最后一张纸币掏出来,为的是对得起人家的那一声恭敬,我假装不知道你的实际年龄,一声女生叫出，你也会像那些不谙世事、不懂得人世艰辛，以青葱的姿体语言，以羞涩的神情，决然地，满不在乎地，掏出丰满或干瘪的荷包，买下只有真的女生才可用的物件。

塬上的人住在高处，住在川里或沟里的人，时时需要仰望，就像底层人遇到了高端人士，高端人士越是礼贤下士，越是虚怀若谷，底层人士越是堕入底层，本来在底层人士中间尚可正常抑扬的头颅，现在颈椎当即断了，本来奉行着人穷志不短不做亏心事不怕鬼敲门人生信条的你，此时，腰间敏感部位忽地有了虚脱感，按正常的音量说话，都有可能导致一泻无余的尴尬，你只有嗡嗡嘤嘤，千般忸怩万般卑贱，高端人士在你的眼前便真的危乎高哉了。而当高端人士体察民情已毕，绝尘远去多时，你拊膺再三，调匀气息后，那个高端的身影由正午时的长度猛可间延展为夕阳西下时的景象，而这会成为你终其一生的奇遇和荣耀，你从此，再也走不出那个漫长的身影了，从脚步到灵魂。塬上的人终日俯视着比自己低的川里或沟里人，长久的俯视，最容易建立起对被俯视者的一种优越感，对方本来便比自己低，现在便是渺小，或者近乎不存在了。然而，身居高处的人，站得高看得远，心胸开阔，气魄雄大，明白同情心和怜悯心，是人类最为宝贵的一种品德，尤其是高端人士之所以成为高端人士先决的道德律令。于是，明明被俯视的人，只有靠先天的优越的体力、意志力，才可勉强苟活的，蜷缩在阴暗、逼仄的冲沟、毛沟里的人，一概被塬上人尊称为川里人。而在这样称呼对方时，语气中一律挥洒着慷慨豪迈，就像那些在自己一脸倦色的属下面前神采奕奕叮嘱要注意休息的高端人士。

而塬上人最喜与川里人联姻。基本的格局大约是，塬上的男人往往讨川里的女子做老婆。川里人在塬上人那里，血液中流转着一种自卑感，川里的女子做了塬上人的老婆，如同民女嫁入豪门,那可是一步登天,人家吃了亏,自己占了大便宜的买卖。这样的选择,处处透着塬上人站得高看得远的高屋建瓴。川里的女子从小是在苦水中泡大的,吃得了苦中苦,最容易满足,婆家人偶尔给一个好脸色,都是山珍海味的享受,都是要以牛马般的忠诚和辛劳作为回报的。还有,万一两亲家有什么别扭,最先让步的,理所当然是女方了。塬上的中等男人闲谈间,便可娶到川里的上等女子,塬上的下等男人,哦,得格外声明,这里的上等中等下等之说,与人权概念中的种族无关,说的只是人的先天条件,完全是民间习惯用语。所谓下等男人,指那些家境贫寒,本人游手好闲,家无余财,身无长技,或者,有着这样那样的身体残疾,只要他们格外放下身段,便可轻松娶到川里的中等女子。而塬上的上等男人,那些家有闲钱,人也有说得过去的才貌,门风家风周正,个人没有什么明显坏毛病的人,说一千道一万,是不会把川里的女子放在眼里的,除非你有西施之貌。而荒天荒地的,哪里又会生出西施一般的妙人呢。所以,这只是一种假设。那么,塬上的此类上等男人如何解决婚配呢,第一选择当然是大体门当户对的塬上人家吧。

　　塬上的女子也有下嫁到川里的可能,无论处于什么情形,都是下嫁。这是老天爷对塬上有些女子天大的不公。不是家境差,严格地说,相对于川里人,塬上没有家境太差的人家,大体平整的土地,一眼可以望出去很远的视野,哪怕房无一间地无一垄人无一技品无一优,地理环境把这一切的不足都可一把抹平了,就像王侯将相家不成器不成人样的公子,照样可以轻松娶到貌美如花的妻子。塬上的女子相貌再差,差到无盐的份上,川里人都得要当成西施那样仰望。这里说的差,是指那些天生残疾,身体缺这少那,心窍缺这少那,这样的女子在塬上同样不被人看好,哪怕男方比自己还差,男方也不会正眼看你,因为有川里的中等女子早已投怀送抱了。塬上的这类女子,站在塬畔,把川里人俯视够了,扯开嗓门大哭一场,骂天骂地,骂川里人,好似她的不幸是由川里人造成的,然后千挑万选,横挑鼻子竖挑眼,鸡蛋里面挑骨头,最终挑一个家境殷实,门风家风周正,其人老实厚道,勤劳能干的男子嫁过去,而迎娶之前,男方必须给女方家提供一笔让真正的有钱人都得出几身冷汗的彩礼,来报答女方父母给自己养大了一房媳妇。这是纯粹给女方家的,还有给女方本人的,足够八年穿的衣物,足够一辈子用的生活设施,还要规模浩大豪华排场的婚礼。这都是女方父母对女儿的关怀呵护,若不借着这次机会一次备足了,女儿到男方家会受苦的。对男方的一次性搜干榨尽,男方娶一房媳妇,下半辈子基本上都用来偿还结婚债务了,而媳妇除了能够承担传宗接代功能,基本什么事儿也干不了,生育的儿女从小在社会底层挣扎,长大成人,仍然处于社会底层,恶性循环,永世不得翻身,如果没有改天换地的重大变故,在正常社会秩序下,这样的人家恐怕几代人都不得翻身。

那么,又有心思缜密的人要质疑了:川里的男人干吗不在川里找一个身体大概全乎的川里女人为妻呢?这就不大容易说明白了,非要说就得语涉玄虚,比如人性的弱点什么的,虚荣,攀高枝,攀龙附凤,如此等等,要的是人前的面子,要的是挂在人们嘴上的说头。"谁家谁家给儿子娶了一房塬上的媳妇!"听听啊!修习过史学的人,都知道历史是一门最容易忽视细节的学问,在结果那里,动机、过程,往往会遭到有意或无意的遮蔽,而川里人当然谈不上什么史学了,可史学也并非一味地高高在上,相反,向来与人情道理纠缠不清,而所谓的人情道理的形成,史学无休无止地训育,则功不可没。就像一位乡邻女孩,使尽黄土高坡文化熏陶磨炼出来的坚忍不拔精神,嫁给了老外,而那个老外在那个生活水平与我们大中华还有一定距离的国度里,仍属平民阶层,但人们并不刻意根究这些,舆论一律地说:谁家谁家的女娃嫁给了外国人,看看人家!女孩的家人在人面前从此有了面子,如同结了皇亲。而摆在川里男人面前最残酷的现实是,川里稍微看得过眼的女孩谁又会把自己的人生托付给川里男人呢。

当然,老天爷关闭一道门,总会随手打开一扇窗的,世界的失衡是世界的本来面目,但严重失衡,则会导致倾覆。所谓覆巢之下无完卵,这种结局也非老天爷本意。道理很简单,受到众人抬举供奉的老天爷,才成其为老天爷,才活得像个样子,正如皇上,高居龙庭,挥斥万民,才算是皇上,孤家寡人一个,是不是皇上都无所谓。老天爷的平衡术在黄土山乡起到的效用,触目皆是,众所周知。川里人也有自己的优越感,真实的优越性,心里的优越感,都有。拿吃水这件最日常不过的事情说吧。黄土高原缺水,对于此,老天爷都是心知肚明的,土层太厚,地表水留存不住,地下水埋藏太深,要是生长于山青水秀地方的人乍然看见塬上人的日用水,当场吓不死,也得吓得好半天回不过神来。塬上人都备有水窖。什么是水窖,就是收集储存雨水的土窖。土窖的建造是一项非常浩大繁复的工程,先在低洼地挖出一方深坑,再用黄土沿圈夯筑成瓦缸状,撮口,鼓腹,收底,就像当下我们常见的那种营养过剩又慵懒昏聩脑满肠肥大腹便便的中年男人。这当然不够,黄土无论怎么夯筑,都会渗水的。这就需要红胶泥。黄土高原满目黄土,遍地黄土,可要找到红胶泥,比找到成型成材的石头还难。红胶泥就是红土,黏性大,干燥后,不易渗水。先在空地上圈起一方泥坑,把粗糙的红土颗粒碾压成面粉般细柔的粉末,浇上适量的水,人的力气有限,再强壮的男人都是搅拌不匀称的,得用黄牛。挑选一头最为强壮的犍牛,赶入泥坑,一人牵着缰绳,犍牛在泥坑反复转圈,牛蹄每在泥坑走出一步,如同红军过草地那样艰难。等到一坑红胶泥彻底粘结了,那头最为强壮的犍牛也累瘫了,休息半个月一个月都缓不过劲儿,有的犍牛,这样一场事儿下来,强牛变成弱牛,算是半废了。红胶泥顶替的是水泥的作用,先贴墙箍起一圈,再将泥团搓成胳膊粗细的泥棒,从已经相当致密的泥墙上揳入,像是给木头家具上卯榫。每片手掌大的墙体上揳入一根泥棒,俗称钉窖。一口这样的水窖,如果管护得当,可供几代人使用,谁家拥有这么一口水窖,几乎是最值钱的家当。水窖阴干了,改好水路,遇到下雨,便可蓄水了。

  必须是暴雨。黄土层深厚而疏松,小雨,乃至中雨,地面难以形成水流。暴雨来得急,收得也急,地面洪流涌起,沿事先修好的水路灌入水窖,而水路都是黄土路面,洪水如利刃,沿路切削黄土,水路上有什么捎带什么,牲口粪,枯草枯树叶,杂七杂八,一并涌入水窖。刚入窖的雨水,最好不要去看,一窖黄泥汤,上面漂浮着各色杂物。这时候水窖的水是不能饮用的,人不能饮用,牲口也不能饮用,谁用谁拉肚跑稀。必须沉淀几天半个月,泥沙下沉,水色渐渐变为土黄色。取用时,像在水井打水那样,水桶吊下去,拉起一桶土黄色的水。大一些的水窖,可以储水七八十方,在夏季,随用随储,冬天过后,春旱开始,水窖有无水,储水多少,直接关系到日常生活。到夏天暴雨来临之际,水窖也要空了,得赶紧清淤,所谓一窖水半窖泥,窖底淤泥已有一米厚薄了。当然,时代在进步,现在好了点。前多年,有关社会组织在极度缺水的黄土旱塬大规模修建母亲水窖,修造原理与泥窖类似,只是用砖和水泥垒砌窖体,再用水泥修建雨水集流场,这样一来,中雨,乃至小雨,冬雪,只要水泥地面起水,都可汇入水窖,而且,落在水泥地面的雨水杂质较少。这些年,塬上的人看到了这点好处,也不惜工本,几乎家家都有了这种集水设施。说是水质好，只是相对而言，只是依照塬上人先前的饮水标准，在城里人，在川里人那里，饮用未经净化的雨水，仍是一桩可怕的事情。

讲究的人家，也会不惜工本去吃泉水，而泉水只有川里或沟里有。取一趟水，最短距离也要三五里，大多都在七八里，乃至十几里。挑一副空桶，从陡峭的黄土高坡下来，装满泉水，再原路爬坡，取一趟水，往往需要耗费几个小时，半天工夫。这只有强壮男人在农闲时分才可做到。有大牲口的人家，可以赶着毛驴或骡子驮水，妇女、小孩、腿脚灵便的老人，都可以做到，而一对大号的驮桶，一次可以盛水二百斤，抵得上人工取水两趟。水来得不易，用水便格外俭省，塬上人家再不懂得过日子的人，浪费粮食的行为有，浪费水的人绝对没有。川里人挖苦塬上人，往往说，到你家门前讨一口水喝你都不舍得。确实，是夸大了些，要馒头吃，只要有现成的，别说是乡邻，哪怕是要饭的外乡人，一般都不会被拒绝，而要喝水，那可真不一定给你。

人畜饮水是再也日常不过的事情，因其日常，说成是天大的事也不为过。在这一点上，川里人的头颅尽可以抬得高过垂直高度几百米的黄土塬，然后俯视塬上人。在日常生活方面，川里人还有一个优越条件。在漫长的时代，黄土地带草木稀疏，居民的烧柴主要依靠庄稼收割后的秸秆，还有山坡上的蒿草。但，秸秆的用途太多了，比如大牲口在冬天的干草，而秸秆本身是不经烧的。蒿草便成为主要燃料。人口充分繁衍后，塬上哪怕脚掌大的平地都种了庄稼，哪有野草的生长空间？再说了，蒿草这种植物，夏秋间长高了，极其鲜嫩，连根拔下来，晒干了，烧起来可真烦人，火力不足倒是小事，主要是烟太大，农村都用土灶，塞进去一把，火灭了，却不能用风箱，风箱一起，柴灰轰燃，轰灭了火焰，也将灰雾吹得满灶屋都是。只能用嘴吹,嘴对着灶膛,用力小,扇不起火焰,用力猛,火焰轰然而起时,一股浓烟,一团灰雾也跟着喷薄而出。而这种柴火又是极易熄灭的,吹一口,一道火焰,一股浓烟,一团灰雾,烧火者两包眼泪,一脸灰雾。嘴刚离开,又熄火了。一顿饭做下来,眼泪根儿都被剜出来了。

川里地广人稀,野地多,许多地方,一户人家占据一条冲沟毛沟,或一座小山包,勤快的人家,屋前屋后广植树木,有果树,也有炭薪林,每年剪伐下来的树枝,都可以对付一阵子的。还有,门前河流每年夏季都是要发几场大水的,黄汤滚滚,裹挟着各种杂物,比如,树枝、乱草、牲口粪,等等,要是来自东边子午岭林区的洪水,那就可观了,河水整个都是黑的,大树亦不鲜见。河边的人都有从古以来约定俗成的规矩,从河里捞上来的东西,谁捞上来归谁所有,包括活人,主要是青年女子,理所当然归打捞者,假如打捞者家人正好没有婚配需求,则可以当成自家女儿嫁给亲友,而该女也会将自己的救命恩人当成娘家。不说这种属于小概率事件的非常好事了,即以正常而论,一场大水,往往可以解决大半年,乃至几年的燃料。发大水时,每个村子人声鼎沸,一片不分点的吆喝声:捞柴了!老少男女,凡是能够行动的人,扛着铁耙、木叉、筲子等工具,呐喊着,奔向河边,占据有利位置。所谓有利位置,也就是回水湾,或河水拐弯处,中流正好靠近河岸的地带。人们挥舞起各种捞柴工具,将洪流中的漂浮物,划拉到岸边。碰上大树,也正好离岸边稍近,一个人,或一户人家是绝对拉扯不出来的,这时,合作精神便诞生了,几户人家各自水性好的男子进入洪流中,合作拖住大树,在几尺高的泥浪里颠沛起伏,先顺流而下,借着水势,慢慢将大树拖离激流区,在下游的某个回水湾,再拉扯出来。捞柴行动结束后,参与者对大树分解了,然后平分。也有大树太大，水流太急，继续拖扯下去会有危险，一般也不会有人效法中学语文课本上宣传的金训华为了在洪水中抢救电线杆而搭上性命的英雄壮举，此时，有经验的人会大喊一声放手，大家同时放手。人命第一，再值钱的东西原本是洪水冲来的，捞着了归自己，捞不着，还给洪水，没有人会因此拼命的，也不会有人因此心生遗憾。可别小看了洪水中捞出的烧柴，大多都是普通植物，蒿草，秸秆，草根，等等，经洪水浸泡后，晒干，顶得上干树枝用呢。不起烟，火力壮，随便抓起一把塞入灶膛，风箱扯起，火苗呼呼地，一顿饭用不了多少。发一次大水，哪怕洪水发自苍白干旱的黄土区，也会大有收获的。那些漂浮在浪头上的黑乎乎的杂物，碎草，树叶，羊粪之类的，用不着铁耙木叉之类的，用铁网细密的笤子捞上来，晒干了，仍是上好燃料。这种燃料被称之为浪沫子。洪水退后，凹凸不平的河滩上，还会沉淀些许浪沫子，用竹扫帚攒起，拿回家，也是上好燃料。同样的植物为何经过洪水浸泡后，质地坚硬了，烟灰少了？河边的人没有人去管这闲事，好用就行了。其实，原理很简单，洪水含有大量泥沙，将植物中的水分吸附一空，阳光暴晒后，构成植物的元素起了变化。

塬上人就没有这种条件了，夏季的暴雨都是一片一片的，这片山坡暴雨如注，那片山坡艳阳高照，都是常事。俗话说，隔一条犁沟，都是旱涝两重天。意思是说，只有半尺宽的犁沟，这边暴雨成涝，那边亢旱成灾。这不是形容词，而是黄土山乡夏季的常态。本地暴雨，洪水中的财富与本地无关，洪水将本地的杂物搜罗出来，携带给下游了，而上游下没下过暴雨，下游人并不知道，看见河道里洪水翻卷，川里人赶往河边，都是来得及的。待塬上人看见洪水，一路奔跑到川里，几道洪峰已过，而前几道洪峰携带的杂物最多。再者，川里人早把几乎所有便于捞柴的有利位置都占据了，塬上人只能见缝插针,看着川里人的脸色,溜些许边儿。而且,都在一方天地生活,只是塬上塬下的区别,塬上人活到老,都是彻底的旱鸭子,一个村子挑不出一个勉强会水的,还普遍晕水,只要到了河边,据他们说,脚下的土地在到处乱跑,眼前的水流迷离恍惚,脚下明明踏着硬地,此时,地是软的,棉花一般虚浮,他们跟着脚下的土地跑,直接跑进水中了。在清流那里如此,在喧天洪流面前,早已魂飞魄散了。

小时候,每到县城逢集——县城在马莲河以东的高原上——马莲河西边塬上的人,下到河边,大男人在只有齐膝深的河水里哇哇哭喊,我们这些河边七八岁的小孩,牵着他们的手过河,一趟可以挣两毛钱。黄昏,赶集回来,我们再接引他们过河,一趟又可挣得两毛钱。十天一集,我们在这一天,每人都可挣得一元两元钱。在那年月,这可是一笔巨款啊,一个月一分钱不进的农户,太普遍了啊。若是早上赶集过河,中午突遇暴雨,发了洪水,黄昏时,塬上人隔在河那边,那又是一番情形。洪水要是太大,川里人也不敢轻易涉足,一般的洪水,川里的男人,半大小孩,会脱光衣服,在洪流中漂流几百米,爬上对岸,让对方,无论男女,都要脱得一丝不挂,为保险起见,还得捆住他们的双手,拉扯进洪流,在泥流中,高高低低,漂流到回水湾,拉扯上岸,让他们自己去小河沟,用清水洗去身上泥垢,川里的男性又从河岸逆流而上数百米,选一个入水位置,再去拉另一个人过河。为什么要脱得一丝不挂呢?性命相关,丝毫顾不得半分廉耻。半河水,半河泥,身上带有一丝一缕,泥水搅缠上去,那可是不轻的分量。为何又要捆住双手?不会水的人,到深水区,双脚一旦踩不到河底岩石,心中一慌,双手乱打乱抓,拍起的泥水会将双方眼睛蒙了,都被泥浪打晕了,冲走,或直接呛死,若被对方抓住,无法划水,两人的性命很难保住。

在黄土山乡,小河沟的洪水是沾不得的,河床极其狭窄,水流奔涌,夹杂着大量泥土,还有巨石,任你水性好过浪里白条,也不顶用。这与水性无关,哪怕是自己的亲老子亲儿子被洪水卷走,都是不能入水救的,白费功夫,再搭上一条命。在洪水中游泳,专指在马莲河这种大河中,水面开阔,两岸还有不算陡峻的堤岸。大河里的洪流,看起来泥浪喧天,声震远近,其实,哪怕在清水中纯粹浮不起的那种水性,只要胆大心正,你都可以一搏泥流的。因为泥流浮力大,你站在水中,双手搭在水面,都不会下沉的。你只须借着水势,遇到大浪,适时昂起头,不要让泥浪打蒙了,遇到漩涡,你将身子圈起,屁股朝下,手脚都漂浮在水面上,便不会被漩涡吸进去。我算不得有什么水性,在清水中,手脚并用,勉强浮得起来而已,而很小的时候,即可在洪流中玩水。我觉得太神奇了,多年后,我在一本书中看到,说是黄土高原的洪水泥沙太大,而泥沙的比重大于人体比重,所以,人体可以自然漂浮于水面。当然,我也多次遇险,淹得半死时,大人救援及时,拉扯上岸,爬在牛背上控水,缓过劲后,返身又钻进水里。河岸边所有的男孩都是这样过来的,闯过一关又一关,大人管不了,也不大管,因为他们也是这样成长的。只是我最小的哥哥,在那一个炎热的午后,把十二岁的生命停留在门前的漩涡里。

那年我九岁,午饭后,收拾完家务,每人挎上一只草筐,手持镰刀,叫上与我同龄的堂哥,下河滩打猪草。半个月没有下雨了,热得难受,上游似乎也没有下过雨,河水平缓,门前的一段河水有一个远近闻名令人谈之色变的恶名老龙潭,约有三里长短。这里曾经淹死过许多岸边有名的弄潮儿,水域中间位置还有一个漩涡,在平水期,那儿都会旋起一圈水桶粗细的涡流,圆圆的水圈像是一只滴溜乱转的贼眼睛,眼神如刺,令人不由心惊肉跳。岸边活着的几代有名的水手中,只有屈指可数的几个人下去过。不知是谁先提议的,没有人犹豫过,我和堂哥率先入水,小哥哥接着入水了。小哥哥那时已算得上有水性了,我和堂哥只是在清水中手脚并用勉强浮得起的水平。三个人同时被淹没,原来那是一个水坑,坑口与河岸没有任何过渡,入水即入坑。我和堂哥前后挣扎出来了,小哥哥却久久不见踪影,我和堂哥慌了神,像两条被人追打的小狗,满河滩疯跑呼喊,而一切都是命运的安排,那天所有的大人都在半山腰一个宽阔的台地上劳动,互相间被山坡隔挡着,看不见,也不可能听见我们的喊叫声。还是在另一山头的牧羊人似乎看出了河滩的不对劲,他那里正好高于台地。河边发生孩子溺水的事故每年都会有多起,台地上的大人像是训练有素随时整装待发的军人,撂下工具,第一时间赶往河边。山坡漫长,连通河边的陡坡小路,走起来在四五里远近。大约半小时后,大人赶来了,几个水性好的人立即跳下漩涡,一遍遍潜水,一遍遍空手返回水面。直到太阳落山时,在漩涡底的淤泥中,捞起了小哥哥。从此,家中只剩我一个孩子了,几个大哥哥和姐姐,早已以大人的身份各自奔波自己的生活了。

村中的孩子消停了,每天都在河边溜达,打猪草,打柴,打群架,再没有人玩水了。半个月后,一切恢复常态,每隔几天都有孩子溺水,都因为救援及时,有惊而无险。直到我离家数年后,我的亲侄子,十六岁的亲侄子,第二年就要参加高考了,那个暑假在县城中学补习,回家取干粮时,徒步走过二十里山路,到河边,暑热难挨,下河凉快时遇险,我的年已花甲的嫡亲三叔正好在河边劳作,飞身下河救援,爷孙俩双双遇难。

在马莲河边生活了十六年,马莲河给了我无尽的欢乐,也给了我无尽的伤痛。我的童年少年一切的欢乐都与马莲河有关,我的童年少年一切的苦难,却不都是拜马莲河所赐。而小哥哥的遇难,对于我,实在是一桩致命的打击。虽然,在刚满两岁时,母亲的去世,已经注定了我童年和少年苦难的底色,可能是因为不懂事,倒没有觉得什么,而小哥哥是我日常生活的唯一依傍,他的离去,世界在我面前,从此一直是空茫的。这个世界与我无关,没有什么东西属于我,假如某个物件,同时被我和另一个人看上了,那么,毫无疑问,它属于另一个人。自那之后,我没有与人争抢过什么,直到现在。金钱,名誉,地位,女人,一切引起人争抢欲望的东西。我的世界在那个夏天的午后,已完全彻底地还给了世界。在这个世界上我只是活着,活在这里,活在那里,这样活着,那样活着,活得好坏只是别人用别人自己所认定的标尺对我的丈量,与我无关。在我觉得,怎么活着都是好的,身无分文的时候,坐拥财富的时候,迎风高歌的时候,逆水行舟的时候。凡是命运给你的,强加你的,赠与你的,你都得接受,主动地接受,被动地接受。没有什么好不好,好你也得接受,坏你也躲他不过。在他人看来,在这几十年中,我还做过不少事情,以现行的操行标准衡量,所做基本上都是对社会对他人有益的事情,有些人甚至将我恭维为成功人士。以这些为基点,不乏真诚地指出了我的身上的若干优点,比如善良、敬业、达观、洒脱,等等,等等,还有手不释卷、博学多识,等等,等等,让我自己看到这些词汇后,往往都要回环四顾,一时无法确定到底说的是谁。只有我自己知道,因为我已经确认,这个世界真的与我无关,或者,我真的与这个世界无关,所以,我才会成为这个样子,如果我觉得这个世界与我有丁点关系,或者,我与这个世界有丁点关系,我的人生态度肯定不是这样子的。至少,我可以放弃原本属于我的东西,但我得郑重声明,某些东西原本是我的。

这一来,并不因为你放弃了对这个世界的利益诉求,而因此获得某种安宁。相反,你因此得面临一个又一个完全符合逻辑的质疑:这个是你应该得到的,那个也是你应该得到的,你为什么要放弃?遇到这种完全站在我的立场上替我鸣不平的人,我除了内心感动,还有内心的悲哀。我只有虚言应付,或傻笑搪塞。当然,有时我也会较真,我会反问:什么是你的,你说说这个世界上什么是你的?你出世时,你给世界带来了什么?你离开世界时,你打算带走什么,你又能带走什么?你见过谁出世时手里带了东西,你又见过谁是带着东西离世的?什么是应该?应该的事情很多,数不胜数,你应该这样,同样也应该那样,人活在世上,真的都是在摸着石头过河,你,我,他,所有人。成功人士往往会给人讲自己的励志故事,渴望成功的人也手捧这种励志故事心潮澎湃,那么,你不妨照猫画虎试试呀。他的成功之路只是他的,只是他已经走过的那条路,那条路当他走过后,已经化为一条概念中的路,一条画布中的路,定格的路,定型的路,永恒的路,永久废弃的路。别说对于你已经此路不通,不信试试,让那位成功走过这条路的成功人士再踏着自己走过的脚步重走一遍,说不定会走成什么样子呢。也许更成功,也许一塌糊涂,但绝非原来的样子。

黄土山乡人的文墨普遍不深,但说出的话,很多接近真理,很多疑似真理,很多有着真理的意味,还有若干,在我看来,几乎是绝对真理。比如:眼前的路是黑的,早知三日事,富贵一千年之类。这些话不像学者那样,从文献到文献,深文周纳,把书中已有的东西,变个说法,塞入自己的书中,当成自己的发明,于是,从头到脚都是学问家的傲慢和霸蛮,开场话必是:我认为,毫无疑问,众所周知,纵观古今中外,记得当年在某某门下求学时,导师一再教导我,等等,等等。别人一听这话,初则腰酸肾虚,继之则阴囊紧缩,真可谓:哪个虫儿敢吱声。黄土山乡的人没有受过学术训练,甚至不知道学术是一种什么术,但开言动语,却是谨遵学术规范的。比如,在描述人生的不可知性和偶然性时,如果对于知识产权明确的话,他会说,某某人说了,眼前的路是黑的,不是你的本事有多大,是你的运气好。若是岁月久远,产权人早已湮没无闻,你即便像学问家那样公开剽窃,也不会有人跟你较真,但你也不会做这种不名誉的事情,因为你知道,头顶三尺有神明,欺人,祸在当下,欺天,现世报侥幸躲过了,还有来世报恭候你多时了。所以,他必然会在自己的话头前加上:老话说,或,老辈人说了。如是,如是,来去清白,屡屡分明。

  世间的诸葛亮只有一个,谁都知道,作为料事如神典范的诸葛亮,鞠躬尽瘁一辈子,并没有真正打过几场胜仗,在他生前,能够把手头的局面勉强维持下来,就这,已经算是智慧的化身了,大家也并没有因为他的多次决策失误,多次被对手搞得顾此失彼,而低看他一眼,也许人们都是有自知之明的,也许人们的心中都是有数的:所谓的料事如神,那只是一个形容词。诸葛亮终其一生,能够预知,并一手促成鼎足三分大局面的形成,已经算是站在智慧之巅了,要求再高一点,或在言谈中拔高一点点,就已经涉嫌"状诸葛之智已近妖"了。而在现实生活中,我们太多的人,不明白这一点,明明连事后诸葛亮都够不上,还非要把自己装扮成事前诸葛亮。最重要的一个手段,便是因果倒推。在学界,充斥着这样的高明论断:如果谁谁当初怎么怎么样,后来将会怎么样。貌似有理,貌似高深,实则比不上黄土山乡随便哪一只打鸣公鸡的洞察力:无论是月明如昼的夜晚,还是风雨如晦的夜晚,被关在笼子里的公鸡,何曾错报过时间?当然,也有乱打鸣的公鸡,一旦发现这种情况,主人会毫不犹豫捉来一刀宰了吃肉,因为这不是一桩错报时间的简单事情。在乡村,时间观念并不重要,除了农忙时间赶农时,时间其实是游离于生活之外的。再说了,在时间可以与生命等量齐观的领域,比如飞机火车,经常都在晚点,也没见得主管者因此受到什么惩罚,说是虎口夺粮什么的,不过是乡村文化中激励警醒人们的一种说法。公鸡打鸣前后错那么几分钟,半个时辰,真的会产生火车碰头飞机接吻那么严重的灾难?之所以对乱打鸣公鸡执行必杀令,是因为,在农人的意识里,乱打鸣的公鸡,其意识已经昏聩了,混乱时序,便意味着阴阳失调颠倒乾坤,而大灾大难已呈山雨欲来风满楼之势了。公鸡不可乱打鸣,但人却可以乱说话,尤其那些头戴金字招牌拥有一言九鼎话语权的人。一只公鸡乱打鸣,充其量给一家一村人的生活带来混乱,而此类被众人奉为贤达的人,却把自己那张嘴完全不当嘴看待,谬论迭出,灾难频作。我在离开我那荒凉的黄土山乡,进入某个被习称为圣神殿堂以后,聆听这样的高论,已经是经常的每日每时的工作了。

我的黄土山乡,没有什么可以让人流连忘返的好风景,没有那种让你为之要死要活的美女帅男,甚至经常会让你吃不饱穿不暖,但,为人行事,却是有底线的。我对这片土地用心研究了三十年,至今虽没有拿得出手的可以成为不刊之论的成果问世,但有一点则可以肯定,而且是这片黄土地的立地之本,和寄身于这片黄土地上的人群的立身之本。这片黄土地,在地质学家那里,被定位为鄂尔多斯南缘台地,在气象学家那里,被定位为半湿润半干旱大陆性季风气候区,在文化学家那里,被定位为中原文明与西北草原文明的交汇带。我认为,这些定位都是准确的,各有各的准确。地质上,气候上,文化上,各取一半,都不算典型,都不算完整,但都兼而有之,都没有达到极致。是不是因此,生活在这片土地上的人,自从来到人世以来,便一直聆听着来自冥冥之中的某个声音的告诫:做事差不多些。

其实,表达这个意思时,用的是另外一个词汇,我在古今汉语中没有找到对应的字,发音是:bangjian。帮兼?邦间?傍肩?没有意思嘛!难道来自少数族语的汉语音译?真的说不准,我们那儿的很多方言词汇,是在规范汉语中找不到对应词的,但在日常生活中,却是离不开的词汇,很多则直接涉及到对地域文化精髓的理解和把握。比如,bangjian。大概意思就是做事,包括说话,差不多些,留有余地。古雅一点,就是中庸之道,就是持中守正,就是大清雍正帝赐给大臣的条幅中表达的:持盈保泰。

说得远了。

离家生活的三十年间,前十八年,在居老家一百多里的地方生活,按照在老家时对地域概念的界定:我是塬上人,由川里到了塬上。那是名动世界的董志塬,当然,只限于地理地质学家范围,或者,还有一些文人骚客。确实,与在川里相比,天高地阔,一眼可以望到一眼望不到的地方。有一年到西安出差,一个南方朋友对我家乡的那一块黄土高原有了兴趣。班车沿着盘山路,一盘一盘攀登董志塬时,他说,呀,上山了,好高的山啊!我笑笑说,是啊,我住在山上。车上山顶,却无半点山顶的气象,举目一派宏阔平畴,蓝天白云,绿树成荫,阡陌纵横,人烟扰攘。他说,你们这地方真有意思,我们那地方山就是山,平地就是平地,我说是啊是啊,我们这地方最高处是平地,最低处是平地,两块平地如同两个永不相交的平行线,两块平地之间是山坡,山坡也是由一块块平地组成,由最低处到最高处,每一块山坡平地与另一块也大致成为两条平行线,有时相交,有时不相交,螺旋式上升,这就是梯田。

我没有因为自己终于成为塬上人了,而比川里人高出多少,当然,我也从来没有返回川里的打算。从川里出来了,我得老实承认,我是挣扎出来的,自从小哥哥遇难后,那里已经与我从情感上

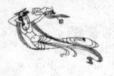

没有任何关系了,尽管那里还生活着众多的,或近或远的亲人。在老家,我只有一个在感情上在道义上在法律上需要我奉养的亲人,亲人离去后,老家从此与我无关。我觉得在塬上生活的唯一好处,便是一眼能够看到眼睛看不到的地方,而每一个看不到的地方,脚下都有一条伸向那个方位的大道,而在川里的老家,你即便拥有多么豪壮的野心,走完通往任何一个方位的崎岖山路,那份野心大约也被耗损得只剩下回家的野心了。在这十八年中,我骑自行车就近走遍了董志塬所有的村庄,考察过横跨陕甘宁三省的子午岭林区,沿着陕甘蒙宁四省区的边界骑行一圈,徒步考察过战国秦长城,走过中国的大部分省区。自小,我对地图情有独钟,手捧一张地图册,神游天南地北,我知道,世界太大了,我脚下的那片土地,在现实生活中,把双脚走短了,也未必能够达到"走遍"的要求,但是,上了地图,有时连标上自己名字的资格都没有,有时名字倒是标上了,两个字已经挤满了全境。而我就读小学时,最让我感到震撼的是,村子旁边挖出一具完整的重达八吨的大象化石,这具大象化石现藏于北京自然博物馆,是迄今为止地球上发现的最大、最完整的剑齿象化石,而这具化石却有着一个名号:黄河古象。那时候,我从地图上便可准确测出,出土大象的地方,从东南西北任何一个方位,距离黄河都在千里以上。负责挖掘的专家解释说,眼前的马莲河属于黄河流域。哦,原来是这样的。地图上确实标注得很明白。马莲河发源于塞上宁夏,距黄河也不过百里之遥,黄河一路东去,马莲河却逶迤南下,在陕甘边上,注入从西边来的泾河,马莲河于此完成自己的使命,成为泾河的一部分,而泾河携带着马莲河的水流,到了关中平原,集体注入同样从西边来的渭河,泾河就此打住,渭河继续东行,在豫陕晋三省大三角处,汇入黄河。马莲河转了这么一大圈,几乎是由黄河出发回到黄河了。

一段时间我为此忧伤过,我想到了人世间,一将功成万骨枯啊!而且,我还知道了,河流有一级支流二级支流之说,大概是,直接注入干流的支流为一级支流,无论水流大小,而间接注入干流的支流,无论支流的水势有多么浩荡,名头有多么高迈辉煌,与干流之间隔着几条支流便是几级支流。这么说,马莲河只是黄河的三级支流了,而我在黄河边见过许多直接注入黄河的水流,实在不能算作河流,水面宽不过一步,水量简直就是几头叫驴同时撒了一把尿而已。可这却是一级支流,如同那些豪门子弟,生下来的第一声啼哭,与所有初生儿一样都是内容大体相同的啼哭,可人家的一声啼哭,简直就是中军帐中发出的号令,多少人为之奔走!我连续看过十几年的有关动物世界的书和电视节目,越看越痴迷,有些内容不知看过多少遍了。

这是一个看不够看不完也看不透的人类世界。

任何生命,只要是生命,都有自己的活法,都有自己的生命规则,老虎狮子强大无比,在动物界,他们是食物链的高端,走在哪里都是王者,可老虎狮子走到哪里,都不可能在数量上占优,而其生存的艰难程度,则胜过任何一个,哪怕弱小到可以忽略不计的生命。有意思的是,对老虎狮子最大的威胁,不是其他生命对它们的掠食,而是饥饿。饥饿而死。有几只兔子是被饿死的,有几只耗子是被饿死的,有几只蚂蚁是被饿死的?达尔文说,不是最强的,也不是最弱的,是最能适应环境的。这与人类社会的情形何其相像啊!在人世间,固然没有统计数据做支撑,但以所占人群比例而言,真正的高危人群,恐怕不是平民百姓,恰恰是处在社会高端的帝王将相,进入《史记》的,大汉王朝的开国功臣约有一百四十家,几十年后,绝大多数家族不仅没落了,而且绝户了。而在华夏大地上,百年老村,千年古村,多了去了。一族一姓,生生死死,有如荒草,野火烧不尽,春风吹又生,百年千年,瓜瓞绵绵。真是:他强由他强,清风拂山岗,他横由他横,明月照大江。

生态平衡永远是动态的平衡,人世的公平永远是动态的公平。得之不必喜,失之不必悲,谁都是匆匆过客,谁都是所在世界的一分子,仅仅是一分子,有你不见得多,没你不见得少,可有可无的一分子。像一条大河的支流那样,一级也好,二级三级也罢,既是更大河流的支流,自身也是由众多的支流汇聚起来的。如同环绕老家的那条马莲河一样,仅在这个小小的村落视野内,就接纳了四条流水哗哗的支流,从河边岩缝中渗出的,直接融入河水的泉眼瀑流,还没有计入其中。这些涓流从来没有计较过自己的名分,马莲河似乎也从来没有向谁争过名分,从远古到现在,不舍昼夜,在其两岸干燥苍白的土层下,还埋藏着让世界侧目的巨量的石油和煤炭。

十八年后,我西行千里,定居于黄河边。完全出自偶然。但以人们习以为常,且擅长的,那种因果倒推招数回头看,怎么着,都有处心积虑的嫌疑。小哥哥死后,我一直都在逃离,终于逃离村庄了,由川里人变身塬上人,或索性俗气到家了说:由乡里人变身城里人了。对我来说,那是人生命运最大也最重要的一次转折,甚至可以用得上"翻天覆地"这个被国人也包括我用了几十年的词汇。回想起来,在如此重大转折那里,我的最为真切的感受,也不过只是内心稍稍安妥了些。随即,便无奈地发现,我的心不在这儿,完全不在这儿。几乎是获得饭碗的同时,我便开始了流浪,人的流浪,心的流浪。有一次,和顶头上司发生了严重的冲突,他质问我,单位这么重视你,我这么看重你,请问你到底要什么?我说,请首长仔细回想一下,我问你问单位要过什么吗,合理的,不合理的,为公的,为私的？他一愣,举头想了好大一会儿,咻咻说:还真没有。我说这不就结了。随即,他也许觉得,上了我的话语圈套,在下属面前失却了某种东西,大约属于面子尊严之类,他厉声喝道,你今天必须给我说清楚,你提出任何要求,只要是政策允许的,客观条件能达到的,我一定满足你！我说,敬爱的首长,我本身没有任何要求,如果一定有什么要求,也一定是政策允许的,客观条件能达到的,但你却不能满足我。他气喘吁吁地说,你说你说,我说,我想流浪,一无所有,浪迹天涯。他瞪大眼睛看了我好几眼,确信我说的是真话,便冷笑道:这个还真满足不了你。多年以后,对于首长的这次光火,我稍稍有些明白:遇到一个对自己完全无求的下属,于公于私一概无求,还真不是一件幸运的事情,至少,他的权力在一个人身上是失效的。

也因此,我获得了某种自由,以现实利益的受损,换来的些许自由。我可以利用每个法定的节假日,四处流浪,我也获得了出外求学的资格,仅负笈京华,即达四年之久。然而,在国内所有我去过的城市中,我坚决不愿意成为她的市民的城市,北京之外,还有我目前定居的城市。不是因为我找到了另外的足以安顿自己身心的美好所在,不是的,我只是不喜欢这两个地方而已。然而,几年的京都漂泊,我再也不愿回到故乡了,偶尔闻见故乡的气息,听见故乡的口音,都让我烦躁不安。在离故乡仅仅一百多里的所在讨生活,又怎么能说是离开故乡了呢。在那个秋天,我终于逃离了,一口气逃到千里之外,不幸的是,我由一个不喜欢的地方,来到了另一个不喜欢的地方。但,此时,我已经三十五岁高龄了。家乡人说,人过三十五,半截子入了土。在三十五岁生日的那天,我喝醉了,第二天便是农历大年,醉倒在风雪交加的黄河边。我在那一天的日记中写道:我感到真的有黄土埋住了肚脐眼,丹田以下,顿时麻木不仁。

我的年龄已经不适合流浪了,我只有以身体的坚守,换取心灵流浪的自由。于是,人们在任何时间,任何地点,都会看见一个手不释卷的我。我在书中流浪。人问我,你读那么多书干什么,我说不干什么,人说不干什么你读书干什么,我说因为不干什么才读书的,要是想干什么,读书干什么。人又问,那么你写文章干什么,我说不干什么呀,他说不干什么你写文章干什么,我说因为不干什么才读书写文章的,要是想干什么,靠读书写文章又能干得了什么。

人不是跟我抬杠,我也不是跟人抬杠。人说的是读书的功利性,我说的是读书的非功利性。任何事情如果与现实功利挂上钩,那真是没有任何意思。而不幸的是,我们生活在一个完全彻底的功利化时代,以雷达先生的话说,便是:缩略时代。一切都被缩略了,爱情,感情,友谊,社会交往规则,等等,都被缩略为一个核心词汇:利益。也因此,所有的危机,社会危机,生态危机,道统学统危机,情感危机,种种危机,不正是追求功利太过导致的么。自从把读书与现实功利挂上钩以后,事实上,读书人已经死了。不是被书读死的,是被书毒死的。在我从业的这个圈子里,见面三句寒暄后,话题便很自然地转移到业务上,而这业务却与学问无关,无非是谁拿到了国家课题,经费是多少,谁拿到了省级课题,经费是多少,谁拿到横向委托课题,经费又是多少,谁在什么学术刊物上发表了文章,是不是核心期刊,是哪个评价系统认可的核心期刊,而本省认可的又是哪个评价系统,认可某种评价系统又是多么荒谬,而自己的论文又如何有价值,只因为不在本省认可的那个评价系统里,所以,又吃了多大的亏,耽搁了多大的前程。如此等等,让人感觉到,这不是一群读书做学问的人,更像街头的小商小贩。

于是，我便闭门谢客，我也不打算干什么，我早已认定我做不了什么大事，连几乎所有的人都能做好的生活小事都做不好。我也做不了什么重大的学问，最多只是尽量多读一些古圣先贤写的文章，写一写算不得有什么价值，但一定是出自心灵的文字。这些文字与生存无关。哪怕，这些文字在某种程度上也影响了生存，正面的影响，负面的影响，这只能算是连带效应。

我不是一个厚古薄今者，也不是一个一味沉溺于过去的人，虽然我写了那么多关于今人的，类似于读后感的文字，但我从感情上更倾向于古人。读今人的文字，只因为生活在当下，或者，从当下的文字中，获取当下的生活和精神信息，判断自己生活在一个什么样的时代，倾向于古人，大约是因为，我从田园中走出来，我曾经的田园已经与我无关。我从故乡走出来，而我无意或有意疏远了故乡，甚至在身体和情感上，都与故乡划清了界限，但这正是我将自己与故乡融为一体的郑重选择。离开故乡时，我已将故乡随身带走了，我走到哪儿，故乡随我到哪儿，我带走的是一个我认可的，与我的身体和灵魂有关的故乡。这是一个共同体，先民耗费了几千年的岁月和心血，构建的一个乡土文明共同体。我用几十年的心血，以文字的方式，在复原，在重构这个乡土文明共同体。在这个共同体中，苦难与欢乐，荒寒与繁荣，卑琐与高贵，动荡与安宁，一切的一切，水乳交融，自然而然。而我们现在的乡土上还剩下什么，那个给了我生命，并赐予我最初的本真的生命体验的村庄，现在还剩下什么？山川依旧，老弱病残，居无生机勃勃之烟火，野无沸反盈天之童稚，一个被掏空了五脏六腑的黄土躯壳。

据说全国拥有一百万个行政村，现在，每天有一个行政村消失，每天消失的自然村则达到一百个。而我所理解和了解的行政村，有着人为的强制组合的因素。当然，这是为了方便管理，方便

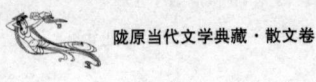

权力自上而下的统辖贯彻。行政村下辖的各个自然村之间,有的有着天然或人为的一体性,比如自然地理上的一体性,比如血缘渊源上的一体性,有的行政村则纯属拉郎配。比如我老家的那个行政村。以自然地理而言,似乎具有一体性,五个自然村分布在一条纵长约有十几里,横宽大约二三里的黄土塬上,每一个自然村又根据其特殊的地形地貌,以及各家族历史传承,又分为不同的居住村落,当下大约被称之为"社"吧。我的老家的那个自然村却是一条相对独立的山墚,并且是由三部分组成的。马氏宗族最大,也是最早的居民,占据着河川平地,赵家人是后来者,占据了与马家祖居之地相连的那条黄土坡的半坡,而周家人先前只有一户,占据着由两条大的山墚夹峙的一条狭窄而又有相对独立性的山墚。三个宗族呈"品"字形,分布于三处,地脉相接,窗户相望,走动起来却要跨沟越涧,相当地不易。日常生活也是各过各的,交集甚少。其他四个自然村的情况大体相似。而五个自然村,三个在塬上,一个在半坡,直达川底河边,另一个,也就是我的老家所在的自然村,其实属于另一条山墚的下半部分,整个自然村,三个家族中,没有任何一个家族与塬上的三个自然村的任何一个家族,有着家族传承上的交集。塬上人和川里人,在生活习惯上,在情感倾向上,也有着十分明显的区别。之所以被纠集在一起,至今从行政统辖上分割不开,完全是大集体时代留下的行政格局。行政村的主体部分在塬上,当然,来自国家的行政资源便集中在塬上,从公共设施,到日常福利,川里人是没有条件享受的。比如,与这块黄土地的未来有关的小学就设置在塬上。

我就读小学时,上边也许为了照顾川里人,将校址设在川塬交界处,即便如此,离家仍然将近十里山路,去一趟学校,要过两条小河沟,要爬一道漫长而峻峭的黄土陡坡。我离开故乡的那一年后季,联产承包责任制在故乡全面铺开,不久,小学由原来搭在塬畔同时照拂塬上川里的土窑洞庄院,完全挪到了塬上整个行政村的腹地。川里的孩子十里路上走读小学的那点恩惠都被剥夺了。好在我老家的那个自然村保留了一所三年制小学,一个老师,是我小学的同学,他读到初中,"文革"末期的初中,学校完全放弃文化课教育,学生完全放弃学习的那两年。生产大队要成立一个药房,设在塬上的腹地,要从我们两个失学初中生中选拔一个售货员。当然是他了,不用怎么费心选拔,即使让我负责选拔,入了我的眼的也一定是他,而不是我。身份还是农民,每日拿全劳工分,见天拿,年终参与全大队分红。从社员的眼光看去,不用出力流汗,整日蹲在凉房里,挣着最高的工分。确实,这比社员强到天上去了,社员出的牛马力,既受生产队长的任意刻薄,也受老天爷的管制,雨雪天,农闲时,无法出工,便也没有工分。一个农民,能够享受到的公共资源就这么多,这已经是顶天的好事了。我只有下地劳动。几年后,药铺转制,而他一点医都不懂得,又转身为民办教师。这个小学使得我们这个自然村的孩子会认会写自己的名字,三年学满,无法去中心小学就读,只好失学。我上学那会儿,虽说那些不落后的地方,学校不怎么开课,学生不怎么学习,可因为我们的落后,学校仍把教学活动放在首位,评价老师好坏的尺度仍然是教得好与坏,学生仍把课堂学习放在首位,评价学生的基本尺度仍然是学习好坏。落后,让一批完全不具备受教育条件的农家子弟,都以学生的身份,留在了学校。比我大十岁以内的,和比我小五岁以内的,家乡的那一批孩子,除了个别女孩子,大多读完了小学,一部分读完了初中,或者高中,少部分则通过高考这个相对公平的跑道,走向了外界。而土地在手的农民,在生产上获得了自主权,对自家孩子的未来也有了自主权,读完家门口的三年制小学后,大多选择了弃学。

恢复高考后,最初的几年,在我们那样一个落后到无法再落后的地方,完全不具备现代教育条件的地方,在全省的高考录取率只有百里取不到一的境况下,前后却走出了六名大学生和四名中专生,在四邻八乡被视为奇迹,都说文脉在我们那里,包括在塬上人的眼里。我说的是以马氏宗族为主体居民的那个自然村。而此后,生活条件似乎得到了极大改善,在新世纪的曙光照射到那个黄土山村时,彻底告别了煤油灯时代,一条可以行走农用车的土路与塬上接通了,可是,村中再无一个孩子考上高中。不过三二十年的光景,难道文脉如残梦,屋檐下早起的鸟雀叫一声便可惊破了?

其实,我一直与故乡保持着联系。间接的联系。从故乡走出来的子弟,那些通过考学走出来的子弟,他们像所有跳出农门的孩子一样,回家看看,从来都是一桩神圣的人生大事。他们把回家看到的人事,以电话,以面谈的方式,不断地提供给我。我不能表示我对这方面的信息毫无兴趣,相反,我得装出饶有兴趣的样子。前者,出自理智,后者,出自感情。是那种冰冷的,面对纯然客观对象的理智。是那种揪扯不清的感情,剪不断,理还乱,无所谓恨,无所谓爱,无所谓冰冷,无所谓炎热,声声断断,心口那儿总会觉得有什么东西在揪扯。谁谁死了,谁谁老无所依,谁谁生了多少娃,谁谁的媳妇跟人跑了,如此等情。而新一代的儿郎们大多守着那几亩老祖先开辟的川地坡地艰难度日,一些格外胆大的人偶尔也出门谋生,谋生的手段便是给人下苦力。可在一切都技术化的今天,还需要多少苦力呢,苦力又能值多少呢,苦力出完了,也往往拿不到哪怕多么微薄的工钱。人们的眼界真是开阔了,村中哪怕个人条件多么差的姑娘都会把自己嫁到塬上去,塬上无论条件多么差的姑娘都不会嫁到川里来，一部分男性三十过了，仍是光棍，一部分男性掘地三尺凑够不菲的彩礼，迎娶来的差不多都是重度残疾女性，或身残，或脑残。

我是一个意志薄弱的人，至少我没有人们看起来，或想象的那样坚强。我经不住任何打击，那种来自故乡的眼见为实的打击。我宁愿活在过去，活在那个让我没有安全没有温饱没有尊严，但却有着挣扎，有着希望，有着活力的故乡。我假装我的故乡还是我曾经生活过的故乡，那个曾让我时时深以为耻不愿有片刻停留，逃离了永远不愿回头多看一眼的故乡。在那个故乡里，男人有力气有兴趣暴打自己的女人，女人有激情有勇气咒骂自家的男人，邻居间可以为一根麦秸秆大打出手，可以用世间最恶毒最肮脏的语言互相诅咒，孩子们可以为某个村庄的某条恶狗曾经咬过其中的哪一位，而在某个漆黑的夜里，奔跑十几里山路，结伙去为同伴报仇。但每当谁家有了大事以后，不用谁动员，男女老少齐上阵，有钱的出钱，有力的出力，无钱无力的倾力捧场，平日不共戴天的人，心甘情愿接受对方的支配，十年不说话的人一起言笑晏晏，哪怕事情完了，立即仇人相见分外眼红。所谓的大事，无非是婚丧嫁娶新修窑洞庄院罢了。他们维系的是一个村庄固有的生存秩序和道德秩序，一个村庄面对外界时，必须要有的脸面。而当下，这些都不存在了，任何时候，村庄都是平静的，古墓一般的平静，没有孩子的沸反盈天，没有妇女的家长里短，没有跳墙偷情的男人，连那习惯于大惊小怪的农家土狗，哪怕鬼子进村，也懒得叫一声。在学术界，有人把当下的乡村命名为后乡土时代，至于有无道理，只是一种说法吧，打着"后"的旗号的命名太多了，后现代，后后现代，后革命，真是一个"后"字，境界全出矣，这个"后"以前的一切都过时了。那么，如果这个后乡土时代之"后"，真的表达了一种真

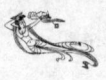

的事实，我们便真的成为一群永远失去故乡的飘零者了。

  我喜欢安静，村庄般的安静，生机勃勃的安静，但我害怕死亡一般的安静。二十年间，我没有回过故乡，但我去过无数的乡村，天南地北，富名远播的村，穷烟乱冒的村，我还有着扶贫的任务。可我看不到乡村应有的那种生气，那种挣扎着，也叫嚣着，歌唱着的生气，看不到一种底气，那种把自己的土窝窝当成金窝窝银窝窝，绝无井底观天之可笑可怜，却有着夜郎自大的可爱可敬的底气。我在别的村庄那里似乎看到了我的故乡的终极命运。难道数千年的乡土文明真的要画上句号吗？这是我不愿看到，也没有勇气正视的，我只知道，我朝着故乡的方向走，注定是找不到故乡的。也许，我只有朝着故乡的反方向走，站在别人的故乡的土地上遥望和复原我的故乡，哪怕依然找不到故乡，至少还可以假装自己的故乡仍然在天地间的某个角落里喘息着，挣扎着，但依然活着，以村庄的姿势活着。

无边无际的村庄

一、黄土旮旯里的村庄史

黄土高原地带的阳光，一年四季除了三伏天给人一种激情四射的感觉外，另外的三季，都摆出一副懒散地、不爱搭理人的姿态。冬天的风刮在人的身上，就是早已被人说滥了的那种情形：寒风如刀。其实，这只是在旷地里，或人的心情不好，或日子过得不如意时，对季节所产生的心理感受。要是这样的话，冬季黄土高原的人就应该老老实实猫在家里，村庄里就应该了无人迹了——谁愿意睁大眼睛往刀尖上碰呢。相反，猫在家里是一件相当不划算的举动，因为屋里冷得出奇，有条件生火炉的人家即便付出了耗费宝贵燃料的代价，也并不能给屋里营造出让人感到温暖的那种温度。人们喜欢用温暖来形容家，实则，那种温暖只是对亲情的感受，在这个季节，家里的冷是超过野外的。当然，我说的是，在头顶有太阳的时候。

黄土高原的冬天，几乎每个白天，抬头都可看见一颗大太阳的。太阳如一个渐入晚景的老太太，眼睛里失去了神采，脸上没了生动，眼里偶然捉住某个物事，很可能是一个极端没意思的物事，也会目不转睛好半天的。那眼神似乎内容饱满，似乎又空无一物，你感觉投向你的目光是友善的、充满关切的笑意，你不禁心生亲切，可是，走近了看，目光却不是投向你的。那是一种散乱的、游移不定的目光。可是，在每个村庄，都会有一处、或几处被称之为阳面旮旯的所在,每一个所在,便是一个村庄整个冬天温暖的象征,也许还是产生思想的渊薮。背风向阳,北面是黄土崖壁,东西两壁如翅膀,缺口朝南,所有的风都很难进来,而所有的阳光似乎都可聚拢而来。老人在这里抽旱烟,谝干传,孩子在这里玩闹,从老人口中喷吐而出的烟团笼罩了旮旯,烟团堆积得厚了,就要逸出旮旯遮蔽的范围,便被凛冽的寒风卷起,霎时消失在旷野中。旮旯里早已积聚了厚厚一层陈年浮土,孩子的玩闹将浮土激扬起来,尘雾喧腾,尘雾如果逸出旮旯,也会像烟雾一样,随适时而过的寒风,迅捷地消失于大化之中。

　　一个村庄的冬天因此而生动,而拥有了与黄土一样厚重的内涵。每一个老人都是一本村庄的活字典,都是世道人心的评判者。远古洪荒时代的传说,远近村庄的奇事逸闻,家族之间的恩怨,某些家族的隐秘,都会从他们的口中不经意地说出来。偶尔,互相间还会为某件事情的真相,以及对这件事的看法,发生一些不乏激烈,但趋向和解的争执。争执不下的事情很少,真的遇到争执不下的事情,最后的裁决者是某个年纪最长的人。而这个长者裁决的依据是,他曾经听某个已经过世许久的长辈说的。别人没有见过这个长辈,或者与这个长辈机缘甚浅,那么,眼前这个长者的结论便是对这件事情的最后结论,如果某一天这位长者死了,以后再遇到此等情形,在场的某个比别人活得久的跃升为长者的人也会引用他的观点,为大家释疑解惑。

　　小孩子是可以一心二用,或多用的。玩是他们的天赋人权,对于玩,每个小孩都秉持着天纵聪明。在大人眼里,眼前只是一堆内容空洞的浮土,实在玩不出什么意思来的。大人和小孩在这里产生了根本的分野。眼前的这些大人也都是在土旮旯中由小孩玩成目前这个样子的,但他们忘了当年土旮旯带给他们的无穷乐趣。

好在他们并不干涉小孩的玩闹,也绝无亲自指导小孩如何玩闹的冲动。好为人师是人的通病,但,关于玩,无论哪个大人都比无论哪个小孩要弱智得多。村庄里大人对小孩的态度是:大人做大人的事,小孩玩小孩的。如此看来,在辈分森严的村庄,民主的细节如同偶尔渗入旮旯的野风,在不时地吹拂着人们的情怀。小孩的手脚忙而不乱,小嘴巴的使用频率也很高,真不知道在空洞的黄土旮旯里,他们会玩出那么多花样,玩出那么大的兴致。他们的耳朵也没闲着。他们在不停地说话,也在听大人说话。在村庄,大人说话时,小孩是不可插嘴的,哪怕大人说出了多么荒谬的话,哪怕小孩对此有多么非凡的真知灼见,但,小孩是万不可插嘴的。有插嘴的想法都是错的,话一出口,就是不可饶恕的错了。轻则遭到一顿呵斥,重则要挨大巴掌抽的。插一次嘴,遭呵斥,遭抽,只要吸取教训,下不为例,也就罢了,老插嘴,你就会变成一个让大家都不待见的人,由此还会影响到父母在村庄的声誉:某某家的娃简直少教嘛。

  孩子在玩闹中,大人所谝的干传,有一搭没一搭,钻进他们的耳朵,这个冬天听到只言片语,下一个冬天又听到一些,到他们长大成人时,从大人口中听到的片断信息,在他们的心灵里经过一番折冲樽俎,再结合自己已经获得的人生经验,对一个村庄的认识,对广大未知世界的基本理解,就这样形成了。村庄里每个孩子的乡土教育就是这样完成的,他们从中听到的神狐鬼怪故事,是最初文学的和想象力的启蒙,听到的是非恩怨悲欢离合故事,成为他们对人世间开展最初的道德判断的标尺,听到的男女隐秘情事,使他们在懵懂中完成了情感启蒙,或性启蒙。

  城里的父母在说大人话时,一般是要回避子女的,在村庄则无须这样,既无须耳提面命,也无须藏藏掖掖,一切自然而然。城里的父母生怕孩子过早地懂得男女那点事情,可满城都是情欲的喧嚣和暗示,谁也无法蒙上孩子的眼睛,孩子还是毫无例外地过早知道了。村庄的孩子睁开眼睛看世界时,就可以真切地看见性场面,家里驯养的各种动物,天上的各种飞禽,并不会因为少儿不宜,而有所收束。也因此,大人在说这些话题时,并不刻意回避未成年人。村庄里的人并不懂得多少教育学,只因为他们在有些事情上相对高的透明度,当神秘不再神秘时,探究神秘的劲头也相应小了。这恐怕是村庄的孩子在对待性问题上比城里的孩子要保守许多的原因。想想也是,人终究是要长大的,该知道的迟早都要知道的,知道了就意味着长大了,既然长大了就该知道他们想知道的事情,谁又能拿出什么切实可行的方案来,让天下人都模范遵守,哪个年龄段该知道什么,哪个年龄段不该知道什么。知道还是不知道,知道好,还是不知道好,完全是一个自然的无师自通的过程,这与年龄无关,无须刻意传授,更无须刻意遮掩。

  冬天是农闲季节,在冬天,背风向阳的黄土旮旯是相当温暖的,村庄里把向太阳取暖,叫晒暖暖。暖暖晒暖了人的身心,晒出了热情。村庄里把聊天叫谝干传,既然是干传,而且是谝出来的,那么,就不能当作在正规场合说的正经话对待,等于是一则免责声明,就为说话者的即兴演绎和再创作提供了广大空间。村庄里的人常说:你把人家谝干传的话都当真了,让人咋说你嘛!一个,几个,无数个,一年,几年,几辈子,一代代干传谝出了一代代人生,枯寂的村庄因此生动了,丰富了,关于村庄的知识以自然的形式得到传承,当眼下这些在旮旯里晒暖暖、谝干传的人谢世后,眼下这些玩土混闹的孩子也长大了,老了,自动成为晒暖暖、谝干传的主角,他们会把他们在童年听到的干传,在他们晒暖暖晒出热情后,声情并茂地,也不妨添油加醋地,谝给他们的后辈。

二、村庄的痛和爱

我又去了一趟这个名叫洪水庄的村庄。

两条高山平行延展时,好似商量好的,在这里同时拐弯儿,恰如两根粗砺的纠结在一起的胳臂肘子间留出的薄薄的一条缝隙,风从这里尖叫着挤过去,洪水从这里喧嚣着挤过去,昨天挤过去的风今天又来了,一年四季,这里便成了一条风路,以前在每个春夏秋三季隔三间二都要从这里挤过去一回的洪水,如今只有在盛夏季节偶尔光顾一次,除了把残留在洪水沟的数量极其菲薄的枯枝败叶和羊粪豆儿清洗干净外,在遇到情绪比较昂扬时,还会迅捷地漫上两边扁担宽的条田里,将各种本来就显得萎靡的庄稼连根卷起,哂笑着,逍遥远去。

不知在何年何月,有那么一个人,或是男人,或是女人,或是一对男女,也可能是兄弟俩,或母女俩,抑或是父子俩、姊妹俩——都有可能的——看见风从这里挤过去了,洪水挤过去了,他们本来也是打算从这里挤过去,像风或洪水那样,走向远方的,但,他们在往过挤时,也许是累了,也许觉得这地方还不错,就在这里的黄土峭壁上凿出几孔简易的窑洞,落脚了。不知过了多少年月,峭壁上居然被凿出了上百孔窑洞,数百人,老老少少,男男女女,以家的形式分住在属于自己的窑洞里。

一个村庄俨然诞生了。诞生了的村庄俨然一个村庄。诞生了的生命就有理由活下去,就要想办法活下去,诞生了的村庄当然有理由,也有责任,以村庄的姿态延续下去。

村庄名叫洪水庄。名字不知出自谁的智慧,想当然地说,当年以洪水命名村庄,到底是名至实归的,这有那一条贯穿了全村的深刻的洪水沟作证的。同样可以想当然地说,洪水是这个村庄成为村庄的前提。因为村里逼仄的空地上残留着大大小小十多处涝池,每个涝池都有岔口连接洪水沟。涝池的作用是,将洪水引入,积攒下来,作为旱季的生活用水。如今,大多涝池终年无水可蓄,皲裂的干泥片儿象征着这只是一个曾经的村庄。国家在千里之外的荒漠地带开辟了一片广阔的绿洲,洪水村被列为首批移民村庄。政府来人三番五次动员搬迁,可是,没有人愿意离开洪水村。多少年了,村民们无数次望着不下雨的天,一遍遍划拉着不长庄稼不生草木的土地,他们小声咒骂着不通人情的天,甚至咒骂着瞎了眼睛的祖先,恨不能凭空生了翅膀,携家带口飞向冥冥之中的肥田沃土,享受现世的幸福。可是,当真的生出了飞翔的翅膀后,他们却不愿飞了。一夜间,故土是那样的令人留恋,这里的山山水水仿佛自身的血脉经络,牵扯到某个部位,引发的都是深刻的痛,由衷地爱。公家人是懂得洪水庄人的心理的,他们说,前往的地方,没有别的居民,洪水村的建制不会被打乱,甚至洪水村的村名都可以保留,那里平原广阔,灌渠纵横,国家出资建造的房屋宽敞明亮,居住条件比城里人都要好。某个心眼较活的村民心眼动了,也只是动了一下,随即心口那里便是一阵惊悸。离开村庄无异于婴儿离开父母,世间的一切景致带来的都是无一例外的迷茫和恐惧。

  一些读过几年书的年轻人心眼活了,真的活了,他们能看得懂国家提供的地图。迁往的地方仍然是地球上的一片土地,不仅属于中国,也属于本省。一个群体在面临同样的抉择时,所有的人在某个特定时刻都处在无主张状态,这时,只要有一个人做出了决定,哪怕这个决定是最糟糕的决定,所有的人立即都会心明眼亮,把它当成最佳的、唯一的决定。离开村庄的时刻无可阻挡地到来了,此时,哪怕只是一束茅草都是那样的宝贵,他们把一切能拿走的,统统装上国家提供的大卡车。牛驴猪羊鸡,坛坛罐罐,一样不能少。只可惜,土地拿不走,哪怕只有扁担宽的、十种九不收的土地。小孩欢叫着爬上从未坐过的卡车,他们还不懂得离乡背井的意义,大人一步三回头,女人和老人哭哭啼啼,互相解劝着,被解劝的人哭,解劝别人的人也在哭。终于,一辆辆卡车开动了,洪水庄在卡车的轰鸣中陷于沉寂。

那一天,我去了洪水庄,他们要迁往的地方此前我已去过了,在我看来,无论以什么样的眼睛,以什么样的观点看待世界,洪水庄的人都应该算是由地狱步入天堂了。可是,几年后,我听说,稍有点年纪的人大多又返回洪水庄了。

这是我再度来洪水庄的原因。我想探究是什么理由让他们放弃天堂重返地狱。我问了许多人,许多人默然无语,许多人言语嗫嚅,而神情既淡然,又坚定。我问是那里生活苦吗,他们说,不苦,比这里好多了,我问是受本地人欺负吗,他们说,那里没有本地人,一个村子都是洪水庄人。我的理解能力受到了空前的挑战,我不知道我到底该问什么,该怎样发问,沉默许久,一个原来当过村支书的老者也许看见了我的尴尬,先前他是应付过一些场面的。他有些难为情地说,住在那里,主要是心里不踏实嘛,在田里干活好像脚下踩的是浮云,看见满仓的粮食老觉得是梦境,吃完饭,肚子倒是饱了,可嘴里一点味道都没尝出来,宽敞漂亮的房子老觉得是画上的,收工回家忍不住要伸手摸摸墙壁,看是不是真的,半夜醒来,也要摸一摸墙壁,害怕是做梦睡在野地里呢。说完,他呆望着眼前的秃山,神情一片空茫,继而脸生激愤之色,他说,我不是说你,没当过农民的人纯粹不理解农民嘛,有些人说我们是愚民,谁不知道国家是为我们好,我们没有文化,难道连饭香屁臭都闻不出来?不是那回事嘛!在哪里长大的人,一辈子都是哪里的人,等那些生在灌区的孩子长大了,你去问问他们还愿不愿回到洪水庄?人家的父母把人家生在那里,那里当然就是人家的家,我们的父母把我们生在这里,这里当然就是我们的家,自己的家自己不爱让谁去爱?自己的爹妈生得丑,难道要找一个生得漂亮的男人女人当爹妈?

我是怀着满肚子的惆怅离开洪水庄的,出村口时,我回头对村庄盯视了好大一会儿,村庄比先前更破败了,在田间地头忙碌的人们注定了,他们的忙碌是没有什么好结果的。当我在村口跨上县里提供的轿车要离开洪水庄时,我突然觉得,那些在无望的田地里忙碌的身影与那片天地是那样的谐和,他们行走在山窝里的脚步是那样的坚实,他们忧郁的眼神投射在那片土地上时,显现出来的却是心安理得的淡定和从容。

此时,我似乎勘破了某些有关村庄的玄机,我似乎窥见了村庄对于生长于村庄的人所拥有的那种超越功利的意义。

从此,我便拒绝用功利的眼光去审视村庄。

三、别人的村庄

离开村庄后,对我来说,所有的村庄都是别人的村庄了。我的村庄也是别人的村庄了。非要说及一个村庄与自己有关系,准确的说法只能是:我曾经的村庄。依照前妻前夫的说法,应当说成:前村庄。当然,我不会这样说。我这样说了,有遮掩自己头发丛里高粱花子的嫌疑。可是,村庄又是我记忆最多最深刻的地方,免不了时常提起。问题于此产生了。我要继续说我的村庄或我们的村庄这类话,认真的人会问:你的(或,你们的)村庄在哪儿,你领我去看看呀。这我就得犯难了。我要是搪塞推诿,别人会怀疑我在撒谎,要是硬了头皮领他们去,哪一块土地是我的,我又能坦然掏出钥匙打开哪一扇柴门上的锁,哪一只狗见了我会摇尾巴?所以,为了避免这类误会,我只能谨慎地说:我曾经的村庄。如同一个人在说前妻时,最能闹的人也不会说:走,咱们去找嫂子讨酒喝。老家,娘家,在家的前面加上任何限定词,就意味着这不是自己的家。

　　离开村庄的前几年,每年还是要回至少两趟村庄的。因为村庄里,还有父亲和两位兄长。有他们在,我与这个村庄的关系尚处在存续期。即便这样,在父兄那里,我已经获得客人的待遇了。这与以前我在村庄时的情形有着本质的区别。十四岁那年暑假,我进子午岭拉了一趟木头,三个昼夜,往返三百里山路,几百斤的重车,赶回来,正是大晌午,人快要累虚脱了,撂下架子车,刚喝完两大老碗凉水,父亲说:缸里没水了。我二话没说,挑起水桶,又到深沟挑了一趟水。往返又是几公里。我没有不高兴,也没有别的想法。因为我是主人,我是男人,我只是做了一件男人该干的活儿而已。自己家的活儿自己不干,谁干?考上师范院校,吃饭国家全包了,有些以前生活条件好一点的同学老埋怨大灶伙食不好,我倒认为挺好,有肉有菜的,四毛钱就可以吃一份至少有四两多的红烧肉,真的挺好。女同学见我能吃,就把她们节余的饭菜票惠赠于我,我一直吃双份伙食。人说,黑猪不吃昧心食,也正是长个儿的年龄,第一个学期下来,就蹿高十四公分,增加体重十四公斤。白天上课,晚上熄灯了,点起煤油灯苦读到半夜,却仍然精力过剩,睡不着觉,便与几个同学练习翻墙,学校后院的墙过几天,便出现几个豁口,砌起来,过几天,又是豁口,老抓不住破坏分子。有时怕被抓住挨处分,便猛踹马路边的水泥墩练腿功。石油工人穿的那种翻毛牛皮鞋,真叫结实,一年也踹不坏一次,坏了,花两毛钱打一个补丁,更结实了。

有力气干活了,假期回家,想把在学校用来翻墙踹水泥墩子的力气用于正途,帮父亲做点事。工具刚抓在手里,父亲便喊:放下,你能干个啥!他居然害怕把自己闲得发慌的儿子累着了。我要做的这些庄稼地里的活儿,本来只有成年人才可以承担的,可我在十岁之后就在做了,不做不行,各家的孩子都一样。这都是苦活,累活,脏活,是需要力气的,那时候,我真的不堪重负,但必须做。现在,我有力气了,却不让做了。最终获准做的,也就是每天到沟里去挑一趟或两趟水,或者赶上一头驴,两头牛,到山坡上溜溜,牲口在吃草散心,我在割草散心。在学校听电铃作息惯了,回到家里,听不着电铃,窑洞里光线黯淡,天大亮了,还没有睡醒,听见外面有响动,急忙爬起来,父亲已经做了许多事了。便有些不好意思,便埋怨父亲:怎么不喊我一声呀?父亲笑说:你睡你的,起来那么早干吗。大约从三四岁起,在家,我从来没有睡过懒觉。我家的传统从来不许人睡懒觉,无论是谁。黎明即起,洒扫庭除,非常严格。大雪天,大雨天,早上起来什么事也做不成,但必须起来,哪怕坐在炕上都行,睡下却是不行的。假期在家的日子里,我几乎每天起床时,都是日上三竿了,父亲从来没有表示过不满。我们这样一个大家族,爷爷叔叔辈的,见了我,也变得和颜悦色,这在我成长经历中太罕见了啊。一齐在打打闹闹中长大的伙伴,我不去找他们,他们是绝不会找我玩的,我去了,互相间,也只是说一些很客套的话,再也玩不起来了。

第一个假期就这样过去了,在第二个假期到了一半时,我忽然明白了:我已经是村庄的客人了,无论在乡邻那里,还是在父兄亲人那里。我们家族无论在任何时候,发达时,倒霉时,只要客人上门,总是礼数周全。小时候,村中经常有讨饭客光临,无论到谁家门头,哪怕自家人也在饿肚子,都是立即喝喊孩子搬出凳子来,先请他们坐下,喝水,再给他们寻找食物。送走他们后,会对自己的儿女说:出门人,太造孽了,对他们要好一些。哦,我也算出门人了,住的房子是公家的,足下的土地是公家的,做的事是公家的,有朝一日,公家不让你做事了,与流浪汉又有什么区别呢。我是客人,在我所在的城市,我是客居者,在公家那里,我是一个雇员,在亲人那里,我是偶尔登门拜访的客人,在村庄那里,我是来去匆匆的过路客。有手不打上门客,对待客人嘛,起码的礼数是要有的。林黛玉初进贾府时,上自贾母,下至丫鬟仆人,对她备极亲切,备极客气,然而,黛玉却备极伤感。为什么呢,备极热闹的背后是备极的荒寒。一门心思要做羽客的贾赦传话给黛玉:劝姑娘不必伤怀想家,跟着老太太和舅母,是和家里一样的。贾母说得明白,做得明白,时时把黛玉当贵客招呼。一切都在提醒黛玉:你是借居者,这里不是你的家。真正的自家人,吃我的,用我的,住我的,理直气壮,谁也用不着客气。客气就是生分,就是距离,就是主客有别。

　　失去自己的村庄后,几十年间,又去过无数别人的村庄,大江南北,长城内外,或半日走马观花,或一日例行访谈,互相间的关系再也明白不过。来了,别人来了,别人来咱村了,走了,别人走了,别人离开咱村了。我是所有村庄的别人,我去的都是别人的村庄。最长的一次是受公家委派,在接近川北的一农户家住了半个月,很快与那家人建立了良好关系。该县县委书记下来看望我时,本来是要与他治下的村民联手把我灌翻的,房东正读高中的女儿负责斟酒,却与我联手,把书记灌翻了,又联手抬上轿车。后来,书记问那女孩,为什么这么快就与别人打成一片当叛徒,女孩说:我跟马叔叔是一家人嘛。我感到了温暖。但我知道,我只是客人,我住在别人的村庄,住在别人的家,别人在为我的安全担责。书记是这块土地的主人,醉了,病了,自有人照顾,我呢,醉倒,病倒在千里之外别人的村庄别人的家里,算什么事呢。

父亲去世后,我彻底失去了村庄。虽然,一个兄长仍然住在村庄里,可是,我知道,即便是亲兄弟,我仍然是被当作客人对待的。做过村庄主人的我是不愿沦落为村庄的客人的。在自己家里做客,那不是什么尊贵的待遇。离开了,就永远离开了,失去了,就永远失去了。有村庄的人是有根的活法,飘零的人是无根的活法。风儿无家,长空大地为家,鱼儿无家,大江大海为家。

我是一个飘零人,归宿在哪里,我不知道。我以别人的身份寄居在别的地方。我不仅是所有人的别人,所有地方的别人,我也是我的别人。因为我无法告诉别人,我确切的所在,确切的归宿。

四、离开村庄的日子

离开村庄的那一天,天地山川笼罩在秋雨中。连阴雨已经下了一个星期了,还没有停下来的意思。往年秋天的雨也很多,但大多是细雨,毛毛雨。天在下雨,人在雨中干活,行路,牲口在雨中吃草,撒欢,鸟雀在雨中飞翔,嬉戏,花草在雨中茂盛,凋谢,都不耽搁的。而这个秋天的这几天,箭杆雨不舍昼夜——箭杆一样的雨柱,从冥冥的天空,结结实实射在地上——多形象呀。村中鸦鹊无声,所有的生灵都在屏息静气躲雨了。

我得走了,我要离开这个我一口气生活了十六年的村庄了。

我曾经那样盼望离开村庄,我曾经做过无数飞翔的梦。醒来后,我的胳膊还是胳膊,腿还是腿,并没有变成翅膀。

然而,就在可以理直气壮离开村庄时,我却犹豫了。

二哥从华北专程赶回为我送行,特意为我置办了三套新衣服,还有一套我一直渴望的石油工装。我把工装穿在身上,勉强可以撑起来了。我长大了。此前,我连小号的工装都撑不起来。二哥的假期到了,仍然没能把我送走。三套衣服大约花去了二哥两个月的工资。他除了工装,没有别的衣服。他想让他的弟弟体面地走出村庄,迈进大学的门槛。

我还是那样渴望离开村庄,但我不愿去学校。我考上的并非我要上的学校。虽然,全县只有十三名幸运儿,全公社只有我一个。低得可怕的录取率,只要榜上有名,哪怕敬陪末座,都是一件值得庆贺的事情。其实,对于这个结果,我也是很高兴的。想想那高达百分之九十几的淘汰率,想想从恢复高考,一连复读四年仍名落孙山的师兄师姊,我的高兴是有充足理由的。我已经证明我有上大学的能力了,上与不上,无所谓的事情。我的意思是,要上就上一个自己满意的大学,要不上,就做一些与读书无关的事情。

我没有明确说不去上学,我怕父亲难为情。在那样艰难困苦的条件下,父亲坚持让我读书,可在高考的冲刺阶段,却让我回家参加生产队的夏收。一个多月的昼夜突击,麦子入库了,我的身体累垮了,所学的那点可怜的知识早随汗水撒在广阔天地了。我不说去,也不说不去,整天挥汗如雨与社员一道劳动。天阴下雨,没法劳动了,我便闲游闲逛,不打伞,冒着大雨,从村子这头走到那头,看谁家的狗不顺眼,砸给一石头。我的户口从村庄转走了,如果不去学校,我将成为"黑人黑户"。我觉得这样也不错。粮户关系是我一级一级跑下来的。从此,哪头都管不着我了。

我自由了。

天色暗了下来,雨还没有要停的意思。明天是新生报到的最后一天。三哥扛起我的行李,断然说:走,我送你去县城!他在前面踏着满地泥泞大步流星,我在后面笑嘻嘻慢步悠悠。去县城必须要过马莲河的。我心想,下了几天大雨,河水早暴涨了,哪过得去呀。不是我不听话,这是天灾。到了河边,浑黄的河水波浪喧天,三哥毫不迟疑,率先脱光衣服,用裤带将衣服缠在头顶,一手托行李,一手划水,在大浪中,忽忽悠悠,漂出去上千米后,爬上了对岸。他显然是要返回来接我的。这时,我不觉豪气顿生,将可爱的工装用裤带拴在头顶,跳入滚滚泥流中。从小在河里耍水,比这大的水,我也游得过去。

村子离县城还有二十里山路。雨下得更大。下雨天,天说黑就黑了。黑了,就彻底黑了。山路泥泞,一步一滑,有些路段已被洪水冲毁了,只好四肢并用。三哥走在前边,我紧跟于后。远方农户家的狗偶尔叫几声,狗叫声在绵密的雨水中声声断断。爬上这边山头,遥望什么也望不见的村庄,我猛地意识到,这个村庄已没有我的立足之地了。天下之大,无头无绪,眼下唯一可以容留我的,只有那所录走我名字的学校了。我主动说:

"哥,雨下得这么大,不知道明天发不发班车?"

"发,肯定发的,班车走的是公路。"

三哥知道我的思想通了,他的脚步在泥泞的原野上轰轰作响。

子夜时分,兄弟俩到了县城。县城也在下雨,整个县城只有车站亮着几盏昏暗的灯。三哥砸开一家旅馆大门,一位与我年龄大小差不多的少女睡眼惺忪,正要发火,一看我的样子,忽然脸上露出笑容,她说:是大学生吧?我说:是的。房间早已客满,走廊都蹲满了人。她将我们带进她的值班间,指着那张散发着幽香的床说:你住我这儿,不收店钱了,我家就在隔壁大院,我回去住。她让我把湿衣服脱下来,她抱在怀里,临出门,又回头嘱咐我安心睡觉,她明天会让司机给我留一个座位的。三哥放心了,连夜冒雨赶回家去。明天一大早,他还有要紧事做的。

晚上,我独自躺在温暖的床上,听窗外雨声凄凄,在这个县城我前后求学四年,得到的都是永远的白眼和一次次的驱逐,我还是昨天的我,一脸苦役后的疲倦。仅仅考了一个我不想上的大学,就天翻地覆慨而慷了?

第二天早晨六时半,天还没有亮,天还在下雨,我穿上少女服务员为我烘干的工装,吃了她带给我的两只热包子,坐上了离开村庄的班车。

我知道,从此以后,我是一个永远失去村庄的人了。我将独自面对世界。村庄只承担我的生,而不会为我的死负责。

五、村庄里的仇人

有的人,没有朋友活不下去,有的人,没有对立面活着没精神。人与人的差别真叫大呀,虽然都是由一撇一捺组合起来的人。

在我们村,交朋友不大容易。那需要善心,耐心,诚心。交上了,谁也不敢保证永久。或者他变了,或者你变了,或者谁都没变。但,不再是朋友了。结一个仇人太容易了,好像你俩是商量好的,好像你俩是心心相印的朋友,同时想起了对方,同时想为对方做同一件事情。他朝你走来,笑吟吟地,边走边在怀里摸旱烟袋,他要请你共享他那优良品种的旱烟末呢。啐,你朝他走来的方向吐了口唾沫。唾沫点儿打进浮土中,大地上有了一个你制造的湿湿的坑。你们大大的两人,被一个小小的坑分隔在两岸。啐,在第一时间,他也朝你所在的方向来了这么一口。你们中间就有两个坑了。你感到已经有坑了,就让坑多一些吧。他和你的想法完全相同。一会儿,你们中间便布满了坑。

仇,就这样结下了。

某某是我的仇人,我得防着他,我得与他斗争到底!于是,你注意力格外集中,你精神抖擞。他与你想到一起了,他睡觉都在想着与你斗争的策略。

居住在一个村里,见面总是不可避免的,无论远近,只要打了照面,只要互相看得见,你们便争相朝对方所在的方向来一口。唾沫打在地上,与直接唾在对方的脸上,是一个效果。你们都是知道的。谁反应敏捷,唾沫率先落地,谁便赢了这一回合。你们为了占得先机,时刻准备着。有了仇人的你们,精气神时刻都保持在最佳状态。

仇恨会延续下去。

仇恨会波及家人,会结为家仇,世仇,仇恨会像传家宝那样,一代代传下去。为了与仇人争出高低来,为了不被对手毁灭,这一代人在临死时,会把仇恨当作家族第一大事托付给接班人。为了生存下去,双方拼命工作,拼命生育,拼命积攒财富。你们都知道,在任何时候,实力都是最后的裁判。在一个村庄里,为什么势力最大的家族往往关系不和睦?说到这里,你是不是有些明白了。

仇恨传得久远了,后辈儿孙并不知道仇恨的根源是什么,只知道他们与那家人是有着不共戴天的深仇大恨的。仇恨在他们那里只是一个没有实际内容的概念。他们已经学会了用仇恨的目光观察对方,已经习惯于把对方的一切言谈举止往坏里想。保持对对方的仇恨是生存的前提,是立身之本。

仇容易结,也容易解。没有实际内容的仇恨如同没有大梁的房屋,大风一吹,就坍塌了。有一天,你心情很好,看见什么都是好的,这时,你看见对方了,对方像往常一样,朝你飞快地吐了口唾沫,你没有回击,你笑骂道:驴样子!嘴里进去狗屎了?对方也会不好意思地笑说:你才驴样子哩!

轻而易举结的仇,轻而易举解了。

当然,失去了一个仇人,你还会很快拥有新的仇人的。在我们村,没有仇人的日子就像没有咸盐的饭。

在我们村,我没有仇人,我是想结一个仇人来的,可我实在找不出结仇的理由。于是,我成了所有人的仇人。一个没有仇人的人当然是不见容于有仇人的人的。这个道理我懂。至今,我仍然没有仇人,我只有不屑的人。我一直想离开这个村庄,找一个没有仇人也可以安然生活的地方。我去过很多地方,至今还没有找到这样的地方。

我无处可去。

于是,我只有朋友,和不屑的人。

我也不打算拥有仇人。

六、村庄里的朋友

在我们村,一个人没有朋友是完全可以的。没有朋友,你会显得自在,散疏,孤独而傲慢。你不必看任何人的脸色,你做任何事说任何话,都不必左顾右盼。你为你负责。你权当自己是一泡野狗撒在路边的臭屎。哦,不,狗屎在我们村是很吃香的,除了村主任,就属狗屎德高望重了。每天天蒙蒙亮,春夏秋冬,总有早起的老汉或小孩,挎一只柳条筐,扛一把铁锹,像训练有素的侦察兵,把躲藏得相当隐秘的牲口粪,还有人粪,一锹锹铲起来,稳稳地撂进粪筐。在所有的粪便中,狗粪是上品。狗粪是白菜的最好肥料。村里人常说:离了你那泡狗屎,还不种白菜了? 与"离了张屠户,不信要吃连毛猪"是一个意思。这是说大话,给自个儿长志气的话。真的不需要,就不用这样说话了。他们见到狗粪的眼神与见到雪白馒头时,没什么两样。

那么,你权当自己是河边的一块烂石头吧。可是,我得警告你,你不能是青石板。这会让人揭起来,抱回家去,或铺路,或砌墙,或垒鸡窝了。想想看,铺在路上,一天得挨多少踩呀,人,牲口,车辆,一茬一茬踩下去,踩不碎你,你是无法离岗休息的。砌了墙,也不大美妙,风吹雨淋倒没啥,盗贼,嫖客,不走正路的人,和偷偷摸摸的野兽,你眼睁睁看着,他们和它们从你的身上跨过去,你一点办法都没有。而你的职责就是防备他们和它们的。你也不能是青滑石。这种石头也会被人掘地三丈翻寻出来,一担一担挑进石灰窑。虽然,你一直想给人们说,你们费这么大的劲儿,换来的钱还不够替换为了找我而磨破的衣服和鞋子,所耗费的气力和烦恼,还没有计算在内。可是,没有人听你的话。你被不由分说送进了石灰窑。那里面真叫热呀。

要做石头最好做烂石头,什么用也没有,嫌碍眼,便无人注目你,你乐得自在,嫌拦路,就会有人把你搬开,扔进荒沟,那个自在呀。

在我们村,能做到一个朋友都没有,连亲人都不待见你,那是一种至高的人生境界。人们会说,那娃把人活成了。你不必细究这是正话还是反话,你尽可安享字面意思吧。外界的人把没有朋友看成是一件危险的事儿,活着没人帮衬,死了无人送丧。在我们村,这都是咸吃萝卜淡操心。只要稍有点阅历的人都知道,对你伤害最大最多的,是那些自称是你的朋友的人。说起这些,就扯远了,就深奥了,在我们村,做一个浅薄的人是最划算的。显而易见的事实是,没有朋友,你不必担心孤独,到处都是只会给你带来快乐而不会给你制造麻烦的朋友。

哦,我还得把话说明白了:人除外。这叫:先说响,后莫嚷。这叫:免责声明。

一群麻雀落在椿树上,喊喊喳喳,热闹非凡,你不管它们在吵架,还是开民主生活会,你一只手插在兜里,或叼一根旱烟棒子,一只手潇洒一扬,嗓门不大不小喝喊一声,它们就会惊慌失措飞往另一棵树,国槐、刺槐、枣树,都行,随它们的高兴。你悠闲自得转一圈,再扬一下手,喊一声,它们又会飞往另一棵树。麻雀祖祖辈辈与人生活在一起,它们能准确判断出你的善意恶意来的。你逗它们玩儿,它们也逗你玩儿,反正闲着也是闲着,不就是图个乐子嘛。它们的惊慌失措是装出来的,它们让你充分感受到你原来是多么强大。日落黄昏时,麻雀玩累了,飞进窝去,倒头便是一场好觉。你也玩累了,觉得在这个村子,你并非最弱小的,倒头便做了一场强大的梦。

第二天,晚上睡得好,你精神头很足,但昨天你在麻雀那里已证明了你的实力,你不想跟它们玩了。你低头寻找新的乐子,忽然看见一群蚂蚁,匆匆忙忙,往来穿梭。你顺手抓起一根手指粗细长短的干柴棍儿,横在蚂蚁队伍前面。行军路线是它们的尖兵早已侦察好的,突然遇到新情况,队伍立即原地待命,消息传回总部,只见几只大号的蚂蚁火速赶来,把几根长长的胡须在干柴棍上触一触,调头走了。蚂蚁队伍接到了长官指令,开始攀爬新出现的障碍物。这是一条横断山脉呀。这是长征路上的夹金山呀。它们纷纷丢弃驮在身上的笨重财物,只把卵紧紧抱在怀里,扶老携幼,互相鼓励,前赴后继,奋勇攀登,终于翻了过去。你看看,每只蚂蚁的脸上都荡漾着胜利后灿烂的笑容。它们并不怀疑和怨恨谁在恶作剧,生活中遭遇什么便面对什么,这有啥呀。它们重新排好队列,出发了。你觉得好玩,又用干柴棍儿在它们的必经之地划出一厘米深一厘米宽的壕来。正在赶路的蚂蚁立即停止前进。这是天堑，这是鸿沟。几名尖兵勇敢地站了出来，它们到沟沿察看一番，一个就地十八滚，到了沟底。一名尖兵以为摔坏了，爬在地上想了会儿，试着甩胳膊蹬腿儿，嗨，没事儿，太刺激了哎！它回头招呼弟兄姊妹们，大伙儿以它的方式——滚下沟去，一沟都是快活的尖叫。人说上山容易下山难，蚂蚁深有同感。最难做的很容易做了，上山简直是清风明月般的享受。

你的一个小小的动作，便让蚂蚁费尽周折，你的心中油然生出了成就感、优越感，还有挥斥一方的不可一世感。再看蚂蚁，它们并没有像人那样感叹：行路难，行路难！它们乐天知命，一身都是坦然。它们在征服一个个艰难险阻中，凝聚、团结、延续和发展种群。生活嘛，每天都是阳光灿烂，活着还有什么劲儿。

望着远去的蚂蚁队伍和在枝头喧哗的麻雀，你突然觉得你学到不少东西，这是你在人那里从来没有学到过的东西，你内心突然涌上一种冲动，你想称蚂蚁和麻雀为老师。你鼓足勇气，一声喊出，蚂蚁不为所动，继续前行，麻雀一哄，飞向离你远一点的枝头。

如果你嫌蚂蚁麻雀太小，你叫它们老师有点难为情，乃至以它们为朋友，也怕人笑话，在我们村，你也不会感到孤独的。你可以扯开嗓子给天唱歌，可以一边走路，一边把一泡少少的尿撒在一大片土地上。在城市，给天大声唱歌，那不叫唱歌，叫大声喧哗，随地小便，叫破坏公共卫生，都是不文明行为。在我们村，没人干涉你。如果没有人与你说话，而你实在想说话，你就说吧，到处都是你忠实的听众。你可以和牛，和驴，和猪，和羊，和狗，和鸡，和小麦，和玉米，和高粱，和一切长耳朵的生命，不长耳朵的生命说话，说什么都可以，说多久，它们都不会烦你。它们不会因为与你的观点不同而红脖涨脸，乃至抬脚踢你，张口咬你，撑角顶你，故意不好好吸收阳光雨露,让你饿肚子,没精神在它们面前口辩滔滔。在这一点上,动物和植物比人的修养好多了。你别担心它们听不懂你在说什么,它们还在担心你不懂得它们呢。你也不必焦虑你的话说多了,它们的耳朵里会装不下。有一头牛的两只耳朵,就够你说一天、几天、几个月、几年、十几年的话了,何况还有那么多的飞禽走兽的那么多只耳朵,何况还有那生生不息的花草树木。

你要说的话,你能说出来的话,其实是很有限的。

所以我说,在我们村,没有人做你的朋友是完全可以的,天空大地,飞禽走兽,草木庄稼,都是你至亲至爱的朋友。有它们在,你不孤独。

七、早起的错误

那天早晨,我起得很早。天还处在被习称为黎明前黑暗的那种情形。可是,我却起床了。按理说,这么早起床算不得一件壮举,连给人说道的资格都不具备的。多少人比这早得多都起床了,有些夜行人还没有来得及睡觉呢。

所以,这是一个寡淡的事件,这是一个普通的早晨。

我把这个早晨从我经历过的无数的早晨单独抽出来,大略是因为这个早晨我原本不必要起得这样早,我完全可以像以往一样,无论睡够了没有,都安心蜷缩在被窝里,有事情可想,就认真地,或装模作样地,像别人想事情时所惯用的那种神态想一些事情,无事情可想,最好什么也别想,眼睛透过屋里漆黑的光线,目不转睛地盯着天花板。虽然,按道理是什么都看不见的,但,天花板上的一切都历历在目。蜘蛛网,灰尘串儿,苍蝇蚊子留下的爪痕,炊烟熏黑了的裱糊纸。等等,这些都不会因为光明而使它们更显眼，也不会因为黑暗而被遮蔽。都是熟悉的物事，多少年了，早已了然于心。我说无事可想时最好什么也别想，听起来这是一句十足的废话，但，最好还是不要当废话对待。有些事就是想出来的。好事被想出来以后未必还是好事，坏事被想出来后一定是坏事。不幸的是，以我的人生经验，自然而然产生的事情都是人生必须经历的事情，它们有助于人的成长，无论是好事，还是坏事，如同风雨雷电之于草木禾稼，而凡是被刻意想出来的事情，总不是什么好事，带给人的多是片面的戕害，如同害虫之于草木禾稼。

既然起床了，就得像一个早起人的样子。有事没事，有意义没意义，总得像一个有事人的样子，总得像一个活在意义中的人的样子。我悄悄打开屋门，在院子里顺手抓过一把铁锹，像一个早起的勤勉的农民，出了大门，来到旷野中。我说的旷野和别人常说的那种旷野似乎不大一样。村落就在旷野中，一家离一家很远。所以，我来到旷野中和我来到村落中，表达的是一个意思。我来到旷野中。手中的一把铁锹，对我并无多少实际意义。这是习惯。所有的农民都这样。我是农民的儿子，我也应该这样。旷野中一定是有野狗游荡的，有时还有野狼出没。我手中的铁锹只是摆设，只是一种姿态，既无奈于野狗，更无损于野狼。我好像还很小，还不具备与铁锹发生关系的资质，而铁锹本身的重量对我都是一个沉重的负担。但，我手中有一把铁锹。我说过，这是一种习惯，这是我的人生的未来形态。我得对未来的不可抗拒的到来有所练习。

夜色浓重，旷野中可以看见的物事很少，但我都看得见。我知道哪个庄院是哪家的，是什么形状，在什么位置，我知道哪片地是谁家的，种的什么庄稼，庄稼的长势如何，我知道哪里有一个牛蹄子窝儿，是谁家的牛于某天某时某刻，因为某一件事情踩出来的，出自公牛还是母牛。这些，我都知道。在乡村生活，有些事情，有些堪称复杂高妙的事情，不知不觉就连同现象与本质一起呈现出来了。这与学校完全不一样。一加一等于二，这种原理本来是会自然而然呈现出来的，在学校，却需要老师庄严地站在讲台上，以知识的化身，以真理持有者的傲慢，郑重其事地划拉着指头一遍又一遍地演示的。如此，居然还有同学闹不明白其中的道理。缑老二家的锁娃就搞不明白这个道理。老师已经专门为他演示两遍了，他还不明白。老师有些气恼，便用左手撮起右手的一根手指说，比如这是你爹，你只有一个爹对不对，锁娃说对，老师又撮起右手的一根手指说，又比如这是你妈，你只有一个妈对不对，锁娃说对，老师说，好了，现在我们把你爹和你妈加起来，你说说是几个，锁娃举头想了想说：一个爹，一个妈。老师狠狠地把自己高举着的双手掼下来。当然，没有掼在地上。手与胳膊是连在一起的，一般情况下是掼不到地上的。他说了一句脏话，又说了一句不算脏的骂人话：蠢驴！

说良心话，锁娃并不蠢的，我们日常干的坏事，至少有一半出自他的创意。这些，关乎他人的名誉，我就不说了。咱们说涝池旁那一片零乱杂沓的牛蹄子窝儿吧。那就是锁娃家那头公牛和母牛踩出来的。那天午后，锁娃赶着这两头牛来涝池喝水，各自才喝了几口，公牛抬起头朝母牛叫了一声，母牛也抬起头，朝公牛叫了一声，互相叫过三声后，它们便为了一个共同的目标走到一起来了。六只牛蹄将泥地踩出一片狰狞的土窝，在它们那里，我似乎理解了什么叫壮怀激烈。先前，我对这个成语半是明白，半是迷惘。我们都知道它们在做什么，我说锁娃，一头公牛加一头母牛是几头牛，锁娃不屑地说，两头呗，谁又不是傻子！我说，那么一加一等于几，他更不屑地说，二呗，这还用问？我说，那你怎么不知道两根指头加起来是几？锁娃说，指头能加到一起吗，你给我加起来看看！

我看见锁娃如此聪慧敏捷,便不怀好意地问,一头牛几只蹄子,锁娃说四只,我说两头牛加起来共几只蹄子,锁娃近乎愤怒地说,当然八只了,你再不要问我这类糟蹋人的简单问题好不好?我说,回答错误!请你虚心些好不好?他愕然说,怎么错了,怎么会错?我指着两头叠在一起的牛说,你自己数吧。锁娃一二三四数了几遍,果然是六只。他忽然指着悬在半空的两只牛蹄说,看,那还有两只!我说,那两只不算。他不服气,说怎么不算?我说,牛长蹄子是做什么用的,他说当然是走路用的,我说,那么悬在空中的牛蹄子还算数吗?锁娃语塞。

我以小人得志的方式为我的胜利欢呼。他从来都很佩服我,在此之后,更佩服了。

我来到涝池边,我看不见那一片零乱杂沓的牛蹄窝儿,但我知道它们分布在哪儿,知道它们的形状,那种壮怀激烈的气息依然清晰可感。涝池离小坡家最近,小坡他爹在一个遥远的地方当兵。他爹不常回来,前年回来过一次。他每次回来,我们都跟前跟后,缠着他讲打仗的故事。他很乐意给我们讲,他有许多这样的故事。可我这个从小就不知好歹的家伙,竟然对他提出了新的要求,我让他讲自己亲身经历的打仗故事,别老讲别人的。听了这话,他使劲一呆,脸红了,红透了。随即,他的表情自然了,他笑笑说,我没有上过战场。原来,我们以为当兵就是上战场打敌人,小坡经常说他爹在以鲜血和生命保卫祖国。小坡他爹在说他没有上过战场时,小坡很不自在,快要哭的样子。小坡的担心是多余的,他的爹并没有因为没有上过战场而损毁在我们心目中的形象,小坡也并没有因为这个而影响与我们的友谊。我们这一帮子小混蛋,做过的混蛋事罄竹难书,但,从小就善解人意。

我觉得在这个安静的时刻,做一些有意义的事情是应该的,何况我手里还抓着做有意义的事情的工具。我想了想,借着微弱的晨曦,用铁锨将那一片狰狞的牛蹄子窝儿铲平了。我突然心明眼亮,终于为黎明时分带铁锨出门找到了理由。让我无法安心躺在床上度过黎明前黑暗时光的诱因,原来是想起了这些本来与我无关的物事。小坡家没有养狗。村里家家都有狗,他家却没有。他家是最有理由养狗的,因为他爹常年不在家。他妈说,养狗干什么,现在的社会这么好的,我家又是军属。这理由让所有的人在这件事情上不再瞎操心。所以,我铲牛蹄子窝儿的行动,看起来场面恢弘,实则是悄无声息完成的。正对涝池的小坡家的大门悄然开了。此时,错误前来叩我心智之扉了。我今天起得早,便以为天下的人都起得早。我以为是小坡,我要跟他在一起玩。我兴冲冲迎上前去。看不清来人的面目,但我知道不是小坡,只有大人在黑夜才可弄出那么厚重的阴影。

双方的碰面不可避免。那人是谁,我就不说了。那个时候都没说,现在当然不会再说了。过了一些日子,在一个深夜,那人被县上来的警察从小坡家逮走了。他是坐那种偏头三轮摩托走的。那一夜,全村所有的狗都在狂吠,全村男女老少在狗的狂吠中不约而同赶到了小坡家。我也去了。那人在几名警察的推搡下,上了摩托车。我感到,他坐在车斗里,野风吹乱长发,很像我在电影中见到的某些人物。偏头车启动时,他抓紧时间狠狠地瞪了我一眼,在此后的很长日月里,村里的人,包括小坡他妈、小坡,都拿眼睛瞪过我。老爹瞪过我多少眼,我记不得了,专门为此事揍过我一回,我却是牢记的。以别的事为由头还揍过我许多次,但我知道,根子在这件事上。后来,那人以破坏军婚罪,被劳教三年。

这件事情,我今天是第一次给人说,三十多年了,我从来没有给人说过。我也从来没有为自己的无辜辩解过。说不清楚的事情何必去说。最初的几年,我并不知道因为什么好端端地受人白眼,好端端地挨揍,也没有人告诉我为什么。那人半夜从小坡家出来,这有什么呀,在我们村,半夜串门的人多去了,谁想到谁家去,想什么时候去,推门就进去了。我和小坡经常玩到半夜,他到我家,或,我到他家,跟在自己家没什么两样。一件如此正常的事,我如果当成什么新鲜的见闻说给人听,不是自讨没趣么。长大了些,我觉得事情多少有些不合适,因为小坡他爹不在家。自家男人在身边,女人可以和别的男人说任何能说出口的话,可以摔跤玩,谁占了谁的便宜,自家男人都会开怀大笑的。自家男人不在身边,女人时时刻刻则要保持一种令人肃然起敬的姿势。小坡妈白天的姿势无比正确,连最挑剔的人也心服口服。

小坡家的墙壁上贴了许多张模范军属的奖状。后来,我明白了,我一不小心把一个神话撞破了。小坡妈是村里人和城里人联手创作的一部神话。她是一个集体的荣耀。我让一个集体脸上无光。

那人刑满释放后,直到我出门远行前,坚持不懈地恨了我许多年,我也没有做过任何辩解。三年的牢狱之灾,使他获得了恨一个人的权利。虽然,他应该恨的人并不是我。我知道,有些事情是一定要有人负责的,无论与你有无关系。多年以后,那人知道是谁出卖了他,村里人也都知道了,在我回老家时,那人和所有拿眼睛瞪过我的人,试图想向我表达一些什么,每逢此时,我便把话题岔开,或借故走开。说不清楚的事情何必去说,已经清楚了事情又何必再说。何况,归根结底地说,我并非完全无辜。那天早晨为什么要起那么早,偌大的村庄为什么单单去了有可能发生事件的场所,与世无涉的牛蹄子窝儿碍你什么了你竟然铲平了它们,一个集体因为你偶尔的早起而颜面尽丧,你还敢妄称无辜?世界上没有无缘无故的事情,有时候,我们要为因果分明的事情负责,也不得不为无缘无故的事情负责。想起了,看见了,躲避不及,这本来就是缘故啊,你就得为此承担后果啊。

我睡懒觉的毛病大约就是那时候种下的根儿,我的生活永远比别人慢半拍,或者几拍,天晴有太阳的时候,我就等着太阳升起了再起床,我不想看见别人不打算被太阳晒着的事情,天阴下雨没有太阳的时候,我就等着来自生活的喧嚣声吵醒我,这样,我看见的事情,已经有许多人先我而见了。我不必担心我看见了什么我不该不愿看见的事情,我也不必为我的看见而担责。

我曾经为我获得的生存经验暗自得意了很长时间。遗憾的是,我渐渐发现,我仍然必须为许多与我无关的事情负责,规避了一种危险,另一种危险从另外的渠道悄悄逼近了。也许,这就是人生的常态啊,谁能说清楚什么事情与自己无关呢。只要你与生活有关,生活便与你有关。

第二辑　多少事

羊的谣曲

老寡妇又产羔了。它把羊羔产在了一个背风向阳的小山坳中。产完羔,它只是象征性地叫了几声,算是给主人通报了。它一边用嘴舔去羊羔身上的秽物,还忙里偷闲啃嚼近处的干草。它的神情安详淡漠,好似只是做完了一件份内的平常的工作。它已经产过 10 只小羊羔了,它生产的几只母羊羔也都先后做了母亲。在这个羊群中,它是一位英雄母亲,早已做了祖母高祖母的母亲,可它仍一年一只羊羔地坚持着。它创造了堪称辉煌的业绩,可主人却给它起了这样一个带有侮辱性的名字。它似乎也不在意,名字嘛,只是个称呼,叫得响就行。人群中叫富贵发财的,穷得穿不起裤子,而叫狗蛋狗剩的,却在变着法子享福。这和羊群里的情形差不太多,比如那位叫花喜鹊的母羊,看起来很养眼睛,一张雪白的皮毛,一对眼睛上还长着两个黑圈,像当红明星不分场合地戴着的价钱不菲的墨镜;身上还间杂着几许黑点,怎么看怎么性感,有味道。可它好几年了,一只羊羔也没能产出来。母羊嘛,不产羔干什么,只剩下杀掉吃肉了。再产不出羔来,走向这个结局,是迟早的事情。几只与花喜鹊类似的母羊,都被主人毫不留情地送进屠宰场了。中看不中用,羊与人都差不太多。老寡妇心想。

老寡妇木然地看着主人朝这里奔跑,木然地看着主人一脸地欣喜,木然地看着主人将小羊羔抱在怀里后向它投来的意味深长的一瞥。把健康的小羊羔交到主人手里,它向主人轻叫几声,转过身去,自顾自地寻草吃了。一件事情有了一个完满的结局。它不像别的初次产羔的母羊那样,小羊羔未落地时,跌爬扑滚,惨声叫号,产出羊羔后,大呼小叫,手足无措,仿佛恶狼来袭,或暴雨来临。老寡妇心想,不就当了一回母亲嘛,多大的事呀,身为母羊,不一回回地当母亲,还干什么呀!

这是一块叫干沟的牧场。这是干沟牧场的冬天。老寡妇生在干沟,长在干沟,在干沟吃草,在干沟恋爱,在干沟生产小羊羔,至今已 11 个年头了。它来到这个世界以后,第一个主人是一位少年,它看着他的唇上长出了茸毛,它听着他吆喝羊群的声音渐渐变得粗粝,它品味着他唱的山歌的内容由甜变酸,它也真切地体会到了他的脾气逐年见长。刚当上羊们的领导时,他是那样羞涩温婉,看见公羊和母羊恋爱,总是立即红了脸,背过身去;羊们要是犯了错误,他甩着空鞭,在耐心地告诉大家正确的做法。当他唇上长出茸毛后,便不这样了。羊们在谈恋爱时,他常会不眨眼地盯着看,看得羊们都羞红了脸,只好躲到一边去继续它们的未竟之业;他甚至会把一对互相没有感觉,没有感情,并且互相讨厌的公羊母羊,强行纠扯到一块,用皮鞭协迫着它们做那难以启齿的事情,他还美其名曰:为了大我,牺牲小我。这"大我"是个什么东西?老寡妇咋也想不明白。这人啊,想给啥地方搽粉咋就能搽上去呢,我虽然是羊,可也知道粉是给脸上搽的,把粉搽在生殖器上算哪门子讲究呢。老寡妇就这样一次次遭受着这样为了大我式的奇耻大辱。那头公羊是个老流氓,长得又老又丑,常年不洗澡,一身的骚味,它烦它,从心里烦它,从未正眼瞧过它,可这老流氓自我感觉出奇地好,谁的便宜都想占,曾多少次打它的主意,都被它严词拒绝。有一次,那挨千刀的居然还想给它来个霸王硬上弓,被它一头顶了个腿朝天。哼,给老娘来这一套,也不看看自个那份家当!可主人却在这个关口扬鞭赶来了,它还以为他要惩罚强奸未遂的老流氓呢,谁知他却一把抓住它的耳朵,召唤那老流氓。它心想,还用你召唤吗,那老不死的早都在谋这一口呢。老流氓欢叫着,唱着五音不全的歌,得意洋洋地做了它梦寐以求想做而做不到的事情。就在这一回,主人随口给它起了这样一个外号。

  人说男女间第一次有了这种事情,便会顺理成章地有第二次,第无数次。其实,羊何尝不是呢。老流氓一朝得逞,就像领到了结婚证似的,大摇大摆,大模大样,想来就来了,说来就来了,它抗拒过,多少次顶翻过它,可是,谁又懂得它的心啊,主人又是厉声喝喊,又是甩鞭瞪眼睛的,连同伴也不理解它,那个生不出羊羔的花喜鹊嘴跟刀子似的,嘴一撇,阴阳怪气地说:你以为你谁呀,贞节牌坊早变成老古董了!那些好心的姐妹也劝它,认命吧,咱们母羊啊,天生就这命,你这种态度,明白事理的人说你是有个性,自尊自爱自强,碰上糊涂糨子,反说你是悍妇恶娘,不守妇道,做秀,等等,等等,啥话难听说啥,何苦来着,不就那回事嘛。它灰心了,也想开了:命啊!它是爱它的子女的,它清楚它的一个儿子是这老东西的种,每当看见这个儿子,它便心如刀绞百感交集,可做母亲的又能说什么呢,无论是谁的种,总是自己身上掉下来的。人里面不也有这种事吗,有的女人被坏人糟蹋了,生下了孩子,难道会一巴掌拍死不成?命啊,母亲们的命啊,它一次次仰天浩叹。让老寡妇想不通的是,我从来都是好羊啊,我从不调皮捣蛋,从不挑肥拣瘦,一年一只羊羔生产着,也从不居功自傲,作为主人,你凭什么这样待我,你凭什么帮助老流氓欺负我,又凭什么给我起这样一个寒碜的外号?我固然老了,人固有一老,羊也难免一老,可我是怎么老的你该是比谁都清楚:给你产羔产的!你上学的学费,家里的电费,地里的化肥,还有你身上穿的衣服,哪一样不是用我孩子的生命和我们母子的皮毛换的?说我是老寡妇,别人不知道我年轻时是啥样子,你不知道,难道你不知道?我年轻时,那可真叫牛立羊群啊,一进牧场,公羊无心吃草,母羊无地自容,走到牧场的哪个角落,掀起的都是代号叫"珍妮"的加勒比海热带风暴!拍拍胸口,想想啊你。

唉,好汉不提当年勇,美眉羞说少艾俏,罢了,罢了,俱往矣,俱往矣,当年的相好有了新相好,连老流氓都不大在意我了,真个像人的祖先在几百年前就唱过的那样:悔当初,错走了一条路,到如今,凄凉景,历尽了多少风波,我一心中有万种愁,无人诉;也是命里该如此,教我受折磨。有限的姻缘也,倒吃了无限的苦。

后来,由少年长成青年的那个主人走了。就是从干沟这条路上走的。那是一个春天的正午,阳光明媚,老寡妇正在山坡低头吃草,想恼人的心事,他低着头,对这片他再也熟悉不过的牧场看也不看一眼,脚下生风,逃似的。它目送着他,一直将他送出了视野。代替他的是另一个少年,像他当年一样大小的少年。新来的主人与他当年几乎完全一样,羞涩涩的,有几只老资格的老得没皮没脸没羞没臊的公羊母羊,故意在他面前调情,行那苟且之事,它看见他,当即被羞得睁不开眼睛。不过,已懂得了世事沧桑的老寡妇,只是冷冷地瞥了他一眼:它从一个少年身上看到了另一个少年的成长轨迹。那几天,它心里万般地不好受,它一遍遍地哀叹:时光啊,流水无情,生活啊,阴晴圆缺。悲伤了几天,它便释然了。世上哪一样活着的生命又能真的主宰自己的命运呢,又有谁不是这样在生活的车轮上载欣载欢时悲时喜呢。

让老寡妇略感安慰的是,两年后的秋天,第一个主人回来了,从这条山路回来了。他的身边多了一个年轻漂亮的女人。他扛着似乎很有分量的行李,喘着粗气,一手向四周指画着,给女人说着什么。它听不见他们在说什么,但它猜得出,他正在给那个女人讲述有关牧场的事情。它心里一热：它会不会说到我呢。这个念头一生，它要是有手，便会狠抽自个两巴掌的，真是老糊涂了，忘了自己是谁了，人家凭什么说你！它看见，女人脸上的表情很丰富，一会儿眉蹙春山，一会儿海棠带露，一会儿巧笑倩兮，一会儿美眉失位。它知道老主人是荣归了，它也知道，此时是万万不可扫人兴的。可它是一只把情义看得比天高比地大的羊，它忍不住向他叫了一声。轻轻地，怯怯地，犹犹疑疑地。它原想他是认不出它来的，或者当着美妻的面不屑认它的，它知道自己太老了，皮焦毛燥，腰塌腿歪，骨瘦如柴，眉目混浊，它之所以还活着，仅仅是因为它已失去了被宰杀的价值，像它这样的，皮如破布，肉似枯柴，杀之，分文不值，留下，还可多少积点粪肥，它的前几胎子女，血肉早已上了餐桌，皮毛不知披到了哪个大人物的身上，连那个它死也看不上眼的老流氓都让一个羊贩子花了一盒烟钱拉走了。我这个样子还能见老主人么，老主人会不会认为我在故意给他脸上抹黑呢。可知人都是爱面子的，尤其在自己心上人面前。在人那里，放羊可是一桩下贱的差事，虽然，裘皮是上等的衣饰，肥羊美酒是古来的享受。老主人即使承认自个放过羊，放过的也应该是美丽的羊，像我这样的，丢死人了！它后悔刚才的不知轻重。还好，老主人闻声色动，悚身观望。真是四目相对，无语而语啊。它看见，他面色凄楚，欲说还休，欲说还休，却道天凉好个秋。当此际，一股秋风真的送来了一片爽。他低了头，一手指着它，给那女人喁喁小语。它看见，她看了它一眼，立即秀容惨变，美目含泪，拉着他的手，狠狈而逃。

她是否在它身上看到了自身的什么？人的事情，羊咋能知道呢。但它知道，老主人还是记着它的。这就够了，羊的一生还能奢望什么呢。

这一刻,老寡妇心情好多了,它一遍遍安慰自己:我已经尽到一只母羊的责任了,我一生产羔 10 只,我产的羔又产了更多的羔,只我自己就贡献羊毛数十斤,积肥无数。我老了,可我并非累赘,我能料理自个的生活,我白天在牧场上,努力地憋住屎尿,经常憋得我膀胱肛门痛,可我无怨无悔,我把屎尿差不多都拉在圈里了,每一车粪肥,都有我的一份努力呢。在人面前,我们羊确实算是低等动物,但并非所有的人都比所有的羊高等。有的人一辈子到底给社会做了些什么,好事没干多少,坏事倒干了不老少;有的人被关起来了,有的人被杀头了;也有侥幸躲过了有关部门追究的人,老了却仍是荣退,退休金一分不少,含饴弄孙,乐得屁儿颠儿的;这还是好的呢,有那不好的,还觉坏事没干够,明明在继续作恶,还要说成是献余热呢。漫不说我做的那些好事了,坏事我总没做过吧,我凭什么不理直气壮泰然安然地颐养天年呢。

过了几天,老主人走了,身上的行李不见了,双手搂着那个依然年轻漂亮的女人,沿着这条山路走了。老主人目光游移,只看了它一眼,那个女人低着头,目不斜视,它目送他们消失在山的那一边。老寡妇心中明白,此一别,乃是永诀。怅望着已经望不见的老主人的背影,回头看了一眼正在迅猛蹿个的新主人,它在心中默念道:人们啊,心待足时名便足,高,高处苦,低,低处苦。

狐子谣

我们那疙瘩把狐狸不叫狐狸,叫狐子。子也者,有敬的意思在焉,古人是给有学问的人姓后带子的,如孔孟老庄朱等,而狐狸虽系一介野物,却灵而近妖,奸而有智,它是动物界的智者,以"子"名之,良有以也。是否有人会说不才是欲爱者而虚美,兔子之称莫非也是敬?非是。兔子之"子",恰是言其小,有怜惜、轻视之意。人世间形似而神异之事,多乎哉!

马莲河在这里撒了一个欢儿,荡出一个巨大的"S"形的回水湾,湾的内侧就是我村,三面临河,依河湾有险道可通上下游村庄,一面隔十里荒山道与邻村接壤。在传统社会形态下,这可是一方世外桃源,物阜粮足,关门排外,我家的田庄在百里外的大平原上,祖祠却安顿在这里。这是我家最后的根据地。人依着大转湾,坐北面南"陶复陶穴",一字排开。我家是长门,在极西边,靠山立居。黄土高原的山其实是塬,洪水将这块大塬一劈两半,形成一个巨大幽深的黄土冲沟。我家就在沟口。沟是死沟,另无出口,沟内也无人居住,这条沟便被看成我家私有的了。沟叫柳树沟,小时候,沟内大柳参天,荆棘密布,蒿草茂盛,禽兽云集。庄前是一面土坡,生满了被称之为狼牙刺的那种植物。我在大约三岁时在家门口玩,失足滚下坡去,只听我在荆棘林中号叫,却看不见在哪儿,别人也进不去。以后由几个哥哥手持斧子披荆斩棘,开出一条通道,才把伤痕累累的我解救出来。

我不厌其烦说这么多,无非是为狐子的出场做个铺垫。本来是人的乐园,丑陋的时代让乐园一片萧疏,而飞禽走兽是不关人事的,仍可稍离世事风云,藏匿于其中苟延残喘。狐子是捕鸡的好手,它智商比鸡高得多,鸡虽跟人学了那么多时代,智商却总不见提高。也难怪,民可使由之,不可使知之,大人物要让小民绝对服从,最狠的一招,便是使之愚,使之放弃思维,即使保留思维能力,也要让他变成一根筋,拼命地往我的思路上靠,唯恐靠之不近,贴之不紧,达到零距离。零距离在理论上还是有距离的,最好是无距离,负距离,最好是别提"距离"这两个字,才显出"无限忠于"来。人驯化生物的出发点,本来就不是让它变得更聪明,根本指向都是更愚蠢。牛马驴骡不愚,人便无法役使它们,猪狗羊鸡不愚,早逃窜四方了。人常夸狗有灵性,是夸它懂得主人意志,辨得主人眼色,要是灵到只拣好的吃,只拣好做的做,只拣上风头跳槽找门路跟主人,早被人赶出家门成野狗了。相比而言,马的灵性,倒是有一派凛然之气做底色的。鸡就不用说了,人常威胁人说,我搞死你,就像搞死一只鸡那样容易。可见,鸡是多么容易被搞,且容易被搞死啊。人驯化生物,指令越简单、简洁,越好,鸡便是驯化成功的范例。"啁啁啁",人这样叫几声,鸡便飞奔而来,它知道是要给它开伙了,有时,主人明明手中攥着刀子要杀它的,它也不做他想,只一门心思认定这是进餐的信号,而且是绝对信号,不传达别的意义的。挥挥手,鸡便明白,这是让它去一边待着的。生了蛋,为主人立此奇功,也不会像人那样,把屁大个事能写成砖头厚的书,宣扬成开天辟地第一号,哪像鸡,呱呱呱叫几声,打声招呼,转身就走,该干啥干啥,爱收不收,我的事做完了。其实,人就是要让鸡少说或不说而多做的,理解的做,不理解的更要做。不理解而做,境界全出矣。

狐子的聪明恰在于此。在人将鸡呼来唤去时,它已躲在暗处学而时习之，它又是极慧敏灵怪的，有过目不忘之才，又有惟妙惟肖之能，看看，听听，便可"不亦说(悦)乎"了。鸡被主人挥去时，狐子爬在草丛，也发出类似人的呼唤声，而鸡呢，又被这样惯了，脑子一根筋，全不想想，刚给你吃了，凭什么再给你吃。一听声，便昏头涨脑去了。狐子向人学的是全套本领，它像人间专制者那样，首要的一招，便是使出大力锁喉功，剥夺了你的声音，它便同时拥有了对真理的发明权和阐释权，事由我做，话由我说，套用一句市井话："怎么着你？"狐子深得要领，一口锁住鸡喉，回环四顾，人虽在近处游荡，也不要紧，反正鸡已失去言论自由了，拖它进窝去享受，多累呀！现宰现吃，新鲜，环保，省劲，味道好极了。待主人发觉一只鸡丢了，寻寻觅觅，见到的只是一地鸡毛。而主人从不检讨自己的教育方法，反倒怪起鸡了，恨恨地说：驴日的这鸡，你咋不知道喊两声呢？

　　我家的鸡就这样一只只葬于狐口。狐子抓鸡时，有两个热点时段，像城市的交通高峰期一样。一是正午。这时的鸡被晒晕了，夏天被热晕了，冬天被光线照晕了。人在这时，也晕，于是，人便有午休之讲究。鸡在迷迷糊糊时，脑子本来就不大灵光，狐子略使小计，阴谋也好，阳谋也好，狐子也不大理睬什么狐德之类的穷说教，把鸡顺利地抓住，愉快地吃掉，就是目的。目的就是根本，手段如何，那是傻子在被骗被整惨后痛定思痛的事情。二是黄昏。人说谁眼睛不清亮，说成是鸡蒙眼，就是指这时候的鸡眼。玩一天了，觅食一天了，太阳晒一天了，公鸡做了几场爱，也想养养神，明天，还要待从头收拾旧山河的。全部心思都在等着主人撒出粮食来，赶紧扒拉几口，要进窝上架了。而人和鸡一样忙乎一天了，现在又忙着做一天的工作小结，狐子倒是养精蓄锐，瞅准机会，一跃而出，今夜，便是一场好梦呀！

有一个正午,我在门前树下玩,突见一只红狐抓住了那只大公鸡,我边大呼小叫,边赶去解救。那只狐子并不见得惊慌,拖着公鸡朝沟里走去,我已追近了,它返身看我,我才发现,狐子的眼睛好美呀,双眼皮,瞳仁迷离,海也似的深幽。人把精于勾引男人术的女人称为狐媚子,原来真是不差,能经得住这种眼神反复照拂的人,不是性冷淡,一定是圣人了。而我以为,性冷淡的成分是要多一些的。孔子是公认的大圣人,让南子这个艳妇看了几眼,就有些把持不住,虽然,他的学生子路为此给他甩脸子,耍态度,"不说(悦)",他仍然坚持在南子所在的卫国做了五年的"公养之士";阿喀琉斯是空前绝后的大英雄,为了与统帅阿加门侬争夺一个女战俘,愤而帅部下退出战斗——这要给现在,肯定是要上军事法庭的——而"阿喀琉斯的愤怒"成了人类历史上的经典愤怒,比冲冠一怒为红颜的吴三桂之怒美丽多了。狐子返身媚了好几眼,却把我没媚住。这里,我要特别声明:不是我比人家圣人和英雄还有定性,当然,也非性冷淡,主要是我那时还处在无欲则刚的年龄,任你狐媚万端,奈不解风情何!我一门心思要追回我家的那只公鸡。它实在太漂亮了呀,火红的冠子,火红的羽毛,叫声嘹亮,播音远近,它要是一叫,悬在头顶的高音喇叭便像蚊子一般了。尤其见了它喜欢的母鸡,默不作声,只是一脚踮起,羽毛飞扬,划出一道火红的闪电,母鸡便在它的身子下笑得喘不过气来了。我奋勇追击,狐子回头看我来势凶猛,志在必得,大有拒腐蚀永不沾的高风亮节,便不再以媚我为务,而是加快了逃窜的步伐。在洪水洞口,我终于要抓住它了,刚逮住后腿,只听一声闷响,我立即晕得天旋地转,稍清醒后,狐子和公鸡早已渺然不知所踪。

丫的,居然给老子撒了一个屁!撒屁这么方便的?人有时想撒一个屁,五谷之气凝聚不足,急切间,愣是不得所愿,而狐子说撒就撒,连个准备工作都不用做的。我曾见过狗追咬狐子,明明是可以抓住的,待要伸嘴抓时,却放弃了,干叫几声,回头便走。乡人说,狐子是狗的舅舅,外甥既要尽职尽责,给主人交差,又要顾及甥舅情分,便事倍而功半。当狗也难,理解万岁罢。其实,屁是狐子保命的秘密武器,不到性命交关是不用的,犹如人手中的核武器,只要有,肯定会用,只是不到最后时刻不轻易用罢了。人让一个狐屁都可熏晕,狗鼻比人鼻灵敏多了,哪招得住狐屁的攻击呀。人传说,最漂亮的女人是狐狸精转生的,虽漂亮,却有狐臭。我见过不少漂亮女人,漂亮得让人天旋地转的似乎还没见过,所以,人家有无狐臭,咱不敢置喙,免得人说咱是酸葡萄派。可男人似乎与狐狸精没有因果关系,但有狐臭的男人多去了。童年时,我被那个妖狐子臭了一把,幸好,没有被它媚了。

　　狐子灵而妖,乡人恨而厌之,爱而畏之,畏之不足,又敬之。恨者,恨其偷鸡摸鸭也,爱者,爱其皮毛之亮丽也,畏者,畏其通灵作怪也,敬者,敬其幻化多变也。于是,别的禽兽被人追杀得无处容身,而狐子却身处危地,风清月明也。打狐子不吉利,这是乡人之共识,谁若偶尔捕杀了狐子,没见到明确的报应,早已被人言汹汹吓得魂不守舍了。在此氛围下,当事人无论多么木讷,都变成了超一流的联想家。不小心跌了一跤,那是狐子推了你一把,做了个噩梦,那是狐精托梦来了,头疼脑热,那是狐仙给你打招呼呢,做生意亏了,那是狐仙空中劫财了,不小心梦遗了,那是泄到狐精那了。看看,你还再敢得罪狐子?乡人又说,谁听见了狐子叫,肯定是要死人的,不是自己,便是家人。我就曾不止一次听见过狐子叫,像老狗那样:咣,咣!音调短促,暮气沉沉,远没有漂亮女子那掏肠搅肚的千娇百媚。不过也是,让漂亮女子勾走了魂,肉身还凑合着能动弹,让狐子把魂勾走了,肉身就是一堆烂肉了。在我初写小说时,写过一篇《昨夜狐狸叫》,发在西南一家杂志上,写的完全是童年时对狐子的真切感受,那么漂亮的小说,居然没受到广泛重视,我倒不说啥,我们那疙瘩的狐媚子可是要怨你的不解风情的呀。

啊呀,我那遥远的狐媚子呀,你的那一抹惊魂一瞥,如今是否还媚力犹存呀?

驴事荟萃

在黄土高原腹地,农家饲养的多种动物里面,驴给主人帮的忙算是最大了。猪只能平时踩粪肥,喂肥了,杀了吃肉,羊的作用与猪类似,多一层的贡献是可以剪毛,牛除了耕地,再无别的用途,食量还大得惊人,小门小户的,往往养它不起。现在,每家就那么炕大一片地,养牛实在是不划算的,所以村庄里很少见到牛了。在家养的动物中,最占便宜,日子过得最舒坦的是狗。农家的狗是看门用的,无须像城市里的宠物狗那样乖巧,闲来无事,要绞尽脑汁揣摩主人的喜怒哀乐,以便于适时做出种种娇模样来,讨取主人好脸色。农家的狗吃饱了,卧在大门边,主人不在家时,来了生人,把他们挡在门外,主人在家时,喊叫几声,通报主人知道。有时候逢了主人高兴,还可以带它们去野外散心,去赶集,去走亲戚。

农家饲养的所有动物都是家里的宝贝,但正如在子女众多的家庭里,有最受宠的孩子,也有最受气的孩子。驴是农家出力最多、用途最广、也最受气的动物,一年四季有干不完的活,只要在干活便也有受不完的气。干的不如站在一边看的,爱闹的孩子多吃糖,誉满天下,必然毁满天下,这都是人世间的寻常故事。人之间如此,人对自己豢养的动物也是这样对待的。冬季,风雪弥漫,人干不了什么活儿,但人得用水。人要用水,人饲养的羊、猪、狗,也得用水。水需要驴从深沟的山泉里驮上来。通往山泉的路很陡,很窄,如一根钢丝架在百丈悬崖上。取水困难,取一回要算一回的,驮桶便很沉。路上有积雪,间或还有冰溜子,身负重物的驴,一只蹄脚打滑就麻烦了,运气差点的,连驴带桶跌下山崖,便只剩一张驴皮,作为对主人的最后奉献。运气好的,卧倒在路上,跌倒了再要爬起来,实在太难了,主人在后面帮忙往起抬,驴四蹄打滑,使不上劲儿,主人便以为,皮鞭之下出勇驴,凌厉的皮鞭裹挟着凛冽的寒风,一鞭鞭抽在驴背上。驴疼得大叫,也不排除是因为委屈而高声抗议。主人不管这些,扯起与驴一样粗豪的嗓门叫骂着,抽打着,直到驴重新爬起来上路,还不罢休,骂骂咧咧地,难听话说了一路。

水驮回来了,别的动物欢呼雀跃,在安然享用甘甜的泉水,此时,谁又对水的来源感兴趣呢。刚挨了皮鞭的驴背火辣辣疼,刚经历过决死挣扎的驴还在呼哧哧喘气,此时心里便格外不忿,鼓出一口真气仰天长啸。听得懂驴话的耳朵都知道它喊的是:凭什么!凭什么!凭什么?谁管你凭什么,就凭你是驴!驴千辛万苦驮回来的水跟驴没有多大关系,主人舀泉水时,驴顺便喝饱了,这一肚子水,足够撑到驮下一趟水的。把驴的驮水行为,说成是无私奉献,也不算拔高。

静下来一想,驴的心气渐渐平顺了:比起前辈来,进入新世纪的驴,真是幸福生活比蜜甜了。如今驴所干的活儿,先辈的驴一样不少干,先辈还有一样活路,让所有的驴,即便是千秋万代,驴这种动物彻底与人脱了干系,或彻底死绝后,还可以听见那洞穿历史烟云的怨怼声的。先前的人要靠石磨加工粮食的,拉磨的活儿全靠驴来承担。先前的人生活水准低,全靠粮食填塞肚皮,饭量便格外大,大点的家庭几乎每天都得磨面,小点的隔三间二也得磨一回面。驴被套在石磨上,蒙了眼睛,一圈,一圈,从拂晓转到日落西山,肚子饿得鸽子般乱叫,嘴边就有粮食,嘴却被棍子叉死了,吃不到的。有食物而吃不到,那饿太难忍受了。农忙季节,驴的日子简直暗无天日。半夜被赶起来拉石磨,天亮了,顾不得吃一口草喝一口水,还得下地拉犁耕地。过去,磨面的活儿主要由年轻媳妇承担,她们没有耐心,成天待在磨坊里,扑鼻的驴粪味儿,推拉一天箩儿,腰酸胳膊疼,对婆婆的不满,种种煎熬,让她们满身都在冒邪火,而唯一的发泄对象便是与她们同样不幸的驴。磨坊里备有一根枣木棍子,那是专门用来打驴的,叫臭棍。每家磨坊的每根棍子都油光瓦亮,在太阳下,血光殷殷。那是驴油、驴血的混合物。每每在夜深人静时,这些种群记忆便会浮现在新一代的驴的脑海中,此时,驴们不禁长叹一声:罢了,罢了,抚今追昔,几曲阑干遍倚,又是一番新桃李。

不知过去的苦,就不懂今日的甜。人的历史靠文字的书写代代传承,驴没有文字,但它们同样有历史,它们的历史是靠至今人还没有破译的种群记忆来完成的。驴凭靠自我调适的能力,送走漫长的冬天,迎来短暂的春天。生活中虽有这样那样的不快,但并没有郁积于心,导致什么抑郁症之类的精神疾病。春天来了,真个是万物复苏百鸟欢唱啊,驴也禁不住心花怒放,快活地打几个滚儿,仰天长啸,歌唱春天。可是,驴的理想很快就破灭了,新的烦恼随着春天的脚步一并降临。先前,耕地的活儿主要是牛的,如今,主人把牛卖了,理所当然要由驴来代替了。驴倒是可以拉犁耕地的,但并非擅长。牛的力气大,步子稳而慢,人常说,不怕慢,单怕站,看似慢腾腾,一个工作日下来,几亩地耕完了。所耕的地,质量也高,这叫慢工出细活。驴的性子急,步伐急而散乱,驴的步子乱了,犁头便跟着乱,田间便暗藏了没有耕到的硬垄。主人不管这些,只知道高扬皮鞭猛抽。驴犯了错儿,却不知错在哪儿,还以为主人嫌它速度慢呢,便拱起腰猛跑,犁头更加乱,挨的鞭子更多了。好在,如今到处都人多地少,最多三五个工作日,春耕大事就了结了。人的春天来到了,飞禽走兽的春天来到了,春天快要结束时,驴的春天才真正来到了。人常说,春天姗姗来迟,用这条成语形容驴的春天,再准确不过了。一天驮一趟水是驴全年雷打不动的本职工作,在春天,水驮回来后,可以在山坡上闲溜达,吃着青草,沐浴着春风,也可以和同在山坡享受生活的同类异性,把生活调剂得有滋有味。人处在幸福状态时最易怀旧,驴也一样。此时,又免不了想起先辈种群在春天的种种苦难,忆苦思甜,便一夜东风,枕边吹散愁多少。

夏秋季对于驴,天天都是好日子。天热了,家里用水量大了,雨水也多了,黄土山乡的人还保留着久远的传统,每见天有了下雨的意思,便急忙将盆盆罐罐搬到院子接雨水,存入大瓮,留给家畜们喝。说是这样,驴每天大概也要驮回两趟水的,太阳未出山和下山前各一趟,图的是凉快。两趟就两趟罢,一点事都没有,生而为驴,有的是力气,也不怕出力流汗,驴怕的是无端受到主人的责罚。早晨一趟水驮回来后,一个白天基本上就无事可做了,驴可以在青草迷离的山坡上,吃几口嫩草,把长长的驴脸尽可能地抬高,仰望蓝天湛湛,白云悠悠,也可以和邻家的驴自由奔跑,看谁跑得快。虽没有人的喝彩,没有主人颁奖牌,图的是玩出一个心跳来。

主人给了自由,会不会享受自由,自由度有多大,自由的边界和底线在哪里,这是一个原则问题,和主人磨合久了的驴,都可以应付自如的。不用说,这都是在一次次挫折中学到的。比如,驴可以漫山遍野地疯跑,但绝不可跑进庄稼地里。跑进自家的庄稼地里,顶多挨主人一顿皮鞭,就事论事,没有什么后遗症,若是跑进别人家地里,从而引起邻里的不和,或者,邻里本来就不和,借此机会大做文章,事就闹大了,甚至还会导致绵延几代人之间纠缠不清的仇怨。再聪明的驴,所掌握的历史知识都是比不上最蹩脚的历史家的,但,驴通过察言观色,通过与生俱来的颖悟,未必就不知道人世间许多大的纷争,包括世界大战,双方开打的架势早列好了,却要费尽心机寻出一个由头的。驴不会招惹超出自己能力范围内的麻烦,当然也不会为超出自己能力范围内的事情担责。遍查人类历史,没有一次战争是由驴引发的,更没有一场战争是由驴发动的。这是驴的可爱,驴的明智,驴的善良。要说驴有无理由给人制造一些事端?绝对有的,驴吃得差,住得差,出不完的力,受不完的气,黑馍白馍都有气,凭什么人心里压抑,有些机构还给提供专门的发泄场所呢,哪个人又有驴所受的压抑沉重,而驴的心理问题谁曾关心过?天下所有的道理都是人发明的,为什么最不讲道理的反倒是人呢。反观驴,天下没有不曾受过主人无辜责罚的驴,但,一码是一码,心里怨气再大,任何一头驴,也不愿意因此让主人家破人亡。驴做事处世是有底线的,谁见过驴故意把一车人拉下悬崖报复主人,谁见过驴杀人放火,谁见过驴在公众场合把驴皮扒了搞什么伤风败俗的行为艺术?没有嘛。驴对人的报复,最多是后腿弹起,蹦人一蹄子,即便这样,驴从来不踢妇女,更不会踢孕妇,踢男人时,也一般不会踢到不该踢的部位。

  先前的驴还有一项美妙的差事:娶媳妇。过去,平原地带的农村娶媳妇,人们差不多都用花轿抬。这在黄土山区是做不到的。羊肠小道,两面悬崖,陡坡曲里拐弯,直上直下,轿夫没法抬,新娘坐在里面,弄不好,会一头从轿子里扎出来的。这就用得上驴了。给驴头缠一片红布,给鞍辔上铺一层红被褥,一个小男孩在前面拽住缰绳,四个吹鼓手,两个走在驴前开道,两个跟在驴后压阵,吱哩哇啦,呕哑嘲哳,音调虽不够优雅,图的是个响亮红火。前天晚上,事主家会把驴当贵客招呼的,今天装人还是丢人,驴至关重要。青草尽饱吃,上黑豆料时,也不再抠抠索索了。迎新这一天,驴和新郎一样精神。新娘的身子一般都较为单薄,驴并不感到吃力。有一肚子好草料垫底,有这么多目光关注,尤其背上那个妙人儿,晃晃悠悠，颤颤巍巍，微风一过，身上的芳香徐徐沁入驴鼻，喷嚏打的，那叫个刚劲有力，那叫个爽！礼仪场合，既要热闹喜兴，又得切忌粗俗。要是叫驴走这趟差，千万得注意，心里可以万分得意，但不可胡思乱想，不可乱起意。这个时候如果想起与哪头草驴的风光事儿，一般比较尴尬。后腿间那个玩意不经意垂下来，就麻烦了。这当儿，驴不会有什么麻烦，不会有人拿鞭子抽你，都图个高兴，打驴，也是败兴事儿。麻烦的是新娘。一帮搜尽枯肠在琢磨坏点子的坏小子，哪会放过这个使坏的机会。他们会大惊失色叫道：啊哈，新媳妇，不得了啦，你看你看，你怎么把驴肠子压出来了啊！新娘会羞红脸，嘴上什么都不敢说，那些坏小子就等着她接茬呢，她说一句，会引出一百句怪话的。新娘只敢在心里暗暗骂道：这死驴！驴是听得见的，故意装作听不见，它心里正美呢。它为喜庆事情制造了一些喜庆的由头。它昂首一串大叫，身子颠几颠，把新娘吓得心里暗暗告饶：死驴，要死啊你！

　　一场喜事从头到尾都是个爽。让驴略感不快的是，前面牵缰绳的小孩，明明牵的是驴缰绳，为什么非要叫押马娃娃？要叫也得叫押驴娃娃合适啊。难道马比驴高贵，马既然高贵，为什么不用马娶媳妇。驴是知道的，黄土山乡养马用处不大，吃得多，难伺候，马能干的活儿是很少的。驴更知道，所有人都有虚荣心，明明是馍夹肉，非要说成是肉夹馍，谁拿肉夹一次馍让我看看！明明是个歉收年，还非要打一场丰收锣鼓。俗话说，年三十晚上丢了一头驴，不好也得说好。人啊人，做这些虚套子装谁呢。

　　唉，说东道西，这种美差事，眼看也轮不上驴做了。驴站在高山之巅，久久纳闷：这么高的山，这么陡的坡，人怎么就可以修出宽阔的路来呢。大路一盘一盘，从山根盘旋而上，盘住山腰，盘上山顶，新媳妇坐在漂亮的轿车里，几股黑烟，几道尘埃，娶回来了。

驴眼巴巴地看着,蓄满了浑身的力气,却得不到主人的重用。

驴的历史是一部苦难史,也是一部光荣史,驴以自己的苦难给人带来了幸福。一头驴来到世间,到离世而去,所做的从来都是好事,都是有利于人的事,但,在人那里,从来没有落下一个好名声,相反,倒成了反面典型。好不容易走出故乡,被人装到船上运入黔地,既不是公款旅游的,也不是给谁找麻烦的,无端端地,让一头老虎给吃了。吃了就吃了罢,弱肉强食是世间再也正常不过的事情,何况,即便遭逢动物界的王者,驴还是进行了英勇地抵抗,如此,竟落了一个黔驴技穷的笑料,让人编排了千年,还没有罢休的意思。历史确实是强者的话语游戏,不承认不行。公平地说,人有什么资格嘲笑驴呢,世界上不存在从来没被灭亡过的国家,世界上也从来不曾有过不败的军队,签订城下之盟,挂白旗投降,二十万人齐解甲,这都是人无数次做过的、必将还会做下去的事情。驴打败了,败给了百兽之王,可谁也不要忘记:驴是被打败的。在嘲笑驴之前,还是好好检视一番人的历史吧。

驴在与老虎的战争中吃了败仗。驴的失败,在于其笨。于是,人在骂人时,便有了一个词汇:笨驴,或蠢驴。在这头驴被老虎吃掉之前、同时,和以后,多少人被老虎吃掉了,多少人在遇到老虎时,老虎吃他还是不吃,并没有做出最后的决定,但,多少人已经被吓得尿了裤子,多少人被吓死了?人习惯于抬出自己种群中出现的个别英雄,给所有的人遮脸,一个人英雄了,似乎所有的人都英雄了,我也英雄了,大隋好汉雄阔海抓起老虎扔下山了,就等于所有人,当然包括我,也把老虎扔下山了,武松以拳脚击毙母大虫,就等于所有的人,当然包括我,都可以把老虎当蚂蚁捏着玩。人在这样想,在这样说时,在一旁干活的驴昂首一声长鸣,把专心意淫的人吓了一大跳。驴天生就是出蛮力,干粗活、累活、笨活的,驴要是会制造枪炮,指不定谁是人谁是驴呢。

驴的另一个坏名声是:犟。人把那些一根筋,不知变通的,固执的人,往往说成是犟驴。驴是有些犟,有些人比驴还犟,但评价却是不一样的。说谁犟,当然不是褒义,其实也非贬义,而是中性词。嘴角稍一撇,就由中性词变成褒义词了。比如执着,比如倔强,比如百折不挠,等等,而说驴的犟时,却只剩下犟了。人的犟,有时是可以犟出好名声,好结果的,比如谁谁数十年如一日,不到黄河心不死,云云。但驴的犟只会有一个结果:挨揍。人常说:鞭子挨了,犁沟走了,犟驴挨的鞭子多。必须按照人设置的路线行走,必须无条件地执行人的意志,在人那里,驴别说有什么追求自由的行为,在生出自由念头的那一刻,灾难也随之而来了。你犟?谁犟得过人!犟得过人,才算犟呢。

驴就这样风风雨雨跌跌绊绊,陪伴人走过了数千年上万年,把人从茹毛饮血状态送进了机器代替人力畜力的时代,驴的负担也随之减轻了。可是,人减轻负担后,会抽出更多的精力和时间去享受人生,减轻了负担的驴,便等于减少了生命存活的价值。如今,所有村庄的驴都日少一日,说不定,距今不远的哪一天,驴也会被列入珍稀动物保护名单的。真的到了那一天,驴有了大熊猫、东北虎那样的尊贵,如果驴的犟脾气,还是今天这个样子,你再看看驴,让我下沟给你驮水,做梦吧你,你把矿泉水往我嘴里喂,还要看我愿不愿张嘴哩,别说我没犯什么错儿,无辜挨你的鞭子,就是我故意找茬,一蹄子蹦翻了你,你又能把我怎么样!

当然,驴不会这样做的,驴是一种在任何时候都可拿得住自己的动物。不过,驴在发迹前,多了解一些自己种群以前所经历的苦难史,把心态调整得恰当一些,对自己,对种群,对别的生命,对整个世界的秩序,都是有好处的。

一碗杂碎

一、具体的人

吾乡直到世风日下的现在,仍然堪称民风淳厚古朴,别的不说,单是日常的一些用语及其传达的意思,听起来常常既令人摸不着边际,又感到温暖,比如:具体的人。

什么是具体的人呢,我也算是吃语言饭的人,可多年来,却始终没有搞明白这句话的确切含义,我只能把一些具体的人和事略作罗列,以求同好帮我解疑释义。

其一,周二长得人高马大,力大无穷,与别的大力气的人角力,可以把数百斤重的石碌碡抱起来,绕打麦场转几圈。可他居然是个懒虫,懒名与他的大力气名一样大。他家住在山尖上,田地在河川,两口子日出而作时,挑着两只空桶搁在水泉边,日没回家时,舀满一担水挑回去。那桶是特大号的铁皮桶,一担水刚60公斤。他家离水泉有将近两公里的路程,都是六七十度的陡坡。两口子在田地里共同忙活了一天,回家时,媳妇挑着一担沉重的泉水,吭吭哧哧爬山,周二跟在后面,双手拢在背后,嘴里叼着一根粗大的旱烟棒,间或还撂出一段酸曲。他常唱的是这样几句:

绣花枕头抱上楼,
看郎睡在哪一头?
这头那头我不睡,

要在妹的怀儿打瞌睡;

在妹的怀儿睡一觉,

身子快乐人轻巧。

周二心安理得,媳妇无怨无悔,村里人也习以为常,有几位老年人看不下去,恨得牙痒痒,恨完,叹口气,说:这个具体的人!也有对周二媳妇恨铁不成钢的,便咬牙切齿道:两口子一个比一个具体!

其二,侯爷半辈子只好一件事:嫖风。吾乡把男人乱搞女人的行为叫嫖风。风者,风雅颂之风也,这里面有风流的意思。侯爷从小毛手毛脚,上窜下跳,跟猴子相似。老了手脚不利索了,可手脚还不安生下来。60岁那年午后,他在山上砍柴,年过半百的赵大婆在山头放牛,他心里起了意,蹭过去厮磨一番,赵大婆不肯,他便自己动手,只顾眼下快活。这事让人看见了,一声吆喝,村民们都赶来了,赵老大也赶来了。他抡圆扁担抽了侯爷两下,边抽边骂:你这头驴,咋这具体!村长也在场,他劝赵老大说:算了,他干了坏事,你打了他,两清了,你又不是不知道,大半辈子了,一直这么具体。

这事就这样了了。

其三,白老大是个贼,活了70岁,偷了60多年。他不偷什么值钱的东西,也就是偷东家一个西瓜,摸西家几颗梨而已。走在路上,看见什么好吃好玩的,不摸一把,不尝几口,给自己没法交代似的。幼小时,小偷小摸解嘴馋,人多不在意,小孩子淘气!长大成人还管不住自己的手脚,那就是贼了。可他不偷什么值钱东西,人便不好把他当贼看,被偷的人说给人听,人会说,就那么个具体的人,被偷的人生气罢,也会说,这人真具体。其实,根本不用偷,乡里乡亲的,无论谁到了谁家门前,小吃小喝,从来都是大家共享的。可白老大还是偷,他说:偷吃的,香!白老大年过花甲了,腰来腿不来的,还偷,一次翻墙偷苹果时,跌伤了腰,从此卧床不起。村里人都去看望他,自家田地里产什么好吃的便送什么,一送好几年,一直到他死为止。大家都说:真是个具体的人,到老了,还这么具体。

被视为具体的人的人很多,被视为具体的人的具体的行为很多,比如,好说荤话屁话混账话的,好搬弄是非的,不拘小节的,说话做事不分场合的,等等,等等,鄙人阅历有限,在此,仅列荦荦大者,不尽一一。看得出来,具体的人,其语义倾向于贬,是那种轻微的贬,多指那些言行越出常规的人,今天越轨了,今天便说是具体的人,明天回到常规了,明天就不是具体的人了。

从学理上说,世上没有两片完全相同的树叶,更无两个一模一样的人,每个人都是具体的人,可吾乡人不懂什么学理,更不是从学理上说的,从具体的人这个内涵与外延都极不确定的判断句衡人论事,更多的则是出于对生活的宽容,忍让,以及无奈。或许,还有一次次无奈后的麻木。

二、不正确的人

吾乡是周人先祖的发祥地,在一般的文书中或口头上,都说这里历史悠久,文化传统浓厚。其实,谁都知道,这只是个说法,说顺口了,换成另外的说法,说着不顺口,听着不顺耳。周人,而且还是周人先祖,那是多么遥远而又遥远的年代啊,周人脚下的大河如今都干涸了,如云如雾如魂如影的传统还能在风霜刀剑严相逼的漫漫历史征程中走到如今?传统肯定是有的,只是此传统非彼传统罢了。一个简单的例证便是,而今存活在周人先祖开辟出来的土地上的人,已经没有几人读得懂先民留下的典籍了。当然,这个要求有些过分了,即以现在的脱盲标准说事,文盲率仍是很高很高的啊。

然而,有传统和传统断档毕竟不同,传统深厚和传统浅近毕竟有别,就如大河干涸了,河床总是在的,高楼大厦崩毁了,地基是在的。吾乡人,哪怕是目不识丁的普通到底的人,内心储存的话语好似这里深厚广袤的黄土,无穷无尽。上小学时,我随父亲去县城,这是我第一次去县城,内心那个激动,那个荣耀!十几名乡亲结伴穿行于二十里长的山道上,经过一个村头的打麦场时,突然看见一伙人头戴纸糊的尖尖帽,胸挂厚木板,被五花大绑着,佝偻在土台上,台下一帮人摩拳捋袖,群情振奋,呼喊声直冲云霄。那时,我已识得不少字了,见这些人的胸前写着各种"分子"的名号,但我不知道这些"分子"究竟何所指。问一位见多识广的乡邻,他淡然道:"都是些不正确的人。"

"不正确的人!"此后,随着年龄的增长,阅历增广,我发现,在吾乡人的话语系统里,把行为越轨,甚至干了坏事,但不曾受到国家追究的人,都说成是"具体的人",把被国家认定为坏人的人,则统称为不正确的人。前者为纯粹民间的是非判断,后者则是对公权已做出是非判断后的民间是非判断。他们很少机械地搬用已经成型或流行于天下的公权话语来衡人论事。在特殊年代里,把那些戴着各种帽子的"分子"们,他们统称其为"不正确的人",在后来社会逐渐开明的日子里,他们仍然拒绝使用权威机构使用了的,并且流行开来的话语。比如邱和平把婆姨杀了,被枪决了,法院布告上明明说他是故意杀人犯,那婆姨贤惠善良,大家一致认为,邱和平让国家枪毙一百次也是该当的,但却拒绝说他是故意杀人犯,仍说他是个不正确的人;比如柳黑娃从小就是个坏种,偷鸡摸狗,打人骂人,长大后,变本加厉,骚扰得四邻不安,民愤极大,在被国家关起来前,逢他干了坏事,人们都撇嘴咬牙说:这个具体东西,咋不挨枪子呢!判刑入狱后,人们又都撇嘴咬牙说:那个不正确的东西!

事有例外。

樊子昌是个远近闻名的逆子。两口子都不是什么好鸟。樊子昌幼年丧父,靠寡母含辛茹苦拉扯大,娶来的媳妇是个悍妇恶娘,过门没几天,便开始虐待婆婆了。初则克扣吃穿,继之拳脚相加,樊子昌初则不闻不问,继之助纣为虐。有一次,母亲不堪儿媳侮辱,回了几句嘴,樊子昌大怒,竟然冲上前去,将母亲一顿暴揍。乡人看不下去了,他们结伙上告村委,村支书不管,又联名上告乡政府,乡长一推六二五,他们气不过,我家老姑爷大手一挥,喊声:打这两个不正确的狗东西!樊子昌两口子遭到乡邻一顿暴揍,收敛多了。这次,吾乡人用他们纯粹民间的是非判断代替了公权的是非判断,樊子昌两口子已失去了做"具体的人"的资格,而沦为"不正确的人"了。

语言是权力。忘了是哪位大哲说的这句话,不论是谁说的,这话说得好啊。公权的强弱,在于它创制了多少话语,在于它所创制的话语占据了多大的公共空间;私权的有无,则在于私人是否拥有创制话语的自由,和究竟拥有多大的自由度。而对话语权的占有,则是每一群体和每一个体共同的,不由自主的内心冲动,可是公权过大,群体则会僵硬,失去活力,私权泛滥,又会导致群体的一盘散沙。

"具体的人","不正确的人",从这两个极具地方色彩的命名中,我似乎理解了:吾乡人呈现给世人的常常是两种面目,一者是那样的安贫守道,言行拘谨,一者又是那样的放达自任,口无遮拦。

三、一条狗的告别演说

深夜,周二家的狗叫了一声,悲愤交加地叫了一声。任何一条正派的狗在叫的时候,或者因为某个危险要向主人传达信号,或针对某个攻击目标发表宣言,抑或仅仅是内心涌出了叫喊的渴望,一般至少都要叫两声以上:汪汪!或者:汪汪汪……周二家的狗是啰嗦出了名的,为一件小事,甚至什么事都没有,它只要叫起来,不把一个村庄的毛驴吵得牙龈出血,是不肯罢休的,好长时间了,一个村庄就是在它的叫声中,度过了一个又一个夜晚的。

可今夜,它只叫了一声:"咣!"万籁俱寂的山乡之夜,平白无故地一声狗叫,像是天上落下一个硬东西砸在了朽木板上,或破铜锣上,干瘪地,暴戾地,唐突地,响了这么一声。然后,山乡之夜恢复于万籁俱寂。周二家的狗名叫碎嘴子,这本是别人给起的一个不怀好意的绰号,因为形象,贴切,人们便都这样叫,狗的主人心中很不乐意,可奈何不了众口滔滔,也只好顺乎民意了。碎嘴子在每个夜晚都是要叫的,叫起来滔滔不绝,谁也不知道它会有那么多的话要对世界说,连它的主人都不甚清楚。周二家独居在周家山,偌大一座山头,只住着一家人。碎嘴子每晚在发表演说时,或许是怕吵了主人招致责打,或许是想拥有更多的听众,它攒眉低头,步履蹒跚,从庄院里踱步出来,蹲在山巅最显眼处,朝另外几座住着居民和狗的山头盯视片刻,便开口了。它像一位狂热的领袖,或像一位敬业的老师,后腿蜷曲充作坐椅,前腿撑地,舒缓而又节奏地叫上了。叫到动情处,它会舞起两只前爪,往前冲几步,或向后退几步,用形体动作补充着语言表达的不足。

碎嘴子的演说开始时，全村人也准备熄灯休眠。起初，人们听着狗叫睡觉还不大适应，边捂着耳朵强行入睡，边与自家人一起数落周家的狗，天明，他们碰上周家的人还要不轻不重地抗议几句，可周家人与大家一样无奈，抗议无效，也就不抗议了。事实上，过了不长时间，人们发现听着狗叫声渐入梦乡，是一件相当美妙的事情。碎嘴子在抑扬顿挫地叫，叫声经过静夜的过滤，接近人耳时，已变得絮絮叨叨，甚或还有些飒飒的意味。听着这样的声音，犹如听着轻音乐入睡一样，不知不觉地，已然堕入梦乡。碎嘴子不明缘由，它以为全村的人，包括所有长耳朵的生灵，都在听它激情澎湃的演说。它叫得很起劲，很动情，也很忘情，它几乎要把演说当作安身立命的事业了。不避风雪雷电，不畏主人的呵责捶打，一夜又一夜。天明后，它依然蹲在山巅上，遥望着各山头忙碌的人影，它想看看人们的脸色，想揣摸人们的情绪反映，以此推断它的演说效果。起初，它看见人们一脸倦容，打着呵欠，把愤怒的神色隔山头向它扔过来，或者向它叫骂一顿，它感到惬意——那种受到关注的实现感；后来，它惊讶地发现，人们天刚亮就起床下地了，个个精神饱满，神情怡然，或者，自顾自忙碌，偶尔向它瞥一眼，也是那种无动于衷的淡漠。它不平了，它愤怒了，它绝望了，难道我竭才尽智的演说，没有一句拨动过你们的心弦？

　　通过长时间的观察，碎嘴子最担心的结局得到了证实，长时间以来，它在向一个没有任何听众的虚空发表着秋风过耳般的演说，套用一句人常说的话便是：言者谆谆，听者藐藐。

　　真实的往往是可怕的，可怕得令人绝望，而绝望又往往成为希望滋生和成长的契机。碎嘴子经过一段时间的痛苦思考，终于痛下决心，要在某一夜向全村发表一场告别演说，作为对一项事业的最后总结。这一夜，它伫立山巅，透过夜幕，看见一家家的灯盏依依熄灭,天地静谧,夜色沉沉。它庄严肃穆地站起身来,四爪紧扣大地,身子极力抿缩,鼓足气力,全身往前一突,短促而有力地叫了一声:汪!然后,像历经千辛万苦,终于到达某个目标一样,如释重负偃然入寐。它仿佛看见这声极具穿透力的叫喊,如同一把利刃,破墙穿屋,凌厉地刺入每个人每个牲灵的耳孔,全村都为之悚然一惊。

确实是这样,全村所有的生命早已习惯了碎嘴子每夜无休无止的演说,而今夜在一声暴叫之后却无下文,他们在倾听,他们已习惯了在倾听中进入梦乡,可是戛然而止的演说中断,使人们进入梦乡的路变成一条绝路。人们经历了一个无眠之夜。早上,太阳升起一人高了,村里只能听见五畜六禽惶恐不安的聒噪,却听不见人声,看不见人影。而碎嘴子从此深居简出,闭口不言,即使全村的狗叫沸反盈天,它也不吭一声。它想,该说的我都说完了,对世界,我已无话可说。

四、一头豪情满怀的猪

老姜头家穷,家底本来就薄,薄得差不多要透明了。今夏又遭遇泥石流,瘠薄的田地里一眨眼间涌进去了数不清的牛头大小的乱石,这茬庄稼当然是没指望了,下一茬庄稼眼见得时令过了,地里的乱石还清理不出去。一家老幼五口,这日子咋个过法呢。

现在的政府忙里偷闲,还是记着给老百姓送温暖这档子事的。这不,秋末时,乡政府不知道从哪里弄回来一批扶贫猪,层层划拨下来,老姜头家也荣获一头。那头猪大约二三个月年纪,头圆股隆,四肢短促,步履蹒跚,反应迟钝,一看就是一头食量大容易上膘的好猪。这头猪可是老姜头一家的救星,明春如果无钱买化肥,农田里的肥料就靠它了,如果这半年还找不到来钱的路,明夏全家的单衣就靠它了,明年一年四季都熬过了,那么,过年的费用就得靠它了。一头猪,负担着全家切近的现在和不算遥远的未来。这头猪一进门,老姜头喜不自胜,把抽剩的半锅旱烟在地上梆梆几敲,在灰飞烟灭中,随口说:天上的元宝掉到咱家了。他这一说,老伴,儿子儿媳和小孙子,也都随口把这头猪叫元宝了。

元宝似乎懂了主人的话,初来乍到,对新的生存环境一派陌生,也不知晓主人是什么脾气癖好,但它是可以分得清人的笑脸和恼脸的,当即,它迎着一圈笑脸,就地撒了个欢儿。一圈笑脸更灿烂了,元宝就此侦查到了它在这个家中的地位。其实,元宝来到的这块地方,养猪是十分省劲的,不用耗费饲料,也不用拾猪草,也不用看护,将圈门打开,让猪在山野里自由的觅食即可。此地山场浩茫,地广人稀,山坡上盛产当归、党参、柴胡、蕨麻等中药材,而猪最喜欢吃的是蕨麻的那撮嫩叶儿。因此,在此地长大的猪,被叫作蕨麻猪。这里山水秀丽,风清月明,有人用一段谣儿单道蕨麻猪的妙处:吃的中草药,喝的矿泉水,屙的冬虫草,长的金钱膘。蕨麻猪经常在山里野着,块儿长不大,最大的一头也不过三四十公斤。可这种猪肉香艳绝伦,一家煮肉,全村飘香。肉价也极为昂贵,一斤抵得上普通猪肉五斤以上。当然,大多让城里有钱人吃了。饲养蕨麻猪,成为当地居民的一大财源。

元宝大概是出生于城镇的养猪场的,自从来到世间,日月天地是见过的,可它没有体验过在日月天地下倘佯的好滋味。与新主人见面寒暄过后,它瞥见后院有一石砌围栏,便知这是它的安身立命之地了,它主动踱进去,在不甚宽敞的地面上走了几个来回,看见石墙是新砌的,食槽还算干净,睡觉的地方也遮得住风挡得了雨,它对自己的新家颇为满意。在老家,围栏是终日关闭的,不在于为安全考虑,而在于减少它们的活动量,目的是为了让它们尽快长膘。据说,这是什么科学养猪法。狗屁!人要是多事起来,猪一点办法都没有。元宝恨恨地嘟囔了一声,倒头便睡。不幸生而为猪,只得逆来顺受,好在咱天生就爱睡懒觉。

元宝懵懵懂懂睡了一觉,睁眼一瞧,围栏的那扇木条门还未关上,心下正在踌躇是否出去散散步,这时,老主人来了,他仍是一张笑花了的脸,他踱进围栏,用脚尖轻轻碰它一下,轻声说:元宝,别睡懒觉了,该吃点东西了。它站起来,伸头一看,食槽里什么也没有,便惶恐地回头看了主人一眼。他又用脚尖碰碰它的屁股,示意它出去,它一步三回头,走出猪舍,举头回顾,一脸茫然。主人又用脚尖轻踢它的屁股,把它赶到院门外,甩手回屋了。

一条小河从山缝里挤出来,清澈的河水脱了羁绊,在平地上撒着欢儿,一头头或大或小的猪,或三五成群,或形单影只,在小河里,在河边乱石滩中戏耍着,寻觅着各种植物,还有牛、羊、鸡间杂其中,个个无忧无虑,逍遥自在。真个是牲口见牲口,两眼泪花流,元宝顿时精神抖擞,一蹦老高,一头扎入水中洗了个爽身澡,然后,学着别的猪样儿,在乱石堆中觅食。吃了几棵嫩草,它不觉胃口大开,眼界也为之一开,看似乱石磊磊,内中却别有洞天。秋天眼看尽了,别处早已是一派肃杀萧条之色,而河边的乱石丛中,却青草披陈,种类繁多。举头四望,阳光铺地,雾迷青山,清流喧闹,秋风含爽,好一个世外桃源呀。

元宝就这样,日出出门,觅食戏耍于山野间,日落归来,酣卧于人情温馨中,它暂时忘却了自身的前途和未来,它不再关心这些只有哲学家才有资格探究的关于命运呀生命的意义呀这类深奥而不着边际的事情,对于它来说,活着,就豪情满怀地活着,哪怕生命短暂如彗星,也要活出光亮来,哪一天真的死到临头了,也要豪情满怀地向天地长嚎几声,宣告自己曾经活着,活得有滋有味,死得有声有色。再说啦,世间只要是生命,无论是高贵如帝王将相,还是卑贱如猪羊蝼蚁,谁又不是匆匆过客忽忽一瞬呢,谁又真的能万寿无疆生死自决呢。

五、一只被圈养的山羊

快活的日子说结束就结束了,对一撮毛来说,它刚尝着这个世界赐予它的甜头。妈妈是把它生在山坡上的,出生的那天,它记得很清楚,一场秋雨刚过,蓝天当顶,阳光灿烂,嫩草葳蕤,凉风送爽,听见妈妈的呼唤,牧羊人飞奔而来,将满身腥膻的它抱在怀里,他的那张落满尘土的笑脸,是这个世界赐予它的第一份礼物。这一天,这一天的这一个人,让一撮毛坚信:它来到了一个弥漫着自由空气和温情脉脉的和洽世界。

过了几天,一撮毛可以随妈妈一道去牧场了。也就是这一天,它拥有了自己的名字:一撮毛。获得这个名字的缘由,大概是它一身黑毛,偏偏头顶有一撮白毛吧。且不去理会,每只羊都有名字的,或依据外型特征,或依据性格特点,或什么也不依据,牧羊人随口叫出来的,就是你的名字。再说啦,名字嘛,叫得响就行。在它眼里,管护自己的主人就跟皇上一样,可他的名字却叫:草灰。哈哈!一撮毛在清冽的小溪边喝水时,果然在水中看见了自己头上格外显眼的白毛,真是一个天造地设的好名字。它为它拥有这样一个好名字而自豪。出生刚几天的一撮毛来牧场,纯粹是为了散心,为了玩,为了预习今后的生活。母亲和别的叔伯辈的大羊都在忙忙碌碌吃草,有时为争夺一个相好,或一棵嫩草,还得发动或应付你死我活的战争。一撮毛呢,这些事情暂时与它无关,它不远不

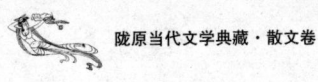

近跟在母亲身后,眼望蓝天白云,耳听秋风飒飒,呼吸着嫩草野花的清香芬芳,偶尔走神了,母亲会适时呼唤它,或心急火燎寻找它。在它高兴或无聊的时候,也会伸出嫩嘴去舔舔嫩草,这只是做个样子,靠吃草维持生命,对它还是未来的事情。饿了,它会理直气壮地钻入母亲的胯下,母亲丰沛甘甜的奶水是它独享的美餐。有时,主人还会赶过来,将它抱在温暖的怀中,替它顺顺毛,揉捻拿捏筋骨蹄脚,看见它在健康成长,主人的那张布满尘土的脸,比它来到人世间第一眼见到的那张脸还要生动。

这样的日子多好呀,有幸为羊,是多么多么的幸福呀。

可是,这样的日子在一个早晨,却如一阵来无踪去无影的风,莫名其妙地离它远去了。那天早晨,到了往常去牧场的时间,羊圈门还未打开,只见主人扛着一麻袋干树叶,面无表情地随手撒在地上,一言不发,转身而去。母亲和大羊们不问情由,忙着吞食树叶子,一撮毛已经到了断奶的年龄,它吃了几口树叶,觉着不对劲:是不是天气变了?它奔到圈门口,抬头看天,阳光明媚,万里无云。这是它来到世间后遭遇的第一件重大事情,还在攒眉思考,听见母亲呼唤它,它只好快快回到圈中。母亲叫它没有什么要紧事,只是令它抓紧时间吃草。母命难违,再说它也饿了,可心中的结没有解开,树叶虽吃进嘴里却难以下咽。莫名其妙的生活还在延续,中午,主人又怀抱一捆紫花苜蓿撒在地上,还是面无表情转身而去。这种草是高档食物,平时是不容易吃到的,可在今天,它却吃出了无尽的困惑和酸涩。

熬到了夕阳西下时分,主人打开了圈门,挥起牧羊鞭赶它们出去。这是往常归圈的时间呀,今天是怎么搞的?且不去想这些头痛的事情,奔向自由天地是当务之急。主人要带它们去小溪喝水,走在山路上,它看见即将坠入山谷的夕阳是那样的辉煌艳丽,掠过身边的清风是那样的贴心贴肺,路边的枯草是那样的生机勃然,但,有一点却令它无比沮丧:通往牧场的几条路口都拉上了冰冷的铁丝网!一撮毛通过间接渠道,终于弄清了事情的原委:政府要封山禁牧了。据说,有些靠吃羊肉长大成人并被称为专家的人振振有词地说,每只山羊每年要破坏一百亩草场,因为山羊导致了牧场退化,导致了水土流失环境恶化,只有把山羊圈养起来,才有希望重建一个秀美山川!

真个是嘴是扁的,舌头是软的,咋说咋有理,而人的理便是普天之下唯一的理,而且人的理比天还大。既然人这样说了,又这样做了,羊还能说什么呢,又能如何呢。眼看着一个个同伴被拉走了,据说是直接送屠宰场的。看得多了,一撮毛也不去看,不去想这些事情,活一天算一天罢。一撮毛整天待在圈里,在自己和同类生产的难闻的气味中,吃草、做爱、打架、生儿育女,偶尔想起童年经历过的虽短暂但难忘的快活日子,便奔向圈门,隔着栅栏,怅望几眼蓝天白云,呼吸几口新鲜空气,每天黄昏时分去小溪喝水的那阵儿,便是它唯一的快乐之源和对生活的唯一奢望。

六、牛的样子

我家养了两头牛,一头公牛,一头母牛。我老家那疙瘩,把公牛叫犍牛,把母牛叫乳牛。都是一身土黄色的皮毛,典型的黄土高原的黄牛。我回老家都在春节前后,那阵儿,人闲得无聊,牛也闲得无聊。回家的动机除了亲情的牵挂,总想为家里做点什么事情。我能做的事情本来就少之又少,这个时节,就更少了。

于是,我就去伺候牛。

牛对我并不亲热,就像老家人待我一样,觉得我是亲人,也是外人,言谈举止,总有一些不必要的客气,和忽隐忽现的距离感。牛也如此,似乎知道我是它们出门在外的主人,不拒斥我,也不亲近我。父亲任何时候走近它们,它们都会轻摇尾巴,把眼皮和耳朵慵懒地耷下来,把头不经意地偏过去,一副自家人不设防的样子。我靠近它们,尽管手里端着它们渴望的黑豆和清水,它们老是大睁两眼,睁得不算暴烈,却也是一副提高警惕的样子。耳朵也翘起来,看似要伏下去,又翘起来了。四条腿绷得老直,也是一副提高警惕,随时准备逃窜和防卫的样子。我知道,它们还不了解我的身世背景和倾心结交它们的动机。这也怪不得它们,人对陌生人怀有本能的戒备是应该的,牛对陌生人的戒备和敌意也在情理之中。这个道理我是懂的,我便尽量把脸色调配得灿烂一些,动作轻柔一些。但越是这样,倒越显出我的不怀好意来。父亲给它们添料加水时,神色是正常的,动作是自然的,牛要是调皮捣蛋,他理直气壮地呵斥它们,有时还大巴掌抽它们。可它们不往心上去,就像小孩吃自家饭那样,一切显得理所当然。我去添料加水时,它们很矜持地站在那里,头偏到一边去,似乎在对我说:我本无求,悉听尊便。

家乡人把狼吞虎咽的吃相贬为"蛮",意为不尊贵,不文雅,既使饿极了,也不可显出蛮相。牛们也不愿示我以"蛮"。童年时,我养过牛,每每草料还未调配得当,它们就呼啸而上,常常将宝贵的食物掀翻在地,气得我老哭鼻子。可我心里高兴,牛以我为依靠,我以牛为伴,在野天野地,我骑在随便哪头牛身上,它们都会摇摇晃晃,优哉游哉任日月朗照,清风吹拂,即使路边有可口的青草,它们也不去吃一口。是不是怕颠下我来?如今,当年我养的那几头牛早已化为尘埃,人虽是由当年的那个牧童长大的,身心内外无疑是变化了的。狗与牛同是家养动物,待人却不同。狗见了衣服光鲜高视阔步的人，就像乡下人见了城里人，脸上总是带着拂之不去的卑怯，见了穿烂衣服脏衣服而不是主人的人，扑咬得格外起劲；与此相反，牛见了身上披满尘土，头脸上挂满脏汗的人，有一种天生的亲近感。大概同是依赖土地讨生活的缘故吧。我的身上没有尘土，头脸上也无脏汗，在牛的眼里，我就是阶级异己分子。它们患了厌食症似的，带吃不吃地吃一口，要抬头看看我。我知趣地退出牛棚，隔窗窥去，它们朝棚口看一会，才放口大吃起来。

冬天野外没有青草，但牛还是愿意去散心。我带它们去深沟喝泉水。父亲带它们去时，一脱羁绊，犍牛就去磨蹭乳牛，每磨蹭一回，犍牛哞哞，乳牛哞哞，都是快活惬意的叫声。偶或，它们会犄角相对，不轻不重地磕碰几番。不是打架，是打情骂俏。我带它们上路，它们或一前一后，或隔着尺把距离并行，谁也不招惹谁，像在老师眼皮底下，那些羞涩而稳重的男生女生。我心里说，旷天野地，带你们出来，就是让你们自由活动的。带你们的人既不老，也非老封建，何必呢。可它们不领这份情，大概要向我表示，虽然它们同室相处，同息同止，是不得已的，无可选择的，而它们只是纯洁的同志关系，就像单位上的男女同事，或教室里的男女同学。

几天下来，我的身上有了一些农民的气味。两头牛渐渐地认可了我，与我的关系日见和谐，可这时，我要走了。当我再回去时，一切又得从陌生中开始。牛不会说话，可牛心里装的事可真不少啊，牛要是会说话，许多人生奥义书的作者，大概要由牛署名了。

七、楼前一只鸡

路过城中心一栋居民楼下，在二单元一楼门口呆立着一只鸡。好像是公鸡。公鸡就是公鸡，那是有质的分界和量的规定的，为何还"好像"呢。诸君且勿焦躁,听我道来。此鸡有冠,但冠不甚丰伟,亦不甚亮泽;有尾,但尾羽不甚修长;有腿,但不甚挺拔雄健,略显臃肿拖沓。而我又不好揭开它的屁股看看,揣揣。鸡也是生命,是生命就有隐私,就有尊严,就有维护自身秘密的权利。再说,即使它允许我看看,揣揣,欢迎我看看,揣揣,请求我看看,揣揣,我又能看出个什么门道,揣出个什么是非。

因此,我只能谨慎地说:好像。

无论公鸡,母鸡,这都不重要,反正是只鸡,这一点问题都没有,我敢以新版的一张票面为一元的人民币做赌注。

需要我们认真对待的是,这是城市的中心,一只鸡为何会站在这里,难道城里允许私人养鸡了?原先,有钱的城里人,都喜欢养个狗儿鸟儿什么的,走在街上,狗儿绕前溜后,如膝下娇子,鸟儿端在手上,如掌上明珠。人儿尊贵,狗儿鸟儿娇贵,满眼都是一个俗透了的贵字。后来,没钱人也学有钱人的样儿来了,一种品级的狗儿鸟儿,狗儿也绕前溜后,鸟儿也高居手中,显出的,却是一股化工厂烟囱里冒出的酸臭气都掩藏不了的穷酸气。

现在的人啊,真会玩,玩遍了狗儿鸟儿猫儿鱼儿,又玩起了鸡。我大为感动,但我想象不出这鸡究竟如何玩。再善解人意的鸡也不会在主人面前百媚千娇,再聪明的鸡,发出的声音都是那样的单调无趣,再色胆包天的鸡,让男主人或女主人搂在怀里也睡不着觉。考古资料证明,狗与鸡被人驯养的历史前后差不多,但我相信,在相当长的时间内,鸡不会像狗那样与人贴得近。何故,天性也。

我向这只鸡走近了些,它只是身子耸了耸,并未打算逃开。它的两只眼睛像害了红眼病的人眼,烂糟糟的,像血,却没有血水流出来。它的目光呆滞迷茫,好像在做着一个幽深的梦。我向它扬了一下手,就是那种在乡下庄园里常见的赶鸡动作,它只是轻轻地"咯"了一声,就再不理我。它的无趣,让我更感无趣,我便无趣地走了。走出一截,听见有些异样的响动,回头一看,一个男人赤着两膊,一手端着一把亮晃晃的砍刀,一手按住鸡,一撮红水绽出一朵小小的红花,那只鸡便被顺手丢在了旁边一只冒着热气的塑料盆中。在这个过程中,人所制造的响声微乎其微,要不是我的听力优秀,对身后一场大屠杀是要茫然无觉的。

  在我的印象中,鸡的嗓门是相当大的,在乡下,鸡们也是要常面对屠刀的,而且,它们深知,只要人把屠刀举起来,它们便会毫无例外的鸡头落地,绝无侥幸,可它们还会在脖子被割断的那一霎间,抓紧时间大叫几声,让热血飞溅开来,以此来证明自己曾是多么鲜活生动的一条生命。可在当下,那只鸡面对屠刀却连吭都不吭一声,不屑,不敢,还是另有隐情?或者,进了城的鸡便把自己当作城里鸡了,城府深一些,绅士一些,傲慢一些,要与乡下土鸡以示区别?

  如果再在城里碰见这样一只鸡,我得不耻下问,向它讨教一二。

一只雏鸟改变了谁的人生

父亲终于夸了我一句,只一句:我娃乖的!口气淡淡的,好像不是夸我,而是夸另外一个人。他夸我的时候,眼睛并没有看我,而是朝着比天低一些,比地高一些的所在,因此,也可以理解为他在夸天,夸地,或什么都没有夸,什么都夸了,或在夸一个虚拟的对象,也有可能那会儿他需要夸一个人,那个人又不在眼前,而他实在想夸人了,就把我顺便夸了一下。

得到父亲的夸,那可是一件很不容易的事情。我和父亲一起生活过十六年,在我昏天黑地整天只关心奶头在哪里的时光,他夸没夸我,我实在记不起来。我这人记忆力挺好的,但,那是后来的事情,两岁以前的事情,一样都没印象。在这段时间里,父亲到底夸没夸过我,从来也没有人给我说起过,照我的推测,父亲不太可能夸我。在我记事以后,他没有夸过我,从来没有,相信我,我不会记错。我是他的第五个儿子,他又不缺儿子,他缺的只是儿女们身上的衣服,肚中的食物。所以,他不烦我,已经算一个慈祥的父亲了。当然,他也没有充足的理由烦我,我又不是因为逃课才误逃到他家来的。

父亲这一夸我,立即改变了我在村里的形象。直到现在我都没有搞明白,当时父亲夸我时,跟前只有我和父亲,在方圆一百米周围,绝对没有别人。他夸过我以后,就转身回家了,我一高兴就去玩了,在我奔向目标的路上,碰到了拾猪草返回的腊梅。她一手挽着一只装满青草的柳条筐,一手提着一把明光闪闪的镰刀,在我经过她身边时,她突然把镰刀插进草筐,用那只刚才抓镰刀把的手,在我刚剃光不久的还相当新鲜的头皮上摸了一把。在我诧然仰望她时,她剜了我一眼,又嫣然一笑说:这娃乖的!这是我绝对没有想到的事情,得到她的夸,和得到父亲的夸,对我来说,都是做梦也难以梦见的好事。可是,父亲刚才夸我时,她并不在场啊。她是村里,还有邻近许多村庄,都公认的漂亮女人。她从不夸人,连她的孩子都很少夸,人们都在夸她,她被夸习惯了,就不习惯夸人了。父亲也是被人夸惯了的。被人夸惯了的人,大约都忘了在被人夸时,还应该适当地夸夸别人,哪怕只是应付一下。

父亲夸我时,我一下子没有适应过来,脑袋产生了晕眩。不过,这只是一霎。腊梅夸我时,我抬头认真仰望了她一会儿,确定真的是她在夸我,真的是她在夸我而不是夸别人,真的是在夸而不是说反话时,我感到脑袋像被村长家那头大骡子用那只老碗大的蹄子踢中了,嗡嗡,嗡嗡,响了好大一会儿。过了好多天,好多年,我在不断追忆当时的情景后,才恍然惊觉,我的眩晕不是被骡子踢了,而是腊梅的手太柔软了,她的手痒了我。本来我的痒痒在胳肢窝,头皮上一点痒痒都没有,为了证实我的判断,后来我让伙伴用鸡毛,用一切痒人的东西痒我的头皮,结果一点痒感都没有。在眩晕时,我一直保持着对她仰望的姿势,眼神从没有离开过她的上半身。我不知道该怎样报答她对我的夸,我就朝她浅浅一笑。我知道,那不算笑的,只是朝她咧了咧嘴。那一定很难看。人要像笑那样笑,笑脸一定是好看的,笑得不像笑,那笑脸要多难看有多难看。我就那样朝腊梅笑了笑。她也笑了,确实是朝我笑的,她要是笑起来,整个天,整个地,天上的飞禽,地上的牲口,都在笑。那是让人震撼的笑。她把这样的笑,笑给了我。

我的仰望腊梅,除了她的漂亮让我不得不仰望外,还有一层原因是,她是大人,我是小孩。那时候,我要想看见任何一个大人的脸,都得采取仰望的姿势。对于腊梅可不一样,比她个头高许多的男人都在仰望她。如此,我对她的仰望便有了双重意思,一是不得不仰望她,一是别人都在仰望她,我不仰望,显得我不懂事。其实,那天我对她的仰望,还有一层我从来没有给人说起过的原因。在我仰望她时,我看见了她掩映在衣衫下的一只奶头。正是三伏天,狗都热得恨不得让人把狗皮剥了,在我还必须仰望才可看见腊梅的脸的岁月里,我们村的女人都还不懂得给自己可爱的胸脯那里搞点掩护,夏天的衣衫薄,再出一胸脯的热汗,她又是一条胳膊在全力对付草筐,身子必须趔趄着,一只刚破壳小鸟似的活物,就那样从衣衫下露出来,怯怯地,羞羞地,急切出世又惶恐迷惘的样子。我得老实承认,我只看见了一只。我知道还有一只的,那一只被衣衫掩盖了,我多想伸手像掏鸟窝那样给掏出来,手梢都动了,我又忍住了。那时我对事物已经有了相当高明的判断能力,我坚定地认为,看见的那一只和看不见的那一只差别不是很大。重要的是,人不可太贪,能看见一只,都算是有福的人了。

又遇见一个人,又遇见一个人,他们都无一例外地说:这娃乖的!人们夸我的理由与我父亲,与腊梅相同,都与一只雏鸟有关。我家门前有一棵大楸树,树干让啄木鸟凿了一孔圆圆的洞,那天,一只还没有翅膀的小啄木鸟不知怎么从树洞跌落在地,两只老啄木鸟急得红脖子涨脸的,飞到树上,落到地上,看得出来,它们一点办法都想不出。它们用嘴可以把坚硬的树干凿出一个洞,却没有办法把它们的孩子弄回窝里去。我早想掏那只鸟窝了,我掏过不少鸟窝,这只鸟窝之所以还没有掏,是因为那段时间,我的兴趣全放在了与马蜂作战上。人攻击马蜂,马蜂就会毫不留情地还击,你来我往,惊险刺激,不像掏鸟窝,鸟儿看见人在掏它们的窝,把它们费了好大劲才下出的蛋砸碎，把它们的孩子捉去喂猫，它们只有乱飞乱叫唤，就像大人打小孩，不公平，不刺激，没意思。我立即找来一只破布鞋，口朝上用绳子捆在头顶，将那只雏鸟装进去，双手攀着树干，出了一身臭汗后，我看见了鸟窝，里面黑洞洞的，还有几只呀呀乱叫的雏鸟。我想，人在黑暗的窑洞里面是很不舒服的，而窑洞是多么宽敞啊，树洞这样窄狭，里面是这样的黑暗，鸟儿呆在里面，一定没有在外面好玩。我就把那只雏鸟塞了进去。

我的这一举动，不小心让父亲看见了，原以为他会揍我的，嫌我多管闲事，嫌我对破坏我家楸树的鸟儿不但不记仇，还去救助它们的孩子。没想到，父亲却夸了我，连腊梅都夸了我，村里许多人都夸了我。这娃乖的！他们就这样夸我。本来，我是要决心毁坏这只啄木鸟窝的，只是时间问题，人们这一夸我，我倒不好意思了。从此，我再也没有掏过鸟窝，不是不想掏，不是没有理由掏，主要是感觉不好意思。这件本来不值得夸的事情被夸了，很长时间里，我简直有些无所适从，我怀疑，他们夸错了，本来是要夸我做的另外一件事的，却夸了这件事，本来要夸另外一个人的，却夸了我。这一夸，导致我在鸟那里，纯粹成了一个宽容得失去原则的人。很多次，鸟儿把它们的粪便抛撒在我的身上，我都没有掏它们的窝。给我身上抛撒粪便的鸟儿有鸽子、乌鸦、麻雀、黄鹂、喜鹊、燕子，当然，也少不了啄木鸟。遇到这种情况，我只是举头看一眼，认出是哪种鸟里的哪只鸟在跟我捣乱，我把它们撒在我身上的粪便稍作清理，这就行了。我掏它们任何一只鸟的窝，都是手到擒来的事情，可我还是扭头走了，一次次扭头走了。腊梅说，谁是有福的人，鸟儿才会把粪便撒在谁的身上。大人都这样说。大人说的话，我一般不信。腊梅是大人，可她说的话，我从心底里信。我不是希求鸟粪给我带来什么福分，关键是，话是腊梅说的。这么漂亮的女人肯跟你说话,你还不信她说的话,你这人做事太过分了。

那时候,我每天都希望有人夸我,无论谁夸都行,只要夸的是我。可是,我得到的都是白眼和批评,还有挨揍。当然,揍我的只有我的父亲,别人不揍我,只给我白眼和批评。我努力去做好事,只要是别人能看见的地方和时间,我都在寻找好事去做。我看见我家那只公鸡爬上了我家母鸡的后背,嘴掐着母鸡的脖子,母鸡呱呱乱叫,公鸡嘎嘎乱叫,这不是欺负母鸡嘛,小伙伴谁欺负谁,我都会挺身而出的,我三脚并作两步冲上前去,将公鸡赶开。在做这些事情时,我注意观察父亲的态度,我想我一定能得到夸的,结果,却换来父亲的一声断喝。他不是吼做了坏事的公鸡,而是冲着做了好事的我。我看见邻居家的公牛爬上了他家母牛的脊背,母牛看似很不情愿,在院子奔跑了好几圈,无处可逃,被压在公牛身下的母牛哞哞叫着,四只蹄子把坚硬的院子都踩烂了,我害怕出啥事,顺手捞起一根扁担,不顾危险,英勇地冲上去,将公牛一顿痛揍。我竖起耳朵,听邻居夸我,听到的却是一声相当恶毒的咒骂。他没有夸我,还骂了我,还把这事当作一件坏事告诉了我的父亲。我的父亲向来是以处事公道赢得乡邻尊重的,可是,在对待他儿子的事情上,他比有些不讲理的乡邻还不讲理。邻居只是骂了我几句,父亲骂了我,还要揍我,不是我反应敏捷,腿脚灵便,一下子窜出很远,挨揍并非不可能的事情。

我还做过很多类似的事情,目的就是为了让人夸我,结果几乎无一例外,不是挨骂,就是挨揍。被人夸过一次后,我觉得被人夸的滋味也不过如此,从此,我不再有意去做让人夸的事情,我认为,大人夸人都是没有原则的,该夸的不夸,不该夸的,一世界都在夸。这很不利于培养一个人正确的是非观念。那个叫腊梅的女人,别的人乱夸人,是因为他们长得不漂亮,不漂亮的人没有是非观念,做事说话没有原则,都是可以理解的。人又不漂亮,干吗要说漂亮话做漂亮事?没道理嘛。你和别人不一样,说什么话,做什么事,首先要想到自己是一个漂亮人,尤其是漂亮女人。当然,腊梅夸的是我,我担心的是她像夸我那样乱夸别人。我的人生就这样被轻易改变了,在剩余的乡村生涯里,我既不做让人夸的事情,也不做挨骂挨揍的事情,天不亮就奔跑着去五里外的学校,日当正午,又跑回来,匆匆扒拉几口粗糙的饭,又往学校跑,太阳落山,又奔跑回家,一同上学的所有伙伴,这样跑了几年,都不再跑了,他们回家后,割草、打柴、放牛放羊,还有端马蜂窝,掏鸟窝。他们都成了有用的人。父亲看着眼馋,也不想让我再在这条看不见终点的山路上乱跑了。腊梅听说后,剜了他一眼,什么话都没说。山路上又有了我奔跑的身影。我一直在奔跑,一日又一日,一月又一月,一年又一年,早上,太阳没有出山,人也没有上路,山路上就我一个人,晚上,太阳下山了,人也回家了,山路上还是我一个人。我觉得这样挺好的,寂寞而又孤傲。

  唯一感到遗憾的是,与腊梅同住一村,只有在周末和假期偶尔能看见她的人影儿,远远地看一眼,一月,半年,一年,远远地看一眼,近距离看她,跟她说话,只能是深藏于内心的奢望,我连人们关于她的风言风语都没听到过多少。自从她嫁到村里后,谈论她,从来都是村里的热门话题,村里所有的两口子都因为她吵过架打过架,吵过、打过,又说她,说着说着,又吵,又打。这些情况我一概都不知道,全村就我一个人被蒙在鼓里,直到我出门远行前夕,才知道了大概。腊梅做了几样拿手的饭菜,支开丈夫和孩子,她要单独给我送行。两人边吃边聊,我已经十六岁了,腊梅不再避讳什么,她一会儿哭,一会儿笑,哭着说着,笑着说着,无论哭笑,我却在她的眉宇间看见的都是喜兴,还有得意。她说,村里那些女人都不动脑子想想,我腊梅是什么样的人,跟她们的男人能有什么事情!我相信腊梅说的是实话,她的丈夫腿脚不便,她的父母贪图丰厚的彩礼,把她卖了。她的眼里没有她的丈夫,也没有村里所有的男人,这样,她便不属于村里任何一个男人,而村里任何一个男人都对她怀有希望,都乐于受她支配。当我离开她家,看见她的丈夫在渐趋黯淡的夕照中,可怜兮兮地蜷缩于大门外一棵大树下一口接一口喷老旱烟时,我忽然明白了,给我送行,只是一个堂皇的由头,其实,腊梅是要给安顿一些她认为对我是再也重要不过的事情的。饭间,她在认真地剜了我一眼,又嫣然一笑后,相当庄严地对我说,娃娃,你就要长大了,一转眼就到了找媳妇的年龄,男人娶媳妇是为了养娃娃过日子的,不是为了看的,千万不要找漂亮媳妇,摊上一个漂亮媳妇,你一辈子都得偷着哭,偷着笑,吃不香,睡不着,看见所有的男人都像是要勾引自己媳妇的野嫖客。听她这样说,我突然笑了,她一愣,问我笑什么,我忙掩饰说我没笑。她那样庄严地给我说心里话,我却笑,怎么说,都是一种辜负行为。我想起了,她家的孩子与伙伴打嘴仗,几乎所有的孩子张口就是:野嫖客踏下的种!日子久了,有时候,她和丈夫也这样骂自家的孩子。

多年以后,我回家看望老父亲,乡邻们还老爱说我当年的事情,他们的记忆力真好,一桩桩,一件件,摞在一起,居然还有琳琅满目的景象。他们说这些事情时,口风中已经没了当年那种咬牙切齿,一丝一毫都没有。他们都是当笑话说的,说着说着,便不由得赞叹道:三岁看小,七岁看老,真是跟别的娃娃不一样,那个精灵古怪!我听出来了,这是夸我。我不明白,同样一件事情,搁在同样一个人身上,由同样一张嘴说出来,为什么评价会完全相反呢。腊梅已抱上孙子了,她逗着怀里的孙子,指着我,像当年说话前必须要有的那样,嫣然一笑说:快快长大,长成你叔叔那样的。如今,在她的漂亮面前,在她的嫣然一笑面前,我已经可以稳住神了。当年,当我一脚踏进城市,看见第一个女人时,我就认定,腊梅只能算是一个不丑的女人。多少年过去,与村里同龄的女人相比,腊梅还是一个漂亮女人,与城市的同龄女人相比,她还可以算是一个不丑的女人。腊梅就这样漂亮地不丑地在村里的风言风语中徜徉了大半辈子。突然,她剜了我一眼,几十年来,村里哪个男人让她剜这么一眼,好多年都会失魂落魄的。她的拿眼睛剜人是有不可动摇的原则的,不是见谁就剜谁的,不是谁想让她剜她就剜的,被她剜过的都是村里能干的男人。就这样,她剜了我一眼。我知道她有话要给我说的,在说话前,她还要嫣然一笑的。果然,她朝我嫣然一笑,说:这娃,从小就和别的娃娃不一样!我看见她的胸脯那里,像有一只振翅欲飞的鸟儿,却没有飞起来。然后,她的脸突然红了,我的脸忍不住也有些热。她的话,在场的人里面,她当然是懂得的,因为话是她说的,剩下的,恐怕只有我懂得了。

日光流年

上部:石磨春秋

寒露一过,成群的陕北石匠就身裹破棉袄,肩挎脏兮兮的羊皮褡裢,西越子午岭涌入陇东。他们利用冬闲来施展錾磨手艺挣饭挣钱。陇东地阔土厚粮多,陕北山高石头多,养育了一代代技艺高超的石匠。他们入冬来耍手艺,开春回家种地,候鸟一般,乱不了季节的。

先说陇东的石磨。

天地间总是有一双看不见摸不着的巧手的,模范地执行着对生命界瓜剖豆分调剂余缺的指令。陇东粮多,加工粮食的石磨便成为家家户户不可或缺之物。过去,陇东人光景过得好坏,先要看三大硬件是否齐全。一是庄院,生客进门,先搭眼一望,窑洞多的人家光景肯定过得好;二是大牲畜,陇东人不养马,养牛驴骡,牛耕地,驴拉磨,骡拉车,兼带从深沟里驮水,大牲畜养得多,不用问,土地多,粮也多;三是石磨,石磨分大小,小门小户的,配备的是小石磨,一个人可以随便抱起一扇来,瘦毛驴拉着转悠一天,出不了多少面,大户人家那石磨,四个人可以围着磨盘打扑克。石磨在陇东人眼里近乎神器,选料都是河底青光凛凛的粗麻石条,块儿大,不裂缝,不起层,用坚硬的砾石砸下去,一团火光四迸,砾石四分五裂,麻石皮毛无损。只有这样坚韧的石头,才啃得下粮食。将巨石块层层剖下去,石心部分的石质浑全而坚韧,凿成两个圆坨,凿出磨齿、磨眼,这就是石磨了。一口上好的石磨,可以无休止地用下去。陇东土庄院,正面崖壁的窑洞必须是单数,也必须是三孔以上,最中间那孔大窑洞安灶,住着掌管家务大权的人,陇东人所说的"家",特指这一孔窑洞。修在正面崖壁上的窑洞,叫正窑。左右两边还有两面对称相望的崖壁,叫庄膀子,也各挖几孔窑洞,有的放置粮食或柴火,有的关牲口,统称斜窑,庄膀左侧留一孔窑洞,是专门安放石磨的,叫磨窑。石磨绝不可安在任何一孔正窑里,如此,就等于给全家人头上压了一口大磨盘,抬不起头,伸不直腰,流年不利,人死牛滚沟,祸事缠身,过不了好光景。石磨在家里的地位,仅次于人和大牲畜。平时,家里人在地里干活,是不用锁大门和各窑门的,唯独磨窑要上锁,不是怕谁把磨盘偷去,是怕邪恶之人施坏。村里人坚信,给磨脐缠几根头发,念几句咒语,一推磨,女主人的头便像粮食处在两页磨盘的挤压下,想想那有多痛!这种头痛病神仙也治不好,只有找到施坏的人,求人家解了咒语才罢。还有种种在石磨上捣鬼作怪的办法。总之,石磨与全家的生死安全紧密相连的。石磨每年要錾一次的,磨齿啃了一年粮食,变得老了,钝了,啃不动了,石匠要用铁锤铁钎把磨齿錾锋利。

再说陕北的石匠。

陇东石磨是上天赐给陕北石匠的一碗饭,祖祖辈辈打交道,石匠们对陇东石磨的分布情况一门清,他们决不瞎闯,也不互相抢生意,哪个师父以及他所带领的徒弟在哪一片做活,都是相当固定的。大些的村庄几百口石磨,小些的也有几十口,一个手艺好的石匠,平均一天半錾一口,一个冬天,这家出,那家入,不用多跑腿,一个村里的活做完,也到收工回家时间了。对主人家来说,石磨如此重要,对錾磨的石匠要知根知底,不仅手艺要好,心眼也要好。磨面的活儿是年轻媳妇要承担的沉重家务,磨齿錾得烽利,出面快,她们就省力省心,石匠要是存心在石磨上耍心眼,胡日鬼,那家媳妇就要倒霉了,在磨眼多錾几锤少錾几锤,石磨要不空转不出面粉,要不面粉不从磨口出,只从磨眼往外喷,碰到这种情况,哭死都没人同情,人不会怀疑石匠心术不正,反说你亏待了出门在外的手艺人。所以,媳妇们对石匠看承得格外好,好吃好喝好招待,罐罐茶熬得酽酽的,旱烟锅捧上来,最拿手的饭菜一天三顿四顿不断头,离老远,就甩过去一脸灿烂的笑。出门在外的石匠,整日面对冰冷的石磨,身心内外都寂寞得慌,手不停,嘴也不停,在叮叮当当的敲击声中,夹杂着酸话荤话混账话,如手头方便,还会瞅空在人家的可爱处摸一把,在调笑声和夸张的惊叫声中,冰冷的季节和冰冷的磨坊,也能升腾起一团团粉红色的温暖。陇东人在男女礼义大防上非常严谨,大的原则,小的规矩,密如蛛网,但那要看是什么情形,比如年轻媳妇和石匠只要不过分,这样瞎闹是被默许的,家人,甚至丈夫撞在当面,互相间笑笑,也就罢了。陇东人挂在嘴上的话是:出门人,难场! 当然,出门讨生活的石匠们,一般也不会为了这事自断生路。

事有例外。

每年给我们村錾磨的是一位年轻的陕北石匠,第一次由师父带来时,至多也只十五六岁,与差不多的陕北男人一样,身架高大周正,浓眉大眼,十分讨人喜欢。师父带着徒弟各家走了一来回,等于给大家说,今后你们的活由小徒做了,请多照应。对徒弟的手艺和心眼不用怀疑,因为师父在村里拥有数十年的信用。村中男女老少见他年龄小,也不叫什么师父,都顺口叫石匠娃。石匠娃很老实,不抽烟,不喝茶,骑在磨盘上,低着头,除了吃饭要歇手,不分白天黑夜地叮叮当当。与石匠调笑惯了的媳妇们,看见他不言不语只知道干活,倒显得有些手足无措,不知道怎么招呼人家了。

泼辣点的媳妇便会没话找话说,小兄弟,找婆姨了没?石匠娃低头道,没有。再问,想找婆姨不,石匠娃脸一红,不说话,欢欢地抡一会锤。媳妇不依不饶,说你摸过女娃的手没,石匠娃脸更红了,不说话,抡锤的手抖了一下。再问,女娃的手摸起来可好啦,比摸铁锤要好得多,不信你摸。石匠娃脸红得滴血,锤钎的敲击声有些乱。媳妇大笑说,真是个不懂事的娃娃嘛!

一回生,二回熟,几个冬季过去,石匠娃出落得人高马大,英气勃然。他一进村,各家媳妇说话的声音都变了,他在谁家干活,来谁家串门的媳妇便络绎不绝,说话的声音格外大,都是火辣辣的那种。石匠娃也不再羞涩,手里的活不停,嘴里的信天游一天到晚不断头。他唱的都是酸曲,哪个媳妇取笑他,他张口就给她来一段:树叶叶落在树根根底,年轻红火二十几。打碗碗花就地开,你把你的白脸脸歪过来。墙头上跑马还嫌低,面对面睡觉还想你。媳妇脸略红红,啐道:想得美,跟你铁锤睡去!石匠娃又唱:先解纽扣后解怀,再把那个裤带解,奴和你玩耍来。媳妇早已羞了脸,硬撑着还口:裤带上有蝎子呢。石匠娃得意地紧抡几下锤钎,又唱:红布衫衫扣门门开,一对对奶奶滚出来,上身身搂定下身身筛,哎哟哟,妹妹的东西好,哥哥我解不开。这回轮到媳妇脸红出血了,喘吁吁挣扎回道:刹手腕子呢。石匠娃腾出一只手,在虚空中猛捞一把,媳妇吓得后退几步,他高唱一嗓:哎哟哟,妹妹的东西好,哥哥我解不开。媳妇终于招架不住,双手捂脸,落荒而逃,身后是一串爽朗的大笑。

调笑逗趣仅限于嘴上功夫,说是要动手,手都忙着,石匠娃忙着抡锤錾磨,媳妇们忙着张罗家务琐事。这是双方不言即明的君子协定。

可是,人都有拿不住自己的时候。石匠娃磨錾到了张家。张家是村中一独户,南方大城市落户的一对知青夫妇。媳妇像刚从水里捞上来的鱼儿,满身水意荡漾。丈夫随大家上山积肥了,媳妇一人在家伺候石匠娃。调笑间,石匠娃动了真心,小媳妇也凡心惆怅,说着说着真动手了。这事传了出去,石匠娃每到一家,人都要问:你是錾磨的咋就錾起了人?石匠娃红着脸说,我是想錾人的,可没錾着。我放下锤子说,咱俩好一场吧,她不说话,也不走,我抱住她,她说磨坊地脏,我把她抱到家里,刚搁到炕上,老黄来了。你说冤不冤,我只吃了几口头蹄肉,不信你问老黄。老黄是荣誉军人,跟日本人打过仗的,一条腿坏了,是村里的五保户。那一天,他闲得无聊,找石匠娃耍,不料遇上这事。人说,老黄,你是当过侦察兵的,做事咋没眼色,老黄说,都怪我没有敌情观念,我真不是故意的。小媳妇也不避讳,每有人问起这事,总是恨恨地说:这个瞎眼睛老黄!然后叹息道,你们西北男人真是男人,那力气能把人当饺子捏!这时,人们就笑,她丈夫也笑,把一双瘦胳膊晃一晃说:嘿,我也能捏饺子。此后,村里把男女间的事都戏称为捏饺子。

到了冬季,石匠娃还会如期来村中錾磨,也跟各家媳妇调笑,还去张家干活。小张总要找各种借口留在家里。他家是一口小石磨,一个白天就可錾完的,在家里留一个白天的借口是不难找的。石匠娃还是那样爱唱信天游,他唱得最多的是:大红果果剥皮皮,人人都说我和你,其实咱俩没咋的,好人担个赖名誉。

有一个冬天,石匠娃没来。这个夏天,村里有了一台磨面机,机器一吼,全村的媳妇们从磨坊解放出来了,邻村的人也扛着原粮来,扛着精细白嫩的面粉回,把那些小媳妇们兴奋得不知道把那双忙惯了的手往哪搁。祖宗八辈的石磨眨眼成了闲物。人们担心石匠娃白跑一趟,可他居然没来。没有石匠娃的冬天,除了磨面机的轰鸣,死寂寂的,闲下来的小媳妇们在家没事干,互相串门说闲话,说得最多的是石匠娃。知青夫妇也双双回城了,村中更寂寞了。

过了几年,有城里人来村中收购石磨,人们不解:农村都不用了,城里要这干什么?不是担心城里人掏钱买了无用之物,是不舍得出手。老辈人传下来的东西,与多少代人命运休戚,石磨上镌刻着多少代人的多少忧愁与欢乐呀,留着没用是没用,也是个念想嘛。耐了一段时间,有人耐不住了,闲着也是闲着,留着还要占一孔窑洞,换几个钱花也不赖。不几年,村中的石磨荡然无存。有跑外的人发现,石磨安在了大城市的豪华饭店里,与石磨在一起的还有老牛车木轮、木锨、马鞍、木犁等等,都是农村渐次淘汰下来的旧物。

下部:鱼事往来

十多年前,我老家那疙瘩的人还不喜欢吃鱼,别说让他费力劳神去捕去捞,就是有人把鱼送上门来,白送,也不吃。白嫩嫩,烂兮兮的,没嚼头,还腥气!他们给肉类产品定了一个档次系列:猪肉,羊肉,牛肉。牛羊肉端上来,孩子饕餮完,抹抹嘴,不无遗憾地说,要是猪肉多好,大人便会这样教训,羊肉膻气牛肉顽,想吃猪肉没有钱。牛羊肉贱,猪肉贵,其实贱些的牛羊肉也没闲钱去吃,就是这么个说法。至于鱼,进不了食谱去,他们把鱼叫"鱼儿",小如蝌蚪叫鱼儿,大如肥羊也叫鱼儿。语尾带一儿化音,我大了,整个世界都小了。听这口气:鱼儿!

那疙瘩,鱼少是少些,还是有的。河里没有鱼,湫里有。湫是什么东西?高原湖泊也。或因山体滑坡壅塞,或因地层下陷,地下水喷涌汇集而成。走过陇东黄土高原,时不时,哪条黄土深沟中就有这么一滩魂魄幽冥的水泊,大小不一,而一律深不可测。人们坚信,这地方是龙王爷驻跸之所,哪里有湫,哪里就终年香火鼎盛,年头节下,四时更替的奠祭,是不可少的礼数,家里折财损物了,谁头痛脑热了,甚至盖房上梁,红白喜事,人们远远近近,一拨拨地把祭品抛入水中。一年四季,香喷喷的食物不绝如缕,滋养得水中的鱼儿膘肥体壮,精力过盛,时而纵出水面数米高低,波光,鳞光,阳光,一时聚作一道光弧,铮然一闪,倏然寂灭,水面复归于魂魄幽冥。所谓神龙不见首尾,要的就是那惊魂一瞥的魅气。

家乡人不吃鱼,没有任何宗教忌讳的因素,只是不爱吃罢了。要说有什么忌讳的话,也有一点,他们认为上天造物是有讲究的,属于人的有五谷杂粮,五禽六畜,地上的虫儿,水中的鱼儿,是飞鸟的食物,上天给人的够多了,再不可与飞鸟争食。还有,家乡卡在中原与塞上和西域的交道口上,自古刀兵水火的,坚硬凌厉的场面见多了,也培育出了强悍豪侠之气,好的是大块肉,大碗酒,鱼乃细剔慢咽温文尔雅之物,以吃惯了肥羊美酒之性情,一口大嚼,鱼刺在喉,是很不好受的。

习惯的力量是强大的,鱼儿在家乡人的口边,一次次逃过了生死劫。距今二十多年前,家乡的马莲河发过一次从未遇过的大水。早晨起来,原来的山川原野,高高低低,都被一把抹平了,满眼一派白生生的水。村前几百亩台地,浪涛纵横,大水直往山根下的土窑洞里扑。几百年的大树徜徉在波峰浪谷间,地里的庄稼,地畔的杂草都漂浮在水中。各种鸟儿大概从未见过这场面,恐怖地尖叫着,一拨拨掠过水面,然后逃往高处,瞋目这世纪洪荒。浩渺的水面变成了黄土高原生命和风物的展览馆。肿胀的人尸呈大字铺开,牛驴骡猪羊鸡鸭,好似散落在平畴原野上撒欢奔突,鸽子、乌鸦、麻雀,还有狼狐獾兔,水火不容的生灵风云际会,同为水族。什么松木棺材桐木柜,犁耙木锨,锅碗瓢盆,鞋帽衣物,一条马莲河,变成了日杂百货大商场。大人都没见过这么大的水,90岁的老祖奶咕叽着没牙的嘴,怅望大水一声一声地叫:天!

　　水终于落下去了,几百亩台地变成了泥沼,所有活物都化为腐尸,只有鱼儿在泥沼中扑腾挣扎,拍打出一团团激越的泥花。残留的泥水渐渐干涸,鱼儿的拍打越来越软弱无力。老周在南方当过兵,他说弄条鱼吃吃。他蹦蹦跳跳进了泥淖地,一会儿扛出一条大鱼来。鱼还在有气无力地挣扎,老周很兴奋,他找来杆秤一挂,36斤。他说鱼是很好吃的,鼓动大家去抓鱼,人都对他抱以一笑,是那种轻浅的、不屑的哂笑。没有人听他的,他甚觉没意思。在山村,虽是各过各的日子,执行的却是集体主义至上的原则,弄啥大家都弄,弄错了,都是对的,单独弄个什么,弄对了,都是错的。他使他们一家人成了村里的另类。这很可怕,当然可怕的不是谁给谁家水缸下毒药,而是没人搭理你了。祖祖辈辈在一个村庄搅和,活的是个人气,是个水乳交融。生老病死有人上门问候,婚丧嫁娶有人来撑门面,哪怕发生了家务纠纷,也有人风言风语传闲话,图的是个热闹,一举一动受人关注。城里人把不待见的人诬为臭狗屎,这东西在城里是浊物,在乡村可是宝贝,谁家收集的臭狗屎多,谁家的大白菜地便欣欣向荣。村里把没人理的人叫"厌物"。这范围就大了,什么东西遭人讨厌,什么东西就是厌物,虱子跳蚤苍蝇,庄稼地里的杂草,河边的烂石头,等等,一无是处又碍人眼目的东西都是。老周不想当厌物,他找来一把杀羊刀,给每家剖分一块鱼肉,脸上溢着谦卑的笑,双手捧过去。人都把脸使劲扭过去,说谁吃那东西,我不吃的。

　　水退了,人也散了,一茬庄稼让大水漫了,未来的光景咋过呢,人们迫切要考虑的是这个问题。老周在现场一块鱼也没送出去,他把鱼块装进筐里,一家一家上门送,每到一家,都要说:好吃,能当肉吃的。这礼大了,不接面子上过不去,各家都强颜欢笑收了鱼块，我家也收了一块。那年月，人一年四季难见腥荤，清油是绝少的，调料除了盐再没什么，我家把鱼块在开水锅里煮了，一尝，满嘴泥腥。父亲得了理，说老周真是胡闹，白浪费好多柴火。有的把鱼顺手扔了，有的像我家那样煮熟后，扔了。我也抓了一条鱼，3斤多，还活着，抱回家，父亲正在往外扔鱼块，喝令我把鱼扔掉。我觉得鱼儿滑爽可爱，舍不得扔，偷偷放进水槽，进屋吃饭了。一会听见几头猪在喧哗闹嚷，一看，这几头牲畜在吃鱼，奋勇大嚼，猪嘴生津。

到了后晌，远离河边插队的一帮上海知青涌入村中，男男女女，满地抓鱼，大呼小叫，死了的活着的，连泥鳅都抓。大筐小筐装满后，唱着革命歌曲，呼啸而去。后来，他们逢人便说，那天他们过了一个大年。村里人撇嘴说，还是大城市来的呢，没见过个啥嘛！

过了几年，吃鱼的上海知青都走了，县城有了一家鱼店，鱼价很高，留在县城的南方人很兴奋，后来，本地一些有钱有地位的人也跟着兴奋，湫里的鱼不再受敬畏，水库里的鱼很快被捕光，有人办起了鱼场，有人去炸鱼，炸死了人，炸死人的偷鱼贼挨了政府的枪子。村里人感叹说，真是百人百性，世上啥人都有，那个东西嘛，把命都搭上了。

有一年暑假，我顺手带了几条黄河红鲤鱼和各种佐料回家，父亲满脸不悦，说山高路险的，空手回来也不会有人说你，带那东西。我笑而不答，下厨做出几条鱼端上来。父亲不动筷子，我再三解劝，父亲为照顾我的脸面，勉强尝了一口，顿时脸色大变，高声道：咋这好吃！又吃几口，连忙奔出大门，招呼叔伯兄弟前来吃好吃的。这是村中久远的传统，一家独有的好吃食，一家不可独享，哪怕一人吃一口半口，也是个情分。大伙一见是鱼，都撇嘴，碍不过面子，各自尝一口后，风卷残云，一扫而光。回过味来，鱼却没了,五叔说,这鱼儿和那鱼儿恐怕不是一个品种,我说都是黄河红鲤鱼,白水煮白鱼,哪来的好味道。

村里跑外的人多了,人都爱吃鱼了,却没鱼吃了。马莲河再没发过那么大的水,湫里的,水库里的鱼都是私人所有,市面上的鱼要有尽有,可兜里钱少,吃不起,只有在年头节下红白喜事时,忍着心痛,给盘里卧上一条鱼,解馋而已。这时候,老周的理儿便长过了下巴上的胡子,吸溜着从没牙的嘴里流出来的涎水说:多大的鱼儿,白吃还不吃,哼,吃鱼骨头去!

第三辑 对山河百二

寻访花儿歌手

"人说岷州花儿窝,花比山里野花多,一天要唱一大坡。你一声我一声,唱得石崖裸一层。石崖石崖你莫裸,底下还有你连我。"这段花儿歌词是人们用来形容岷县花儿之盛的。其实这里面没有形容词,全是写实之语。

岷县位于甘肃南部,岷山深处。岷山就是毛泽东诗中"更喜岷山千里雪"的那座山,东西横亘,一山隔出了甘川二省,也隔出了一方民风。黄河上游最大的支流洮河,挟藏地草原之犷悍,一路冲突西来,迭藏河依岷山地势,自南而北奔泻而下,两条激情澎湃的水流在二郎山下狭路相逢,撞出了一片河谷平地。四面皆山,岷县一城而控两水,弹丸之地,山水交错,五路通衢,从来都是要津。二郎山是一座名山,俏立县城西南方,圆圆整整,莽莽苍苍,脚踏两河口,头顶白云天,据高鸟瞰,岷县城呈扇形在脚下散开,街衢人物,历历毕现。这是一座不用借助航拍手段即可拍到全景的、拥有10万居民的大县城。当然,二郎山的有名,不仅是其山势俊俏,还因为这是洮岷花儿的主会场。每年5月17日,周边数十州县的人潮涌而来,满城的人,满城的歌,满山的人,满山的歌。

这一唱,就是三天。

这三天,在城里走出百步地,往往需要一天时间,山上就更不用说了,除非你是提前几天上山的。二郎山是用花儿堆积起来的一座山,无论是谁,能在这三天的二郎山上,面朝人山人海一展歌喉,而且,赢得了喝彩声,那便是一生的荣耀,哪怕身在困境,哪怕生命之烛摇曳不定，想起这三天的风光，便会觉得人生无憾了。二郎山的花儿会，在人们心上的份量超过了任何一个盛大的节日。这三天，把所有的艰难撂下，把所有的烦恼撇开，把所有的清规戒律砸碎，把人世间的一切都化为歌声。这是中国式的狂欢节，这三天，人们丢弃了一切，留下的只有彻底的自由。一年当中有过这么三天，所有的苦难和烦忧都不算什么了。

二郎山花儿会的场景是不能用任何语言进行描述的，这是歌手们的擂台，一切以歌声品评取舍人物，谁的歌声盖过了对方，谁把对方唱得口中没词了，谁就是英雄。谁用歌声唱动了对方的心，谁就会得到尊重、追捧，还有爱情。这三天是彻底自由的，而且是民主的，上了山的人，尽情尽性，与天地大化自然物理水乳交融，歌声是天下至尊，是评判一切的标准。败下擂台的人，也不丢人，也用不着沮丧，因为总有一个他或她会属意于你；唱遍满山无对手的人，披红挂彩，尽情地风光吧，一副好嗓子让你赢得了宽广的自由空间。

那么，过了这三天，洮岷大地就没了歌声了吗？

花儿是生长于群山漠野中的自由之花，天地风雨在，花儿便满山遍野盛开；花儿歌手是生活中人，他们和所有人一样，要生老病死，要油盐酱醋。和常人有所不同的是，他们生活着，唱着，欢乐着，唱着，痛苦着，唱着，欢乐时，越唱越欢乐，痛苦时，向着天地苍茫吼几嗓子，痛苦便会减轻一些。他们是生活中人，除了一年当中在二郎山尽情尽性地唱三天花儿外，他们的歌声始终是与他们的生活搅和在一起的。而在不是花儿会期间，谁实在想听花儿，便要去寻访，去花儿歌手生活的场所去听，看他们手不停劳作，脚不停跋涉，嘴不停歌唱。

二郎山下的洮河大堤上是有一个相当固定的花儿会场的，无论农忙农闲,在每日的夕阳西下时分,爱唱花儿的,爱听花儿的,骑自行车的,步行的,男女老少,从近处的田野或集市中赶来,面对滔滔河水一展歌喉。洮河是一条大河,夹峙在连绵大山中,水清流急,自西而来,于此,折而北去。爱花儿的人,散坐河边,目送河水,一曲曲或高亢激越,或婉转千回的调子随口而出,那音色,那唱词,便荡漾在清澈喧闹的流水中,飘向比远方更远的所在。把夕阳唱进深山,把流水唱向遥远,把一天的欢快唱尽,把一天的疲累赶走,歌手们该回家了,明天还有明天的事情。岷县是被国家命名为"中国民歌之乡"的,歌手很多,一律都是业余歌手。他们都是生活中人。要听他们唱歌,就得进入他们的生活场。

我踏上了寻访花儿歌手之旅,我要寻访的是几位经常在花儿会上问鼎夺标的歌手。正是初冬季节,岷山大地早晚寒气袭人,而白天却红日当头,温暖如春,清凌凌的洮河水穿行在群山中,阳光洒下来,明澈可鉴。县委宣传部派对花儿也一往情深的包海燕女士为向导。董明巧是我们要寻访的第一位歌手。她家住南川寺沟乡。她是南路花儿的歌后。南路花儿又叫"阿欧怜儿"。为什么叫这样一个名字呢,岷山自古为藏汉杂居之地,数千年风雨,数千年融合,自由取舍,互相补充,使得你中有我,我中有你。"阿欧"便是藏语"英俊少年"或"少年朋友"之意,"怜儿"则含有"我的爱"之意,合起来便是:"我心爱的少年俊友"。有人干脆把"阿欧怜儿"称作"扎刀令"。是说这种花儿曲调高亢悲凄,一声喊出,穿云裂帛,山鸣谷应,听起来有挣破嗓子扎在心上之感。可惜,那天,董明巧赴亲戚家奔丧,未能听到她的歌声。

我要寻找的另一个花儿歌手是姜照娃,她住在洮河边的西江镇农村。洮河从岷县城折而向北,沿河北走9公里是岷县第一大镇——梅川镇,"岷归"乃天下名产,主要由这里集散于世界各地,

"世界当归之乡"的牌子高悬于梅川镇头。从这里过洮河北去10公里，便是姜照娃的家乡西江镇草滩村。约好中午见面的，一早上时间干点什么呢，小包提议，去西郊药材市场找刘氏兄弟。在人海药山中找了半早上，人没找着，已到了与姜照娃会面的时间。挤出市场，刚转过一个街角，小包发现了刘尕文。原来他早已卖完药材，吃了早餐，准备回家呢。听说我们找了他好半天，他有些过意不去，小包笑说，这不正应了你唱的几句歌词：石头打到浪上了，没寻着撞上了，两家走到一个向上了。双方约定，下午三时，他带上哥哥一块来宾馆与我们会面。

中午赶到梅川镇，姜照娃却早已等在那了，她10点就来了。我们感到很过意不去，她却慨然一笑说，没啥，你们想听我唱，我很高兴。刚满40的姜照娃可是个忙人，苦人，丈夫去千里外的酒泉打工了，女儿出嫁了，儿子在县城读高中，她一人伺候4亩地，今年全部种了当归，现在正是挖药季节，一个壮劳力一天只能挖一分地，见面握手时，我感觉她的手很粗糙，像一首诗中写的那样：十指如钢锉，茧花铜钱厚。我知道此时药农家家都雇人挖药，问她为何不雇人，话一出口，我就明白我说的话是多么弱智，她笑说，雇一个人，每天管吃管喝管烟抽，还得付22元工钱呢，还不如自个慢慢干，药材不像庄稼，迟收几天没关系。姜照娃除了衣着打扮像个农妇，可说话做事，却是一副见过大世面的气派。她一天书没读过，一个大字不识，可要是即兴编起歌词来，我在文化圈里混了这么多年，还真没见过此等人才。

她从小就爱唱花儿，看见什么唱什么，即兴编词，略无迟疑。母亲是有名的歌手，对她影响很大。不过，母亲唱的是本子花儿，就像本子戏那样大铺排的花儿，她唱的是散花儿。

西江在县城以北，流行北路花儿。北路花儿被称为"两怜儿"，或"阿花儿"。"两怜儿",意为"两个爱怜的人",是这种曲调送声、和腔的称谓句;又因曲调拖腔、起腔多以"啊"字打头,故名"阿花儿"。与南路的"阿欧怜儿"相比,"两怜儿"旋律舒缓有致,音韵悠长规整,长于叙事倾诉,一唱三叹,委婉动听。姜照娃的嗓音是没得说了,我要看看她即兴编词的能力。我出的第一个题目是——假如咱俩是联手(相好),久别重逢,你如何唱。她不假思索,张口就是一段,词曰:

> 常没见着也见了,见了一面想颤了。
> 活把人心想烂了,场里碌碡转圆了。
> 你成园里的茄莲了,我们到一搭不须顾(意为不期而遇),
> 立刻想得站不住。

我们坐在路边的一个小饭馆边吃饭边唱花儿,我看见路边有一溜宣传标语,她不识字,我说一段标语的内容,请她以此为题来一曲,她不假思索,张口就来,歌词非常生动具体。

当然这只是为了活跃气氛做的游戏,与所有花儿歌手一样,姜照娃所唱的一律都是情歌。自小,她唱的就是情歌,在山上打柴唱,拾猪草唱,下地劳动唱,一天不唱几曲,好像一件重要的活儿没干完。在不开心的时侯,一唱就云破天开,啥事都没了。她14岁订婚,20岁嫁人,人人都爱会唱歌的人,丈夫怕她的歌声引来了麻烦,不让她唱,她还唱,起初一个人悄悄唱,后来大大方方地唱,边吵架边唱。丈夫发现她是一个顾家的女人,什么事都没耽搁,也没出什么感情风波,就不再干涉她了。到了二郎山花儿会那几天,哪怕有天大的事,她都要上山去的。唱出名声了,主办者让她担任擂主。这怎么行,混到人群里唱着玩玩还行,站到高台上,向成千上万的人唱,她可不敢。听到这个消息,一想那场合,她全身抖个不住。第二天就要上阵了,她还在抖,主办者说,你今晚抖给一晚上,明天就抖不动了,上了台,你权当是面对高山大河唱歌,就不怕了。这一次,她荣获三等奖。有了这一次,以后多大的场合都不怕了,她又获了两届一等奖。获奖的都是即兴编的情歌。花儿歌手是不记歌词的,随编随唱,随唱随忘,可姜照娃至今还清楚地记得第一次获奖所唱的歌词:

场里的碌碡没有脐,想你一晚心悬起。
黑了夜饭吃不及,我把馍馍手里提。
镰刀割下柴着哩,远方来下人着哩。
忙得我倒穿鞋着哩,心上想下疙瘩了。
想得不由自家了,把淘气的根根栽下了。

姜照娃就是这样一位民歌手,告别我们,风尘仆仆的她,在第一时间,从民歌的愉悦中抽身而出,回到她安身立命的那片土地,为每天必须的生活奔波了。

民歌手都这样,唱歌只是个人爱好,是对艰苦生活的一点调剂,他们的歌声是生活重压下的一声声喘息和叹息,与其说,放声一唱,是因为高兴,倒不如说,是因为劳苦,他们需要身体和心灵的休息,需要情感的宣泄,需要暂时的忘情和忘却,哪怕是一种短暂的、虚拟的快乐,对于他们的精神调整,都是雪中之炭旱时之雨。而唱歌对于他们来说只是纯精神的,卓越的歌声并不能给他们带来多少现实的物质利益,喜欢听他们唱歌的人很多,但愿意像给三流歌手那样付酬的人——哪怕仅付一点误工费车船费——都是凤毛麟角,好像他们的艺术真的那样至纯至洁,并不需要起码的物质滋养。而实际情形是,物质保障在他们那里方可显出其不可或缺性和神圣性。在所有的花儿中,几乎找不出来一个富人。当然,真正的民歌手是不追求这些的,有人喜欢他们的歌声,是他们最大的欢乐和荣耀。正如他们唱的那样:

> 杆一根,两根杆,唱个花儿心上宽;
> 不是图的吃和穿,哪怕没有一分钱,
> 喝口凉水也喜欢。铧一页,一页铧,
> 唱起花儿胆子大;心里有啥就唱啥,
> 不怕钢刀把头杀。

下午三点,我准时赶回县城,刘国成、刘尕文兄弟也如约来到宾馆。他们都是骑了十里山路的自行车,从瓦窑沟村赶来的。早上约定后,他们赶回家挖了一会儿药材,又赶回来了。我感到很过意不去,而他们却说我从千里路上来听他们唱歌,心里高兴得说不成。说实话,我见过的名扬四海的歌手不少,可让我喜欢、感动和心生敬意者不多,那一天,我在僻居一隅的岷县见到的几位灰头土脸的民歌手,让我喜欢,让我感动,让我对他们心生敬意。

刘国成今年刚满四十岁,头脸上,一身蓝布衣服上还沾着尘土,身材消瘦,腰过早地弯了,这些都在提醒着我他的生活的艰辛,可一说起花儿,他立即两眼放光,精神抖擞。他算是花儿歌手中的知识分子,曾读过小学。他也是从小就与花儿结缘的,父亲是有名的歌手,父亲爱唱,他跟着唱,带着两个弟弟一起唱,长大后,弟兄三个都是有名的花儿歌手。在花儿界,他们算是门里出身。不过,花儿歌手是天生的,是无法互相教的,父亲只是培养了他们对花儿的兴趣。他说,他家现在的生活水准是能吃饱饭,可这并不影

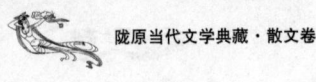

响他唱歌,闲时唱,忙时唱,差不多每天黄昏都要在洮河大堤上,与人对唱一阵花儿。他家共有4口人,夫妻俩和两个儿子,两个儿子都在外地打工,他往年也给人打工,挖一天药,能拿到20元工钱。今年他自己种了4亩黄芪,这种药根扎得深,挖起来很费劲。当下正是挖药材的要紧时节,家里还等着卖药材的钱开支呢,可这依然不影响他唱花儿,手不停,嘴不停,几个山头都是挖药人,你一句,我一句,我唱你和,你问我答,把太阳从东山唱出来,又从西山唱下去,一天又一天。有时,唱上劲了,只顾唱了,忘了挖药,自个不后悔,老婆也不埋怨他。老婆就是喜欢听他的花儿才喜欢他的,多少年过去了,他还是那样喜欢花儿,老婆还是那样喜欢听他唱歌,有时,老婆真的生气了,他开口一唱,还没唱出声来,老婆已经笑花了脸。他唱的是南路花儿,被叫作"阿欧怜儿"或"扎刀令"的那种。确实,花儿是扎在他心口上的一把刀,让他的心口常带着一种锐利的情感,他自己为之痛着爱着,让他爱的人和爱他的人,也为之痛着爱着。

刘国成从1985年登上二郎山花儿会擂台,再也没有下来过,每年5月17日的前一个月,主办方就通知他做登擂的准备。所谓准备,也就是安顿地里的活路,家里的琐事,唱歌这档子事,是没有什么好准备的,到了场合,想起什么,看见什么,即兴编词,随口唱出罢了。有人问他刚才唱了什么,他一句词儿也记不起来。花儿不是学着唱的,学来的,到了对唱时,一点用都没有。如今,他的家里常是高朋满座,有的是从县城来的,有的是从市上来的,有的是从别的村子来的,还有省城和更远的地方来的,都是喜欢听他唱花儿的人。他呢,来的都是客,无论忙闲,无论心情如何,来者不拒,一嗓子唱出,天大的事都忘了。有的人要给他钱,他死活不要,他认为,这是羞辱他,当众打他的脸哩。他唱花儿,是因为他喜欢,与钱无关,他也喜欢别人把他的花儿与钱分开。他也做些小生意,他缺少本钱,联手(朋友)也不让他摊本,他是以花儿做股本的。他俩合租一间铺面收购药材,租金由联手付,生意由联手做,他什么事都不用管,躺在床上唱花儿。联手太爱听他的花儿了,别的人也太爱听他的花儿了,更要紧的是,他太爱唱花儿了。他觉得这种日子简直美死了,啥心不操,歌唱着,钱挣着,前年,他做生意赚了五六千元呢。他是二郎山花儿会的常客,获过很多奖,还参加过在银川举办的西部民歌大赛。

刘尕文今年29岁,是刘国成的亲弟弟,家里共4口人,他、媳妇,一儿一女。他家只有一亩地,媳妇嫁过来时,土地已承包过了,儿女当然更赶不上趟了。他的生活压力便格外大些。今年他将一亩地全种了黄芪,收了1300斤,正赶上药价走低,每斤只卖了8角钱。自家地里的活拾掇干净了,他便去帮人挖药,或打零工,一天20元工钱,这项收入一年可达到2000元,他说他与村里其他人的生活水平差不多。生活压力大,可对花儿的迷恋却丝毫不逊于乃父乃兄。再说,他是从花儿中得到过"好处"的,且不说他出过的无数风头,获过的四次奖,赢得的无数笑脸和尊重,他的媳妇就是他唱来的,说是歌中自有颜如玉,一点都不过分。岷县南部有个糜子川,每年5月13日开花儿会,规模也不小,有一年,他去赶会,离家上百里路呢,他骑自行车去了。登台一唱,一个姑娘对他有了好感,两人就好上了,好成了两口子,现在还像当初那样好,他照样喜欢唱歌,她还是那样喜欢听他唱歌。有时,她听得忘了做饭,他唱得忘了吃饭,吃罢饭,又唱,又听。他说,我们这里的人,无论穷富,会唱歌,就会得到人的怜惜,素不相识的人,一曲唱罢,就成朋友了,当地话说是:投心病了。

我住在宾馆三楼房间,弟兄俩你一曲,我一曲,你唱我和,你问我答,南路花儿高亢澎湃的旋律,从两副瘦胸腔里喷薄而出,贮满房间后,从窗口激射出去,对面就是那座高入云霄的二郎山,我仿佛看见,花儿的旋律音色,化为一片片祥云,在岷县上空随风飘荡。而这一天的岷县,阳光灿烂,万里无云。宾馆楼前有一大片空地,此时,寂然无声,但我感觉到了某种喧嚣,悄悄伸头往外一看,一地的人都在那儿静静地听着。花儿确实会让陌生的人"投心病"的啊。

枇杷开花满山红,大眼了着我的人,眼泪又淌心又疼,腿子打软走不成。

刘家兄弟,莫愁前路无知己,腿别软,一路走好。

夜幕降临后,小包带我去拜访景生魁老人,他老人家可是花儿界的大哥大了。此前,我读过他搜集出版的花儿本子,读过他写的花儿专论,我还知道,他编剧的很多戏公演过,写的一部长篇小说在北京拿过奖。景生魁老人已混到"爷"字辈了,不仅是年龄资历,更多的是因为他的无形资产。小包叫他景爷,提起他的人都这样叫,我便也这样叫。景爷自身就是一本大书,一座二郎山。他住在县城南侧的二郎山根,面山而居,出门走出三步,就可摸着山了。二郎山在这里,是纯粹的悬崖绝壁,抬头,一座大山搁在头顶上。周围都是三层或更高的小楼,景家住在一个低矮破旧的四合院里,院子比门外的通道低出一米,进了大门,是简陋些,却不寒碜,非但如此,相形之下,那些高门大户倒显得俗了。

景爷从小住在二郎山下,浸淫于独特的乡风民俗中。在就读岷县师范时,他就加入了地下党,成为岷县最早的共产党员之一。爱舞文弄墨是他的天性,早在上小学时,他就在报纸上发表作品。1949年,西北野战军打到了岷县,他参了军,后又参加抗美援朝,转业不久,一生的噩运开始了。两度家破人亡,他忍痛把几个月大的小儿子搁在路边送了人,背着大儿子踏上了流浪之途,这一走,就是整整 10 年。他逃进了藏汉杂居人烟稀少且民风古朴的卓尼临潭山区。他靠唱花儿为生,走到哪儿,唱到哪儿,人们都爱听他唱,当地没有付钱的习惯,看他父子可怜,就给碗饭吃。唱出了名气,每到路上碰见人,每到一个村庄,他开口就唱:

  远路人问一声你是谁,我是蚂蚱沟的景生魁;
  走到哪里哪里站,哪里都是爷的歌马店。

  那年月,花儿是不许唱的,谁唱花儿,轻则批斗坐班房,重则当场暴打,被打死的人都不少。深山老林有深山老林的好处,正所谓天高皇帝远。景爷背着儿子,自由地流浪,自由地唱。唱着唱着,唱出胆子了,在路上碰见单个女子,他张口就是一段调情的歌:

  路上走的尕娘娘,
  蛤蟆背兜我背上,
  尕娘娘走在我心上。

  那位尕娘娘不会认为你这人不正经,男人需要一唱吐露心声,女子也要用歌声排解旅途的困顿与枯寂,于是,接口对上了:

  路上走的光棍汉,
  眼馋嘴也馋,
  三天吃不上一顿稀汤饭。

  两人你一段,我一段,机锋迭出,妙语连珠,走一路,对唱一路,直到分手,或把一方唱得肚里没词甘拜下风为止。

景爷说,讨上三年饭,给个县长也不干。这话包含了多么深重的人生苦难,但在那些个特殊岁月里,讨饭也许是一种最安全、最自由、最尊严的生存策略。大山深处,缺医少药,人生了病,要不眼睁睁等死,要不求神问鬼,把活下来的希望托付给鬼神。一天医没学过的景爷便黑红一把抓,遇上啥病治啥病。"病"治得多了,"鬼"赶得多了,也混出了不菲的名头,于是,他走到一地,像叫卖东西一样,先来这么几句:

> 人说我是那个牛鬼蛇神,
> 我说我就是的,
> 弄鬼哩,装神哩,
> 黑的红的都成哩。

每逢给人驱鬼时,景爷便精神抖擞,手舞足蹈,上窜下跳,口中念念有词,一时灯火摇曳,煞有介事。一次,他作法时,正好让老同学撞上了,事后,老同学说,你在装神弄鬼?他说,就是就是,我本来就是牛鬼蛇神嘛。同学又问他嘴里念叨些什么,他悄声说:《长恨歌》《琵琶行》。这里没人懂得这些名堂,只见他嘴皮大风卷纸片般乱动,又听他说出的话,音韵铿锵意思古奥,都以为是说神话鬼话呢。

风暴过后是平静,热闹过后是淡泊,如今,景爷与第三任景奶住在二郎山根这座小院里,提起往事,所有的苦难,经过了岁月的风吹雨打,就像一张张发黄的旧照片,笼罩着一层历史的烟云和沧海桑田的凄美。会唱花儿的人叫花儿爱好者,唱得好的,叫花儿歌手,唱得好,且懂得花儿真髓的,便是花儿艺术家。景爷便是这样一位花儿艺术家。在血水里闯荡过,在盐水里沐浴过,在碱水里浸泡过,在风里火里磨炼过,似乎这是一个艺术家的宿命。说来也怪,善于编造风花雪月故事的艺术家,却往往与风花雪月的生活无缘。景爷紧紧抓住人生的落日余晖,在潜心研究花儿的源流脉系,为花儿正名,激扬花儿的艺术价值。他要让花儿走出相对狭小的地域,变成全中国乃至全人类都能接受的精神财富,他唱了近70年花儿,现在还在唱,还在揣摸着花儿的妙处,他想让洮岷大地的花儿长上翅膀,飞向遥远的地方,与更多的人分享这道遗世独立的精神大餐。

与景爷景奶依依作别时,岷山大地已是沉沉黑夜。抬头远望,月隐空宇,星疏河汉,二郎山虎踞龙盘,当头眈视,稍远处,洮河滔滔喧闹,迭藏河声声断断,好似那,或狂狷,或优柔的花儿旋律,在向无尽的远方泅濡渲染。

风从祁连来

一、日落磨坊

从高山峡谷中顺流而下,水边有许多磨坊。当然,外人是不知道这里有磨坊的,经村里二十岁以上的人指点,哦,这里曾经有座磨坊。磨坊是水磨坊,凭靠奔腾的河水激荡磨轮,然后磨面榨油的。

在漫长的岁月里,河边的人谁家有一座水磨坊,那是财富和权势的象征。在乡人的指点下,水磨坊一一呈现。曾经的引水渠,曾经安放磨轮的地沟,从磨坊上拆解下来的、无甚用处的石块。一切都是曾经,一切的曾经组合起一座曾经的磨坊。

终于找到了一座构架完整的磨坊。磨坊依地势跨在一道断崖上,水流自上而下,突如其来的落差催动磨轮。两抱搂不拢的松木柱,一方方巨石砌起的墙,木质磨轮早已被人拆了,安置磨轮的地沟还在,还是那样的深幽。磨坊的大门是锁着的,将军不下马的老锁锈迹斑斑,看得出,多少年都不曾打开过了。不知谁从哪里钻进去过,钻进去过的人一定很多,在很长时间内有很多人钻进去过,里面到处都是人的粪便,新鲜的、陈旧的,鳞次栉比。磨坊主大约是怀旧的人,把曾经标志着家族辉煌的巨大的磨盘保留下来,顺手砌入自家的田埂,既废物利用了,又显得别致。十多只磨盘拼成一道威风凛凛的石墙,十多孔磨脐,像是某种怪物的巨眼,并排站在路边,看世事兴衰,日月轮回。磨齿看似刚用钢钎錾过不久,棱角飞耸,青光凛凛,想象得出,再坚硬的粮食搁进去,都会粉身碎骨的。

可是,水磨的废弃绝非一朝一夕的偶然决定,为何不在磨齿老钝时,而把磨齿錾锋利了才做决断?可知,对一个家庭来说,錾一次磨齿是一项非常巨大的工程,要把石匠请来,好吃好喝,工钱开足了,这么大的磨盘,錾一只是要花费几天工夫的,把眼前的这十几只都錾了,谈何容易啊。我绕磨坊转了很多圈,此时,夕阳西下,一抹落日余晖泼洒在摇摇欲坠的磨坊上,我忽然明白了:磨坊主人把磨齿錾锋利了,等待顾客上门磨面的,等啊等,等啊等,等来的却是燕雀聒叫,门前荒草。机器磨面的时代无可阻挡地来临了,水磨停转的磨轮,给一个时代画上了沉重的句号。

我无法猜度磨坊主人当时的心情,磨坊的废而不弃,已经说明了一切。磨坊旁边是一个打麦场,各式农用机械在忙碌工作,一群半大孩子在麦秸垛上窜来窜去,吵闹声盖过了机械的轰鸣声。一同去的画家给磨坊画了一幅素描,孩子们围上来,齐声说:画得真像。他们说,这是谁家谁家的磨坊,那家人是地主。从孩子的嘴里说出这个恍如隔世的名称来,我心里不由一紧,转过身去,只见夕阳依依下沉,身边的河水从容流逝。

二、天空的主人

包袱快要抖开了,现场所有人的两只耳朵都耸立着。说话的人是一个讲笑话高手,他讲的笑话曾经把一位见过大世面的人当场笑死了,为此还吃了一场官司。当然,与那个人过度肥胖有关,今天的听众不胖也不瘦,具备了听笑话的先决条件。人在野外,抬头是雪山,脚下是一条河流的河源,四周都是参天松柏。这样的环境适合说笑话,适合听笑话,笑话开讲前,大家都像英雄那样,昂首挺胸表示:万一把谁笑死了,就地埋葬在雪山下,河源边,松树林里,女人永垂不朽,男人永垂不起!

最后时刻来临了,一人忽然叫道:快看,鹰!说笑话的人,听笑话的人,不约而同抬起头,仰望天空。阳光是白刃闪闪的那种阳光,雪峰是哈达抖动时涟漪款款的那种雪峰,流水是秋夜古筝的那种流水,松柏是万古长青的那种松柏,鹰却不是鹰击长空的那种鹰。四只鹰。飞得很高,看似在雪峰之上,其实在雪峰之下,人要是站在比鹰高的位置看,就知道,鹰的位置与雪峰的半腰是平行的。四只鹰的翅膀披满阳光,可鹰仍是黑的,雪峰的白光映照在鹰的翅膀上,可鹰仍然是黑的,鹰的影子撒在河畔,影子是虚幻的黑影。鹰不像是在空旷的天空飞翔,而是在清澈如虚空的湖中漫游,看不见翅膀的扇动,听不见尖利的嘶鸣。它们好像没有什么事情,像我们一样,没有什么事情,找一个安静的地方休闲来了。中流击水的泳者堪称弄潮儿,有足够的勇气,有足够的泳技,就够了,人在中流,却似闲庭信步,必是泳中之王者。翅膀一动,长空为之碎裂的是雄鹰,在没有任何支撑的虚空中,许久可以保持一动不动的姿态,冷眼翅膀底下的风云变幻而不为所动,以空中王者喻之,也没有什么不可以。

天空本来是鹰的领地,鹰击长空本来是再也寻常不过的眼中风景。可是,不知在什么时候,因为什么,天空真的空了。在这片天空中,见到了鹰。鹰仍然是天空的王者,天空仍是鹰的领地。鹰不用戾气滂沱,与谁争夺什么,所以,也用不着弄出什么鹰击长空的动静来。优游从容,独往独来,在自家的田园里,尽情消受那蓝天白云,无边风月。

空旷已久的虚空,原来的主人回来了。这是一件重大事情。笑话是用来填补空虚的心灵的,天空不再虚空了,心灵也没有理由空虚了。鹰不期而至,笑话戛然而断。

三、到过的地方

车过五台岭时,看见路边的积雪,我说,咱们停车放风吧。敖包耸立在雪峰顶端,五彩经幡迎风呼拉飞动。时令还是秋天,我们来到了雪线上。这个季节身披暖阳,打一场雪仗,是一件相当奢侈的事情。

翻过五台岭大坂,另一面是一条十里长坡。白雪覆盖道路两边的陡坡,路基露出厚厚的黑土。是那种焦黑的,只有在雪线上才会有的黑土。消融的雪水挂在路边的悬崖上,滴滴答答,在阳光下,一滴水就是一团清冷的白光。我忽然发现,这是我曾经来过的地方。某个炎热的夏天,我从这里经过,没有这么多的雪,没有这么多的雪水,道路我却是认得的。我清楚地记得,我在前面那个弯道撒过尿,车上有女士,我因此多走了几步路。对面就是那座山顶有五个平台的五台岭。有了这个缘故,加深了我的记忆。我的记性本来就不错的。所不同的是,这次是下坡,那次是上坡。

我把这个情况说给了同伴。他们都是当地人,无数次路过这里。他们问我是从哪儿到哪儿,我说了从哪儿到哪儿。他们异口同声说,那不可能,从那儿到那儿,绝对不可能走这条路,走这条路只有一种可能性,就是今天要去的地方。今天要到达的地方,我是第一次听到,此前也没有来这里的任何理由。我们要去的地方是一个死角,只能从这头进去,然后,原路返回,那头没有出口。

可是,我确实来过这个地方。大家分析说,是否与哪个梦境重合了,我说,再真切的梦境也真切不到这个程度。又说,这片山地高原,相似的山峰和路面很多的,说哪里哪里还有一个几乎与这里一模一样的地方,我说那里我根本就没去过。又说了几种可能,但,这些可能都是不可能的。

问题出在哪里呢,我找不出一个能说服自己的理由,大家也找不出一种可能的可能性。但是,这里我确实来过的。也许,有些地方真的到过,却与真的没到过一样,有的地方真的没到过,却与真的到过一样,如同有的人你真的没见过,一见面却像上辈子的朋友那样心心相印,而有的人,一起厮混了一辈子,却满眼都是陌生。

四、摘棉花的女人

一地花白,这头望不见那头,与遥远的祁连雪峰相呼应。从这里到祁连山相隔至少百里,可祁连雪峰的白依然那样清丽眩目,如同眼前棉花的白。棉花似乎生来与女人有关,女人似乎专为棉花而生的。在漫长的岁月里,棉花经由女人的手,温暖了天下苍生。

女人的家乡不产棉花,她们来到产棉花的地方,她们为别人摘棉花。大红大绿的头巾将脸包起来,身上的装束大红大绿,她们弯着腰,一朵,一朵,一筐,一筐,摘去花朵的棉枝,像是终于解脱了的样子,可是,刚伸直腰杆,就感到了失落;还挂着花朵的棉枝,借着相当温和的秋风,腰肢颤颤,花朵摇摇,看着渐渐靠近的飞舞的女人的手,兀自有些把持不住。是渴望,还是惊惧,秋阳秋风知道,在秋阳下,秋风中,摘棉花的女人知道。

我们帮忙给其中的一个女人摘了一片棉花,她很高兴。同行的摄影师说,我给你拍张照片好不好,女人嘴上说,我长得又不好看,不是浪费你的胶片么。却习惯性地抬手把头巾扶端正,把衣襟捋展刮了,但表情却僵硬了。摄影师说,你放松点,保持平时的样子就行。越这样说,女人的表情越僵硬。无奈,摄影师说,你摘棉花吧,我不拍了。女人感觉很对不起人,有些失落,也如释重负。在这一刹那,快门响了。

摘棉花女人被装在相机里带走了,也许会出现在各种媒体,或橱窗里。女人的形象被带走了,女人还在棉花地里。大红大绿的头巾,大红大绿的装束。远处是白光耀眼的祁连雪峰,身边是白雪一般的棉花。

五、割燕麦的大娘

今年的雨水好,到收燕麦时,又遇到了长达一个月的连阴雨。燕麦的秆儿长势旺盛,和黄豆秆儿一般粗细。麦穗很长,麦粒却不甚饱满。往年的这时候,燕麦早已打碾完毕,农人们也该安闲休冬了。大娘已经相当老了,一头华发,满脸褶皱,手持一把弯月镰刀,一下,一下,面前的燕麦不情愿地倒下去。

抬头,山梁上的积雪在阳光下闪射着森森白光,低头,积雪将平川消融得一派精湿。头顶的太阳虽然艳丽,却是快要入冬的太阳了,如同一个热情的老人,热情是感人的,热度却是有限的。燕麦是湿的,大娘的镰刀斫倒一行行燕麦,也斫出一溜溜露水。我说,大娘,我给你割。她看看我,说你行吗。我一手抓住燕麦,一手抡起镰刀,嚓嚓嚓,燕麦倒下一片。大娘再看看我,说没想到你还会干农活儿。我说,农民的儿子嘛。我弯下腰,又挥起镰刀。却听大娘惊呼:停下,停下!我诧然回头。她指着我的裤脚说:把衣服弄脏了。那天,我穿了一套质地不错的衣服。裤脚被露水打湿了,衣襟被露水打湿了。不只是露水,还有被露水打湿的泥土。我笑笑说,没关系。大娘却不让我再割了。她反复说,衣服弄脏咋办嘛,出门在外,没办法清洗的。

大娘住在女儿家,女儿正在生病,家中无人干活,她给女儿看门,眼看入冬了,燕麦还撂在地里。燕麦虽然熟得不够饱满,却是一季的辛苦,不能白白撂了。走出好远了,回头看,大娘依旧弯腰挥镰,一下,一下,阳光下的白刃一闪,阳光下的麦棵倒下一缕,阳光下的白发随风一甩。

山梁上站着几头犏牛。犏牛是黄牛与牦牛杂交的产物,雄壮得让人无法理解这是牛,是被人役使的耕牛。一头牛站在那里便是一座小山,一头牛移动了,是拉起一座小山在移动。而大娘是苍老的,孱弱的,但她仍然是强大的,用不了多长时间,她面前的那片燕麦就会倒在她面前。

燕麦是用来喂犏牛的。吃饱燕麦的犏牛,就可以帮大娘拉扯岁月了。

六、不是魔幻

面包车在一条沙漠便道上趴窝了,司机折腾了半天,什么作用也不起,顺势坐在沙地上抽烟。

这是一个严重的问题。左边是连绵的祁连雪峰,看得见的只有耀眼的白雪,隐隐的青松,还有乌鸦一声两声的聒叫。离开前面那个居民点已经五十公里了,到下一个居民点还有五十公里,便道的另一侧,是纵深百多公里的流沙。走这条路的人和车很少,印在路上的只有一道车辙,是朝相反方向去的。

时近正午,艳阳将路边的沙子晒得吱吱乱叫,阳光是惨白的那种,沙漠是火焰红的那种,没有做充分的准备,不过一百公里路程嘛,说话就到了的,储存的矿泉水剩不到一人半瓶了。着急只能是干着急——无用的着急被说成是干着急,沙漠里的着急,才是名至实归的干着急呢。手机没有信号,叫人帮忙没有可能。与其干着急还不如不着急,大家精脚片子爬上沙丘,像是铁板火烧上的鸭子,惊叫着,跳跳蹦蹦,眼看脚心冒烟了。穿上鞋,站在沙丘顶上,沙漠风像火焰,呼啦啦的,但没有沙丘下面那样闷热。站得高,看得远,看看有无过往的车,最好有与我们同方向的车。闲着没事,大家便说闲话。说:一定会过来一辆大卡车的,而且是同方向的,咱们还没说话,人家主动要求为咱拖车,吉人自有天相嘛,这地方的人个个都是活雷锋;说:要是女司机过来,帅男要主动上前搭话,要是男司机,靓女胆子要大些,穿着要暴露些;说:赶天黑要是没有车过来,山里的狼出来觅食时,大家都要为保护野生动物争做贡献呀。

　　口干舌燥,闲话说得无趣,却看见同方向一股沙尘荡起,大家欢呼雀跃。这样空旷的地方,一眼可以望出去至少二十公里。来车离这里还远,看不清是大车还是小车。都沉默了:人家不愿意帮忙怎么办?一直沉默不语的领导发话了:司机是我的小学同学。大家都笑,闲话又续上了,说:一定是女同学,班上最漂亮的那个大眼睛女生;说:还是同桌呢,你给递过条子,老师批评你早恋的那个同桌的她。领导微笑不语。大家都知道,领导的老家远在千里之外,这里是农村,当农民的小学同学不可能来这么远。而且,他已经年过半百了,小学同学即使见面也是相逢不相识的。

　　车子渐渐近了,是一辆东风大卡车。意志力已接近崩溃了,大家蜂拥上路,说什么也要把车拦住。大卡车停在几十米外,女司机跳下车,笑呵呵地说:是不是车坏了?忽然,她大惊失色,指着领导说:你是不是某某?领导笑呵呵地说:我就是某某,你是哪位啊?女司机说:连老同学都认不出来了?我就是某某嘛。哦,老同学!两人同声说。两双手握在一起。他说:你怎么在这儿?她笑道:女人嘛,腿长,千里姻缘一线牵呗。你来我们这儿干什么?他说:去山里引水工地参观,想抄近道,不料,车坏了。他说,没想到会碰上你。

她说,我家就在前面的村子,去羊场拉羊粪,返回来了。他说,离那么远,又几十年不见了,你怎么会一眼认出我?她坏笑着说:你猜。他举头想了半天,无头无绪。她说,我去省城送孩子上学,在你们单位的橱窗里见过你照片。他说:那你怎么不找我?她哂笑着说:你是城里人了,还认我这个一身泥土的农家妇女么。

领导钻进大卡车,我们乘坐面包车,大卡车拽着面包车,车后荡起一股久久不息的沙尘。告别女司机后,我们说,领导,你是不是知道你的女同学在这儿?他说:真的不知道,小学毕业后,从来没有联系过,也不知道她的下落,就是知道她在这儿,也不会碰得这样巧啊。

大家叹息了一路,一位有过沙漠生活经历的同伴,故作高深地说:在人烟罕至的地方,出现不正常的事情,才是正常的。

七、偃卧河床的水牛

谁家的水牛丢了,在大通河里卧了无数亿年,还不牵回家去?

水牛是这样横空出世的。大通河的名气似乎不够大,却是黄河支流湟水最大的支流之一。河床狭窄,湍急的河水奔流在高山峡谷中,大有惊涛拍岸,卷起千堆雪的气势。有那么一段,河水被水利工程截流改道了,亿万斯年深藏于水下的河床,乍然裸露于世人面前,不知把多少人惊呆了,又不知有多少人发财了。

湍急的河水携造化神功,打磨出了无数奇形怪状的石头。河床里到处都是睁圆两眼,低头寻寻觅觅的人。我见过一头水牛,卧在残留的水渍中,要是不到跟前细看,不爬上牛背骑一回,还真以为是谁家的水牛跑丢了呢。那是一块质地坚硬光滑的石头,重约四吨。牛脊骨骼雄奇,嶙峋嵯峨,线条苍劲张扬,仿佛大画家潘天寿先生把他的那头著名的牛,浓墨重彩复原为活着的牛,放牧于大通河床的。四肢偃卧,牛头缓缓从脊梁延伸出去,悠然低头做饮水状。

在河边居住的一位老者,在牛背用红颜色涂上了属于自己的标记,开价一万元,由他负责从河床弄到公路上,装上卡车,就算成交了。这是一方罕见的奇石,但,时间很长了,看的人多,却没有买主。这么庞大沉重的牛,是要有较大的院子安置的,农家是有院子的,可农民谁玩这个呀,玩得起与否,暂且不说,以当地人文状况而论,哪个农民谁要是花一万元钱,把这个弄回去,非让人骂臭不可;远处的农民也许资金不存在问题,也有足够的雅兴,可如何运输呢。城里人有玩石头的金钱和雅兴,可是,谁也没有能力和胆量把这个庞然大物弄到阳台上去,弄上去,一个单元的人都别打算活了。公园或机关单位的院子倒是可以容纳这头水牛的,摆放在那儿,再没意思的地方都会马上有意思的。但是,如果没有个人利益在其中,多一事,不如少一事,是当今权力阶层的行动指南,为这么一头水牛,让人说三道四,甚或危机到头顶的乌纱帽,实在不划算的。

至今,那头水牛还卧在那里。我与牛的主人签订了一份口头协定,我买了一套旧房子,倒是有几米见方的院子的,可如何把它弄进大门去,如何隔墙搁在院子去,对个人来说,仍存在着难以克服的技术问题。

离开水牛后,时时想起那头卧在数百里之外的大通河床的水牛,觉得这头水牛只有卧在原地是最好的,与两岸摩天青岩和谐,与四季风雨和谐,自然的造化搁在任何非自然的场所,看起来,都是不自然的。此时,不禁为那头水牛生出了一种感慨:大有大的难处,大也有大的好处啊。

沙漠写生

一、沙漠中的小精灵

从古阳关的烽燧上下来,时正中天,悬在头顶的太阳像是朝大地抵近了许多,炭火般的光焰,居高而下喷吐着,远近的戈壁沙漠都变成了火焰般的猩红色。突然,随行的南方朋友惊叫起来,我回头朝他指示的方向一看,不禁莞尔。

那是一只沙漠蜥蜴,当地人称之为沙娃娃。真的,形似神似。一只蜥蜴趴伏在路边的沙砾中,二三寸长短的身材,三四寸长短的尾巴,拇指蛋大小的头颅,两颗眼球闪烁着,头脑伸伸缩缩,身子纵纵伏伏,好似一只队伍的侦察兵,或有什么难处要向人求救。朋友第一次来西北沙漠地区,惊诧过后,听了我的介绍,不觉兴致大增,把那无所不在的火焰暂时抛掷不顾,他双手端起照相机,悄悄接近沙娃娃。我说不用,风景区的沙娃娃和广场鸽一样,见得多了,不怕人的。

朋友还是小心翼翼接近。那只沙娃娃似乎看出他是初来乍到者,身子一纵,索性跳上一颗半尺高的砾石。沙漠的温度已可以在短时间内烫熟鸡蛋了,穿着登山鞋,脚心也能觉出烫来。沙娃娃占据的那颗砾石,炭火般汹汹燃烧。沙娃娃似乎找到了当明星的感觉,跃居砾石的顶端,或跳跃如街舞,或静伏似定格,或昂首做仰天长叹状,或闭眼以示不耐烦态,酷、萌、娇、骄,恰如乍然得宠的明星。相机咔咔响着,朋友大获丰收。

出了古阳关,在葡萄架下喝茶乘凉,朋友一遍遍观赏刚才拍摄的照片,一遍遍感叹,喜形于辞色。他问我沙娃娃都是这样么,我说,我见过的沙娃娃无数,今天所见,确属第一遭。这是老实话,不是为了给朋友助兴。

多年以来,每当我感到烦闷,或精神萎靡不振时,总要去一趟沙漠。艳阳的暴晒,沙砾的烘烤,借以修复身心内外阴郁的部分。在大漠深处,在绝无生命信息的地带,沙娃娃也许是唯一的生命。沙丘连绵,横绝天地,艳阳当顶,大地火烧。你以为你是这片天地唯一的生命了,忽然,身前身后,细沙簌簌作响,定睛看去,一只只沙漠色的小生命,昂首向你,扑闪着土红色的眼睛,似乎在向你质询:客从何来?友乎?敌乎?当你身子稍动,或仅仅是表情有了变化,它们便飞窜而去,眨眼不见踪迹。我不知道它们以什么为活命资本,但观其来去无碍的身姿神态,我猜想,也许是身无拖累,才使得它们获得了精灵一般的自由吧。

二、冬天的沙漠

冬天的沙漠中也是有生命的。

满世界只剩下沙丘,阳光,你。无所不在的沙丘,无所不在的阳光,孑立于阳光之下沙丘之上的你,还有你的影子。没有风,但满眼都是风,一地都是风声。细沙如蛇,那种与沙丘同色的蛇,在漫无目的游走。蛇们总是能够找到通行的路。沙丘间并无路,车走的路,人走的路,蛇走的路,一概没有。在没有路的地方,到处都是路,对于蛇而言。

寂静,死亡般的寂静。死亡万年后的寂静。但却是鸟鸣山更幽的寂静。大寂静,大喧哗,形体的死亡,魂魄的复活。生命鲜活地带的阳光来自一颗太阳,而沙漠中的阳光来自无数颗太阳。悬挂在天空的那颗太阳,面色苍白,如沙漠驿路上飘零者随身携带的被榨干了水分的白面饼,光线依然夏天般强烈,却没有多少温度。可是洒在沙丘上就不一样了,一颗太阳立即幻化为无数颗太阳。一颗沙砾便是一颗太阳,每颗太阳射出一束阳光,从脚下,从四周,从远处,你是所有太阳的聚光点。

固定的沙砾是固定的太阳,流动的沙砾是流动的太阳。固定的还有各色沙生植物。红柳、拐枣、花棒、梭梭、芨芨草、沙蓬。沙砾一般的形色,沙砾一般的枯寂,毫无生命征兆。但它们活着。没有任何活着的理由,其实活着并不需要什么理由。以死亡的姿态活着。活着便是对死亡的抗拒,还有否定。每座沙丘都有自己的区别于其它沙丘的造型,那种棱角,那种纹线,那种图案,即便是造型艺术家看来,也只好拱手承认,这只能出自上帝之手。你要是一个喜欢恶作剧的人,你完全可以与任何一座沙丘较劲,撒欢儿,打滚儿,直到把整座沙丘糟践到你认可的面目全非为止,你还可以将你糟践前的沙丘拍成照片,也可以将你糟践后的沙丘拍成照片。这都是法庭上证据之王级别的铁证。一夜过去,你再来看看你昨日的杰作。你双手捧着照片一一比对,你看到的一定是与你糟践前完全一样的沙丘,一个棱角都不会差,一条纹线都不会差,一幅图案都不会差。

一颗上帝的心,一双上帝的手,让沙漠保持着原初的永恒的状态。

有人将此归结为风,其实,那是上帝的心,上帝的手,那是上帝本身。人们习惯于把自己不知道、不可知、无可把握的事情,统统归于上帝。上帝很忙,上帝管辖的事情太多了,忙不过来,于是,很多事情便也放手不管。尼采惊呼,上帝死了。真的死了,也绝非老死的,或意外死亡,一定是忙死的,累死的。让上帝歇歇吧。将风的事情还给风。风会改变沙漠中的一切,也会复原沙漠中的一切。人留在沙丘上的痕迹,有些会被风带走,掩埋在某个聊以维护人的脸面的角落,比如垃圾。人不怎么顾及自己作为人的脸面,风会替你顾及的。有些人为的痕迹,当人离开后,哪怕只离开一会儿,风便会替你抹平了。比如脚印。深的脚印,浅的脚印。尽管在许多时候,人并未感知到风的存在。风以抹平人的痕迹的方式,提醒人重视它的存在。风是沙漠最初的主宰,也是最后的主宰。

可是,风却可以默许别的力量在沙漠中留下自身的痕迹。

冬日的沙丘上,满眼都是死亡的景象,满眼也都是生命的喧哗。死亡与喧哗在这里实现了共谋。一串串不知从哪里来,更不知去哪里的印迹,让整座沙丘变成一个雕刻艺术展览馆。莲花瓣的蹄印,三角梅的蹄印,巧媳妇针脚线的蹄印,也许只有特别专业的昆虫学家才可辨认的脚印。而容易辨认的,黄羊的蹄印,狐狸的蹄印,狼的蹄印,兔子的蹄印。种种蹄印,或大或小,或深或浅,或新鲜,或陈旧。不知道它们何时驾临过这里,也不知道它们以何为生。以人留下的脚印应该拥有的持久度相比,风更容易抹平的是这些印迹。但这些印迹却如人留在岩石上的雕刻一样,是向着不朽而去的。

也许,沙漠是沙漠生命的专属领地。认可权属于风。风以自己的方式宣告,谁是合法居民,谁是非法闯入者。

三、沙漠里的因果链

沙漠其实是欢迎人的强行介入的,以一种友善的、建设的姿态强行介入。

必须是强行介入。

沙漠的主宰者是风,风让沙漠变成这个样子,变成那个样子。这是风的使命,也是沙漠的宿命。涉及到使命宿命,这些带有原初性的话语,便天然地拒绝道德评价。风其实不愿意这样做,再崇尚自由的人,包括那些提出不自由毋宁死的人,内心都是渴望归属感的。自由的极限,如同断了线的风筝,无拘无束,其实也无依无靠。风明白自身的价值,给炎热之地带来清凉,给寒冷之地带去温暖,给干旱之地带去雨水,给贫瘠之地带去沃土和种子。可是,风在沙漠里只剩下一种使命了,那就是把沙丘从这里挪到那里,把地上的沙砾捧上天,又摔下来,像是一个顽童,自己累个半死,没有什么意义。有时候,还会受到生命的诅咒。人,植物,动物,离不开风,却也不待见毫无约束的风。

沙漠风是深知这些的。能够理解到世界本质的,天地之间也许只有风。风能够感知到,生命在风中的大欢喜,大悲愤,大抗拒。可是,风可以改变生命,却无法改变自己。这是风的使命,也是风的悲哀。沙漠风给沙漠中的生命几乎带不来什么益处,带来的只有灾难,至少在人这种生命看来。这时候的人其实是忘了,或不愿承认,自己正踩在脚下的那片黄沙,恰好拜人所赐。

人是有生命的,植物动物是有生命的,日月是有生命的,风是有生命的,砂石也是有生命的。各个生命体之间因为有着一种天然的秩序的存在,才互相约束,才互济余缺,才各安其位,只要有一方不守规则,打破了边界安宁,那么,连带起的便是骨牌效应,便是群体的灾难,便是群体的反抗。沙漠本是地球上的天然景观,与大海,与草原,与沃野,与河流,与绿洲,都是地球上的合法公民,自有天赋的领地,但却因为人的不尊约束,侵犯了原本属于沙漠的领地,沙漠奋起反抗,收复失地后,士气正旺,以其摧枯拉朽之势,宜将剩勇追穷寇,不可沽名学霸王,将人逼入绝境。

自然界的秩序与人类社会的历史何其相似乃尔!正是:

茫茫大块烘炉里,何物不寒灰?古今多少、荒烟废垒,老树遗台。

锅里煮饺子,这个浮起,那个沉下,谁见过千年以前的旗帜如今还在迎风飘扬?

现在,沙漠由被压迫者堕落为压迫者了,而人却由被压迫者变身为反抗者了。凡是反抗者,其自身天然地占据着道德的制高点,正如沙漠反抗人类的过度侵犯时一样。在中国的北方、西北大地,原来一望无际的草原变成黄沙漫漫,原来清凌凌的湖泊为黄沙填埋,原来人烟辐辏的绿洲为黄沙覆盖,天空只有日月朗照,飞鸟绝迹,大地上只见风走黄沙,不见流水汤汤。人已无退路,只有奋起反抗一途。于是,凡是有沙漠的地方,便有了立志治沙者的雄姿豪情。与任何压迫者一样,当被压迫者吹响反抗的号角时,压迫者也不得不倾听反抗者的诉求。植物减缓了风速,黄沙顺风而呼的激情消退,甘愿蛰伏在植物的婆娑身影下乘凉,而各种动物也找到了借以栖身的家园。

生命间的失衡永远是暂时的,也只能是暂时的,而生命间的平衡则是永恒的,必须是永恒的。不要不相信因果报应,冥冥间是有一双手在的,那双手在天上,在地上,在你那里,在他那里,在我这里,在未知之地。

四、荒城

说是这里居住着消失于世界史中的那支罗马军团的后裔,在者来寨,古书上则称之为骊靬。如今外来词汇吃香,包括貌似疑似的外来词汇也跟着吃香。者来寨很少有人叫了,口头的,纸面的,屏幕网络的,大都叫骊靬。尽管很多人面对那个"靬"字,往往口将言而嗫嚅,不敢确定读音是否准确。骊靬疑似貌似外来语,"者来"何尝不貌似、不疑似?在东北大地,在西北大地,在整个中国的北方,这种用汉语音译标注的地名到处都是,包括"骊靬"或"者来"紧紧依傍的祁连山。祁连,意为天,匈奴语,而隔着不甚广阔的绿洲那边的连天黄沙,一个叫巴丹吉林,一个叫腾格里,都是蒙古语的汉语音译,前者意为六十个湖,后者意为天沙。

如此而已。

不知很早的先前,这里是什么样子,估计不会热闹到哪去。河西走廊为连通中原与西域的最主要通道,位于驿路中轴线的各个村镇没有不繁华的,大城有大城的大繁华,小村落有小村落的小繁华,而骊靬却是偏离中轴线的。南依祁连,北贴丝绸之路要津。以兵家眼光看去,其最主要功能则在于控制南边的祁连山山口,与丝路交通轴线尚有不远距离。在今天的交通条件下,这点距离并不算什么,二十分钟车程即可通达永昌县城,一条黑色公路横穿县城与骊靬之间的戈壁滩。但这是古代设置的军事要塞。在古代,今天的二十分钟车程,并且要穿越砾石错杂的戈壁滩,大约不算一桩潇洒的事情。

骊靬热闹了一阵子。这一阵子说的是几十年。先从学术界热闹,然后是政界,然后是媒体,然后是影视,然后是民间。一个形同废弃的村庄,突然成为国内外侧目的一个所在,只因那位罗马巨头克拉苏率领的六千人军团,消失在世界史的烟海中。风一样消失了,两千年了,许多人在找,谁也找不着,实在找不着了。但是,是要找着的,六千人呢,还不是一般的人,而是影响了世界史格局的一群人。如今一个人丢失了,哪怕是多么不起眼的人,都得麻烦警察去找。找遍了所有可能的地方，不知谁率先把目光洞穿千年迷雾越过五湖四海，落在了河西走廊中部，一个从来被冷落，还将继续被冷落，直到废弃的一个村庄里。原因是，那里有几位村民的长相疑似意大利人。

把话说开了，河西走廊为几千年丝绸古道上最为重要，最为畅通，最为繁华的孔道，这条路上，多少个民族，多少个人种的人，没有留下足迹，没有留下血脉？

者来寨还是那样平静，而骊靬现已廓然大城。在离者来寨不远的戈壁滩上，一座古城拔地而起。高大的城墙四面围定，四方城门朝向四方，宛然古城。城里一座万佛殿，屋顶是中式建筑，廊柱却是欧洲风格，供奉在里面的是中土的佛。各色建筑漫坡地形高低错落，民居，菜园，市廛，广场，像模像样。

仿古的古热闹了，被仿的古像是真正荒废的古代遗迹。者来寨是有着半截古城墙的，包围在一片民居中，与河西走廊大多的古代遗迹一样，都是黏土夯筑。一些民居保持着泥巴平房样式，无砖无瓦，屋顶是平的，在阳光下，白土反射着白光。一些民居是砖瓦房，红瓦白墙，砖砌墙角。一座打成四方草捆的干草垛堆放在一户民居的大门前，标志着这里还有人在生活。村落寂静如古村，零星的老树依着各自的院墙晒太阳。不闻鸡叫狗吠，亦无鸟语人声。站在村落的制高点上，南望祁连，雪峰隐约，北望走廊，苍白浮尘下隐现着似乎也在随浮尘飘荡着的楼宇屋角。当此时，方才发现，者来寨并非建在平地上。祁连山山脚一路泼洒下来，深入走廊腹地，而者来寨挂在逐次往下延伸的山脚上。旁边一条河床从山中漫泻下来，将戈壁滩划出一道深刻的砂石沟。者来寨在担负军事功能的岁月里，这应该就是护城河了，就是防御屏障了。这是季节河，一年中绝大多数时间是没有水的。不知道以前是四季河还是季节河,观其古城规制,应是长流水吧。没有水的河流,流淌的便是磊磊碎石。一川碎石大如斗,阳光下,一颗碎石便是一颗太阳,耀眼的光芒从地上射向天空。

村落中终于出现了一个人。

红头巾,分辨不清颜色的衣服,佝偻着腰,在村巷里闲走,看不出要干什么有意义的事情。这是一个有些年纪的妇女。

村落中终于又出现一个人。花白的头颅,佝偻着腰,黑衣黑裤,是那种褪了色的黑,是那种从火堆里滚爬过的黑。步态缓慢,踽踽独行,看不出他要干什么,这儿望一眼,那儿望一眼,然后,返回他刚出来的那座民居中。

这是一个有了相当年纪的男人。

村中的青壮年要不出外打工,要不移居县城,只有那段十几米长的残墙摆出岿然不动的姿势,似乎要告诉人们,这是一座有着两千年历史的古城,只有头顶的阳光依然光芒四射,似乎在向人们宣示,阳光可以让远古的天空光芒四射,也同样可以给当下的大地带来生机。

五、跟着麻雀叫几声

在沙漠深处,先前一切你不喜欢的,乃至讨厌的生命,都会让你生出亲近之心,生出喜欢之情。是真的亲近,亲人间的亲近,生死老友间的亲近。是真的喜欢,让目光油然柔和的喜欢,让心尖怦然颤动的喜欢。

没有什么深邃的理由,亲近就是天然的亲近,喜欢就是天然的喜欢。一定要给一个带有功利尺度的理由,大约是,别的生命于此存活,我亦有可能于此存活。生命之间看似品质悬殊,比如有的可以飞跃千山万水,有的则终生蜗居一隅,哪怕是一条小河沟,都是鸿沟天涯。但,回到本质上,却谁也无须自卑,谁也骄傲不起来。谁都离不开吃喝二字。饿了无食可食,渴了无水可饮,此际,谁又顾得了考究高迈,或者卑琐。

麻雀大约是无处不在的生灵,大约因为多,便常常不受人待见。那要看在什么时候,在什么地方。比如在沙漠深处。艳阳下,沙漠中举目一派大火。火从天上烧起,火焰凌空而下,引燃了地上的黄沙,黄沙烈焰蒸腾,发出轰轰的燃烧声,上下火焰纠缠在一起,互相借着火势,互相助着火势。你觉得天空被烤干了,大地被烤干了,大地上的一切都被烤干了,你自己被烤干了。而这时你却听到了鸟叫。一声,两声,无数声。你听得出那是一种名叫麻雀的鸟儿的叫声。麻雀的叫声永远那样特别,吵闹,枯燥。你会怀疑自己的耳朵,这样的地方怎么会有麻雀,麻雀难道是一种耐热耐火的鸟儿?你没有听错。风光旖旎之地,麻雀的叫声确实显得吵闹,枯燥,也许这正是不受人待见的因素。可是,在沙漠地区,麻雀的叫声却是如此的清丽,悦耳。不是此一时彼一时的权宜。确实不是,清丽悦耳之声,声声传来。宛如一股凉风,一股带着鲜润的清风,游荡在沙海中,滋润着你的荒芜的耳朵,抚慰着你的枯寂的心田。

那是一阵阵清风,那是一阵阵细雨。你的耳朵里那些原来储存的被烤干烧焦的音符,渐渐复活。春风吹又生般复活。你的心田泛起一丝丝湿意,土壤深处的那种底墒。你感到禾苗在那里发芽,柔软但却不可阻遏地有力。你感到那里原来是有一眼泉的,泉水不够丰沛,但却不绝如缕。不觉地,你有了吟哦、歌唱,或随便发出一些什么声音的愿望。你听见了你的声音,你也听清了,那是与麻雀一样的叫声。此时,你并不觉得有什么不妥当,或者羞愧之类的,你觉得你声音很好听,麻雀的声音也很好听。

六、沙漠中遇雨

多年以后,你会想起许多自己经历过的有意思的事情,而你想起的事情中一定有一件事情不大,但却有意思的事情,那便是你在沙漠中遇雨的经历。

你像所有人一样,在进入沙漠前,已经把沙漠想象为一个完全无水的世界。为此,你尽自己最大的能力带足了你必须的水。你的想象与你的遭际完全吻合。长空在燃烧,大地在燃烧。在这无尽的火焰中,你感觉到天地间所有的水分都化为一股喷吐着焦糊味的白烟,化为火焰的一部分,包括你的肌肤中的水分。火苗又将尖利的吸管伸向沙漠,剥开沙漠灰烬般的表层,将地层深处的水分抽出来,交给火焰。你以为沙漠本来就是这样的,应该就是这样的,这时,你发觉有一团阴影,不知什么时候,已悄然覆盖在你的头顶。你以为那只不过是一团云,一团无雨的云,就像张目可见的海市蜃楼。

你错了,那就是云,真实的云,携带着雨水的云。当雨点拍打在沙砾上时,你确信那就是雨水,当雨点浇灌在你的身上时,你分明认出,那就是被我们一直称之为雨水,有时候也被尊称为甘霖的液体。确实是甘霖,飞荡在空中时是甘霖,落在沙地上是甘霖,汇集在沙丘间低洼地带的那一滩浊水也是甘霖,让无数沙漠居民得以延续的生命之水。

沙漠中的雨水永远都是冰凉的,哪怕不远处没有雨水光降的天地仍然在烈焰蒸腾。落在你的身上的雨水冒着白色的气体,如同开锅的水蒸气,打在沙地上的雨水,也冒着青白色的气体,如同正在给器物淬火的铁匠铺里喧腾而出的水蒸气。但,那形象是热的,而质地却是冰凉的。你也看见了,原本绝无生命迹象的沙丘上，一时间，不知从哪儿冒出那么多的生命，甲壳虫，蜥蜴，蚂蚁，鸟儿，它们在雨水中忙碌着，狂欢着，而你却如经霜寒雀，在那里瑟瑟发抖。

不过，你也觉察到了，原来叠压在你身上的，你怎么也放不下的重物，此时放下了，完全放下了，原来堵塞在你心窍那儿的，你怎么也疏通不开的浊物，此时无阻无碍，天地一派空阔。

七、沙漠中的勇士

偶尔去沙漠的人，往往把目光抛给了胡杨，喜欢对自己见到的事物适时发表一些感慨的人，也毫不吝啬把自己胸中储备的那几句赞美之词奉献给胡杨。这不但没有什么不可以，而且这种愿意赞美他人的胸怀本身便令人尊敬。其实，沙漠中的任何生命，植物，飞禽走兽，活着的，死去的，高大辉煌的，低矮猥琐的，都应该受到赞美，它们也配得上任何语言的赞美。因为它们生长于沙漠，因为它们生存的无比艰难，因为它们的无与伦比的生命力，因为它们的勇士一般的抗争和坚守。

在这无数的沙生植物族谱中，最不起眼，也最应该受到所有生命礼敬的是骆驼刺。这种植物有着另外一个名号：沙漠勇士。我第一次见到这种植物是在腾格里沙漠深处的一片流沙地带，正是一天中能见度最高的时候，站在沙丘上，回环四望，几十里范围内的所有物事尽收眼底。而映入眼帘的只有一种颜色，阳光下金光万道的黄沙。但在一道沙坡上，金光氤氲之下，却有一星绿意浮现。几乎不能算作是绿色，要不是遍地黄沙的衬托，那种颜色是不能算作绿的。浅浅的绿，浅浅的白，浅浅的黄，浅浅的黑。

一路跋涉，头顶的艳阳似火，脚下的流沙像是余火还在燃烧的炉灰,到了那团绿色跟前,果然是一丛植物。当地人说这就是骆驼刺。不知是有多少棵单株组成的,这一丛骆驼刺大约占地一平米。就近看,远处看到的那种绿和白是骆驼刺的本色,而黄和黑则是错觉。

方圆几十里唯一的植物啊!

它是怎样在死亡之海中独存的?

它是怎样在烈日和滚烫的黄沙烘烤下生存的?

与我们预想的一样,这丛骆驼刺没有什么伟岸的足以独当一面的外表,矮矮的个头,萎顿细弱的枝条,苍白枯瘦的容颜,宛如在街衢里巷经常可以看见的那些落魄者,似乎你只要再抛给他们一个不屑的白眼,他们最后的那一丝生活下去的底气便会一泻无余。

走甘南

一、阿信的羊

甘南的草地连绵起伏,似乎永远没有尽头。草地上最显眼的植物是格桑花,最活跃的动物是羊。

在饭桌上,一人恍然大悟地说,我发现了一个秘密:甘南的羊为何那样从容淡定,汽车呼啸而过,有的低头悠闲吃草,有的昂首望天,视若无睹?

我说,这就对了。甘南的羊什么世面没见过?著名诗人阿信多次写过它们,它们多次上过《诗刊》《人民文学》,获过奖,这不是普通的羊,是名羊,是有成就的羊,千首诗轻万户侯,它们完全有理由傲视世人的。再说啦,有些人写了半辈子文章,上过《诗刊》《人民文学》么,获过奖么,凭什么让甘南的羊,见了你惊慌而逃?

正在全力对付一只羊蹄的阿信失声大笑,把羊蹄从嘴里卸下来,说:你这家伙!

阿信大学毕业后,定居甘南,诗名远扬。他的多数诗,都是以甘南风物为背景的。羊群、牦牛、鹰、阳光、天葬台、格桑花、青稞、山水湖泊、寺院喇嘛、醉酒的男人、放牧的女人。

甘南的所有东西都是有诗意的。

在甘南生活,不写诗,你就是一个辜负者。不写诗,唱歌也行,跳舞也行。在甘南,你如果说你不会唱歌,不会跳舞,人会笑话你的。甘南的羊不经意叫一声,都是旋律悠扬的歌儿,甘南的羊在草场上撒一个欢儿,都是百娇千媚的舞蹈。

二、黑措,合作

甘南藏族自治州的首府是合作,一座草原新城。

合作是黑措的转音。

黑措是藏语,意为羚羊奔跑的地方。

多么有意思的名字啊。

改名合作大概有半个世纪了。

一座城市叫合作,也不错的。

十几年前,我去九寨沟,走的是甘南、马尔康这一路。天色向晚,到了合作。山坳里一片黑色的小平房,迤迤逦逦,像牦牛群走过后遗落的隔夜粪便。汽车从街上呼啸而过,男人女人踢踏而过,牧群招摇而过。街道两边的小铺里,摆放着品种不算多,但色泽艳丽的货物。最令我心动的是精致的藏刀。我买了一把。羊角柄,牛皮套,刃长八寸,寒光闪闪,锋利瘆人。我把刀子挂在腰带上,周游了半个中国。后来,一个外地朋友见了,爱不释手,为了友谊,我忍痛割爱。一次聚餐时,他喝醉了,与邻桌发生了冲突,他拔刀追杀人家,眼看要酿成大祸,我上前制止,他却挥刀向我凌厉捅来。看阵势,那不是玩笑,在冷风吹寒我胸口的一刹那,他倒在地上,刀子落入我的手中。

从此,我不再给人送刀。我有很多刀,藏刀,保安刀,英吉沙,蒙古刀,都是西北名刀。无论谁表示出多么强烈的爱意,你尽管一厢情愿地爱吧。

那晚,在一个类似广场的空地,我吃了一碗羊杂碎。那香味至今还闻得到。旁边有两个男子,不知为何发生了争执,只吵了几句嘴,便各自拔出刀来,你来我往,铿锵有声。摊主笑笑地,上前把自己的身子插在两人中间,那两个人各自收了刀,又坐在一条板凳上喝酒,吃羊杂碎。

后来,又来过几趟合作,感觉到在变化,却没有来得及观察什么地方变化了。这个深秋季节,再来合作,已经相逢不相识了。羚羊当然是见不到的,当黑措改名合作时,羚羊就不知奔往何处了。错落的楼宇,宽阔的街道,把一个巨大的山坳塞得满满当当。当然,阳光还是那样强烈,深秋了,阳光还是那样强烈。人都变得光鲜了,衣服光鲜,头脸光鲜。吃草的羚羊跑远了,大理石的羚羊来了。空旷的广场上耸立着许多羚羊的大理石雕像。

人以这样的方式,在一个原本叫黑措的地方,与羚羊合作了。

三、秋天的尕海

尕者,小也。西北方言中常用的词汇。尕娃娃,就是小孩子,尕媳妇,就是小媳妇,尕老汉,就是老了还不是很老的男人,尕海,就是一个比大海小的小海。这个大小,不是视觉上,或拿比例尺可以衡量的大小,篮球场、洗脸盆大小的一片天然湖泊,也可以称作海,习惯的名称是:海子。

尕海,就是一个高原湖泊。说其尕,确实尕,尕到上不了任何地图。可是,要是以人的视野和脚步去丈量,却是不尕的。四周群山青青,湖滨牧群攘攘,风吹水波起,鸟儿翩翩飞。尕海担负着维护这一片广大草原生态平衡的重任,湖水稍减,就会有人在各种媒体上呼吁保护,湖边有鼹鼠打了洞,正在奋力打洞的鼹鼠,和它们打出来的洞口,就会以无比狰狞的面目出现在电视画面上。

铁丝网把尕海围了一圈。刚下过几天连阴雨,太阳出来了。草原是被雨水洗过的,牧群是被雨水洗过的,天空是被雨水洗过的,翔飞的不知名的鸟儿是被雨水洗过的,秋风是被雨水洗过的,阳光也是被雨水洗过的。风掠过身体,再浑浊的人,都干净了,阳光撒下来,再阴暗的心灵,都敞亮了。

其实,海无所谓大小,人大了,尕海也是大海,人小了,大海照旧逼仄不可容物。甘南的尕海有着大海那样的宽阔浩渺。

四、白龙江之源

养育了天府之国的白龙江,源头在郎木寺。郎木寺是藏在深山里的一座喇嘛寺院,四川一半,甘肃一半,主寺在甘肃一边。奔腾汹涌的白龙江在这里只有一步宽,一步宽仍然是奔腾汹涌的气势。老虎的儿子仍然是老虎,绵羊的儿子到底是绵羊。江上有一座木桥,大约两步长,站在桥上,进一步,是蜀,退一步,是陇,进进退退间,乱了脚步,乱了方向,便陇蜀不分了。

郎木寺本来就是不分陇蜀的,不知谁分开了,分开了,仍然是郎木寺,还是没有分开。白龙江源头藏在一条两个人并排行走都嫌挤的山缝里。两边的山峰高可摩天,青石壁立,石缝里长满松树。循淙淙流水声侧身进入山缝,脚下布满牦牛和牦牛头那么大的卵石。走不多远,水断了,却仍然淙淙有声。扭头一看,一股胳膊粗的清水从道石缝里涌出来。一面石壁上刻有一行红字:白龙江之源。

低下头吧,匍匐在地吧,喝一口大江之源的水吧。

江源的斜上方,有一石洞,名为老虎洞,乱石嶙峋,看不清有多深,我没有进去。所有的人最多在外面瞭望一阵,转身依依而去。洞里肯定没有老虎,但这曾经是老虎的家。

一个藏族小女孩跟在我们后面，手里提了一只空饮料瓶，跟了很远，我突然发现，一位同伴手中的饮料喝剩一半了。她的眼睛无比清澈，如同白龙江源头的水。她渴望得到什么，但眼里却丝毫没有贪婪的神色。在草原上，我见过无数藏人的眼神，男人女人，老人小孩，那是一心向神时的眼神，干净得像高原雨后斜阳下的天空。我问她叫什么名字，她抿嘴一笑，平静地说：松毛香。问她多大了，她说十三了，问她读几年级了，她说六年级。问答中，她总要抿嘴一笑，那是一种天籁的笑，平静的声调，是夜晚草原的那种平静。我把身上的零钱给了她，她抿嘴一笑，平静地伸出手来，接过去，捏在手里。她清澈的目光望着我，嘴角抿起，笑意弥散开来。她没有说谢谢什么的，但我知道，她的感谢方式就是这样的。我向同伴大喊：集资了，集资了！大家慷慨解囊，没有零钱，便给整票，谁都不曾有丝毫犹豫。

小女孩大获丰收，这是她绝没有想到的。她并没有把钱立即装进兜里，她捏在一只手中。如果谁要是反悔了，我想她一定会像我们给她钱时那样，毫不犹豫地把钱还回来的。我们要返回了，她跟在后面，一句话都不说，清澈的眼睛望着我们，轻轻地抿起嘴唇，笑意弥漫山谷。我明白，她不知道以怎样的话语感谢我们，但，我明白，她的眼神就是她的心语。跟出好远了，我说，你知道大家为什么给你钱吗，她只抿嘴而笑，不说话。但她是明白我们为什么给她钱的，我也明白她心中的明白。我说回去好好上学啊，我指着几位同伴说，长大了，就考他们的学校，读他们的研究生，读他们的博士。小女孩轻轻点头，轻轻一笑。临别，我逗她说，你知道博士是干什么的吗，博士是放羊的，他们本事可大了，把公羊可以放成母羊的。她知道我在拿同伴开涮，开颜无声一笑，目送我们远去。

这里还有一处神女洞，那是高耸石壁下开裂的溶洞。口子很小,人快要五体投地了,才进得去,里面有几间房子大小,可以直起腰来。一尊钟乳石像一个妙龄少女依石壁而立,曲线妙曼,周身细雨霏霏,几个藏族妇女将自己的衣襟揭起来,伸手在神女身体的突出部分抹一抹,又抹回自己身体同样的部位,也在脸上来回抹,又把后襟揭起来,把后背贴紧神女的身体,来回磨蹭。搓磨的人多了,神女的身体光滑圆润,楚楚可人。我想,熔浆中一定是有某些矿物质的,或可以治疗某种皮肤病,或有美容的作用吧。

出了郎木寺,我恍然一惊:多年前,我来过这里。为什么会忘了呢,大概我是在醉眼朦胧的时候来过的。在草原,一不留神,我便醉了。草原的青稞酒醉人,阳光醉人,蓝天醉人,格桑花醉人,牧群醉人,鸟儿醉人,那些名叫卓玛的姑娘醉人,那些名叫才旦的小伙醉人。

郎木寺,全名为德仓郎木,是甘川藏区交界地带的一座辉煌大寺。德仓郎木,汉语意思是:神女虎穴。

这是白龙江的源头。

白龙江养育了天府之国。

五、阿木去乎

在甘南草原深处有一小镇,名叫阿木去乎。这肯定是藏语音译。藏语的原意是什么,我不知道,也不想知道。对于一种语言,从审美的态度出发,有些部分,音意皆知最好,有些部分,听其音,辨其意,则为上佳。

在这方面我有教训。有一年,我去了趟藏区,正是七月天,草原深处一阵急雨袭来,气温骤降,牧民都穿上了皮袍,而我只有一件单衣。一位藏族老人给我找来一件皮袄,冰冷的身体渐感温暖时,一颗大太阳破云而出,草原顿时一派湿漉漉的绚丽。一群小孩冲出帐篷,奔上一座小山岗,面朝太阳,举起双手,喊道:沙格,沙格,喜格沙格,尼玛夏日当!欢欣的场面,如诸神复活,如王者驾临。我记住了这串发音,在心里一遍遍念叨着,脆生生,香喷喷,极富口感。我按不住好奇,问一个大点的女孩这是什么意思。她正读小学五年级,会说汉语,她告诉我这句话的意思是:好啊好啊,太好啦,太阳出来啦。一句能给人带来无穷想象的话,被一个确定的意思限定了。

因此,阿木去乎就是阿木去乎,无须知道含义。我很佩服给这几个藏音配汉字的人。阿木去乎像是一句古汉语。在粤人那里,喜欢将人称为阿什么的,比如阿强阿海,如此一来,阿木去乎就如同:阿木,你去吗?广袤草原,一山连一山,草接草,花随花,走过一群羊,又逢一群马,路无尽头,花无终极。"阿木,你去吗?"天大我小,长亭更短亭。在本地人那里,"我们"的汉语发音近似"阿木",花儿里这样唱道:太子山是个青石山,一道一道的塄坎;拾菜的尕妹妹像天仙,阿木(者)不漫个少年?是啊,天空地阔,日月长久,阿木何不各自往前走几步,为美丽的草原制造一片温暖的风景。阿木去乎是个岔路口,一路西去拉卜楞寺,一路东达郎木寺。这是两座辉煌大寺,朝圣的信徒一步一个长头,千里迢迢,寻访心中的圣明。"阿木去乎"?去拉卜楞寺,还是去郎木寺,两寺都是我佛驻跸之所,何分彼此,一个长头下去,头偏向哪边,就朝哪边去吧。阿木去乎。

第四辑　眉间心上

鸠摩罗什的法种与舌头

这是寒冬的凉州古城的深夜,一年中最寒冷的一个冬夜,我去膜拜一位大师的舌头,鸠摩罗什的舌头。这里只有他的舌头,没有别的,一根供奉在石塔下一千六百多年的舌头。虽然,我无数次来过凉州,春夏秋冬,每来一次,必须要看一眼鸠摩罗什塔,哪怕只够匆遽一瞥的时间。

大街上人车皆空,只有自由主义的寒风。它们从来都是自由的,而今夜,它们的自由达到了极限。街边排列着两行人,行与行之间隔着一街宽的距离,每行的每个人之间,相隔着互不干扰的距离。他们或站或坐,向空旷、清冷,乃至虚无的天地,展示着各自职业的招牌性形体动作。文人一手持简牍,低眉顺眼,谦恭维诺,却做出抑扬顿挫向天诵读的样子,一手抓一杆毛笔,似乎要对简牍评点、眉批,或者修改。武人少不了刀枪剑戟,或背或挎,或怒目远方,或剑指脚下,而张弓搭箭者,因引而不发,更让人生出冷风穿心之感。比较平和的是那些贤孝歌者。贤孝自诞生起,从业者从来都是盲人,这是上苍赐予盲人的一碗饭,盲人用自己的歌喉和手中的三弦琴,向人间宣介着上苍的好生之德。他们坐在街边,与身边的文人相比,他们多一些谦卑,也多一些诚实,与身边的武人相比,在他们的歌声弦声的声声断断中,所传达的似乎只有一个永远不变的主题词:世界永远属于世界,生命永远属于活着的生命。他们的眼睛一律都是两个黑夜一般的墨点,他们什么都看不见,便也什么都不用看,天色、脸色、面前有人无人,给钱不给钱,给多给少,他们看不见,便也不用看。忠孝贤达,奸邪宵小,在他们的吟诵中,在他们的旋律中,一一剖划分明,两个阵营没有看得见的营垒,却势如冰炭,绝无通融。

这是凉州地界上千百年来的杰出人士,以青铜雕像的形式,把凉州人的价值观念宪法一样固化在大街上,如同那迤逦于千里河西走廊的一洞洞石窟,一身身佛造像。什么是法相庄严,什么是善从心生,识与不识者,信与不信者,遵与不遵者,一目了然。但,这其中没有鸠摩罗什。按理说,鸠摩罗什是凉州大地上有史以来留下足迹的最伟大的人物,他要是晦暗不明,如同照耀凉州的日月遮蔽在深重的乌云中。从来崇佛,至今佛意仍然浓重的凉州,断不至于怠慢了鸠摩罗什。或许,拐过这条街头,就是鸠摩罗什寺吧,或者,鸠摩罗什留给凉州的只有他的那根舌头吧。

鸠摩罗什的西来凉州,成就了佛法弘扬史的一桩不朽传奇。因为争夺他,而爆发两场规模甚大的战争,并导致两个国家的灭亡,这是这位尊者的不世荣耀,亦是他的永恒的悲哀。前秦君主苻坚在扫平北方后,又挥军南下,企图一鼓而下蜗居江南的东晋,从而完成那华夏一统的伟业。发兵前,他命令镇守凉州的大将吕光,出兵西域,从龟兹那里夺取鸠摩罗什。大军南侵,他有必胜信心,如果再得到这位旷世尊者,那便是,在世俗威权上一统天下,在精神领域里将真理的化身罗致于自己的帐下。此时的东土大地已兵连祸结多少年,真的该天下一统了,也真的需要精神抚慰了。一切如愿,吕光灭了龟兹,俘获了鸠摩罗什。只是东土这边出了意外,苻坚在淝水大败亏输,狼狈逃回长安后不久,又让原来的部属篡逆了。吕光在回军途中,得知此消息,他索性羁留凉州,自己开创后凉国,自己做起了后凉天子,而鸠摩罗什正好在手中,还有他从西域掠夺而来的,要用两万峰骆驼驮载的各色宝物。

有大作为者无不以旷世尊者为天下至宝,此时的吕光,手中有天下第一尊者,又有掠夺而来的充裕的俗世财宝。而凉州又是一个外有山河雄关捍卫,内有广阔平畴生息的宝地。但吕光并非一个虔诚的佛徒。

好在他也不是一个仇视思想精英的土皇帝。鸠摩罗什被羁縻在凉州长达十七年。这些年,他依然拥有国师的身份,间或也做些弘法敬佛的功课,可他的主要业务,似乎是在为吕家小朝廷谋划军国大事。对于鸠摩罗什而言,在这个漫长的岁月里,也是有收获的,比如,他本来就不错的汉语,此时臻于炉火纯青,比如,他对纷繁世事的参与、观察和体验,使他对佛家经典的领悟抵达化境。

时光在凉州的大地上默默地行走十七年,鸠摩罗什也从一个西来时的而立青年变成了知天命的中年人。佛祖似乎觉得这个难得一见的天才佛徒,此前在人世间走过的所有脚步,以及对佛法真谛的领悟过程,都太过顺利,佛法恰好是建立在对人世间的苦和恶的认知和体验之上的,否则,日诵千偈,胸藏万卷,不过还是从经卷到经卷,参不到什么佛法真谛的。这个从童年起,便为西域诸多君王座上客,少年时,便被西域的达官贵人像圣贤一样顶礼膜拜,而其声名如同那横扫过万里流沙席卷东土大地的西风,上至帝王将相,下讫凡人百姓,无不翘首西望。真正的佛徒都是从一个个劫难中诞生的,而所有的高僧大德,其佛法修为的高低,无不与其所受劫难的深浅相关。肉体的劫难是外在的浅层的劫难,内在的心灵的劫难才有望触及灵魂。此前,鸠摩罗什已经受到过一些劫难了,而强加于他劫难的人,正是他当下的主人。龟兹国破灭,吕光如愿俘获鸠摩罗什,军阀的眼里看见的永远都是强权和财宝,在吕光的眼里,眼前这个三十岁左右声闻天下的佛徒,与凡人无异。吕光不是佛徒,可他知道佛徒的软肋在哪里。他强令鸠摩罗什与龟兹公主成婚,鸠摩罗什大惊失色,拒不如命,凡夫俗子的坏点子永远比圣徒要多,如果这个凡夫俗子手握强权,一个随意生出的坏点子都有可能制造出翻江倒海的动静来。他将鸠摩罗什灌醉,与龟兹公主一同关进一间密室。鸠摩罗什破戒了,而先前有西域高僧预言,鸠摩罗什如果三十五岁前不破戒,将功德无量。鸠摩罗什破戒了,时年三十岁。而吕光并未尽兴,他让鸠摩罗什骑乘烈马犟牛,以此出这位佛徒的洋相。

这一切,鸠摩罗什都挺过来了,他的心中只有一个信念:他是为佛而生的,佛法未弘,肉身何用。回军途中,鸠摩罗什给这位劫持他的军阀出过不少主意,有些主意可以说是挽救于这位军阀于覆亡之际的奇谋神计。为人谋而不忠乎,这是儒家的做人标准,地狱不空我不成佛,这是佛家的理想。经了许多事,吕氏认识了鸠摩罗什的价值,在俗世待遇上,应该说,也待之不薄。但,他们的俗眼,只能看见这位世外天才的俗世价值,真正让鸠摩罗什时时因内心痛苦而灵魂震颤的,是他的弘法大愿搁浅在这片四周被流沙包围的天堂般的绿洲上。如何毁灭一个思想家,愚蠢的强权者,往往会从肉体下手,以为这样简便彻底,头颅落地后,再也不会生出什么蛊惑人心的想法了,而精明的强权者,则会留下你的头颅,但让你闭嘴,你的头脑里爱咋想咋想,你的想法不要说出来,或者不给你说出想法的机会,犹如让你锦衣夜行,没有观众,有也看不见,你尽情显摆吧。"罗什之在凉州积年,吕光父子既不弘道,故蕴其深解,无所宣化。"《晋书》中轻描淡写几句话,鸠摩罗什生不如死十七年啊。

吕光死了,吕隆袭位,鸠摩罗什的俗世待遇没有受到触动,可弘道之舟依然搁浅在凉州的戈壁滩上。而此时的长安,前秦国号陨落,后秦旗帜升起,苻氏国姓由姚氏取代。这个原为"罢黜百家独尊儒术"文化理念的发祥地和大本营,城头的旗帜几经更换,当此之时,儒冠凋零,佛光正炽。礼请不得,便发兵强取。长安姚兴如愿攻破凉州吕隆,也如愿俘获鸠摩罗什。此时,应该为那两位因为鸠摩罗什的缘故而导致身死国灭的君主说句公道话。龟兹国王白纯和后凉国主吕隆都完全有能力,甚至有理由,在国破身亡之前杀了这个灾星的,但是,他们都没有这样做。翻开华夏文明史,我无法拥有,你也别想拥有,毁灭你极力要得到的,甚至与你玉石俱焚,也在所不惜,这几乎成为惯例。然而,也有例外,一个是龟兹国王白纯,一个是后凉国主吕隆。在中国古代的帝王谱中,他俩既无大作为,亦无大名头,然而,他们不约而同,放过了鸠摩罗什,有此一举,足以称得上大作为,足以配得上任何大名头。

留给鸠摩罗什在俗世的时光还剩十二年。对于怜惜自己俗世寿命的俗人而言,十二年是一个相当冰冷残酷的数字。十二年能干点什么呢,十二年后,自己将弃世而去,这个世界不再跟自己有关了啊。可对于鸠摩罗什来说,这点时间已经足够了。需要他做的,他想做的事情当然很多,再给他五百年,也不一定得够。可是,他知道,人这种精灵,在宇宙天地间孕育,无数的人,汇聚为宇宙天地间的一条滔滔不息的大河,一代人有一代人的事情,一个人只能做一个人的事情,得过且过虚度一生,是对自我职责的亵渎,也是对自我生命的辜负,但却不能因此越俎代庖包办代替。此时,鸠摩罗什已年过半百。好在,他是一位天纵之才,童年时,即可日诵千偈,三万余言,胸中装满了佛学经典,少年时,又遍访西域高僧大德,辩难释疑,佛学功底一时天下无双。凉州十七年,虽无法正常开展弘道宣化的事业,但一个智者的头脑只要没有停顿,那么,无论身处何时何地,他都是一个思想者,思想者需要日益精进,更需要反刍,在反刍中精进。

鸠摩罗什官拜国师,入住长安的欢乐谷中,他率领八百弟子日夜畅游于佛学的汪洋大海中。《摩诃般若波罗蜜经》《妙法莲华经》《金刚经》《维摩诘经》、《摩诃般若波罗蜜大明咒经》《佛说阿弥陀经》,还有《中论》《大智度论》《十二门论》及《百论》等论,凡七十四部,三百八十四卷,后世中土佛教几乎所有的宗派或学派,其渊源都在这里。思想者的价值从来就不限于思想者本人,身未死而学说已废,本来就不配思想家的称号,身与学说同死者,最多也只能算作御用学者,他只属于"御"他"用"他的人,仍然与思想无关。真正的思想家,其思想的光辉未必能够照亮当世,但,一定是能够照亮后世的。以此而论,鸠摩罗什当之无愧。

然而,在佛家戒律那里,鸠摩罗什的肉身却是不洁的。据可靠史料记载,他有着三段破戒史。第一个是吕光,这位成心让他难堪的军阀,第二个却出自"好心"。《高僧传》说:"什为人神情朗澈,傲岸出群,应机领会,鲜有论匹者。笃性仁厚,泛爱为心,虚己善诱,终日无倦。姚主常谓什曰,'大师聪明超悟,天下莫二,若一旦后世,何可使法种无嗣。'遂以伎女十人逼令受之。自尔以来,不住僧坛,别立廨舍,供给丰盈。"

这位"姚主",大约就是后秦国主姚兴。这位同样出身军阀的君主,很傻很天真,也不乏可爱。他内心有着长远打算,也为这份长远打算付诸了切实的行动。在他的知识系统中,"法种"可以来自生命的遗传。当然,这不能怪他。"王侯将相宁有种乎",虽有这声发自大地深处的质疑和呐喊,虽有无数的改朝换代命运沉浮成为俯拾皆是的证据,但是,一旦戴上天子冠冕,一朝跻身王侯将相阵容的人,哪怕明知天命之说不靠谱,但也不愿意就此相信,至少不能让他人相信。何况,鸠摩罗什本人就是"法种",一时无二的"法种"。他的父亲鸠摩炎,他的母亲耆婆,同为虔诚的佛徒,同为得道高僧。法种绵绵,代代不息,得一人,而天下优良法种,尽在欢乐谷里,如那不懈江河,自然流淌。

鸠摩罗什与姚兴配给他的那十位伎女,到底有无"法种"育出,史无明载。但,鸠摩罗什却是有着两个儿子的。这便是他的第三段破戒史。这次,似乎是他的主动破戒。《晋书·鸠摩罗什传》说:"(什)尝讲经于草堂寺,兴及朝臣、大德沙门千有余人肃容观听,罗什忽下高坐,谓姚兴曰,'有二小儿登吾肩,欲鄣须妇人。'姚兴乃召宫女进之,一交而生二子焉。"

大师就是大师,对平常人耻于启齿的事情,他说得尽在佛理,做起来也如同做佛事。他说,他的精神遭遇障碍了,而这个障碍来自性欲,只有女人才可克服。姚兴不含糊,他老早都在这样想,这样做,后宫又有那么多闲置的青春女子,只要"法种"可传,保障供给。大师更不含糊,"一交而生二子焉"。看来,从先前的两段破戒史中,大师获得了性经验,而这种经验,并非身外之物,予取予求,可以自由处置,它往往会变成自身的一部分,召之一定来,挥之未必去。这不,大师在这样庄严的场合,肉欲这个孽障,像凡人一样发作了。

只是,那一举而得的两个儿子,并没有成为大师,至少史无明载,至少没有成为乃父那样的大师。看来,龙生龙凤生凤,从血统和外形上大体不会有什么差错,但,是龙的形体未必一定有龙的精神,是凤的外形,未必一定有凤的仪态。大师的形体骨血可以遗传,而大师之为大师,却不在于其形体骨血。家学渊源,其来有自,并非虚构,同样君子之泽三世而斩,亦是常见的风景。那些名冠千秋泽被百代的圣哲,其思想衣钵由自己血亲后人传承者少之又少,以至绝无仅有,他们的衣钵在他们的门生手里,门生复有门生,代代沿袭,代代推陈出新。弟子门生是他们真正的"法种",比如,孔子有"法种"三千人,贤者七十有二,鸠摩罗什有"法种"八百人,贤者有所谓的"什门四圣""什门八俊""什门十哲",这里面没有他的那两个他与宫女生出的儿子。

中国人给译者的事业设置了一个最高标准:如翻锦绣,背面皆华。而鸠摩罗什以他的几百卷佛经译典,成为这个至高标杆的最早践行者。他的心智,他的思想境界,他的现实贡献,都可力证,他是佛学史上屈指可数的大师,都是与日月经天江河行地的,都是不朽的。然而,他的三段破戒史,无论被破,还是自破,却说明他的肉体仍然是血肉之躯,与俗人并无本质差别。于是,他的肉体生命无可阻挡地走到尽头了。也许,他深知,破戒对于一个佛徒是多么重大,多么致命,尤其像他这种对佛法事业贡献巨大,因而其一言一行具有强大号召力的高僧来说。这绝非危言耸听,在他享受俗世待遇时,许多佛徒早已按捺不住起而效法了,只是他以自己高超的佛法修行,使"诸僧愧服乃至"罢了。可是,他死后呢?对此,他是一千个不放心,一万个不放心,以他的绝顶高超的修行之功,尚且三番破戒,遑论那些一身袈裟一心俗念佛门混迹者呢。也许,是对自己破戒行为的忏悔,也许,是对佛门弟子的劝诫,抑或是为了证明,自己的破戒,只是肉身之破,而非灵魂之破,圆寂前,他将众弟子招呼前来:"今于众前发诚实誓,'若所传无缪者,当使焚身之后,舌不燋烂。'"

奇迹出现了:"以火焚尸,薪灭形碎,唯舌不灰。"

这是思想史上的奇迹,古今中外,仅此一例。而让人颇为费解的是,鸠摩罗什圆寂前嘱托,将他的那根烧不化的舌头运回凉州安葬。于是,人世间有了这座唯一的舌舍利塔。这同样是思想史的奇迹,古今中外,仅此一例。

是否,肉身破戒,因之肉身也是速朽的,只要在思想上严守戒律,从不妄言,那么,那根传播思想的舌头也会不朽?

谁能说得清楚呢。

在寒风中,在凉州的寒风中,在这个冬天最冷的夜晚,我穿过只有寒风出没的街区,来到鸠摩罗什塔前。我知道,这里供奉着一根不朽的舌头,而我的舌头业已冻僵。

我无语,我欲语不得。

敦煌夜行记

第一次踏上河西走廊地界时,我便恍然觉得,此生我与河西走廊有缘,而我的前生一定幽居在河西走廊的某个地方。那个地方大约是,或者最好是敦煌。尽管,此时我还在河西走廊的最东端,西行千里才可抵达敦煌。而我此行,注定了只能在河西走廊的大门口挂上号,向敦煌遥致敬意,然后,落寞东归。因为落寞而西行,西行不行,落寞东归。

然而,与河西走廊肤浅的一次近距离膜拜,河西走廊的根便扎在我的内心最柔软的部位,或者,我的根扎在了河西走廊最适宜扎根的地方,沙漠,戈壁,绿洲,阳光下,月色中,洞窟里,或者,某一丛骆驼刺扎根的地方,都行。那是我从未见到过的阳光,极尽少年的想象力也不曾想到的阳光。此前,在语文课本中,在文学作品中,对阳光的描写不外乎火辣辣的,或者,火炉般的。沐浴在河西走廊的阳光下,我猜想,这些描写阳光的人,一定不曾在河西走廊阳光下的沙漠戈壁跋涉过,一定不曾见识过沙漠地带有着怎样的一种阳光。

其实,我也不知道,我不知道以怎样的语言才可准确描述河西走廊的阳光。这与才学,或者语言的局限什么的无关。天地间有些事物是可以形诸语言的,有些则天生拒绝语言的参与。语言是有边界的,正如人的用来说话的那张嘴是有大小尺寸的,且有着有些话可说有些话不可说有些话此时此地可说有些话永远不可说的讲究。在河西走廊的阳光下,我只感到,内心积久的阴郁霉烂都被晒干蒸发,恍惚间,自感像头顶的天空那样灿烂透明,像脚下黄沙那样灼热洁净。我记住了这一切,也从此,能够拯救我的只有河西走廊。十几年后,我再次来到河西走廊,而且横穿千里,直抵敦煌。此间,我已经游历了大半个中国,被欲望焚烧的都市,被时代遗弃的小镇,喘息着挣扎着的乡村原野,最大尺幅放逐着个人肉体和灵魂的人群,在这个波澜壮阔或泥沙俱下的时代洪流中,我寻找,我彷徨,我迷失,我沉沦,我自救,前途无路回头无岸时,河西走廊的太阳像一道惊雷在头顶轰响。我想起了十几年前我曾对河西走廊的期许,或者,河西走廊对我的承诺。我以刚愎自用的心态,在此行尚未启动之时,已为此行设计了一个完满的结局:河西之行,我将是一个永远怀抱阳光的人。

正是盛夏季节,白天头顶烈日,我穿行跋涉于沙漠戈壁间,眼前只有黄沙,只有被亿万斯年的烈日烤焦的黑戈壁,晚上回到任意一个距离沙漠戈壁最近的绿洲小镇,然后,在月光下,怀想白天走过的地方。月光如水,如水的月光让长空和大地变成一片漫无边际的秋湖,那月光就是荡漾着的秋水涟漪,天地都在秋水中漂浮,而月光照射不到的地方,留下一片片阴影。那不是我们所常见的那种被称之为阴影的阴影,层次分明,浓淡相间,浓重之处黑云压城城欲摧,淡薄之地云破月来花弄影,看得见的地方空蒙幽远,看不见的地方正好放飞无边遐思。明知月光照射不到的阴影部分不是绿洲,却宁愿赋予其绿洲的全部意义。白天所见绿洲,那是太阳为河西众生提供的庇护所,而夜晚月光下的每一处阴影,却是月亮为河西众生开辟的心灵绿洲。在无边的遐思中,阳光下的绿洲与月光下的绿洲拼接在一起,沙漠戈壁有多浩瀚,绿洲田园便有多么广阔。

此时,我已经幡然憬悟:阳光下的河西走廊是一个用眼睛可以看到的世界,而月光下的河西走廊则是必须用心灵才可看见的世界。把眼睛和心灵连在一起,把太阳和月亮连在一起,把过往和如今连在一起,也许,这才是一个完整的河西走廊。

我决定夜行。

在那些个日子里,每个白天,每个夜晚,我都在行走状态中。千里地面上,以驿路中轴线为基点,旁涉两边,所有的城市,几乎所有的小镇,一一涉足过来。白天,在永恒的烈日下,沙漠戈壁中废弃的古城和各时代的长城遗迹,城镇的大街小巷,绿洲中的田园屋舍,能够涉足之地不遗余力,夜晚回到小镇,有月之夜,在月光下行走,无月之夜,在夜幕下倾听。河西的风从来都是夜行者,像那些千古以来跋涉在这条驿路上的旅人,而河西走廊的风是从不空手闲走的,时急时缓的风挟带着或远或近时急时缓的信息,千年间与镌刻在古驿路上绵密的脚印同样绵密的信息,切近着与古驿道同样生动鲜活的信息,过往和如今在这条古驿路上叠合,如那声声断断的阳关三叠,还有那苍凉千古的凉州曲塞下曲。大漠孤烟,长河落日,醉里挑灯看剑,沙场秋点兵,行人刁斗风沙暗,公主琵琶幽怨多,马思边草拳毛动,雕䀹青云睡眼开,男儿西北有神州,莫滴水西桥畔泪。空旷之地,心神如天地般空旷,而正是这般的空旷,古人仅凭天性便可洞穿茫茫沙尘,向西,向西,向极西之西。太阳每日东升而西下,太阳落在了哪里,手中的东西丢了,尚且要低头寻觅一番,而照亮世界的太阳,每天西下之后的那一段时间里究竟藏身何处?距今一千七百年的某一天,一个名叫乐僔的内地僧人,万里西来,当行至敦煌三危山下时,他发现了那颗每日都要丢失一回的太阳。

那个时候,生活在东土的人,敦煌已属地理概念中的极西之地了,却原来,太阳的家在这里。乐僔来到太阳的家里,找着了太阳。他要为太阳建造一个永久的家,敦煌便是一个唯一适合太阳安家的所在。三危山寸草不生,唯有火焰般的阳光,任何生命都得凭借太阳的温暖而生,但在太阳的家里,太阳是唯一的起落轮回的生命。沙山高耸,在天地间逶迤不绝,阳光铺洒上去,每一缕阳光便是一颗完整的太阳,每一粒沙子便是一颗完整的太阳,地上的沙粒以反光的天性,让天上的一颗太阳幻变为地上的无数颗太阳。天上的,地上的,所有的太阳都汇聚于敦煌。这是太阳的家啊!而宕泉河却从沙山的缝隙中奔突而出,水流到处,一派草木恣意葳蕤。天上的太阳,地上的黄沙,生命的咏叹,在这里达成了梦幻般的的共识。这里,只有这里!乐僔在沙山尚未彻底覆盖的沙沟里,在宕泉河涟漪可以间或温存的岩壁上,以一己之力,动手开凿第一座石窟。他把阳光和佛光看成是一种光。本来这也是同一种光,阳光照亮黑暗的天地,佛光让阳光抵达不到的心灵深处也沐浴在阳光之下。阳光,佛光,人的心灵之光,在三危山下宕泉河畔的一洞石窟中,融合为一种光,敦煌从此成为光的象征。

  在那段日子里,我已经走遍了敦煌城区的大街小巷,也将与敦煌关联的各处圣迹悉心膜拜一遍。近处的莫高窟,鸣沙山,月牙泉,远处的古阳关,古玉门关,榆林石窟,诞生天马的渥洼海,还有那只有魔鬼才可创造出来的魔鬼城。我专程去看过古玉门关的日出。那是需要在夜半时分便要飞车追赶,才有望获得一眼之幸的距离。白天,磨洗过千遍的白刃一般的阳光,万道银针直刺身体的各处,体内的水分似乎已经被吸尽榨干了,而深夜的戈壁滩却寒风刺骨。天地鸿蒙未辟时的黑暗,能感觉到四围戈壁滩的无边无际,眼前却只有被车灯刺穿的那一溜天地。天地无声,而天地喧嚣,漠风掠过夜空,如万千海螺同时鸣响,漠风划过沙滩,大地如同一张坚硬的牛皮纸正在被撕裂。一座羊圈样的土围子出现在车灯撕开的天地间,突兀,孤独,孤傲。这就是那名闻古今的玉门关吗?是的,这就是玉门关。回到汉唐时代,你便是一个居心叵测的深夜闯关者,守关将士会因为你的唐突而严阵以待,如今,唐突的是玉门关,而不是深夜闯关者。一天一地都是空旷,看不见什么,亦无须看,只须倾听那来去无挂碍的风,便知这一片天地是何等的空旷。

太阳还没有出来,东边往常太阳升起的地方,此时升起的是被人们习称为鱼肚白的那种亮光。语言对人的思维的约束力真是太巨大了,而语言在描述事物时给人的思维造成的误区,几乎占据了人的生活的所有空间。我们生活在一个个误区中,一个个自己给自己精心设置的误区中。从古玉门关看出去,那片标志太阳升起的光亮根本不是什么鱼肚白,而是如同脚下黑戈壁一般的铁黑色。那是阳光照射在黑戈壁之上后的反光,青光泠泠,缭绕于青光之上的那片云彩,如同铁器淬火时激射出来的那种烟雾。正是黎明前的黑暗时分,可是古玉门关在这个时分,黎明是真的黎明,并不存在黎明前的黑暗。透过薄薄的夜幕,毫无遮拦的天宇无尽,毫无遮拦的大地无尽,在天地无尽处,那座羊圈似的土筑古城堡残迹,赫然天地的中心,以无尽空宇为顶,以无尽大地为基,俯瞰四方八面,俨然天地之砥柱。晨风一波波刮过,像是无羁的孩子,在无边无际的戈壁滩上无羁地奔跑着,而一个白天,阳光积存在戈壁滩上的温度早已被一夜的漠风驱赶到了比远方更远的地方,留给古玉门关的只有寒冷,彻骨的,以气象温度衡量仍算得上高温,实际感受却是寒冷的那种寒冷。瞭望太阳升起的地方,还是一片清冷冷的铁灰色,而天地之间如同一座被清空的无边无际的仓库。无边无际的苍茫,一无所有的空旷。而在这里,无边无际与无穷无尽同义,一无所有而包含万有。明明看见太阳已经离开了东边的地平线，却不见那种冉冉的，光线逐次铺展开来的日出。太阳有被云层遮蔽的时候，这是正常的天象，古玉门关独立于天地空旷处，却并未独立于天地之外，看来，只能看一场看不见的古玉门关日出了。

就在眨眼间，天地忽然一片炫目的灿烂，恰似在一座巨大的光线暗淡的空屋子里独自摸索前行，一支巨型火炬爆炸般点燃，轰然而至的明亮足足吓人一跳，或者，像是一个顽童在跟大人玩失踪，在你焦灼寻找而不得时，突然间从某个完全出人意料的所在闪身而出。我去过许多以看日出而闻名的地方，那些地方的日出，其实与大地上任何地方见到的日出并无多少特异，太阳从地平线上冒出些许射向空宇的光华，太阳露出半边脸，全部露出来，光华顺着苍穹逐次下移，逐次在大地上铺展开来，如此而已。而古玉门关的太阳却是猛不丁从地平线上跳起，在你眨眼或错愕时，已经升起一人高了。跳起后，悬浮在距离空宇和大地等距离的虚空中，然后，长时间的悬浮在一个位置。像是漂浮在水中仍在燃烧的火炬，火焰映照着水波，水波承载着火焰，又像是谁在那里托举着一盏红灯笼，风吹灯笼，火苗俯仰，灯苗摇曳，不是太阳在冉冉升起，而是大地随着阳光的逐次铺展而冉冉升起。收回目光，四望大地，黑戈壁一派红光潋滟，近处的古城堡，远处的残破烽燧，如一个个到死心如铁的守边男儿，没有得到撤防的命令，历经千年风雨，他们的哨位也不曾移动半步。

一次夜行，让我恍然知觉，敦煌的白天和夜晚不仅仅是晨昏之别，不仅仅是看得见和看不见，而是，白天看得见的，夜晚一定也看得见，夜晚看得见的，白天一定看不见。看不见的那些，也许才是敦煌的魂魄所在。在白天，自然之光照亮了敦煌，而自然之光不仅属于敦煌，凡是沙漠之地，阳光都是那样奢侈，而敦煌的夜晚,仍然给人一种明澈如白昼的错觉,头顶永远有一颗不落的太阳,每当心头升起黑夜将临的警报时,一束光亮便会适时照临。也许,那就是佛光,千年前照亮佛徒乐僔的那束光芒,被佛徒乐僔留驻在敦煌千年的那束光。那束光曾经照亮了无数东来西去旅人的黑暗旅途,他们将这束光留驻在心口,每当黑暗来临时,眼前便光芒四射,心头顿时昭昭然,天地顿时昭昭然。

那一晚,我去了鸣沙山。距今不过十几个寒来暑往,可那时的敦煌相当开明。当然,除了莫高窟。那时绝对的,任何人都得谨守规矩的禁地。而鸣沙山这些自然景观,在夜晚,却还处在自然状态。在白天,购票,行走路线,出入时间,一切都井然有序,到了夜晚,让自然的回归自然。也许,这是管事者对怀有自然情怀者的一种恩赏。不公开主张,也不严格限制。敦煌城区距离鸣沙山大约六公里路程,一条黑色的马路相连,马路两旁都是戈壁滩。夜幕降临,一切交通工具停运。不算远的距离,荒凉的戈壁滩,在默默地考察着你是否真的有一腔自然情怀。大批游客返程时,我迎着游客而去,夕阳依依下沉时,我来到景区大门外。一道简陋的铁闸门,不足以阻挡我的夜游之心。鸣沙山下的阳光已然褪尽,阳光将最后的光晕涂抹在沙丘顶上,艳阳下的白沙此时变为金沙,一朵朵沙丘浮泛着迷离的金光,向西天无极处延展。沙丘与沙丘的每个折角,却形成一片片浓重的阴影,每道折角好似刀刻或者精工雕砌出来的,那道折线明暗严谨,丝毫不乱。而蜗居两座沙山夹角之地的月牙泉,已经采摘不到任何来自天上的光线了,形成一道月牙状的幽深的阴暗。可是,谁都认得出这是月牙泉,不是凭事先的经验,而是眼见的风景。鸣沙山制高点的一片光晕,好似一轮初升的羞羞答答的月亮,正好将一弯光亮,飞洒在月牙泉中。我不知道这是造物主施展了怎样的一种手段,我只有震撼,然后静默。

我沿着一条直达鸣沙山山顶的折线攀缘而上。我攀爬过无数沙丘，却不曾见过这样的沙粒。我只能称之为沙粒，找不出描述此类物质另外的更准确的词汇。没有颗粒，只有沙。面粉一般的沙粉。是沙粉，面粉一般的沙粉。细嫩的，柔软的，温暖的，缠绵的。我看见一缕缕涓流一般的沙粉，却不是水往低处流的那种流向，而是人往高处走的走向。白天，无数的游人将沙坡踩烂，沙坡坍塌下滑，沙粉堆积在山脚下月牙泉旁。有些游人有意落在今天的最后，在沙坡上留下自己的印迹。第二天第一个前去观察，却发现，鸣沙山一如远古的平滑，沙丘尖儿溜直，沙坡上的沙纹如水纹般舒缓有致，昨日的故事被尽数抹去，与未有人迹前的原初状态一般无二。我是事先知道这一奇观的，而此时却是亲见。我目睹了晚风从空旷的戈壁滩来到月牙泉旁，完成集结后，分批从不同的方向，从山脚向山顶推进，将人为倾泻下来的沙粉，再一层层顺推上去，直到将一切恢复原状。并且，也不忘盖上印章，如同小时候在粮库见到的，每一堆粮食上都有的印记。水波纹的，莲花瓣状的，枯枝状的，禽鸟的爪痕，走兽的蹄印，斑驳万状，好似一座艺术展馆。回头看，自己刚才踩出的脚印，正在被一一抹平，有些沙粉走在我的前面，修复他人留给沙坡的创痕，有些沙粉则跟在我的身后，替我遮掩我的冒昧闯入的罪过。

爬上制高点，回环四望，一边是无垠的戈壁滩，戈壁滩的深处便是华灯初上的敦煌城，而另外一个方向，则是那无尽的沙丘。只有个别沙丘的顶部，还可触摸到阳光的余晖，一座拥有余晖的沙丘，便是一颗在云层中忽隐忽现的月亮，月光则被云层完全遮断，给周边形成无边的浓重的阴影。脚下的鸣沙山山顶却是一团金光迷离。只有一团，农家打麦场大小的一团。仰首向西，依然能够看见紧贴在地平线的一溜夕阳。鸣沙山算不得高峻，勿论在地球上的高山谱中的排名,即便在敦煌这样的一抹平畴之地,也不过是一座再也普通不过的沙丘。然而,当周围的大地都被夜幕笼罩之时,鸣沙山却可独享一日最后的阳光。我猜想,此时,如果敦煌城内有人正好遥望鸣沙山,一定会看见这一片一日最后的光彩。晚风来自四方八面,而四方八面的晚风却只有一个目标,都在向鸣沙山顶汇聚。沙粉随着晚风,像是婉约的湖水,一波波向山顶漫卷。你能感觉到自己正在慢慢升高。白日里,被无数的人踩踏崩塌凹陷的山顶,被填补,被垫高,沙粉不会掩埋你正踩在沙山顶上的脚,沙粉从你的脚底渗透进去,山顶被逐次修复,你也被逐次抬升,你随着山顶一起升高。

这是纯粹的自然现象,人们早已根据自己所受的科学训练,赋予了合理的科学认识。可是,人却宁愿相信在自己所处的看得见的世界之外还有一个自己看不见,且对世界,也对自己产生着重大影响的世界。而且,人们宁愿在这个世界面前保持无知。无知是人们在世界面前应有的一种谦卑,一切都知道,一切都明晰,那么,便要因此承担责任。为世界担责,为自己担责,而有些责任却不是自己愿意或能够担当的。重要的是,自己无力担当。现在有了无知作为挡箭牌,以此为护佑之盾,种种的推脱、延宕、顺从,乃至顺其自然,似乎都是可以被理解和原宥的。人在不知不觉间,变得无比强大,甚至无法无天,眼里看见眼前某些完全自然,也并未对自己造成什么不便的事物,心中油然而生的,往往是征服、改变。而有些征服改变行为,纯属损人不利己,纯粹是为了满足内心某种不可告人的欲望。这是一种恶念,根深蒂固,带有原罪意味的恶念。正是一个个这样的恶念,倾覆了自然界原有的平衡态,从而也毁灭了自己原本和谐的生存环境。鸣沙山脚下的月牙泉,便曾遭遇过出自人们的恶念而带来的厄运。在人定胜天的口号如摇滚乐般达到癫狂状态时，曾有那么一批自小生活在月牙泉边的人，当他们得知，在这流沙千里地界，所有旺盛的生命，所有清澈的水流，所有坚固的城堡，都在流沙的侵袭下湮没无存，而月牙泉却在洪水、干旱、沙尘暴的频频肆虐下，亿万斯年，从未发生过任何改变，小小的一汪清泉，从不曾因为洪水而增一分，亦不曾因为干旱和沙尘暴而减一分。这让那些立志征服整个世界的人心下很是不爽。他们调来几台大型抽水机。他们胜利了，月牙泉水位下降了，没有足够水量护佑的沙堤崩塌了，从那以后，月牙泉再也没有恢复到先前的规模，而无数类似的疯狂行为，让亿万斯年独力撑持着方圆千里地界生命平台的敦煌绿洲，缩身为茫茫沙海中的一叶孤舟。

人是需要约束自己的能力的，为了别的生命，更为了自己。在当下的生命界，人已成为绝对的主宰。可是，人有能力主宰别的生命的命运，却唯独不能主宰自己的命运。当一种生命强大到不受任何生命的制约时，毁灭是必然的。自己毁灭自己。人什么时候在字典中，在内心里，彻底抹去征服的字眼，那才是拯救，或自救的态度。在敦煌，自从汉武开阜、乐僔开窟，千百年来，在反复的盛衰荣辱中，人们已经知道了该怎样善待敦煌。不是征服，亦非改变，而是改良。过了几年，又来敦煌。那是一个第二天便要进入冬天的秋夜。黄昏抵达，穿过城区，尚未来得及观摩敦煌的变化。车子出了城区，直接往鸣沙山方向而去。夜色朦胧中，恍然惊觉，城区与鸣沙山之间原来的空旷被什么东西填充了。原来的戈壁滩里成长着大片大片的树木，有果树，有各色沙地草木。在树林中，赫然矗起一座辉煌的古典式建筑。这就是今夜要下榻的酒店，位于城区和鸣沙山的正中间。饭后，来到马路上闲走，原来的空旷被填充后，变成真的空旷。原来的空旷是无物之空旷，人可以把自己以往在生活中存储过多的杂物,一一卸载在这空旷之地,趁便歇歇肩,喘口气。可现在没有空旷了,负载着的还得继续负载。在来敦煌的路上,我已经给朋友讲了夜行敦煌的高妙。

正是淡季,这个季节敦煌本地人许多已离开敦煌去外地度假了,而外地人像外国人那样稀少。我和朋友决定夜游鸣沙山。两边是草木,秋风扫落叶,万木萧疏,秋风在草木林中任意穿梭,沙粒被草木禁锢了,秋风便拾起枯叶,随手挥洒,仿佛整个敦煌城都被秋风抬起,悬浮在虚空中。草木夹持的宽阔的马路上,只有我俩。秋风把我俩当成了莫名其妙的人,在一个不适合的节令和时间造访敦煌,而我俩也将敦煌的秋风当成莫名其妙的风,一叶落而知秋,在这条空寂无人的马路上,并没有人需要知道现在是什么季节。到了山门前,铁闸门关闭着,却留下大狗可以出入的空隙。凡是门,要不完全关闭,要不大开大门,半开半闭,显得有些暧昧,甚或有故意招徕的嫌疑。我俩钻了进去。秋尽冬来,月亮不知何时已然挂在半空。像是一张血色耗尽的女人脸,苍白,寡白,僵死的那种白,月光洒在地上,仍是那种铅灰色的没有生命迹象的灰白。灰白的月色,灰白的沙色,灰白的遥远,灰白的切近。返身看看我俩洒在沙地上的身影,竟如同传说中的鬼魅,过度地膨胀,虚浮飘渺,有时候,影子距离身体过于远了,好似不是我俩的身影,有时候影子却与身体过度贴近,好似还有另外的人,另外的影子。我俩同时发现了这个机密,几乎同时毛发直竖。而蜗居在山坳的月牙泉,在灰白的月光下,似乎变成一条巨大的发射着幽光的怪物,沙丘折射出来的阴影,则堆砌为一座座倒立的黑色的金字塔。

没有人说出内心的惊悚,也没有人说返回的话,但两双脚同时改变了行走的方向。出了山门,回头再看刚才抵达的地方,月光清凉,沙山静谧,而月牙泉则隐身在沙丘之间。一切如常,一切如秋尽冬来之敦煌之常,只是先前没有在这个节令来过敦煌。已近子夜,秋风搜刮尽了体内储存的温暖,而此时,头顶正上方的虚空中突然传来人的说话声。细看,细听,却是一只高音喇叭。广播的内容是某个品牌的啤酒广告。突兀而滑稽。四顾无人,夏天的单衣已无法抵御秋秒之寒冷,仿佛谁真的将冰冷的啤酒兜头浇下,身心内外都是彻骨的冰冷。我说,这是专门给咱俩做的广告,这是多大的抬举,咱俩该领这份情。朋友是个着实人,郑重说,应该。沿着来时的大路返回,静夜的秋风如同失去管束的顽童,肆意地啸叫着,肆意地混闹着。大路边,树丛中,一豆灯火明灭,试着查看,果然是一间家庭杂货店。要了四瓶广告中的啤酒,一人两瓶,仰脖囫囵灌下,彻骨的冰冷,五脏六腑,连同骨头,似乎都被彻底清洗了一遍。都是在红尘中烦闷到崩溃地步的人,谁料想,一个自虐式的恶作剧,竟会生出如此神奇的结果。敦煌式的幽默,敦煌式的救赎,如同王道士打开并出卖的藏经洞经卷,以恶噱始,以善果终,因果如此相悖,因果却宛然互证。

  东土之人西去的最后一站,西来东土之人的第一站,最初和最终在敦煌高度重合。鸠摩罗什被西凉大军劫持至敦煌时,他的坐骑,那匹将一代高僧从西域驮来的白马,耗尽了生命的最后气力。大师给爱马举行了隆重而悲怆的葬礼。党河边上,一代大师,一匹白马,西域东来的大师,注定了要为中土之人注入精神活力的大师,西域东来的白马,主人的体重不会超过同行的任何一个赳赳武夫,但它也许觉察出了主人的真正分量。七万大军,横渡千里流沙,专为它的主人而来,这是何等的世间盛事啊。无比的荣宠,无比的庄严,无比的荒诞。承载主人走完大地上最艰险的数千里路途,主人踏上了繁华东土的第一站,主人的演出开始了,仆从退居历史的幕后。无法猜度鸠摩罗什当时的心情,但,白马死于此时此地,又何尝不是对主人的某种暗示呢。鸠摩罗什还要继续东行,数千里征程还在等待着他的脚步去丈量,而此次东土之旅,于他,于他弘扬佛法的心中大愿,休咎吉凶,实在难以逆料。指令劫持他前往东土的中原王朝,在他艰难跋涉于茫茫沙海之际分崩离析了,当下统领大军劫持他的人,已经生出自立河西的王霸之心。大师在党河边择了一块闲地,安葬了与自己同生共死的伙伴。白马塔是后人修建的。鸠摩罗什羁留凉州十七年,在长安译经弘法十二年,佛法因为他而在东土的面貌为之一变,境遇也为之一变。追本溯源,白马与有荣焉。民间传说,那匹白马是西海小白龙的化身,专为鸠摩罗什的东行而幻变为马。人世间从来都没有过真正的公平,也因此传播众生平等的佛法得以弘扬。但,人世间又从来都是公平的,或在身前,或在死后,即便是一匹供人役使的马,后人同样会为之叙功记劳,铭石不朽。白马塔矗立在敦煌大地上,塔分九级,八角相轮为座,仰莲花瓣围绕塔身六角坡刹秀盖顶,每只角悬挂一只风铃,有风叮当,无风亦叮当。

初夏的一个深夜,我前去膜拜白马塔。白天的敦煌是阳光之都,而夜晚则是佛光照耀之都。佛祖西来何意,这是历代佛徒都在冥思追询的问题,其中的深意从来无解,也许永远无解。但,西来弘法的路上,西去求法的路上,无尽的雪山大漠,无尽的艰难险阻,高僧们靠的是什么一次次只身穿越,一次次化险为夷?他们的双脚,他们骑乘的马匹,从来都是踏在坚实的大地上,千锤百炼的肉体,千磨万击的意志。我本俗人,有着俗人的懒惰。大街上出租车要有尽有,敦煌城不大,五块钱的起步价可以通向城区的每一个角落。但我要步行而去,不知道白马塔的所在,我要问路前行。即便如此,在古人那里,不过是饭后消食散步之劳。一条条通衢大道,一条条逼仄小巷,党河大桥横亘在月光树影下。当头明月朗照党河碧水清波，天上之月只有一轮，水中之月如空宇繁星，无风，河边旱柳枝条垂挂，而水中倒影却婆娑摇曳。桥那边便是乡村了。在敦煌，无水之地，砂石磊磊，寸草不生，只要有水，草木疯长，田园扰攘。

静谧如远古的村庄，农舍掩映在高大树木之中，月光飘洒在树梢和屋顶上，而乡村道路完全处在浓荫下。偶尔有农家狗被脚步声惊动，它们只是例行公事吠叫几声，并无认真对待之意。在村庄的深处，一片用围墙转圈围拢的果园里，一塔兀然耸立，明月之下，树荫之中，风铃泠泠作声，一千六百年前的一个明月之夜，一代大师，一匹白马，曾于此诀别。

继续往村庄的深处走去，那里还有敦煌古城的一截残垣。敦煌城始建于汉武时代，而最早的敦煌城早已复归于敦煌大地。这段城墙是西凉王李暠所建王城。李暠乃大唐李家天子先祖，二百年后，他的后代举起了华夏历史上最耀眼的大唐旗帜。这个家族肇兴于陇西，西行流沙之地，积聚数百年，又东行千里，在郡望所在的关陇大地，开辟了盛唐伟业。一头是河西走廊的最西端，一头是河西走廊最东端的延伸之地，河西走廊如同一根扁担，挑起了李唐家族的过去和未来。月光下的这段残垣，便是大唐李家的奠基之地。流沙湮没了多少曾经辉煌无比的城堡，漠风曾经摧折了多少纵横天下的英雄旗，而这段残垣，却残破了千百年，耸立了千百年，注定了，还要如此残破下去，如此耸立下去。

这就是历史啊，残破着，耸立着，耸立着，残破着。一位南方作家在游历了敦煌之后，沉默许久，然后写下三个字：圣敦煌。而另一位声名如日中天的南方诗人在游历河西走廊后，一行诗都不曾写出，他沮丧而又油然说：河西走廊让我感到自卑。三十年间，我踏上河西走廊的土地不下二十次，膜拜敦煌不下十次，我已从一个黑发扰扰的懵懂少年,变成一个如河西走廊般沧桑的人,而阳光下的河西走廊仍是那样的一览无余,月光下的敦煌仍是那样的高古幽远。最近的一个月间,连续三次河西之行,其中有两次抵达敦煌。初夏季节,我亲眼看见了河西走廊如何由冬季、春季到夏季的转换过程。一个月,三个季节于此辗转腾挪,立夏后的某一天,河西走廊的几个地方突降冬天的大雪,河西走廊的另外几个地方,则刮起了春季的沙尘暴,河西走廊还有几个地方,却正在宣告夏季的瓜果熟了。这就是河西走廊。流连敦煌的几天里,照旧夜访鸣沙山月牙泉,照旧夜访白马塔,走着去,走着回,深夜去,黎明回。最后一个夜晚,敦煌本土书法家张无草邀请去他的画室坐坐。张无草的画室在露天,那家距离鸣沙山最近的酒店的楼顶。三层楼,城堡式,三楼楼顶平台供游客喝茶聊天,另一栋楼房的二楼楼顶平台是表演敦煌歌舞的场所,坐在三楼看二楼,一切尽收眼底。尽收眼底的还有鸣沙山。月色下,几公里外的鸣沙山宛在目前,月光下的沙丘,沙丘间的阴影,山下的果园,共同构成一幅卷帙巨大的山水画。

敦煌古乐奏响,敦煌飞天舞翩跹,张无草展纸泼墨,应节挥笔,一个个佛字在乐舞中翩然宣纸上。这是他独创的字体,名为:一佛九写。无论谁的名字,无论笔画繁复简约,都可在一个"佛"字中一笔而成。不是牵强附会,而是妙合无垠,谁看了那个"佛"字,都会认出那就是自己的名字。而且,一个佛字,同时含有多才,多子,多福,多田,多寿,多龙,多祥,多喜,多多。有这九样,你还缺什么,你还需要什么?而这九样却是融汇在佛字的笔画中的,这一笔,一心向佛,这一笔,三千佛,这一笔,阿弥陀佛,这一笔,心中有佛。真个是,笔笔向佛,字成佛生,一字成佛,你在佛中。我也在佛中。单立人那一笔,是人身半跪,双手合十,一心向佛,而构成"步"

字,其余二字,则尽在"弗"中。此前,我自学书法,曾反复练习三个字:弗,拂,佛。取义为:勿要拂了佛意。完全出乎随心随意,而今深文周纳,莫非真的会有什么来自冥冥之中的启示,或警示?佛都敦煌,阳光之下,一切昭昭然,月光之下,一切又昏昏然。

可是,追询自己不知道也不该自己知道的事物,既是人之天性,亦是人性幽暗之明证。佛祖西来何意?敦煌乃佛祖西来首站。问敦煌,敦煌曰:敦者,大也,煌者,盛也,佛者,万有无缺也。

乡 赌

一、血色黄昏

吾乡地处僻远,三面临河,一面是险峻黄土高坡与外界沟通。乡亲日出作日入息,别无什么娱乐活动,赌博便为一大乐事。除妇女外,老少男子大多参赌,一个赌场,赌客中可能同时荟萃了爷孙父子兄弟亲戚朋友。赌场无父子,来的都是客,谁输谁赢,一律照赌场规矩办事,没有谁给谁讲情面这一说。乡亲们农忙赌,农闲赌,无钱时赌,有钱时赌,农闲时,无钱时,赌兴尤浓,赌风尤炽。一代代人赌下来,便赌出了一方民风,赌出了无数的恩怨。

我第一次知道赌博这种事是在四岁那年的冬天。我们那里外甥给舅家拜年是在正月初二。我家与舅家隔一条马莲河,此时河水还在封冻,冰层很厚。刚满十岁的三哥领着我,手提礼物,踏冰而过。中午时分,到了舅家。舅和舅母坐在热炕上,我们进门,二话不说,纳头便拜。舅和舅母像那年月所有的长辈那样摆摆手说:算啦算啦,新社会啦。话虽这样说,头非磕不可,话是时代话语,磕头却是老规矩。外甥不给舅磕头,那是忘本的罪过。三哥和我上了炕,舅母飞快下炕去,一会儿,饭端上来了。吃罢饭,舅严肃了脸,对几个表哥表姐说:你们几个给我好好在家玩!说完,转身走了。过了一会儿,舅母也这么说了一句,端起一面盆油饼出门而去。又过了一会儿,三哥和两个大些的表哥说要去上厕所。过了很久,还不见他们回来,我与两个小表姐不熟悉,玩不到一块去,便闹着要去找三哥,她们劝我不住,也便不再劝了。

　　出了舅家门,我却不知道该到哪儿去找三哥。舅家是一座孤庄院,四周都是黄土山丘,几里方圆没有人烟。寒风一阵阵刮过,山川尘埃喧天,一片混沌。第一次一个人处在这样的境况,我感到了极大的恐怖。我觉得满世界都向我大睁着明溜溜的眼睛,都向我伸出了森森利爪,我一边惨声哭号着,一边没头没脑在山丘间奔窜。不知过了多长时间,眼泪哭干了,嗓子哭哑了,我爬上一个孤山包,突然看见一条大沟里,一片柏树高可摩天,在四棵树下,各围裹着一群人,居高临下,远远看去,人头攒动,隐隐有喧哗声。看见人,恐惧感消失了,不管是什么人,我得和人在一起。一派黄土陡坡,没有路,没有人踏过的脚印,我认准方向,叫号着,连爬带滚,来到了树下。没有人注意我,也没有我认识的人,我只听见人们在高喊着:押单!押双!揭啦!每一轮喝喊过后,便是一片惊叹声,欢笑声,叹息声,咒骂声。我不知道他们在干什么,人群密不透风,我人小,从人的腿缝钻了进去,张眼一看,天,满地的钱。一个人手捧一只瓷碗,碗里装着两颗镶有黑红圆点的方形骨块,盖上碗盖,双手捧碗,一阵猛摇,只听碗里铿铿锵锵如打铃,摇一会,将碗放在面前,高喊道:押,押,快押,要吃牛肉牛滚沟,押!人们纷纷掏出钱来,堆在碗的两边。那人再喊几遍,看看再无人掏钱,便高喊一声:揭啦!人们大睁眼睛盯住碗,碗盖揭开,一片惊叹声过后,一些人欢笑,纷纷往怀中揽钱,一些人边叹息咒骂,边摸索着往外掏钱,天寒地冻的,脸上却流着汗,铁青了脸色,厉声喊:再来,我就不信狼是麻的!有人回嘴道:你来,你来,牛不顶牛是丛牛,瓦罐不离井上破,只要你来的回数多!

　　场面热烈,一沟沸腾,我沉浸其中,忘了害怕,也忘了找三哥的事。不知过了多久,忽听得沟口人声嘈杂,几个人群一片声呐喊,眼前的人迅疾各揣钱入怀,一人抓起碗,四堆人各发一声喊,犹如炸弹爆裂,又如羊群突遭狼袭,亦如山洪暴发,只听得一沟的嗡嗡营营,只见得眼前都是纷纷乱乱的人腿,我不知所措,瑟缩在地,只怕被哪只脚踩上。正惶恐无着,只见一个不认识的妇女,一把提起我,冲过人群,将我扔在沟坡上。此时,天已黄昏,一颗浑黄的太阳挂在天边,随时都要跌落山谷,斜阳余晖,寒风卷尘,天地苍凉。所谓站得高,看得远,定下神来,放眼一望,满沟都是人。有一片已打了起来,众多的人哗地围过去,还没打起来的地方,人们在互相争吵着,推搡着,不知争吵些什么,只见嘴皮飞动,唾沫喷溅,又一个地方打起来了,又有一个地方打起来了,满沟都打起来了,人们有的手抡木棒,有的手挥镰刀,有的解下了扎在腰里的皮带,一沟的咒骂声,一沟的吭哧吭哧声,一沟的惨叫声。我看见了父亲,看见了大哥二哥三哥,看见了舅和几个表哥,看见了几个叔叔,看见了好几个我认识的乡邻。我还看见了舅母,她手中的面盆已空了。父亲离我很近,他隔在两个火气冲天的人中间,那二人一人手持镰刀,一人手提皮带,父亲似乎在劝架,忽见那个手持镰刀的人一把豁开父亲,顺手一挥,一道白光划过,而手提皮带的人顿时脸上红血溅起,我看见,一块红肉从他的脸上跌下来,落在地上,还蹦跳了几下,才轰然寂灭。我看见,那人捂了脸,委顿在地,而我的父亲夺过那人手中的皮带,朝那个拿镰刀伤人的人的头上抽去,皮带挟着劲风,那人扔了镰刀也委顿在地。我看见很多人开始是和父亲一样,在给别人劝架,劝着劝着,也打起来了。

那一场混战是什么时候结束的,怎样结束的,我已想不起来了,多年以后我才知道,那是"文革"中的两派旧怨未平,一方借抓赌之机报复另一方,又让更多的赌客卷了进去。那一场混战,没有人死亡,但在场的,差不多都受了程度不同的伤。

二、摇麻糖

我们那儿把赌博叫耍钱,赌博的形式叫摇碗子,也叫押宝。一人手捧有盖的碗,将两颗色子装进碗里,剧烈摇晃一会,参赌的人猜单双,猜哪个就把自己的赌注押在哪边,揭开碗后,两颗色子上的点数加起来,或单数,或双数,或输或赢,磊磊分明。谁执掌碗子,谁便是宝官,谁想当接过碗子就是了,不用任命或选举什么的。不过,一般人不敢揽这大出大进的差事,只有大赌家才敢一试的。其实,赌博的形式远不止这一种。我正式参赌是在六岁那一年冬天,赌的是摇麻糖。我们那儿把麻花叫麻糖,摇麻糖,就是赢麻花吃。

冬闲了,离家很远的一个大村庄过庙会,请的是一个很有名的戏班子,父亲是秦腔戏迷,他要去看戏,顺便带上了我。父亲爱看的是传统秦腔剧目,我们称之为老戏,那年月老戏名列"四旧",不准演的,只准演新戏,父亲不爱看新戏,还是去看了,聊胜于无罢。日场戏是《三世仇》,看了一半,父亲不愿看了,便领我逛会。我很高兴。时已过午,肚子早饿了。随身带有粗面干粮的,可又冷又渴,食之难以下咽。一棵大柳树下,围了一大群人,爆笑喧哗,声闻远近,我要去看看,父亲说,那是摇麻糖的。我不知道这是干啥,听上很热闹,便心向往之。看了几分钟,我已明白了其中机关。主人手捧一竹筒,内插若干竹签,将某根签摇出来一次,赢一根麻花。一根麻花本来标价一角钱,客人花五分钱摇一次签,摇中了,得一根麻花,并再赏一次摇签机会,摇不中,五分钱算白花了。看来是很难摇中的,许多人已花很多个五分钱了,还未尝到麻花味儿。顾客多是小孩,人们都没多少闲钱,每从大人手里索到五分钱,就得机关算尽。主人对自己生意的宣传也颇费苦心,有的孩子好不容

易安定下来了,他便使劲摇几下手中的拨浪鼓,张口唱出一段谣儿来:

  当当当,摇麻糖,
  盘腿坐在了热炕上;
  喝米汤,吃麻糖,
  你看吃得香不香。

孩子的肚中馋虫就这样被他反复引出,大人恨得牙痒痒,却也无奈。我也耐不住了,问父亲要钱,父亲倒没为难我,但他掏出五分钱后,决然道:就这五分钱。主人看我拿到钱了,几步跨上来,拨浪鼓猛摇几摇,向我高声唱出一段谣儿来:

  就看你这个乖蛋蛋,
  签子摇得端不端;
  一根麻糖香又甜,
  老汉吃了香断肠,
  娃娃吃了忘了娘。

接过签筒,我的手有些抖。我双手抱住,闭了眼睛,使劲摇几摇,一签落地,主人捡起一看:哇,中了!满场一片惊叹。主人一边给我取麻花,一边乘机大肆鼓吹生意,张口又是一段谣儿:

  当当当,摇麻糖,
  三请茅庵诸葛亮;
  诸葛亮,本事强,

坐在炕上吃麻糖。

奖励的一次机会我又摇中了,再奖一次,还中了,一连摇中六次。每中一次,全场欢声雷动,大多都是花了冤枉钱没有吃到麻花的,主人输得越惨,大家越解气。摇中第六次时,我看见主人的脸失了血色,他不再摇拨浪鼓,也不再唱谣儿,往外取麻花的手有些抖。他是常年做这生意的,明白这是遇到了怪签。我只是四岁那年进过一次赌场,但我也见过一连摇出二十几个单或双这种怪色子,大输或大赢,都是这样导致的。幸好,第七次我没摇中,主人解脱了,我也长出一口气。

五分钱换得六根麻花,按获利的比例计算,恐怕是我从小到现在,占别人的最大的一桩便宜,几十年过去了,至今还颇感得意。占便宜和吃亏,确实是两种完全不同的感受。父亲也很高兴,他毅然将我领进羊肉馆,慷慨地摸出两角钱,大言道:咱也喝羊肉汤!两大碗热腾腾的羊肉汤端上来,里面虽然没肉,可那是煮过羊肉的水,是有浓烈的肉味的。父子俩每人两根麻花泡进热汤里,那个香。麻花个儿很大,一根足有三两重,以那时的饭量,我与父亲每人一顿吃掉四根是正常的,各吃掉两根后,都同时说:饱了。我不舍得吃了,父亲更是舍不得。福是要悠着点享的。

太阳落山了,朔风怒号,满天飞扬着枯枝败叶。父亲不想看夜戏了,这正合我意。离家还有几十里山路呢,得连夜赶回去。肚里装上了肉汤麻花,既熨帖又温暖,走起夜路来,脚板无比轻捷。走出一段路后,碰上父亲的一位熟人,他也是逛会的,说了一会话,他说今夜哪里哪里有场合,问父亲去不去,父亲看看我,黯然说:不去了吧。场合是当地人对赌场的说法,我是知道的。我也知道父亲是想去的,他担心我小,累赘。我说,咱去看看吧,没事的。父亲和那人看着我这么一个小不点,对赌博也有兴趣,都笑。我也跟着傻笑。

场合在一条黄土大沟边的一座独立土庄院里,进出只有一条路。在路口,我忽地发现一截断墙后隐隐有人,我小声说给了父亲,父亲的警惕性很高,便去墙后侦察。墙后藏着几十人,有的挎着步枪,有的手执木棒和红缨枪,个个精神抖擞,严整以待。他们都是公社的基干民兵,根据内线情报,准备将赌徒一网打尽的。其中的许多人与父亲很熟,有的还与我家沾亲带故的,一个人笑道,你还是党员,又是当过干部的,还带着这么小的娃,又是天寒地冻深更半夜的,居然也来赶场合,我先把你父子抓了!夜幕下,我看见父亲的脸色极是尴尬,他不回嘴,只一个劲傻笑。那人一只手一划拉,豪迈地说,算你运气好,四周都是我的人,今晚,哼,一个也跑不了!明天,一个个串起来,挂上牌子,游完村,一伙押到水利工地改造去!

侥幸逃脱天罗地网,父亲和那人一路走,一路嗟叹连连,为自己庆幸,为那些即将遭难的人担忧。父亲说,你看这悬不悬,要是把父子俩绑在一起游村,哪还得了,这么小的娃跟我丢人丧德,人咋骂我都不说了,老先人都饶不了我的。这话他一连说了多少遍,走一会,总要说一回的。父亲当然不会公开夸我的,他要背着我走,我却不愿意。一种前所未有的成就感鼓舞着我,那一夜,我特别爱走路,脚上也格外有劲。

三、游村

父亲与我侥幸逃过一劫,另一劫却在悄悄等着他与我的二哥。正应了一句俗话:将军合应阵前死,瓦罐不离井上破。二哥读初三时正赶上闹"文革",他是远近闻名的尖子生,家里穷成了那样,父亲仍然坚持供他读书,希望有个出息。世道一乱,家庭成分又不好,书没法读了,他失学在家。与所有读书不成的农村少年一样,回到家,所受的教育立即化为无形,大家怎么活,他也怎么活,而且显得有些出类拔萃。

　　劳作之余,二哥也迷上了赌博。没有本钱,好在也没人验本,也没规定多少钱一注,钱多大赌,钱少小赌,没钱还可以观赌,挺人性化的。二哥天生聪明,赶一趟场合,身上仅有的三五角钱,往往会变成几元钱。这在当时,实在是一笔可观的财富。乡村抓赌抓得很严,再严,还有人赌。被抓一回,游一趟村,或被狠揍一顿,劳改几天,放回来的当天,又去赌。大队生产队干部一边带民兵抓赌,忙里偷闲也亲自赌,民兵也赌。这一切,要根据风头形势判断,要是政治任务,就狠抓,抓别人,自己是要远离赌场的,要是一般的例行公事,那就自由多了。赌得多了,苦头吃得多了,大家都成了有经验的政治家,也学到了对付抓赌的真本事。场合一般都选择在荒僻的废弃土窑洞里,多少年没人住了,窑洞顶上土块伶仃,随时都有可能坍塌,这种土庄院都是依地势修造的,面朝黄土深沟,进出只有一条路,是旧时代防土匪用的,一遇土匪,人可以一头从面前的沟里扎下去轻松脱逃,生人不熟地理,怕摔坏了,不敢往下跳。其实没事的,沟里都是疏松的黄土,跳得法,至多摔个鼻青脸肿,不会伤筋动骨的。村干部和民兵当然是熟悉地理的,但他们不会往沟里跳,都是乡里乡亲的,谁跟谁有多大的过不去呀。再说啦,万一跳下沟追别人摔坏了自己,不但没任何益处,乡亲们还会骂你是个二杆子,拿鸡毛当令箭了。任务只不过是任务,完了任务,任务就完了,脑子没毛病的人,早都成完任务的专家了。

　　父亲和二哥出事那回,是他们把政治风向判断错了。那天,村干部和民兵都去公社开会了。黄昏时分,有人在山头唱了一曲信天游,唱完就朝一座荒山走了。这是乡亲们发明的一种招赌方式。这一次,场合很大,几个生产队留在家里的男人差不多都去了。管事的人开会去了,大家便放松了警惕。其实,干部和民兵开会只是幌子,半夜时分,他们给腰里拴上绳索,缀入庄院,包围了几只窑洞,又在沟边设了一层埋伏。一声尖利的哨音响起,抓赌开始了。几只窑洞的赌客束手就擒,而父亲和二哥所在的窑洞是有山墙和门的,被抓赌的人堵在了窑洞里,他们从里面顶死了门,外面的人一声声喝令他们投降,不知谁出了一个主意,里面几个年轻人暗里卯足了劲,喊一声一二,一齐用力,生生地把一面山墙推倒了。抓赌的人没防备,猛地看见山墙倒下来,吓得四散奔逃,里面的人趁乱冲出去要往沟里跳,却被伏兵抓个正着。

这次抓赌是因为国家出了什么大事,为了防止阶级敌人趁机捣乱才大搞社会治安的。父亲他们不知道这个情况,他们的反抗让大队支书大为震怒,被推倒的山墙差点砸了支书。被抓的人实在太多,支书将乖乖就范的人训斥了一顿,放了。他喝令民兵将父亲他们捆起来,关押在这座庄院里。第二天,押回队里,给每个人胸前挂上一块大木板,写上各人的名字,用红墨水将名字杀了,用绳子串成一溜游村。全大队共有五个生产队,分散在几十座山包上,方圆几十里。这一次,是要游完五个生产队的。每到有人的地方,每个犯人都要说一句:我叫某某某,我是个坏分子!围观的人都笑,祖祖辈辈生活在一起,用不着自报家门,谁不认识谁呀,谁没因为赌博被游过村呀,谁笑话谁呀。日子过得寂寞,这是难得的热闹。父亲被定为重点专政对象,因为他是老资格的党员,又是当过公社干部的。要知道,他这个党员是多么有分量吗,五个生产队长都是条件不够入不了党的。父亲自报家门时要比别人多说一句话:我是共产党员,我对不起组织。

父亲遭到了沉重打击,回家后,他大病一场。乡亲们都来解劝,大队支书也亲自上门来给他说了不少宽心话,可他的心宽不了,他一遍遍说:丢了先人了,父子两个同时丢人显眼,把先人的脸丢尽了。病好后,父亲在公众场合郑重宣布:大家看好了,我要再弄这事,你们就往我脸上吐唾沫。

父亲再也没进过任何形式的赌场。二哥也彻底金盆洗手了,工余,他复习功课,自学中医。过了一年,他参军走了。他是一名优秀的军人。

四、人生一场赌

我有一位远房姑父,王姓,名字我不甚清楚,从小都叫他王家姑父。他是乡土名人,名声来自于他的赌。他是有一手不错的木工手艺的,人都叫他王木匠。可他很少出门做工,实在为生计逼得不行了,做一趟工,一分钱拿不回来,有时连行头都会输得涓滴不剩。据说,他拿到工钱的那一天,必定是要进赌场的,他也有忍住不去的时候,可赌友的消息是十分灵通的,三勾两引,他就去了,去了,输不干净是不罢休的。赌友不罢休,他也不罢休。

他就是这样一个人。他有老父亲,有妻子,有一儿五女,妻子漂亮贤惠,儿女也都聪明可爱,多年来跟他一直过着有一顿没一顿的日子,他也不放在心上去。他不知道娇惯妻子儿女,老爹却一直在娇惯他,年近半百的人了,老爹还是很不正常地宠着他,他做事无论如何出格,老爹都是嘿嘿一笑,怜爱地说一声:这狗日的。人们把王老爹都叫王老汉,他也是有影响的人物。他很早就参加了陕甘宁地区的红军游击队,特别能打仗。可他立一次功,就要当一次逃兵。他是往家逃的。队伍上舍不得他,就派人来叫,去了,打一次胜仗,又跑回家了。据说,他前后逃跑过十几次。最后一次逃跑,中华人民共和国已经成立多年了,不打仗了,可他还跑。这次,再没人来叫他,他回到原地,当了农民。他的逃跑是有原因的,他家从高祖手上,一直都缺男丁,盈盈一线血脉,维持了几代人。打了几十年仗,恶仗硬仗打了不少,他又是个一马当先的好战士,可他连花都没挂过。他是要为家族留后的,可几十年下来,也只获得一个儿子。儿子要不沉浸赌场,十天半月不沾家,回家了,不是整日昏睡,便是搜罗家产变卖,偿还赌债。他啥话也不说,儿媳间或埋怨丈夫几句,公爹倒先不高兴了。我记事时,王老汉大概已年近古稀了,他白天要为生产队干活,给全家挣工分,挣粮食,下工回家,要伺候自留地,晚上还要下深沟挑水。可他整日乐呵呵的,没人见过他发脾气长吁短叹过。他爱跟小孩玩,我们这一帮半大小子,经常一哄而上,压住将他的裤子脱了,挂在树梢上,大天白日,人来人往的,他双手捂住羞处,期期艾艾求我们给他上树拿裤子。其实,我们心里都是清楚的,要是真动手,别说脱他裤子,三五个精壮小伙也是近不了他身的。他就是这样一个了身达命永远快乐的老人。

王家祖居之地离我家很远,由于王木匠的豪赌,日子过不下去,在那里他家又是单门单户,没人肯照应,便借重我家势力,迁到了我们村,我家把一座废弃的老庄让给了他家。

王家还没迁来时,我已见过王木匠了。我也真正见识了这位赌客的风采。我们村靠河边有一条荒沟,长满了枣树,名为枣树沟。那里经常有人聚赌。在我上小学的前一个冬夜,大雪飘飞,天冷得出奇,我早早上炕睡了。半夜突然被惊醒,王木匠坐在炕上,父亲一边跟他说话,一边在地上给他熬茶做饭。王木匠见我醒了,从身边一只黑皮包摸出几角钱塞给我,慷慨地说:给娃买糖吃去。我伸头一看,包里塞满了钱,我从来没见过这么多钱。王木匠披着一件崭新皮袄,眉飞色舞,大谈他在赌场上的风采。父亲语重心长地对他说:娃他姑父,你半辈子不学好,婆娘娃娃跟你受够了艰难,这次你得见好就收,回去置点家产,过几年正经日子。王木匠答应了。可喝茶吃饭毕,他手提皮包,一跃下炕要走。父亲急忙拦住他,他手一扬,决然说:狗日的手里还有钱哩,今晚上要是刮不干净他们,我誓不为人。父亲拦他不住,天快亮时,他回来了。大雪还在下,北风还在刮,王木匠满身只有一条短裤,身上全冻青了。父亲啥话都没说,急忙将他掀上炕,用棉被捂住。王木匠将赢来的一皮包钱倒得一分不剩,连赢来的皮袄、石头眼镜,还有他自己的棉衣内衣旱烟锅都顶了赌债。我长大后,父亲给我说过王木匠那晚赢得的钱的数字,真是太可怕了,那可是20世纪70年代初的钱啊。

　　王家搬到我们村后,我第一次失学在家,年龄太小,实在干不了生产队的重活,父亲想让我再去上学,却无学可上。王木匠得知后,手一扬,大言道:这点小事有什么难的,二中校长是我的好朋友,一句话的事嘛!二中离我家九十里山路,王木匠带上我半夜出发,午后赶到了二中,校长正在操场转悠,王木匠陪上笑脸疾步而前,自我介绍后,校长冷然道:我不认得你!说完,转身就走。王木匠挡住去路,忙摸出一根九分钱一包的烟卷,往人家手里塞,校长激烈地摆着手,不接。王木匠还没来得及说事情,校长已回了房子,哐地一声关了门。原来王木匠所说的好朋友,只是多年前,他给二中做过几天活。

　　天快黑了,我俩身上一分钱都没有,随身带的干粮吃完了,在小河里喝了几口冷水,又困又乏又冷又饿,王木匠突然想起他曾给附近一家居民干过活,去后,那家人还勉强认得他,吃过喝过后,就住在那家。早上起来再不好打扰人家了,只得空肚子往家赶。走到街上,农副公司来了一车货,没人搬运,王木匠带上我,还有另外两个人,整整一个早上,把货全部从车上弄下来,搬进了库房。下一车货一元二角钱,每人分得三角。三角钱够吃一顿饭了,可身上没粮票,正在四处找偷卖馒头的人家,在一个背巷的一棵榆树下,看见有一堆人在赌博。王木匠顿时眼里迸放金光,三脚并作两步,挤进人圈,摸出三角钱,拍在地上,高喊:押单!碗子揭开,果然是单。王木匠手里有六角钱了,他喜气洋洋,将六角钱一次拍在地上,大喊:押单!碗子揭开又是单。他赌得兴起,见我也挤进来了,伸手向我喝道:拿来!他将我的三角钱和他的一元二角钱,一次拍在地上,又是一声高叫:押单!碗子揭开,却是双。他脸不变色,啥话也不说,起身拍拍手,高叫一声:回家喽!

我俩饿着肚子走了九十里山路,回到家,已是午夜时分。

我第二次失学时,已到了改革开放的前夕了,王木匠因为赌博受了半辈子穷,家人也跟他遭了数不尽的殃,他也没少受政府的惩治和乡邻的鄙薄。可他在这一年的腊月二十八夜里,一举扳回了金钱、名誉和人们对他应有的尊重。快要过年了,别人年货都办齐了,可王家一穷二白,别说什么年货了,吃的粮食还是乡亲周济的,几个孩子穿着破单衣熬了大半个冬天,王木匠要借两元钱置办年货,全村几十户人家借遍了,一分钱都没借到。没人敢给他借钱,倒不是怕他不还,怕他钱一到手就去赌,这是害人,不是帮人,人们宁愿帮衬他粮食日杂用物。太阳落山时,王木匠朝县城方向走了,上山时,一路还在吼着秦腔。家人也不管他,反正他身上一分钱都没有。村子离县城有二十里山路。第二天日上三竿时,他甩着手回来了。刚进家门不久,人们就听见王家吵成了一锅粥,男人吼,女人叫,乡邻以为打架了,都远远近近赶去解劝。原来是王木匠赢了很多的钱,留下办年货的钱,又要去赶场合。这次,一辈子对儿子百依百顺的王老汉不干了,他顺手抄起一根顶门杠,双手高举,堵住大门,喝令儿媳和孙子孙女抢钱。有老爷子撑腰,姑姑率领六个儿女呼啸而上,将王木匠扑倒在地,将钱抢得一分不剩。为了不出变故,王老汉决定,由他在家看守儿子,让儿媳带着孩子,拉上架子车上县城采购,急用的不急用的,把钱花光。夜幕降临时,姑姑和儿女兴高采烈地从县城回来了,拉了满满一车东西,有布匹衣物,吃的用的,要有尽有。王老汉手不离顶门杠,儿子睡着了,他依然紧握木杠寸步不离,他怕儿子逃脱追到县城抢钱。儿媳回来了,听说钱全部花完了,他才解除武装。人们问王木匠是如何赢到这么多钱的,他无限风光地给大家宣讲了他的辉煌经历。

  那天,他赶到县城,找到了在县卷烟厂上班的我的五哥,五哥带他吃了饭,他还要借两元钱买年货,五哥不给,他赌咒发誓不去赌博,五哥还是不给。磨到天黑,五哥给了两元钱,但不准他出门,意思是只要他晚上没机会出去,明天一大早买上货,就安全了。王木匠睡着后,五哥上夜班了,临走又给门卫做了交待。五哥下班回来,王木匠还没睡醒,五哥暗自得意。他哪里知道,王木匠在他上班后,悄悄翻墙出去,在县城边的一个村庄找到赌场,他将两元钱一次拍在单上,赢了,他没有往回抽注,一连押了十三次单,揭开都是单。按行话说,宝跌进了单槽。他本想再押一次单,却临时收手了,抽回了注。这次是双。他惊出一身冷汗,揣上钱,推说撒尿,出门拔腿就逃。王木匠这次到底赢了多少钱,很好算的,是二的十三次方那么多。这一场豪赌,也就半个小时罢。听了王木匠的赌法,人们好半天缓不过气来,都说这真是大赌家才敢这样赌的。

在我离家远行的那一年夏天,王木匠唯一的儿子病了,治病需要很多钱,他没有钱,也借不到钱,一再延误,终于不治而殇。他从此不再赌博,什么事也不干,整日昏睡,过了两年,他家迁走了,又迁回了祖居的村庄。

五、赌场无父子

在我出门远行的前一年,国家改革开放了,我们那儿也在酝酿包产到户,神圣了几十年的大集体,一时处于风雨飘摇中。一些好动的年轻人走了,他们都不曾学到什么手艺,文化程度都很低,人们都担心他们出门做何生业。过了半年,不好的消息便连翩传回,有的劫财害命被政府枪毙了,有的被强人杀了,在家蠢蠢欲动要去闯社会的另一些年轻人,有的畏难而退,有的被父母管住了。在家又不想过正经日子,便没黑没白聚赌,那段时间,已没人抓赌了,于是,在任何时间任何地点,只要有人张罗,场合便有了。那个时候的农村已破败到了极限,谁也没有闲钱去赌,又不知道社会要朝哪个方向走,没心思干活,又闲得无聊,便人心思赌。真可谓穷则思变,村里便兴起了摇洋糖包。洋糖者,水果糖也。一毛钱八颗,公社在村里设了百货代销店,九叔高中毕业回家,当上了营业员。天晴的日子,就地在商店门口聚赌,老少妇幼,赌的,看的,叫喊哭闹,里三层外三层,热闹非凡;天阴下雨,赌场便挪入生产队库房,妇女和太小的小孩不许入内,场合便整肃了许多。赢洋糖和赢钱的规则相同,还是摇碗子,揭单双。

九叔给大家现场卖洋糖,间或,也亲自赌几把。手风正顺的人,赢了糖,随手抓起几颗,扔给自己的儿女,高声大气地说:吃去,管饱吃,看你能吃多少!把眼睛盼绿了的儿女,顿时,一脸灿烂,手捧洋糖,竟也显出趾高气扬相。正走背运的人,看见他们的儿女也不会有好声气,喝儿骂女之声直冲云霄,有那些不懂眼色的儿女,却在这时向老爹讨糖吃,自然是讨不到的,讨到的常常是顺手一巴掌。那些得到老爹赏赐了洋糖的小孩,剥开糖纸,三番五次要吃,又三番五次舍不得,流着涎水,终于还是忍住馋,挤进人圈,很内行地,大呼小叫着押单押双。八岁的铜锁是赵六的独生子,赵六是一代名赌,和王木匠一样,赌得家里要甚没甚。赵六这一阵手风正顺,眼前堆满了赢来的洋糖,他一下给铜锁扔过来十颗糖,铜锁抓糖在手,并不像别的孩子那样,脸上露出馋相,又舍不得吃,他则毫无迟疑,腰一猫,钻进人圈内围,将十颗洋糖一次拍在单上。赵六刚将两大把洋糖拍在双上,见儿子与他斗法,便一瞪眼,喝道:拿回去!铜锁说:你押你的,我押我的,少管我的事!赵六抬手要扇铜锁,被人喝止了,人说:赌场无父子,各赌各的运气,这是老先人定的规矩。赵六是知道这规矩的,便不再干涉铜锁。这一宝揭开是单,铜锁有了二十颗洋糖的本钱,气势大增,他挽挽袖子,准备大干一场。

  在赌场,财力胆力不济的赌客都自觉地站在离碗子稍远的地方,一般都押游注,这会儿,揭出的单多,便跟着押单,出的双多,就转押双。也不跟人争强斗狠,如果色子较乱,没什么规律可循,便不下注,站到一边看别人赌。小孩一般都选择这种赌法,输不了多少,也赢不了多少。大赌家就像大领导一样,一上场,中心的位置便是他的,傲然往那盘腿一坐,先抓过碗子,等人把注上齐了,也不卖单不卖双,高喊一声:扯啦!一把接开碗子,单双互赔,抵过,有赢余,自己收,有亏欠,自己补。而且,前三宝不卖,借此震场子立威。赵六盘腿坐在左边,铜锁人小,在右边很容易地挤出一个位置,也盘腿坐下。父子俩头脸相对,各具风采。铜锁坐在了赌头的位置,但他却只押游注,而且,赵六押单,他便押双,赵六押双,他一定押单,更离奇的是,铜锁押什么,揭出来便是什么。大家看铜锁手顺如神,便跟着他押,这一头赌注便很重,赵六那一头当然很轻,每开一宝,赵六就要赔出大把洋糖。铜锁越赌越顺,赵六越赌越背,却又不肯认输,眼前的一大堆洋糖眼看没了。

这一宝,铜锁将一大堆糖押在双上,赵六要押单,但他已经没糖可押了,又没有钱在九叔那儿买糖,九叔是声明不赊欠的,赵六便要揭碗子。这是一种破釜沉舟的赌法,自己没赌注了,揭开碗子,如果赌赢了便罢,赌输了,或者卖房卖地卖儿卖女卖老婆,或者当场让人打残打死,老辈人遭此命运的人很多,新社会了,是不敢这样做的,但打是要挨的,赌债也得认,父死子还,不可赖帐。在人生地不熟的赌场,如果有人要这样赌时,早有人环立四周,戒备森严,怕他赌输逃跑。村里的老周就干过这活,在离家很远的一个地方与人豪赌时,一把掀开碗子,输了,大略要给赢家赔几千元注的,他一分钱没有,在第一时间,他一跃而起,冲倒几个监视他的人,夺门而出,顺势跳下深沟,脱身而去。他是当过多年特种兵的,身手不凡。即便这样,多年以后说起这事,他仍心有余悸。当然眼下这一赌没有如此凶险,顶多是丢脸罢了。赵六已是满脸稀汗,揭碗子的手抖得厉害,铜锁坐在那里,气定神闲,他不屑地说:看看你的本钱再揭,这是赌洋糖,不是赌命!赵六火上来了,大喝一声:我就不信马能生出骡子!揭开是一双四点子。铜锁嘲道:马偏偏生出了骡子。赵六的脸红了,又紫了,他沉声喝令儿子:把你的注拿回去!意思是不给儿子赔注了。铜锁不应声,低了头,在一五一十数洋糖。共是五百颗。赵六又低喝一声:拿回去!他的喝斥声现出了气急败坏。铜锁仍低了头,不撤注,也不说话。意思是再也明白不过的:上一宝清不了,下一宝就不能开。赌兴正浓的人不耐烦了,对赵六连声喊,过注过注,赌场无父子哩,不能坏了规矩,你都算是大赌家嘛,输赢是个啥,脸要紧!赵六无奈,只好求九叔给他赊五百颗糖,九叔死活不肯,有人出面担保,他也不肯。这时,铜锁把刚当作赌注的五百颗糖推给赵六,说你把账记牢,欠我一千颗洋糖。赵六居然接受了儿子的借贷,坐那儿继续赌。

铜锁一战成名,名声几乎盖过了赵六。洋糖宝摇了一年多,除了小孩吃掉一些糖,这次赢了糖的,下次还拿这些糖赌,经过多次揉搓,糖纸溃烂,糖块化水,污迹斑斑,不可再度登场时,方才万分不忍地赏给孩子吃。铜锁不上学了,小小年纪,整日出入赌场,多大的场合他也敢去,多大的注他也敢下。赵六不敢赌了,父子俩赌掉了家里所有多少值点钱的东西。大约十年以后,铜锁被人杀了,全裸的尸体撂在一条深沟里。据说,那一晚,铜锁威风八面,全场让他一人席卷一空。在哪赌,和谁赌,都一清二楚,但怎么死的,赢的钱哪去了,却查不出来,最后,公检法给定了一个失足摔死,结了案。赵六在结案文书上签了字,尸体也火化了。这时,赵六又后悔了,年年月月日日上访,找遍了所有与法律有关的机构,把与法律无关的机构都找害怕了。后来,上级法律部门派员复查过,可有用的线索一概没有,这已是铁案。其实,杀人凶手是谁,人们都知道,赵六也知道,赵六翻案不成,曾多次手持利器去杀那人,人没杀了,反倒挨了几顿暴打。赵六已经很老了,不适合耍这种英雄壮举了。赵六知道主管这起案子的都是我的同学和朋友,多年以后我回老家,赵六老两口来我家,期期艾艾求我帮铜锁翻案。我问过我的同学,他说了一些情况,我便想起了美国审理辛普森杀妻案的法官说的一席话,大意是,全世界的人都看见了辛普森那双杀妻的手,唯独法律不能说:它也看见了。法制社会,法律原则高于一切,不冤枉一个好人,大概是可以做到的,不放过一个坏人,如果没有铁证,还不得不放他一马。

六、蒲松龄先生如是说

经历过那么多的赌场风云,目睹过那么多的赌场沉伏,很想就赌博一事发表一点对世道人心有俾益的意见,如此也不枉了在赌场流连过,可搜索枯肠,竟找不出一句自感掷地有声的话。好在我中华文化源远流长,博大精深,无论有关哪个方面,先贤语录都堪称煌煌成秩,需要什么,搬将出来,我等后辈,谨遵教导便是。蒲松龄先生不光写小说的手段高超绝伦,对人世诸种委曲的洞察也是入木三分,也正是他卓越的洞察力,成就了他的伟大的小说艺术,老先生不仅善谈鬼说狐,刺贪刺妖,即便偶或论起赌博,其真知灼见,也堪称独步古今。《聊斋志异》中有一篇很短的小说,题为《赌符》,客观地说,这篇与先生的好小说相比,艺术上要逊色不少,可文后的一段"异史氏曰",却不可小觑,现抄录于后,与诸位共赏。唯愿先生泉下明鉴,念此心区区,不以剽窃罪我也。

其文曰:

> 天下之倾家者,莫速于博;天下之败德者,亦莫甚于博。入其中者,如沉迷海,将不知所底矣。夫商农之人,俱有本业;诗书之士,尤惜分阴。负耒横经,固成家之正路;清谈薄饮,犹寄兴之生涯。尔乃狎比淫朋,缠绵永夜。倾囊倒箧,悬金于崄巇之天;呼雉呵卢,乞灵于淫昏之骨。盘旋五木,似走圆珠;手握多章,如擎团扇。左觑人而右顾己,望穿鬼子之睛;阳示弱而阴用强,费尽魍魉之技。门前宾客待,犹恋恋于场头;舍上火烟生,尚眈眈于盆

里。忘餐废寝,则久入成迷;舌敝唇焦,则相看似鬼。迨夫全军尽没,热眼空窥。视局中则叫号浓焉,技痒英雄之臆;倾囊底而贯索空矣,灰寒壮士之心。引颈徘徊,觉白手之无济;垂头萧索,始玄夜以方归。幸交谪人之眠,恐惊犬吠;苦久虚之腹饿,敢怨羹残。既而鬻子质田,冀珠还于合浦;不意火灼毛尽,终捞月于沧江。及遭败后我方思,已作下流之物;试问赌中谁最善,群指无裤之公。甚而枵腹难堪,遂栖身于暴客;搔头莫度,至仰给于香奁。呜呼!败德丧行,倾财亡身,孰非博之一途致之哉!

与生活谈判

一、我见过的阳光和大地

我从来不知道阳光会有这么强烈,在腾格里沙漠腹地,我见识了。那时候,我还很年轻,年轻得正在一脸青涩谈恋爱的毛头小伙,见了我,都会油然生出岁月催人老的感慨,只争朝夕地加快恋爱的进度。我没有什么明确的目的,像一片干枯的树叶,随风飘荡数千里,落在了腾格里的旷野中。我看见了空旷,我从来没见过比天空还空旷的大地。我在写作文时,不止一次用到过一望无际这条成语。来到戈壁滩后,我立即意识到先前的用词不当来,可是,当我把肚子里储存的成语倒腾几个来回后,每次从记忆深处浮泛上来的仍是一望无际。我明白了,同样一条成语在针对某些物象或事象时,所表达的意思都是准确的,而涵盖的事实之间,却是有着巨大的差异的。

我生长于黄土高原,高原上,天空下面是大地,天空一望无际,大地一望无际。但我知道,天地都是有尽头的。我在作文中,还多次描写过太阳。我曾这样写道,阳光照射在身上,像针扎似的。老师表扬了我。于是,我便爱上了在作文中描写太阳。我把这个句子用过好多次。终于,老师让阳光的针扎得近乎愤怒了,她说,你能不能换个写法,老是针扎,锥子扎一次行不行?

其实,针和锥子扎在肉上的感觉也许差不多,但视觉上的差别就大了。锥子扎不出针那种金光飞溅的炫目气象来。黄土高原的阳光自上而下,一部分扎进肉中,一部分渗入温厚的黄土中,然后,消失于身体和大地的深处。腾格里的阳光,一部分自上而下扎入肉中,一部分打在遍地沙砾上,发出金属激烈碰撞的锐响和光芒,你就像一片太阳能聚光镜,打在一大片沙地上的阳光同时向一个人的身体反射回来,迅捷锐利地扎进肉中,你能觉出身体的千疮百孔,每一疮、每一孔,都在汩汩流泻着体内的水分。

那一次,我坐在一个不算高的沙丘顶上,比空旷还空旷的天空中,偶尔有一只乌鸦或老鹰盘旋,它们的翅膀好半天才翕动一下,它们跟我一样,没有目的,无所事事,当下与时间无关。而天空有了它们的填充,更其空旷了。大地与天空一样空旷,比空旷还空旷,空旷的尽头仍是空旷,间或有一株或几株沙生植物浮现在视野中,它们在针扎的阳光下,在滚烫的沙砾中茁壮成长,我几乎可以确切看见它们不舍分秒在成长。我一直在着力观察身旁一株红柳的成长,但我还是没有弄明白,在阳光和沙砾的双重烘烤下,它为什么显示不出丝毫枯萎的迹象,反而更加生机勃勃?

书上说,在盛夏的沙漠中,一个活人用不了多长时间就会变成木乃伊的,那一年盛夏的那一天,我在沙丘上坐了一天,针扎一般的阳光和滚烫的沙砾抽走的只是我心底积久的阴郁和忧伤,从此,我无论身处何地,只要天上有太阳,光芒便会无阻无碍地铺满我的五脏六腑。后来,每当我嗅到自己心底散发出来的霉味时,都要去一趟有沙漠戈壁的地方,随便拣一座沙丘坐下来,仰望比空旷还空旷的天空,注目比天空还空旷的大地,随便拣一株沙生植物,与它一同经受阳光的暴晒和沙砾的烘烤。这是一次浴火重生,今后很长时间里,即便遭遇阴霾弥漫,内心深处总有一颗不落的太阳在光芒四射。

二、我见过的生与死

我至今没有在现场目睹过人的出生过程,在影视中,在文学作品中,在医学书籍中,我知道任何人的诞生都是一个惊心动魄的重大事件,进一步,是生的赞歌,退一步,是死的哀恸。我曾在产房外面倾听过人的诞生,隔了一道门,重要的是隔了一道门,这道一巴掌可以拍碎但神圣不可侵犯的门,将人的出生的神秘和庄严推向了极致。

我目睹过牛的出生过程。

那是我家养的一头黄牛,黄土高原上再也普通不过的一头母牛。短促而丑陋的犄角,土黄色的皮毛,一年四季都脏兮兮的鼻孔,还有因褪毛而显得邋遢的蹄脚。父亲叫它丑丑。那年秋天,它又怀孕了。它已经养育过几头小牛犊了。小牛犊长大一头,卖一头,帮助我家度过了漫长的艰苦岁月。它是我家的一头功勋牛。它比我还大几岁,它已经很老了,父亲宁愿卖掉牙口很嫩的母牛,也不愿卖它,舍不得。在父亲眼里,它似乎比我更重要。我吃饱肚子,就和伙伴满山遍野疯玩了,有时半夜溜回家,父亲明知我回来了,也懒得过问一声。父亲每天天不亮就起床,给丑丑添一槽草料,草吃完了,天也大亮了,父亲将丑丑从圈里牵出来,让它在大门外面的空地上自由散步,他从很远的地方把干燥新鲜的黄土一担担挑回来,给牛圈铺上一层,牛圈里顿时充满了黄土的温馨。这时,太阳出山了,父亲挑起一担水桶,牵着丑丑去深沟的山泉了。人挑水,牛饮水,山泉水清冽甘甜,丑丑晃晃悠悠,来回四五里山路散步回来,一身都是精神。丑丑散淡地站在大门外的椿树下,父亲手持毛刷,从头到脚给它刷一遍。此时,丑丑一脸的惬意。但绝无受宠若惊或志得意满的骄矜。只是惬意。简单的快乐引发的简单的满足。然后,丑丑以自然的姿势卧在树下,天热时,茂盛的树叶遮去阳光,树下凉风习习,凉阴迷离,天寒时,树叶陨落,阳光透过枝杈,一地斑驳,丑丑也一身斑驳。夕阳西下时分,父亲将丑丑牵回圈里,添一槽草料,半夜,无论春夏秋冬,风雪雷电,父亲一定要起床给丑丑添一回草的。这些工作程序,从来没有因为任何生活的变故而稍有改变。

那一天,父亲要去一趟亲戚家,重要的礼仪活动,不去不行。可是,丑丑的预产期就在那几天。临走,父亲严正警告我,不得离开家门一步。他把大门反锁了。伙伴们在村子里喧哗连天。我是可以翻墙出去的,但那一刻,我忽然有了一个男人的责任意识。我独自在院子里玩。我用一根很长的细麻绳,一头拴住狗腿,中间绕住几只鸡腿,另一头绊住猪腿,我赶着它们在院子跑步。几只鸡惊惧叫跳,猪往东走,狗往西扯,一时,猪哼哼,狗汪汪,鸡嘎嘎,引出一村的鸡飞狗叫猪哼哼。我一个人便营造出了沸反盈天的气势。伙伴们都被吸引来了,可他们进不了大门,他们想知道我在玩什么,在高高的院墙外干着急。他们求我把绳子扔过墙吊他们进来,被我一一严词拒绝。

日近中午,我饿了,我要想办法哄自己的肚子,狗也饿了,狗这狗东西,它吃饱了,跟你怎么玩都行,它要是饿了,狗眼里是不认人的,猪脸本身就恶狠狠的,饿极了,它看见什么都不顺眼,伸出丑陋的嘴到处乱拱,鸡饿了,捣乱的方式是乱喊乱叫,不着调的叫声会吵死人的。我正在拿主意,拴在一旁的丑丑也叫起来了。那不是肚子饿了的叫,短促,沉闷,每叫一声,脚下坚硬的院子都在震动。我的心口不觉怦怦乱跳。丑丑猛地站起来,竖起短角,目光凶狠,一副要跟谁大打一架的姿势,它踢腿甩尾,将如此坚硬的土地踩得稀烂。不知什么触动了我的灵感,我急忙奔过去,从树上解开了缰绳。丑丑自由了,在那里辗转腾挪一番,顺势卧下,它的叫声沉闷而有力,眼神坚定而迷离,这当儿,鸡不跳了,狗不叫了,猪不闹了,跟我并排站在一起,目不转睛看着丑丑。一会儿,牛犊的头露出来了,牛犊扑闪着两眼,那是新奇的、迷惘的、感恩的眼神。它努力往外蹦,前半截身子出来了,后半截身子出来了。一落地,丑丑扭头看了一眼牛犊,轻轻叫了一声。如释重负,温柔,自豪。小牛犊试图站起来,颤颤悠悠站起来了,跌倒了,又颤颤悠悠站起来了,又跌倒了,再一次颤颤悠悠站起来了,蹒跚几步,几次险些跌倒,终于没有跌倒。它颠三倒四转了一圈,似乎巡视了一回它周围的世界,跌跌撞撞回到母亲身边。丑丑伸出嘴,用下巴将牛犊勾到嘴边,将它周身舔了一遍。牛犊立即一派鲜亮,精神为之大振。这次,它忽地站起来了。

这时候,我才发觉自己已是一身虚汗。狗、猪和鸡们似乎也松了一口气,狗嘴朝大牛小牛轻轻叫几声,猪也矜持地哼几哼,鸡们涌上前去,在丑丑身上轻啄一下,轻啄一下。我猜想,这是它们为邻居献上的祝福。是不是该给丑丑喝点水,对此我完全没有经验,我凭借内心的那一丝粗糙的灵感,打来一盆清水,丑丑伸出嘴来,三下两下,喝得精光。然后,丑丑把后腿展开,牛犊不知从哪学的,只一下就找准了奶头,它似乎饿极了,全身激烈耸动着,丑丑轻叫一声,那一声如细雨蒙蒙中的一串浅唱,流荡在天地深处。

狗又不安分了,猪又开始闹了,鸡们也不甘寂寞了,我得一一打发它们。太阳刚偏西,父亲就一头大汗回来了,还远没到回家的时候呢。他说他不放心,提前赶回来了。他看见丑丑母子平安,脸上渗出一层笑意。他是一个很少笑的人。他问我咋知道解开牛缰绳的,我知道这事做对了,便得意地说:这还用人说!父亲说,谁家谁家牛拴在树上,下犊子时主人不在,母牛被缰绳勒死了。其实,我根本不懂得其中的机窍，只是灵光乍现罢了。

　　谁也不曾料到，也无法理解，这么一头饱经风霜的老牛会死在自己的一桩低级错误上。小牛犊可以当作畜力使唤时，丑丑的幸福生活来临了。它像所有获得某些资历，或做出过贡献的人一样，入了晚景，生命对于它，只剩下安享尊荣了。只是丑丑是一头能拿得住自己的功勋牛，它不像人里面的有些人，自恃有一把胡子，便以为真理在握，对年轻牛横挑鼻子竖挑眼，一双昏花老眼里都是一代不如一代的无聊怨怼，动辄提起衰弱无力的老蹄子，心有余力不足地瞎嚷嚷：想当年，我！丑丑不是这样的，那时候说那时候的话，做那时候的事，这时候说这时候的话，做这时候的事。它不用做什么事，它也不管别的牛在做什么事，一代牛有一代牛的生活，它的时代结束了。主人很少管束它，知道它懂得起码的做牛道理，比如，不会溜进庄稼地里，不会玩疯了夜不归宿，等等。我家在一条深邃的黄土沟边，沟里终年荒草离离，狐兔出没，没有别的人家，没有农田，父亲便将丑丑赶进沟里，吃草、散步、晒太阳，一切自便。那是一个春夏之交，父亲正在农田劳作，猛听得沟里传出丑丑异常的叫声，痛苦，阴森，恐怖。我随父亲一道火速赶去，丑丑横卧在地，一声声凄厉叫号，肚子肥大锃亮，危如累卵，它的身旁有一片野生苜蓿，鲜嫩非常，显然是二茬。父亲看护丑丑，我奔出沟，叫来几个壮汉，用木杠将丑丑抬回家。兽医站在十公里外，请兽医已来不及，也未必请得来。一老者有经验，他找来一根擀面杖，在丑丑肚子上来回挤压，可是，好半天，只挤出些许带有浓烈青草味的空气。丑丑的叫声细若游丝，像是在轻轻喘气，目光渐次散淡，眼里涌出两行混浊的泪水。

　　那时候，在我有限的人生经历中，曾承受过那么多亲人的死亡，曾遭遇过那么多家畜家禽的死亡，却从来没有在现场目睹过一个生命逝去的过程。丑丑的死从眼睛开始,到眼睛结束,死了的眼睛比活着时睁得还大,那两串眼泪还挂在眼角,明亮的,冷寂的,光可鉴人的。父亲默然用袖口替它缓缓擦去眼泪,合上眼皮。那年月,人们常年吃不到几次肉,现场那么多人,却无人说出吃牛肉的话来。一个牛肉贩子闻讯赶来,冲进人群,兴奋地叫道:听说牛是吃青草胀死的,肉还可以吃的,趁新鲜卖给我,牛皮我也要!他全然没有在意一地射来的愤怒目光,还在自顾自大声嚷嚷。他扑到丑丑跟前,伸手要检验牛肉牛皮质量,父亲一把将他拨了一个屁股蹲,厉声喝道:滚开!那人恼怒又困惑地闪出人群后,回头跳脚骂道:愚昧!穷死活该!

牛肉贩子哪里懂得农人和耕牛的关系。牛是家中一口人,有亲人死了,吃亲人肉,剥亲人皮的么。丑丑被埋在导致它死亡的那片苜蓿地里。第二年,这里蒿草茂盛,狐兔奔突,鸟雀乱飞。

三、我见过的坦然与卑怯

离我居住的小区不远有一座桥,桥头上坐着一个老人,头发花白,胡子花白,牙齿脱落的不剩几颗了,天寒时,裹一件破旧的棉袄,天热了,披一件破旧的对襟绊扣黑布衫,面前搁一只鞋盒,里面有一些毛票或钢镚。他胸脯挺得笔直,头颅扬得很高,不看天,不看地,不看面前的人,身子抑抑扬扬在拉二胡。我不用坐班,便很少出门,每次出门,无论寒暑阴晴,他都坐那拉二胡,有人时拉,无人时拉,有人给钱拉,无人给钱拉,有人没人,给钱不给,他都那样投入地拉。

我不懂二胡音乐,但从小听,我对演奏者水平的高低自有我的评价标准,如果在弓弦的一抽一送中,我的心弦也随之缓急抑扬,我便认为这是好的曲调,好的演奏。每次路过,哪怕并不闲暇,我的脚步都要在旋律中不由自主停下来。我摸出身上的零票,悄悄地搁在鞋盒里,悄悄地站在一边听。老人并不因为听众中谁给钱了,给的较多,而演奏得投入一些。他的全部身心都沉浸在演奏中。他的演奏与钱多钱少人多人少无关。好几次,我生出了与他说几句话的冲动,但他并没有与人说话的意思,一曲演奏完毕,一曲又接上了,不留任何空档,唯一的间隙是他连续演奏几个曲子后,把二胡横架于腿,一手伸进怀里摸出一支香烟,安在嘴上,一手摸出打火机,哗地点燃,嘴唇叼住香烟,演奏又开始了。香烟明明灭灭,烟圈依依袅袅,曲调咿咿呀呀,时而舒缓如微风中的浮云,时而急切如大河奔流。不远处就是黄河,涛声隐隐传来,河声乐声,声声断断。

  以衣帽取人的混浊眼光去看,老人算不得富贵闲人,但,一把二胡在手,一支曲调奏来,天地间,就是他了,就是他的二胡了,所有的嗡嗡营营尘壤市声,都淹没在他的音乐中了。也许,他背负着人生艰辛,但他是一个把艰辛等闲看的富贵闲人。

  对老人的二胡演奏听到正入迷时,三八节到了,一家公司筹办了一档旨在关注妇女生存问题的联谊活动,邀我出任嘉宾。这是一项公益事业,我乐意参加。凡是女人生的,吃过女人奶的人,长大成人了,都应该以各种方式反哺女人。这是人道,也是孝道。活动规模很大,品位也不低,晚宴由活动赞助方承办。嘉宾与老板一桌。几杯酒下肚,老板说起自己的贫寒史,过渡到他的发家史,归结到当下的辉煌,言及他对女职员的待遇,他说他的每一个中层岗位都配有女性领导,以能取人,不论性别。我们都表示赞赏。

  接下来就离谱了,他大谈一番他的管理如何严格,部下对他如何敬畏,说得兴起,他手一招,有八名年轻女性火速赶来,齐齐环桌而立。他一一介绍,原来都是中层领导。饭桌很大,还有几个空位,我们忙招呼服务生加座,挤一挤足够大家坐的。老板却傲然挥手,冷然道,她们怎么可以跟我们坐一起? 就让她们站着,咱吃咱的! 身后站一个人,又不是服务生的女性,而今天又是妇女节,我实在难以下咽,便向老板提议让她们坐下一起吃。老板也许是为了照顾我的面子,让服务生给每人搬来一把椅子,但不许坐前来,而是坐在我们身后。吃饭时,身后坐一个女人,眼巴巴地看着你吃,绝无偎红倚翠的风雅之感,而是真切的芒刺在背。我们又提议与她们一起吃饭,老板决然道:就让她们坐在身后,岂可乱了规矩!

嘉宾们有一搭没一搭吃着饭,很少说话,只有老板一人滔滔不绝,大话连篇。我实在忍受不住,推说有要紧事失陪了。本来什么话都不准备说的,已转过身了,又转回来,我说,老板,我有一个感觉,你当年一文不名时,心底是坦然的,如今腰缠万贯了,但内心充满了卑怯。

我拂袖而去,嘉宾们也纷纷告辞。在人世间行走这么多年,也见过一些人,大人物,小人物,有钱人,没钱人,大字不识几个的文盲,拥有辉煌头衔的名流,在交往中也得出了自己的一些见识,大略是:真正的大家不大架,大架里藏掖着的必是草莽肚腹;真正的大富不炫富,刻意炫富的充其量手头有几许活钱而已;真正的大官并无多少官气,官气十足者一定是小官。

无主题呻吟

一、扪虱闲话

《善诱文》中说，苏东坡被贬海南后，一向豁达的他，这下也不免忧心忡忡，年纪越来越大，身体越来越差，离皇都、离家乡却越来越远，人无法寿终正寝，如叶落不能归根然。东坡道根索深，佛性正浓，他要放生为父母祈福为自己延寿，以证善果。放生是买生放生，买生，是需要钱的，可他没钱。手中只有亡母留下作为纪念的若干首饰。东坡将其悉数拿出，买回了大量生物。儿子苏迈在侧，见满地生物，或者张皇不安，或者痛号哀怜，心下十分不忍，请求父亲立即放生。正在这时，东坡侍妾朝云看见苏迈衣襟颤动，近前一看，一只虱子。她当即将其抓住掐死。东坡看见了，训斥朝云说，圣人有训，近取诸身，远取诸物，我正在远取诸物放生，你却近取诸身杀之？朝云有些委屈，说它咬人咋办，东坡说，虱子是你的气体感召而生的，它何罪之有，应该将它小心捡起来放了。人们经常杀害禽鱼而食，难道禽鱼也咬人吗？朝云大悟，从此很少吃腥荤，只食素。东坡的舅舅知道了这一情况，对东坡说：心即是佛，不在断肉。东坡回说，舅舅千万别这样说，女人难以感化，且容易随大流，她好不容易有了这份觉悟，这不正好吗。

《笑林》中说，两人并肩走在路上，一人突然在身上摸出一物，举向太阳一看，是一只虱子，他颇觉尴尬，顺手扔在地上，说我还以为是虱子呢。另一人捡起来，举向太阳一看，说我还以为不是虱子呢。虱子的主人为之大窘。

《阿Q正传》中说,一个春天,阿Q喝醉了,在街上走,看见王胡在暖阳下的墙根赤膊捉虱子,也忽觉身上痒,他本是看不起王胡的,便有些抬举别人地并排坐在王胡身边。他脱下破夹袄来,使了好大劲,才抓到三四个,而王胡却是一抓一个,两个又三个,下下不放空,虱子咬在嘴里,哔哔剥剥,响声脆亮。他感到失望,感到不平,你是什么东西,老子看不上眼的家伙,虱子居然比我的多,这太失体统了啊。他很想寻一个大的,然而竟没有,好容易捉到一个中的,恨恨地塞在厚嘴唇里,狠命一咬,劈的一声,又不及王胡响。文斗落于下风,便来武的。他将衣服往地上猛地一甩,吐一口唾沫说:这毛虫!王胡轻蔑地抬起眼说:癞皮狗,你骂谁?他本来是个怯懦人,在王胡那里却是格外武勇的,他站起来,两手叉腰,大义凛然说:谁认便骂谁!王胡也站起来,披上衣服说:你的骨头痒了么?他以为王胡要逃的,抢进去就是一记窝心拳,谁知拳未使到,已被王胡抓在手里顺势一拉,身体失去重心,辫子又让抓住了,头在硬墙上一下下地撞。他歪着头说:君子动口不动手!王胡又把他的头往墙上撞了五下,再使劲一推,推出六尺多远,这才满足地去了。

马三立有个相声段子,塑造了一个马大善人形象。此人心比佛善,在身上抠出一只虱子,不忍伤害,扔了嘛,又怕饿着,万般无奈,又善心难抑,便顺手塞进别人的脖项里:大善人嘛!

看官明鉴,以上都是抄别人的,本人只是稍加梳理,略无发挥改造。属于本人的是这一段:童年,家穷,一个季节往往只有一套衣服,戏称为老虎下山一张皮。洗得少,衣服上容易惹虱子,尤其棉袄,一翻开,里面虱头攒动,百万雄虱下江南,蔚为壮观。在背风向阳之地,一伙人光着膀子捉虱子,我身上的虱子是不用费心捉的,瞎子伸手一掏,都可大有斩获的,而且个大,丰满,圆滚滚,虎头虎脑的,他人远远不及。于是,有人便艳羡地说:别小看了这娃,以后是干大事的。为啥呢,肉是甜的,虱子也是个命哩,都给人家凑气象哩。这不是挖苦调侃,我爹也是这样说的。晚上,我睡了,我爹在煤油灯下给我捉虱子,把捉到的活物凑到灯苗上,嘣嘣嘣,连珠炮似的响。有时抓不及,便直接将衣服凑向灯苗,连翻的爆响,好多次,爆炸气浪将灯都轰灭了。浩浩荡荡的虱子们,在我家的一灯如豆前,也只好出虱未捷身先死了。我爹边做这事便感叹:这娃,嘴真叫个甜,将来有出息哩!我揣想,在绝对没有读书的条件下,别的条件很好的家庭都不愿让孩子读书了,我爹却克服别人难以想象的困难,甩起皮鞭把我往学校赶,说不定是因为在我身上的虱子那里,隐约看到了他的儿子将来还可混一碗公家饭吃呢。这么说,虱子竟是于我有恩的了?人说债多不愁,虱多不咬。真的,我从来没感到虱子咬我。因此,我对这小动物并无恶感。可是,近三十年了,身上再找不出一只虱子了,哪怕答应带它们赴宴、公款出国旅游,或者享受副科以上待遇,也找不出一只来。我忽然明白了:虱子大概是甜食动物,我的肉不再甜了,一年三百六十日,风霜刀剑严相逼,早变苦了,酸了,辣了,咸了,不合虱子的口味了,虱子另谋高就,找肉甜的人了。

嘿嘿,人在做这些事时,虱子一如既往地沉默着——它只有沉默,它说的话,人听不懂,至今也没有产生一个虱语翻译——它只是不解,还感困惑:人这是干吗呢。再小的小人,比俺最大的虱子的个头都高出无数倍,也都是些一心要作天下文章的人,天下何大,虱子何小,怎么作起俺虱子文章来了?哦,对了,敢不是你们的司马迁说屈原的:其称文小而其指极大,举类迩而见义远?你们人类的事俺是瞎猜的,你们玩你们的,俺们玩俺们的。俺只提醒一句,你们的大哲学家维特根斯坦说了,这个世界太奇妙了,全部的奇妙集中在:世界就是这个样子的。俺发挥一下:俺们虱子也是世界的一分子,俺们天生就是这个样子的,别把你们的想法附着在俺们身上了,俺们太弱小了,你们要寻找的意义又太大了,俺们实在驮不动,让意义回归意义本身,就是最有意义的了。

二、世界是圆的

记忆力越来越差了啊,那天在会场翻看新到的《世界文学》,一位外国诗人的一首诗不错,当时全记下了,仅过了一天,要用时,却只记得两句:我们歌唱,是因为圆的东西会滚,我们欢乐,是因为圆的东西还会滚。

其实,有这两句就足够了,圆的东西会滚,是常识,圆的东西还会滚,还是常识。太阳是圆的,以前滚着,如今还滚着,地球上便雨露滋润禾苗壮,万物生长靠太阳;地球是圆的,以前在滚,现在虽危机四伏,却还在滚,只要还滚着,生命便有了存活的前提,我们还会这样活着;月球是圆的,以前在滚,如今还在滚,只要滚着,天边的一勾弯月,还会引动我们的遐思,月明星稀之夜,我们还会品尝人生的阴晴圆缺。人在日月的照耀下,行走在圆滚滚的地球上,很多人声称自个是正道直行的君子,实则行走的路线与地球相似,都是圆的。从生的那一刻起,通往的目标便是死,由生到死画出一个或大或小的圆来,再由后辈儿孙继续画,生生不息,死死不绝,人就这样轮回着,划着圆,划了多少万年了,摆在人面前的最大的主旋律还是:生与死。莎士比亚提出的 Hamlet's question,即 To be or not to be, that is the question。依然还在那摆着,又把 saying(说法)拿出来捣饬一番,还没结果,又挖出了 being(活法)来祭旗,以目下的情形看来,越追求活法,越活不出滋味来,便只好自我抚摸了：west and alone，或者标榜什么 make difference。

我们生活在常识中，我们必须生活在常识中。脚踏常识的土地，方可仰望高远的星空。伟大的康德说，世界上有两件东西最能深深地震撼我们的心灵，一件是我们心中崇高的道德准则，一件是我们头顶灿烂的星空。但，D.F.斯特劳斯又说了，不可信的事一般容易证实，不易证实的事本身更可信。几千年前，古希腊的那个泰利士，一门心思放在了探求宇宙的奥秘上，有一天，在抬头仰望星空时，跌进了一个坑里，这事正好让那个脸蛋满分智商零蛋的色雷斯侍女看到了，她嘲笑说，你急于知道天上的事情，却忘了看脚下的路。过了两千年，黑格尔对此评说道，只有那些永远躺在坑里从不仰望高处的人，才不会掉到坑里去。真正的思想家之间，打仗归打仗，总有些惺惺相惜的。我的意见是，有兴趣、有能力抬头望天的人，尽管去望，望穿天庭更好，望了一辈子，啥都没望见，也没啥，挣了一辈子钱，到死还是穷光蛋的人多了去了，你能把他怎么着，不让他死，让他活着挣到钱再死？不讲理嘛！不愿，或不屑，或无力抬头看天，只想油盐酱醋茶吃喝拉撒睡的人，也不要去说人家。满大街都是抬头看天的人，这世界一定疯了，一地都是满足三饱一睡的人，这世界也就提不起精神，没啥意思了。

人与人其实是没有太大界限的，黑格尔的学问，把古今中外的学问家拉到一块，他也是在前排显著位置就坐的，可他在从事仰望星空这些高尚事业时，也没忘了他是常人，快四十岁的人了，没钱结婚，他也知道在保姆那儿打打秋风，还得了一个私生子，好不容易成家了，太太家只是小康，嫁妆也不大丰盛，他怕别人浪费，便自个理财持家，他的家用收支明细账，记得与他的学问一般严谨，买一盒火柴都是入了账的。他那本流水账如果还在，我觉得应当与《小逻辑》《自然哲学》《美学》，这些皇皇巨著一并公之于世的,也未见得,哪个一定比哪个高多少。黑格尔弥留之际,给陪伴他的学生说,把窗户打开,让风进来。这是这位著作等身的大哲说的最后一句话,有人便从中找什么微言大义,以为哲人说的任何话都是哲语。这些人忘了,哲学家也是人,除了哲话,也说人话。这句话与我们的老爷爷老奶奶说的话没啥区别,只不过是想透透风,再拔高一点,也不过是想再看一眼看了一辈子还没看够的天空和大地而已。

　　平常人在常识中生活惯了,便不容易犯常识错误,犯了,也是小错误。大人物眼界大,胸怀大,大错误未必犯,而犯的最大的错误,往往却是常识错误,这种常识错误一定会让生活在常识中的人把罪受尽了。秦皇汉武都算是伟人吧,可他们偏偏忘了人都是要死的这个常识,偏偏要去做什么长生不老的春梦。李世民够开明,够英雄,够明智的了吧,可在晚年,也迷上了什么炼丹术,像魏晋士人那样,大量服用五石散,那玩艺可了不得,大概比伟哥的功效还强些,可以夜御十女,久战不疲的,可这就像是把一月一年的饭一天吃了的一样,与现今的小煤窑差不多,都属于掠夺性的过度开采。这还罢了,人家有那个条件嘛。要是只有一个老婆,都七老八十的了,还这样没完没了的,那一口子会飞起一双小脚把你踹下床的。汉高祖刘邦天下在握了,率先入关,又灭了霸王,威加海内云飞扬,已证明了一切,却还嫌不够说服力,非要给她朴实厚道又贞洁的妈妈,脖子上挂一只破鞋,说是她在给丈夫送饭的路上,让什么龙给搞了,才生出了他这个真龙天子。给他爹戴莫须有的绿帽子,诬蔑他妈是破鞋,这种皇帝,大嘴巴子抽他,都不过分的。你当你的皇帝罢了,干吗要拿老爹老妈开涮呢。说到底,这还是不把常识当回事闹的。

　　"黥髡盗贩,衮冕峨巍",说啥呢,说帝王将相不是天生的,也并非全部生于帝王将相之家，而大多来自于囚徒和引车卖浆者流。这不就结了吗，可偏偏那么多的皇帝都在违反常识，可着劲给自己亲爱的妈妈头上扣屎盆子，又是跟神鬼搞啦，又是跟太阳月亮星星搞啦，干什么呢这是！平民百姓争着给自个的妈妈立贞洁牌坊，帝王将相却非要编排自个的妈妈和自个亲爹以外的男人乱搞过。这恐怕就是大人物和小人物之别，而无论给老妈立牌坊和诬老妈清白，都是违反常识的行为。还老爹老妈本来的面目，做人时自然做人，做鬼时自然做鬼，别抬举得人不像人，鬼不像鬼，就是孝顺了。

三、里尔克的危机

此刻谁在世界上某处哭，无端端地在世界上哭，在哭着我。

此刻谁在世界上某处笑，无端端地在世界上笑，在笑我。

此刻谁在世界上某处走，无端端地在世界上走，在走向我。

此刻谁在世界上某处死，无端端地在世界上死，在望着我。

这是大诗人里尔克的名诗《严重的时刻》，作于1900年10月中旬的柏林和施马尔根多夫之间。那时候，中国正在闹义和团和八国联军，神州大地山河惨变，万姓涂炭。德国好像还没发生过了不得的大事。但诗人已感到了这个世界的严重危机。不，不是这个世界的危机，更非这个世界当下的危机，这是人类自诞生以来就潜藏于胞胎中的危机。这种危机在何时发作,在何地发作,以何形式发作,一点都不重要,重要的是它要发作的,它的发作是前定的,是不以人的意志转移的。发作了,倒好了,让人真切地看到危机摆在了面前,或者束手待毙,或者奋起疗救,都有事可做了,都知道该做什么事了。问题是,你知道这个危机就在身边,随时要发作的,却看不见它,找不见它,给你心里植入一种在佛家那里被称作"心魔"的东西。于此,我们似乎有点明白了,这个危机的策源地,并不在世界的某处,而在于人的内心的某处。

说里尔克是大诗人,当然有他许多优秀诗篇作证见的,比如《杜伊诺哀歌》《致俄耳甫斯十四行》等等,这首小诗搁在他的辉煌诗集中,未必就一定显得那么出类拔萃,但有这首诗,哪怕仅此一首,别人便没有理由忽视他了。在写出了很多好诗后,他已获得了全欧州的声誉,从此睡懒觉,一个字不写,他也是名诗人了。但当他遇到罗丹后,却悔其少作,为以前的写作感到恶心,转而将罗丹的教导作为座右铭,并躬身实践。这就是:if faut touriours travailler(必须不断工作)。更多的好诗都是此后写的。生活在全面工业化背景下的人,与小农经济熏陶出来的人就是不同,前者永远取进取态势,革新求变,"必须不断工作",因为他们知道,今天的王者,一觉睡醒,也许就要在救济局前排队了。后者则不然,一招鲜,吃遍天,不说别的行业了,单说咱写作界,写过手掌大一篇东西,搔着谁的一点痒处了,得到了几句高规格的口惠,或拿了个牌子比驴大含金量比虱小的某个奖,于是,放心睡大觉,拿薪水,心安理得地到处领奖作报告谈创作经验。这还不是严重的,可怕的在于,一只敲门砖敲开某扇门后,变脸成为门里的掌门人,不仅是永远的名作家了,而是名作家的掌门人,那么,我的创作经验便是一种普世原则,照着我的样子写,我给你恩赐绿卡,给你发奖状,等等,要啥给啥。但是,可得注意了,你跟着我的屁股后面走,这没错,说明大方向是对的嘛,主流是好的嘛,你要是超过我,还打算"谢本师",丫的,活破烦了你,还想领奖,领死吧你!这类人可一直有名到死,翻开作品剪贴簿一看,原来是一位著名的无产作家。

虽然好在我们如今也进入了市场经济,可对精神产品的评价,官方体制还占着主导地位,还有那么一些早已过气的前作家前评论家,对当下的文坛状况两眼一抹黑,还在主导着评奖什么的,还在那里瞎子摸象,摸着谁的大腿,奖就谁的。当然,他们不会摸错人的,被摸着的大多都是熟人朋友的大腿。这也难怪,眼睛瞎了的人,触觉是极其灵敏的,没送过礼、没献过殷勤、没肌肤相亲过的陌生人,摸着陌生呀。也有万幸被摸着的陌生人,那是因为那条大腿太优秀了呀,太有手感了,戴着皮手套摸,也挡不住那滚滚而来的手感,即便是让死人手去摸,死人也会诈尸而起,油然曰:好东西!可有几对夫妻能生出这样的幸运儿呢。标准不严,或没有标准,便导致了标准的虚设。一般臭的作品都能获奖(太臭的作品是绝对获不了奖的),我的作品也一般臭呀,为什么就获不得?以此类推,比一般还臭的作品想获奖也就顺理成章了:都是个臭嘛,只是程度有别罢了。而更臭的,臭不可闻的作品便梯次跟进,也敢把眼睛盯在奖杯上的,获不上,怨气比该获而没获上的还大无数倍呢。你注意看,每次大奖评完后,在那里气冲斗牛揎拳大喊的都是些什么货色吧,在获奖线以上的,获亦可,不获也不冤的,大多倒选择了沉默。于是,完全不同等次的作家和作品,无形中被安排在了一条板凳上。文人相轻好像是文人古来的恶习,但,相轻应该是有前提的,并非没来由的"相轻",即使"相轻",也是有前提有条件的,至少是海明威"轻"福克纳,福克纳"轻"海明威的问题,没有哪个连裤子还提不起的作家去轻他二位的。泰森和刘易斯互相

"轻"是正常的,他们的水平不差上下,而且,规矩范围内的互轻,还有助于双方的进步,要是我也去轻他们任何一位,早被一拳打瘫了,最大的可能是人家还不屑于出拳呢:打你跟打拳靶有什么区别的呀,白落个以强欺弱的坏名声。

现在,好歹也有了市场,有了市场,人便有了自己的眼睛,有了自主选择,被瞎子摸着的,用没牙的嘴,唾沫飞溅极口称赞过的作品,卖不出去照样还是卖不出去,你总不能用枪口抵着别人的屁股去买你的、你看好的、你的相好的书吧。这也算是严重的时刻。在市场那里,有人要哭,有人在笑,有人在游魂般地乱走,有的人只好等死了。好在当下受过较好教育的人逐日见增,传媒也在逐日开放,谁想垄断知识垄断真理形同做梦了啊。

看官明白,这是我胡说的,里尔克表达的并不是这么俗浅的意思。他写的是人生的四种状态,哭,无端端地哭,笑,无端端地笑,走,无端端地走,死,无端端地死。就这么无端端地,我们来到这个世界上,无端端地遛达一圈。哭,没来由,但不得不哭;笑,没来由,还不得不笑,傻笑苦笑皮笑肉不笑,也得笑;走,没来由,还得走,走短了腿,也得走,慢走快走瞎走,走就是了;死,没来由,但不得不死,活够了,得死,活不够,不让你活了,你还得死,你耍赖不死,丫的,由了你了还。

说实话,人生只不过是一个个的洋相,哭是洋相,笑是洋相,走是洋相,死,是更大的、最后的洋相,你躺在那里,像个东西,任人摆布,一身僵硬,脸色贼难看,你不待见的人,人家却来了,你想说:去你的,滚远点,老子不想见你!可你已经说不出话来了,人家大模大样地站在你跟前,意味深长地看着你那张难看的脸;你喜欢的人却没来,原来,你请人家吃饭或洗桑拿,一个电话,就屁颠颠来了,风雨无阻,曾发誓要生死相随的,可在你要向他道永别时,他先永别了;心里在哭嘴上在哭的人来看你了,既不想哭也不想笑,只是想看看死人是啥样子的人也来了;还有,心里在笑嘴上在哭的人也来了,有时候还絮絮叨叨说一些貌似情意绵绵的话,你知道那与你掌握的事实大相径庭,但你又没法反驳,心里那个气呀,说早知道这样,在我还能动弹时给他的嘴里抹一把臭狗屎多好,又一想,屁大个事!人生本来就是一场洋相嘛,今天是我,明天是他,谁又能不出这场最后的洋相呢。

四、意义之外的意义

诗人安石榴写过一首诗,很特别,题曰《二十六区》,诗是这样的:

我从二区出发经过三区/四区/五区/六区/七区/八区/九区/十区/十一区/十二区/十三区/十四区/十五区/十六区/十七区/十八区/十九区/二十区/二十一区/二十二区/二十三区/二十四区/二十五区/在二十六区的一个小店/我与朋友喝了几瓶啤酒/然后动身回二区/经过二十五区/二十四区/二十三区/二十二区/二十一区/二十区/十九区/十八区/十七区/十六区/十五区/十四区/十三区/十二区/十一区/十区/九区/八区/七区/六区/五区/四区/三区/终于回到二区。

我在给学生上诗歌写作课时讲过这首诗。讲前,我说,有一首长达五十多行的诗,我只看了一遍,几年了,仍记得清清楚楚。我把原诗复述完,问这首诗咋样,大家都笑,我说,笑不算数,要拿出明确意见,大家还笑,不知老师葫芦里要卖啥药。我说,咱们来个举手表决,结果有一半以上的人认为这首诗不咋地,几个人认为不错,还有几个人弃权。我叫起一个认为不好的同学,问她不好在哪,她说,没意义。问一个认为好的好在哪,他说,很特别,竟然还有这样的诗,又问一个为何弃权,她说没法判断。我说,我认为这首诗写得不错。为什么不错,三位同学各回答了三分之一。认为没意义的同学,看出了这首诗的没意义,没意义就是它的意义,有些意义是用有意义表达的,有些意义是用没意义表达的,所以这首诗是有意义的,是用没意义表达的意义;认为写得不错的同学,是从诗的形式出发去理解诗的,看出很特别,说明这首诗在形式上有创造,而诗的形式对于诗之所以为诗至关重要;认为不好判断的同学,敏感到了诗的基本特性,以中国古诗论而言,叫作诗无达诂,以西方现代文论而言,叫 ambiguity,这是英美新批评理论的一个重要概念,揭示了诗歌语言所拥有的多义性、模糊性和不确定性,燕卜荪将其命名为"含混"。

这首诗究竟好坏,这是见仁见智的事情,说好说坏都行,言之成理持之有故即可,大可不必认真。但,它揭示了生活的一种本相:无意义。人活着究竟有什么意义呢,什么意义也没有,全部的意义就在于活着。

活着,就是意义本身。那么,死了,是否就是对活着的意义的全盘否定呢,也不尽然。死,只是对活的否定,并非对活的意义的否定。活,是一个曾经,一个曾在,若不曾经,不曾在,便没有死,便也无所谓意义。

活着的根本目的是为死准备意义,为死提供否定的对象。没有被死否定的活是不存在的,对活的否定,使活生出了意义,从而也使得活显得那么重要,与死同等重要。为死而活,使活有了负担,有了责任。

　　哪怕仅仅为了死,也得活着,而活着,却不仅仅为了死。如此,便显得活着是那么必要,又是那么高尚。试想,一个人连死的资格都没有混到,活着,便是一种严重的亵渎和辜负。而死是一种现在,一种当下,当曾经、曾在,与现在、当下取得联系时,活着的意义就显示出来了。我现在死,是因为我曾经活,我当下死,是因为我曾在。只要我曾经,我曾在,就没有理由漠视我现在的死,就得为我当下的死提供诠释。而这个诠释是针对死者的,却完全与死者无关,它只与曾经、曾在的那个人有关。

　　现今对所有死者曾经曾在之意义通用的诠释语是:永垂不朽。仁人志士,永垂不朽,碌碌庸者,永垂不朽,王八蛋,永垂不朽。谁都可不朽,那么,谁都朽了。在现在,在当下的那一刻,已经朽了。古人却不这样,谁现在朽,谁当下朽,谁永垂不朽,其诠释语是有区别的,给甲能用的,绝不可用在乙身上。

　　曾经、曾在的那个人,是一个单独的个体,而非一个面目不清的群体。比如,苏东坡死时,李方叔作祭文称:"道大不容,才高为累。皇天后土,鉴平生忠义之心;名山大川,还千古英灵之气。识与不识,谁不尽伤?闻所未闻,吾将安放?"这话只可给东坡用,别人可以用比这话还辉煌的话,但这几句话用在他头上,死的便不是他。谁斗胆用了,不朽,肯定是得不到的,有自知之明者,都会没脸死的。非死不可,也是替东坡死的,因为他承担不了这几句话的意义。就是说,死与死者之间是不对等的,犹如一个小孩穿了件大人衣服,内涵与外延无法构成配合关系。东坡之活是有意义的,但不是对他有意义,而是对他人有意义:以他做参照,判断自己活着的意义,和他人活着的意义。因此,任何人活着都是有意义的:供他人参照的意义。

这是生命的本相。那么,由群体回到个体,生存的本相又会呈现一种什么样的景观呢,让我们回到这首诗吧。一个人横跨二十六个街区,仅仅是为了在街边小店喝几瓶啤酒,究竟有无意义?在经济学家或商人看来,不但没有意义,还是对意义的消解。不合算,浪费生命是显而易见的。但,人生的账是不能算的,一算,我们做的任何事情都是亏本的买卖。包括我们的生命本身,都是一桩亏本的买卖。谁敢确定,你的生命明天一定要比今天好?谁敢保证这一觉睡下去还会不会再醒来?如果醒不来,刚吃进肚中的二斤手抓羊肉不是糟蹋了吗?要知道这样,把钱省下来,留给子女,或资助了希望工程,岂不更有意义。但,不能这样想问题,而且,这个问题压根不能想。一想,人活着就真的没意义了。不想,意义处在虚拟状态,处在或然状态,处在悬置状态,意义便是存在的,处在一种"被找"状态,而人则处在"找寻"的位置,意义便在其中了。诗中的关键词是"与朋友"。与朋友喝酒是不能计算成本的,它的全部意义不在于喝酒,喝了多少,喝的什么酒,花了多少时间,耗了多少车费,而在于喝酒这个仪式。它具有象征性,朋友肯请你喝,说明你们的朋友关系在,你肯去,说明你还认可这种朋友关系。撇开喝酒,当我们稍作思量时,便会发现,这种情形对每个人是经常性的,每日每时的。都在忙,忙得焦头烂额,忙什么,不知道。喝几瓶啤酒耗费大半天,时间真的耗了,但你不能说,说不出口,但却真的耗了。这就是生活的本来面目。我住得离市区远,与朋友聚,大多在大家都喜欢去的一个街区,要聚时,若是有车的朋友做东,便来车接,没车的做东呢,我自己去。我又不愿挤公交车,来往打车大约六十元,连路上,连吃饭,每次耗时大约五小时。有一次,我开玩笑说,以后你们请客,我就不用来了,你们干脆给我寄来六十元钱,这六十元钱,手抓可以买二斤,羊羔肉可以买二斤半,够我一顿吃了。节省的时间,要是睡觉,可以做许多美梦,想写东西,可以写几千字,换回来的羊肉肯定比这多。大家便笑骂我。这笔显而易见的账为什么没人去算呢,不是算不清楚,主要是不能这样算账,这个账根本是不存在的。因为全部的意义在于:与朋友吃饭。

这样一来,我们便发现,"喝酒""吃饭",本来是主题词,其本来意义,它们的所指,实际已被解构了,而变为能指。当所指变为能指后,所指只担当载体的功能,成为传达能指信号的工具。因此,这种"吃饭""喝酒"是没有所指的,只有能指,它的全部意义变身为:与谁喝,与谁吃。

我们不妨再往前走。人从生下来那一刻,就开始走向死了,那何如不生? 不,还是要生的,为死而生。这个不去说它。就说吃饭吧,吃了还会饿的,何如不吃,但还是要吃的,为了再饿而吃。现今的中国人,许多病症是吃出来的,许多病症是喝酒喝出来的,许多病症是烟抽出来的,许多病症是性交交出来的,但,不能因为这些,而不吃、不喝、不抽、不交。话说难听点,你也不吃他也不吃,只吃自家小灶,那么多的饭店就得关门,那么多药厂医院就得倒闭,那么多人便会失业,依次类推,社会就会全面崩溃。就说性交吧,这是极端个人行为,想交而无条件交,固然是问题,但还不是问题的根本,根本在于,不想交还得交。刚参加工作时,一位前辈爱跟我们这些毛头小子胡说,改革开放不久,性与国家机密一样,还是一个不可谈论的话题。但他什么话都敢说,尤其喜欢跟我们这些对性还处在雾里看花状态的年轻人说性。一次,他说,你们这些十八九的小伙子干那活很厉害,一晚上能干八次的。我还不懂得干那活是干啥活,便问干啥活厉害,他说就干那活嘛。我想了想,似乎有点明白了,心立即跳个不停,脸也红了。他还在说,便硬着头皮跟他胡说,我问他一晚上干几次,他说一月三十天,天天不放空。我说你才厉害呢。他长叹一声说,好娃娃哩,我是做准备工作半个月,干一次,后悔半个月,这不就天天不空吗。我说,后悔啥呀,不干不就完了吗,你老婆又没拿枪顶着你的后脑勺。他又长叹一声说,好娃娃哩,你懂个啥呀,这就像吃饭,到饭头上了,不想吃,也得吃几口,要不,总觉得一顿饭没吃。

看看,这事闹的! 我们不用去追究这件事的真实性,其意义在于描述了一种人生状态:无奈。人其实就在这样活着。记得多年前有一首歌,歌词大概有这么几句:不想说的话还得说,不想做的事还得做,不想见的人还得见。没办法,这就叫没办法。人生就是一个个没办法堆积起来的,堆积到一定程度了,便彻底没办法了,这就是:死。从个体说,死,是一个意义单元的断裂,但,意义链却没断裂。与你有关的人在接续着你留下的没意义的生活,继续在没意义中寻找意义,周而复始,以至无穷。

五、荒原的尽头

佛在优罗维勒(Uruvela)住了很久,然后向伽耶顶(Gaye's Head)而去。随行有一千僧众。这都是先前披烦恼丝的僧人。在伽耶,在伽耶顶,佛与一千僧人住下了。在这里,佛向僧众发表了响彻宇宙的《火诫》:

僧众! 一切事物皆在燃烧。僧众啊,究竟是何物径自在燃烧?

僧众! 眼在燃烧;一切形体在燃烧;眼的知觉在燃烧;眼所获之印象在燃烧。所有一切官感,无论快感或并非快感或寻常,其起源皆眼所得之印象,亦皆燃烧。

究由何而燃烧?

为情欲之火,为忿恨之火,为色情之火;为投生,暮年,死亡,忧愁,哀伤,痛苦,懊闷,绝望而燃烧。

耳在燃烧;声音在燃烧;鼻在燃烧;香味在燃烧;舌在燃烧;百味在燃烧;肉体在燃烧;有触觉之一切在燃烧;思想在燃烧;意见在燃烧;思想的知觉在燃烧;思想所得之印象在燃烧;所有一切官感,无论快感或并非快感或寻常,其起源皆赖思想所得之印象,亦皆燃烧。

究由何而燃烧?

为情欲之火,为忿恨之火,为色情之火;为投生,暮年,死亡,忧愁,哀伤,痛苦,懊闷,绝望而燃烧。

见识至此,僧众啊,有识有胆之信徒,厌恶眼,厌恶形体,厌恶眼之知觉,厌恶眼所得之印象;所有一切官感,无论快感或寻常,其起源皆赖眼所得之印象,亦皆厌恶。厌恶耳,厌恶声音,厌恶鼻,厌恶香味,厌恶舌,厌恶百味,厌恶肉体,厌恶有触觉之一切。厌恶思想,厌恶意见,厌恶思想的知觉,厌恶思想所得之印象;所有一切官感,无论快感或并非快感或寻常,其起源皆赖思想所得之印象,亦皆厌恶。有此厌恶,则尽扫情欲,情欲既去,人即自由,已得自由,即知自由;已知不能再生,而已居此圣洁生活之中,已行所适,已与世绝。

佛解释完毕,一千僧众尽得自由,并自秽行中获取解脱。

我佛的讲演结束了,你自由了吗,你的三千烦恼丝是多了,还是少了,抑或是没了?《荒原》是二十世纪最伟大的诗篇之一,其第三章便是《火诫》,然此《火诫》非彼《火诫》。我们不必征引艾略特《火诫》漫长的原文,只听听结尾的几行:

烧啊烧啊烧啊烧啊
主啊你把我救拔出来

主啊你救拔

　　烧啊

　　一样的火,都在燃烧,在东方的燃烧是为了熄灭,只要作为主体的人,外火内火熄灭了,世界的火便熄灭了,宇宙的火便熄灭了,个体自由了,群体自由了,世界一片清凉,满眼都是清凉世界。都是火,在西方却是要燃烧的,火本来就是燃烧的,不燃烧不能称之为火,是火,就要燃烧,就必须燃烧。烧去外在的限制,烧去灵魂的藩篱,获取自由。一样的火,一样的要借助火获取,但,一把火是要烧去主体对主体的遮蔽,一把火是要烧去客体对主体的遮蔽。

　　哪个更难些?

　　点燃火把,烧掉他人,烧掉这个让我厌恶的世界,烧掉一切对我的限制,我乐意,我能;点燃火把,烧向自己,焚烧自己的肉体,焚烧自己的灵魂,焚烧自己的情欲,焚烧自己的烦恼,我痛,我的肉体痛,我的灵魂痛,我的情欲在抗议,我的烦恼在以疼痛的姿态抵抗我对烦恼的惩戒。

　　其实,《荒原》中的荒原,同样也是痛苦的象征。这片荒原的痛苦在于荒原上没有温暖,没有太阳,最可怕的是没有水。没有水,不是因为天的限制,是因为人的宿命。在这片荒原上,水的有无取决于一个年轻的婆罗门是否能保持他的童男之身。他叫利沙斯林额(Rishyacringa),他和他的父亲隐居在一座山林里,与世隔绝,在这个世界上他只知道两个人:他和父亲。这样也挺好。可是,邻国忽逢旱灾,全国陷于饥荒。国王束手无策,求助于神。神告诉他,只要利沙斯林额一天还是童男子,他的国土也就一天保持干旱。怎么办?男人的问题要靠女人来办。按说这个小伙子从没见过女人,便也没有对女人的美丑概念,但话可以这样说,事却不可这样做,要摆平男人,需要美女,是为美人计,而不是女人计,要摆平女人,同样要美男计,而不是男人计。国王派了一个美少女踏上了诱惑少年之旅。她乘坐国王特赐的一艘华丽木船,在船上虚设一间隐士居。她来到少年的居住地安营扎寨,等待时机。终于,少年的父亲出门做事了,少女登门拜访,声称自己也是隐士。没见过女人的少年,一下为少女的美貌所倾倒。在少年的茅庵里,她吻了他,还引导他的双手摸了她。我的亲爹!少年的手像被刀剁了一般,乱摇着,在林中边疯狂奔跑,边惊叫:好死了好死了哎呀好死了!从小修行所得的宗教戒律,在这一刻土崩瓦解。少女对此行的圆满成功已心中有数。但她必须控制节奏,最要紧的是不能与他提前发生性关系,一者怕他看透了男女之事不过如此,反而下定了修行决心,这二呢,国王大概是要把他留给自家女儿的。少年的父亲知道了,警告他这事做不得。可初尝甜头的少年,嘴唇余香犹存,双手感觉仍在,这种话哪能听得进去。少女趁热打铁,诱劝少年到她那间隐士居去继续修行。船载着少年直驶旱国。国王把自己的女儿嫁给了少年,结婚之日,少年金身得破,大地普降甘霖。

　　我的身体归我个人所有,可并不完全归我个人支配,因为我的身体与他人有关,与世界有关,天不下雨,是因为我的身体没让女人搞过——是没让女人搞过,不是没搞过女人,搞和被搞是有严重差别的——不是我不愿让女人搞,而是我的主体被先前所获的知识遮蔽了,而且,先前就是为了遮蔽主体才去获取知识的,因此,我不知道,我的身体应该被女人搞,更不知道被女人搞的滋味。然而,青山遮不住,毕竟东流去。被搞是我内心的渴望,终于被搞是势所必然,被搞了,感觉不错,我乐意被搞。主体被唤醒了,被解放了,客体由此也重获生机。

　　这里有一个前提:我的被女人搞,不是随便被异性搞搞罢了,不,我的身体并非廉价的、可以任异性选购的平价超市,美少女引我上船,由美丽的公主完成搞我的行动,我的被搞才显得是那么郑重其事。这是一个事件,一个划分我的昨天和今天的事件。主体的被遮蔽是有条件的,主体的被唤醒同样是有条件的,唤醒力大于遮蔽力,这种唤醒才显得不同凡响,而一旦唤醒,再行遮蔽,恐怕就难了。佛家励行色戒,众多佛门弟子却堕为色中饿鬼,其来有自啊。苏东坡说和尚是:不秃不毒,不毒不秃,转秃转毒,转毒转秃。和尚说自个是:一个字便是僧,两个字是和尚,三个字鬼乐官,四字色中饿鬼。

当男人难,难得当不下去时,便说:出家当和尚去!和尚是那么好当的?当和尚更难,让女人搞了,或搞了女人,你看这话说得多难听,不让女人搞,或不搞女人,天不下雨,也把问题看在了咱没被女人搞的事上。生还是死,是哈姆雷特难题,我以为,搞,还是不搞,被搞,还是不被搞,这也是一个问题。

搞,或被搞,为生提供了可能,既然有生,便必然有死。看看,这还是一个生与死的问题。你以为出家了,你就安宁了,世界就大同了?你以为一把火烧了自个,烧了世界,你就自由了,世界就自由了?没有的啊,佛做不到,艾略特也做不到,《荒原》之后还是荒原:

我坐在岸上垂钓,背后是那片干旱的平原我应否至少把我的田地收拾好?伦敦桥塌下来了塌下来了塌下来了然后,他就隐身在炼他们的火里。

疑似有理

一、婆子烧庵为哪般

有一桩著名的禅宗公案,叫"婆子烧庵"。出处在《五灯会元》卷六"亡名道婆"条,原文是:

> 昔有婆子供养一庵主,经二十年,常令一二八女子送饭给侍。一日,令女子抱定,曰:"正恁么时如何?"主曰:"枯木倚寒岩,三冬无暖气。"女子举似婆。婆曰:"我二十年只养了一个俗汉!"遂遣出,烧却庵。

张中行老先生对这桩公案的意见是,以禅理为标准,论高下是婆子高而庵主下,论是非是婆子是而庵主非。庵主是"卧轮有伎俩,能断百思想",所以错了。或者更深的追求,道婆是"烦恼即是菩提,无二无别,若以智慧照破烦恼者,此是二乘见解",所以对了。

禅家难解,既深不可测,又浅到无迹可寻。用一段俺与朋友的斗嘴语言差可比拟。友曰:你还知道害羞?隔四十里远,脸皮就可撞翻人的。俺曰:这么说,阁下脸皮薄了?友曰:那是那是,不好意思啦。俺曰:到底有多薄,你给咱描述一下,好向你学呀?友曰:与正常人的脸皮一样厚薄。俺曰:太谦虚了呀,你比正常人的脸皮薄多了。友大喜曰:哪里哪里,还能薄到哪去?俺吸口烟,徐徐言曰:

薄到没有。

看看,脸皮厚和没脸皮,一个何厚,一个何薄,表达的却是同一意思。进一步说,脸皮无论有多厚,即使上天不用搭梯子,去美国不用乘飞机坐船,只要"有",便是可测量的,可把握的,而薄到没有,薄到"无",便是彻底的"无"脸之人了。照俺这俗人理解,婆子烧庵,意在破庵主心性之执。婆子令二八女子抱定庵主,意在测试其六根清静虚无也无,可庵主对异性仍心有所感,虽然,他表示心底冰冷死寂,然而,总归是寂而未灭,死而未僵。为啥?有感觉,当然是心窍通顺,无感觉,说明心窍还通着。不感觉,怎知感觉之有无?你看那老禅师,婆子令一二八女子考验他,给他送饭侍候他,没有肌肤之亲,他倒是忍住了。婆子的考验升级了,让女子将他抱住,这下,他晕菜了。枯木依寒岩之"寒",三冬无暖气之"暖",这都是要靠感觉获取的外界信息,感觉既在,你说你心念死了,"无"了,不"在"了,不符合医学原理呀。再说啦,人家一个青春火热的二八女子抱着你,你觉寒不觉暖,还在觉呀;觉出暖来,倒还可谅,觉出寒了,觉得也忒狠了点。可见你这老禅修行到死,也是一只大笨鹅,一条大俗汉,一头肉欲还存淫心方炽的毒秃又秃毒的老秃驴。供你何用,枉费了俺老太婆几十年的红米饭南瓜汤了。

表面看,婆子有点欲加之罪何患无辞,其实,婆子是有道理的。真正心如止水者,当大风振林,不波不荡,泰山崩于前,色不改容,佳丽扪其痒,心跳如常,这才够数。而且,要谢绝言说,急切要用言语向"他者"公告"本我"的"超我",恰好披露了"本我"非但不是心如止水,而是洞庭波涛连天涌,淹得"超我"找不见了呢。另者,心中有觉,而托之语言,其觉是伪,心中无觉,又形诸语言,仍示有觉。罢罢罢,试图以言语表达内心真实,反证得你内心极端不真实。事故出在哪?出在"执"。一事当前,即生用言语表达之念,便是执,欲回归本原,要在破执,执不破,则自性不归,无以抵达虚空澄明之境。故婆子以庵主为俗汉,烧其凭借,放归自然自性之界。"破"为手段,"立"是目的。

那么,站在庵主的立场上如何应对婆子的考验呢。这是一个探究话语与事实的问题,一张口便错,无论你说什么。女孩抱住了你,问你有感觉无,你答有,说明你是人在修禅心在思淫的骚和尚,你答无感觉,说明你的感觉系统还未彻底寂灭,六根仍然未尽,尽管你表示女孩身体有多冰冷,说明你的心念还在活动,还感觉到冷热。哪怕你说你是植物人,但,会说话,说明你心还活着人还未死,况且,植物也是有生命的,在社会学上,是死人,在法学和医学上,仍是责任主体。庵主若真的心如止水了,而要让人真的明白他的心底,不致误解,不致歪曲,不致被抓把柄,唯有一法:无语。既然一开口便错,我不开口,便是对的,至少不能被认做错。

现实生活中,有人常表示其无二无别无欲无求无可无不可,其实,排除他的故作姿态故弄玄虚的成分,从禅理上也是说不通的,这样的表示,什么事实都不能表明,只能表明你要表示不"在"的恰好"在",恰好深藏在你心里:身不淫,心淫,身淫有时,心淫时时,口称不淫者,乃大淫棍也。

这样一来,真是让人无路可进又无路可逃了。无知无欲无求无思无无无有无生无死之境界岂不是镜中花水中月?是人对自身的虚拟?是对自身心性的欺瞒?这是一个不可问的问题,也是一个不可答的答案。因为,你问,本身即错,你答,错上加错。问是"执",其"执"犹可望破,答之"执",则是不可破之"执"。"无",是一个境界,也只是一个境界,不要问这个境界能否到达,你,我,还是他,谁到达了,谁将到达,谁到达不了,这都无关紧要,紧要的只是:走,不停歇地朝那走。也许,约翰·班扬在《天路历程》中,基督徒与

牧羊人的一句对答,可帮助我们破"执":

　　Chr.　Is this the way to the celestial City?

　　Shep. You are just in your way.

　　婆子烧却庵,庵主已失凭借。庵主要真是一个有缘者,此后当不再寻求庇身之庵,不再苦求通佛之阶,便是与佛结缘了,便是行走在通佛的路上了,正如牧羊人所警示的:你刚上路呢。

二、皮肉骨髓与魔鬼辩护士

　　达摩祖师曾与他的座前四大弟子有一个对话。这不是一次普通的学术研讨会,关乎确定谁为接班人,把袈裟传给谁,谁是达摩之后的教主的大问题。对这次对话的记载很简略,时门人道副对曰:"如我所见,不执文字,不离文字,而为道用。"师曰:"汝得吾皮。"尼总持曰:"我今所解,如庆喜见阿佛国,一见更不再见。"师曰:"汝得吾肉。"道育曰:"四大本空,五阴非有,而我见处,无一法可得。"师曰:"汝得吾骨。"最后,慧可礼拜后,依位而立。师曰:"如得吾髓。"

　　既然得其髓者为慧可,法印和袈裟后来便传给了他,所谓:"内传法印,以契证心;外付袈裟,以定宗旨。"佛门以空相尚,法印和袈裟传给谁,那不是出家人要考虑的事情,别说过多的考虑,即使一念存心,也就不空了。但,却不能不争取,这不是俗世的权利之争,而是对修习成果的验证,这关乎到谁离佛最近,谁是真正的佛徒。所以,还得争。而争是要争的,却不可像俗世,为争权夺利血染河山,为争口舌上下,君子争为小人。佛门有佛门的争法,可以想见,这四大弟子此时是如何煞费苦心,而慧可的最后胜出,竟在于他啥也没说,只是上前行了师徒礼,回归原位,就得师父道法之真髓了。要是搁给今天的任何一级学位答辩,哪怕学生给老师行了多么大的礼,来个三跪九叩五体投地,在程序上都是违规的,无论私下的交易多么肮脏,桌面上还是不能露出破腚(绽)的。

那么,慧可凭什么胜出?先看另三位是如何落败的。道副还拘泥于文字,而文字是离实相最远的,于是,他仅得其皮,想承袭道统,没门;尼总持稍好些,但还眼中有"见",也只得肉;道育更好,"见"了,啥都没"见"着,高是很高了,还不是极高。极高是慧可,本来无一物,我嘈嘈切切表达什么,我又去"见"什么,"见"了,又什么都没"见",本来没什么,又能"见"个什么?慧可则心中无"物",眼中无"见",亦无"见"之"见",无物无见无见之见,便无须表达,表达亦无语,于是,便彻底无语。他的胜出,与禅的最高精神相合,即"破",彻底的"破"。

是否慧可耍滑头了?这倒没有,至少不好这么说。其实,最终把法印和袈裟传给谁,是结合了平时修习成绩的。慧可原名为神光。他曾与达摩有段对话,光曰:"诸佛法印,可得闻乎?"师曰:"诸佛法印,匪从人得。"光曰:"我心未宁,乞师与安。"师曰:"将心来,与汝安。"光曰:"觅心了不可得。"师曰:"我与汝安心竟。"

看看,当慧可表示找不到自己的心了时,师父说:我把心已给你安上了。张中行老先生说这是阐明了无相之理。为证明慧可不是靠耍滑头往上爬的,我们还可再举一例。有位向居士在致慧可书中,有"迷悟一途,愚智非别""得无所得,失无所失"等语,慧可则作偈相答,云:

说此真法皆如实,与真幽理竟不殊。
本迷摩尼谓瓦砾,豁然自觉是真珠。
无名智慧等无异,当知万法即皆如。

愍此二见之徒辈,申词措笔作斯书。

观身与佛不差别,何须更觅彼无余。

可见,慧可并非一味耍滑,默不作声玩深沉,他只是知道,啥时该说,该说啥,啥时该闭嘴,把嘴闭得松还是紧罢了。

佛禅乃东方智慧,东方的智慧就这样神秘,就这样感性,春秋笔法,皮里阳秋,秋波暗送,隔山打牛,千里传音,全靠一个"悟"字。神秘的还不在此,在于谁是最终的裁决者。悟着没悟着,裁判权不在悟的主体,而在于隐蔽在真主体之后的假主体,当假主体言说时,假主体已跃升为真主体,此时,真主体连假主体的资格都丧失了。这就是:我说你对对也对不对也对,我说你错错也错不错也错,我说你行行也行不行也行,我说你不行行也不行。真理的发明者和诠释者如果是同一个人,也就同时意味着这个真理是可疑的。以达摩与四大弟子的对话而论,你们四人是摸者,我是被摸者,你们摸到的究竟是我的皮?肉?骨?髓?我是感觉主体,我说你们摸着哪就是哪了。别人要插话,摸的不是你,你乱吱吱个啥子。表面上还是有论辩制度的,但那只是一个制度。俗话说,制度是由人制定的嘛,制度是死的,人是活的嘛,你这人咋不开窍呢。

反观西方,咱今儿个不说它的种种坏处,也不说它的种种好处。单表它的魔鬼辩护士制度。我们都是吃辩证唯物主义饭长大的,在感情倾向上,不会去为西方的神学歌功颂德的(再说,咱也不懂,便也不配),而且早就一心一意全心全意认定那是唯心主义,是"毒害"人民的精神鸦片(马克思原文没有"毒害"限定词)但人家在做有些事时,却做得郑重其事像模像样,比如,对神职人员的培养,是十分严格的。

一个人要取得传教资格,要学会拉丁文,要熟读基本经典教义,还要修习各种相关学科知识,还要有相当水准的表达能力,还要有不俗的仪表,等等,在结业时,还要经过魔鬼答辩。教会组织一批德高望重的神职人员组成答辩团,提问,回答,诘难,论辩,反复多少天,多少次,都过关了,才可考虑是否任命你去做这项工作。别的不说,看看从近代以来,那些来到中国给我们送毒害我们精神鸦片的那些传教士,学问大体都是过关的,也大体都是敬业的,无论他们的真正意图何在。话说回来了,现今一再强调我们要信这个,信那个,以体制做支撑,以法做保障,但效果似乎不尽如人意,抛开别的不说,那些传经送道者,究竟对他所持的经道了解多少呀,书的封皮是什么颜色大概还没见过几本呢。说实话,以俺这不学无术者之浅见,真的不是某些理论出了什么不得了的问题,相反,我倒认定,那些理论无论用什么嘴说,只要是用人嘴说人话,都是堪称伟大的理论。那么,问题出到哪了?老百姓的话有时是话糙理不糙:歪嘴子和尚念错了经。念经的嘴歪了,经也只得跟着歪了。

第五辑　一点风月

从这里出发

一、我不吃羊头

兰州是羊的伤心地,羊的地狱。我每次去草原,羊群看见我,便停了吃草和正在做的爱,脸朝向我,满眼都是绝望,一遍遍叫:兰州,兰州!哀婉而悲愤。有人说羊的叫声是:咩!咩!那是听错了,或许别的地方的羊说的是羊的普通话,离兰州近些的羊,叫声也是西北腔:兰州!兰州!

羊占据了兰州人餐桌的主流,几乎无羊不成宴。手抓羊肉,羔子肉,羊脖子,胡辣羊蹄,烤羊肉串儿,烤羊腰子,烤羊腿,炸羊排,椒盐羊肝,铁板羊肉,开锅羊肉,清炖羊肉,清汤羊肉,羊杂碎,羊肉烩面片,葱爆羊肚,羊肉泡馍,等等,不一而足。从外吃到里,从上吃到下,从大羊吃到羊羔,从羯羊吃到母羊,从炖煮到烧烤,无一遗漏。

还要吃羊头。炖,煮,烤,烧,手段种种。

羊的任何部位我都吃,羊头却是不吃的。我也不吃鱼。不爱吃,也不会吃。爱吃会吃的人有个说法:上等人吃鱼头,中等人吃鱼尾,下等人吃鱼身。吃羊肉的情形类似:上等人吃羊头,中等人吃下水,下等人吃羊肉。依此标准反求诸己,我位列不中不下之间:有肉不吃下水,先吃肉后吃下水,以肉为主,兼及下水。

但我不吃羊头。我做不了上等人。与我交往的,或我见到的,似乎都是上等人。每吃羊肉时,吃得兴起,便向服务生大呼曰:一人一个羊头！我忙说:给我别上！如果是我做东,我便有意打马虎眼,不说羊头的事。面软的上等人,便上等人不与下等人计较,面硬的上等人便不大理会下等人的九曲心肠,叫道:给我来一个羊头！还嫌不足,又回环四顾,桌上所有的人都招呼到:谁还要？于是,众声附和:给我也来一个吧。我还是说:别给我上。有人便激将:不就二十块人民币嘛,头都磕了,还在乎作揖？我便说:磕头尽管磕,揖不作了,省一点是一点。要是别人做东,便无须这些内心活动,东家会慷慨霸道地喊:上羊头,一人一个！我忙声明:给我别上。东家便把慷慨立即收了,只剩霸道了:咋,给我省钱？我忙说,羊头上的肉少,我嫌麻烦。上羊头,往往是吃得兴起时的节目,桌上有的是肉,我忙抓起一块肥大的精肉往嘴里塞,表示下等人确实肚中寂寞,急需精肉抚慰,而谁再慷慨,再霸道,因慷慨而霸道,因霸道而慷慨,也不能使羊头上的肉变得丰厚一些。

羊头上来了,每人一手按住羊头,按得很紧,生怕羊头突然活过来跑了似的,一手剜眼睛,拔舌头,掏鼻孔,嘴唇撮圆了,吸脑髓,滋滋地,宛如精益求精的艺术家,在雕刻一件立志要进入国家博物馆的作品。羊死了,眼睛没死,一双褐黄色的眼珠子亮晶晶地,一动不动,仿佛对什么东西很感兴趣,或者,对眼前的事情很困惑,很迷茫,在审视,在凝视,在期盼什么另外的结果。羊舌头当然发不出什么声音了,脑髓当然停止思考了,眼睛哪怕真的看见了什么,也无法汇总这些信息,也无法公布什么思考的结果了。

每逢进入这一环节,我便借故离开。或去卫生间,或出去接电话。可是,离开是要有堂皇的理由的,比如,刚从卫生间出来,不能让人怀疑咱肾功能有什么障碍啊,比如,恰好没有电话铃适时响起,等等。离开的理由有多种,但离开的理由有多种,离不开的理由便有多种。我只好老老实实坐在自己的位置上,低头抽烟喝茶,低头专心对付一根羊骨,或者,抬头专注天花板上某个本不值得瞥一眼的东西,只要眼里没有羊头即可。

原以为这样做,自己就很君子很良善很兽道主义了,死了的羊内心会得到些许宽慰,活着的羊会少一些恐惧,多一些坦然。结果却不是这样,那双快要隐没人嘴的羊眼,抓紧最后的时间瞪我一眼,我分明听见了羊的呐喊:回避罪恶,与罪恶同罪!

当然,这是我的胡思乱想。人的心里失去坦然的时候,眼里的世界也变得不平坦了,羊如果有这样哲学,或许与人会互换位置的。替只剩干骨头的羊头想想,从羊脖子吃到羊蹄子,从外吃到里,羊的身子全没了,要一颗孤伶伶的羊头何用?其实,我不吃羊头,只不过是不想让羊看见我,认得我,记下我,犹如罪犯行凶后要抹去现场痕迹,这样的罪犯更凶残,更可怕。我懂得了羊眼为什么瞪我的理由。

不用说,这还是我的胡思乱想。羊已经死了,与死了的人一样,死了,一切都了了。再说啦,羊来到世上,活着的理由无非是等待人去吃它们,生命的价值也不过是被人吃,区别只在于什么时候被人吃,以什么样的吃相吃它们。对于羊,这是很无奈的事情。大概这就是所谓的命运吧。羊也许只是为人着想,人不要以这种吃相去吃另一种生命,说残忍,有些上纲上线,至少是不雅。

兰州,兰州!草原上的羊看见我走来,还是两眼瞪着我,一声声鸣叫,悲愤而哀婉。

二、断断续续的春天

节令进入春天许久了,兰州还不怎么像。也挺像的,山上不像,黄河边像。我所在的城区,几年前还是十里桃花园,似乎目刚移瞬,就拔了桃树,栽了楼宇。乘车从滨河大道往城里进发,方才恍然:春天已到,是我闭门太久。滨河公园里,一种充当风景的桃树,花儿正艳。那不是桃花,桃花远看是艳艳的红,近观却是粉粉的红,这种风景桃,远看近观都是红的。是那种颓废女人的艳妆。河边的柳,却是清新的,是合了古诗的意的:青青河边柳。黄河的水已由冬天的铁青,转为常见的浑黄,水势也由冬天的消瘦,渐成肥硕气象。

每一个兰州的春天都是这样,今春也不例外。

车是朝东一路去的。去陇南,由兰州直接南下是捷径,只是,捷而不便。路不好走。只有转道天水,绕一个大圈,就像春天的到来,都要乍暖还寒,乍暖还寒,猛可间,身上的衣服还寒着,夏天的艳阳就灼伤肌肤了。离开黄河,春天也离开了,两边的黄土坡上灰灰的,好似冬天不是冰雪,而是热火,烧焦了草木。整个定西地界都是这样的春色。不过,头伸出车窗去,依然可以很容易地判定,人们依然行走在春天的大地上。渭水上游的两边山坡,草木是稀少些,却是隐隐可以看见草木的。要是在十几年前,在这个季节走这条路,草木与珍贵文物一样稀奇。眼见得退耕还林还草工程生了效益。

天水之西有一座山,名叫八卦山,据说是伏羲老祖问天问地之所。这地方是适合做这些哲学事的。我说的是遥远的时代。此时,山峦还是一派铅灰色。钻过漫长的隧道,天水到了,春天也到了。耤河两岸柳色青青,比兰州的青色更青一些,柳枝如天水的女人一样,也多了几分摇曳之姿,山巅的草木遮蔽了一些泥土,裸露了一些泥土。离开渭水河谷,转而南向,走不出多远,有一小镇豁然眼前:娘娘坝。这就算到陇南的地界了。陇南的平地很少,少得令人揪心,而仅有的平地又都很小,小得楚楚可怜。凡是平地,差不多都以坝命名。坝是什么,不是水坝,是山间小盆地。真是盆地,洗脸盆和面盆一样的盆地。盆沿儿盛满房子和草木,盆底种满庄稼。篮球场大的盆地居多,有足球场那么大的,就足以让人感动了。娘娘坝,够一个足球场了。一个很好的地名,任怎么神驰意荡都可以的。这是黄河流域和长江流域的分水岭。接着,全部的春天就来了,铺天盖地来了。山涧的小溪像南国女人说话那样,虽没有听懂在说什么,心口那儿已经跟着话音的节拍脆生生地蹦跳。山坡上,林木参差,高大粗壮的树木是高大粗壮的绿,低矮瘦小的树木是低矮瘦小的绿。绿的间隙是黄,灿灿的黄,艳艳的黄,油画一般的黄。那是农家的油菜地。

汶川大地震发生后,我曾随中国作家采访团赶赴陇南,走的就是这一路。车过娘娘坝,外地的朋友以为到了四川,我说刚进入陇南,离四川还远呢。有人诧然说:这明明是江南嘛,甘肃哪有这样的景致。我说,你去过春天的江南么,他说去过。我说,江南有这样的春色么。他详细看了看,说没有。江南的春色纤秾有余,明艳不足,陇南的春色,明艳逼人,纤秾隐含。这次又随甘肃作家回访陇南地震灾区,比那次早来一个多月,早开的花儿已凋谢了,迟开的花儿,正在盛开。可惜,我都说不出花的名字。总之,都是被统称为花的好看的物事。公路还是那样窄狭,恰可错开车的样子。这是没办法的事情。陇南全境深嵌在西秦岭山地中,从东往西,康县的山是卧着的,武都的山是蹲着的,文县的山是站着的,北边的几个县,就是诸葛亮六出祁山的地方,稍一想,便知都是与山有关的,也因此,陇南所有的道路便都与山有关。一路都在施工,举目都是不绝如缕的橘黄色。地震造成的塌方已清理完毕,筑路工人都在拓宽加固路基。路边的民房,有的已经住进了人,有的已经成型,有的正在建造中。所有的房屋都紧贴山崖断坎,平地要留出来养活人的。一个村落里,有新房子,也有旧房子,新鲜敞亮与陈旧灰暗相映衬,新房旧房都掩映在绿树花丛里。路面拥挤非常,兰渝铁路要纵贯陇南的,几条区间性的高速公路也陆续开工,为施工服务的载重大卡车挤挤挨挨的,速度呼啸不起来,震撼声呼啸起来了。蜀道难,难于上青天,所谓蜀道,至少有一半在陇南境内,当下,再快的汽车,再通畅的道路,从兰州到陇南首府武都都需要至少九个小时,兰渝铁路通车后,兰州到武都只需两个多小时,武都到重庆也只需两个多小时。陇南人都盼着这一天,我不是陇南人,我也盼着这一天。

三、目击一棵大树的倒下

从陇南康县北返望子关,公路深藏在高山峡谷中,一路上,都是地震后的重建工地,刚能错开车的公路,被工地占去半边,本来就是胳膊肘子路,现在车速更慢了,走走停停。慢有慢的好处,可以看看周围的风景。风景倒是挺好的,绿树满山,野花间杂,清水萦绕,青天当头。

又停下了,停在了一处建筑工地现场。一辆挖掘机正在挖树,业绩辉煌,已经有几棵大树横躺在这庞然大物面前了。我以为,要放倒一棵树是需要一番工夫的,无论用什么先进的机器,因为,一棵树长成一棵被称为大树的树,是需要漫长的日月,经受无数自然的和人为的考验的,无论什么树种,都不会在短时间内长成大树的。那只巨大的铁手很笨拙,搭住一根胳膊粗的树杈,轻轻地,潇洒地往下一压,树枝像一片树叶飘落在地。铁手再举起来,搭住一根大腿粗的枝杈,不经意地往下一压,树杈像一只被击落的乌鸦,颤颤悠悠摔落地上。铁手再举起来,搭住一根普通人腰粗的斜枝,好像使了一点劲,斜枝好像坚持了一下,上下稍一晃悠,便像一个人从树上飞身而下。

一棵枝繁叶茂的大树,只剩下树干了,像是扒光衣服的黑旋风李逵,狰狞而可笑。树干有多粗呢,你见过相扑手吗,相扑手的腰有多粗,树干就有多粗。铁手又举起来,铁手似乎也觉出这次遇到的是真正的对手,手指搭住树干的顶部,摇了摇,树干也相应摇了摇,像是两个极要好的朋友,或是同醉的酒友,勾肩搭背,摇摇晃晃,动作粗鲁,粗鲁里传达的却是酣畅的友谊。铁手不再坚持。铁手是一只知冷知热懂得眉高眼低的手。铁手顺树干捋下来,像是一只给一个富贵闲人搓澡的手,轻柔,劲道,准确。铁手贴地皮抠住树干,拔一下,再拔一下,地皮暴起一团土雾,树干摇了摇头,又都归于安静。铁手不是鲁智深,树干不是垂杨柳。铁手抠入地皮,挖一下,再挖一下,然后,一声啊嘿,树干极不情愿地缓缓倒下,树根给大地带出一方巨大而深幽的土坑。其实,铁手没有吆喝,树干也没有吆喝,啊嘿,是旁观者在暗暗使劲声音。不知在给谁使劲,铁手不需要,树干也不再需要。高迈的头颅没了,完美的枝叶没了,留下一个赤条条的身子,不如痛快地倒下吧。

然后,铁手转过来,将散落在地上的枝干,只一拨拉,就都归拢于道旁。铁手让开道,堵塞的车流人流呼啦啦穿过,没有大树遮挡视线,狭窄的道路似乎宽敞了些。

感觉到时间很长,其实不长,前后不到一刻钟。这是用人的时间观念衡量的,在大树看来,它是用了足够几代人传承的时间生长起来的,而人在毁灭它时,却只用了吃一碗面条的工夫。人真是厉害啊,越来越厉害了,以前,用斧头斫倒一棵大树,好像挺费事的,都可以用不足一代大树的生长周期斫光大地上所有的大树,在这样先进的机器面前,大树应该不劳铁手的王赫斯怒,自动倒下才算饱经人世沧桑的智者所为。

果然,走出不远,道路旁,两边山坡,树木已经很难一见了,天空大地无比空旷寥廓。当然,也少不了面目可憎。有些事情好像很曲折,其实很平易,灾难,在一棵大树的倒下开始,福报,从一棵草木的成长起步。

四、一棵老头树

一望都是山。

望不断的黄土山,站在高山上望,远处还有更高的山,一山一山连一山,光秃秃的,莽苍苍的,像一群剪了毛的老绵羊。在近处,望见的那座最高的山头上有一棵树,孤零零的。别的山头都没有树。有树的山头显得孤傲,又孤独。那是一棵远近闻名的老头树。一百多年的树龄了,还像一个没有发育成熟的孩子。它是应该长高长壮的,因为它是柳树。平川地里的柳树,比它少活了数十年,上百年,也比它茂盛、高大、辉煌得多。

这是一棵比我爷爷还老的老头树。我爷爷诞生于大清朝崩溃的前十年,而这棵树植于大清朝崩溃前三十年,也就是说,我爷爷呱呱坠地时,这棵树已经风雨见世面二十多年了。我爷爷去世已三十多年,这棵树还活着。按说,比我爷爷有资历的树多了,比我爷爷的爷爷还有资历的树也是在所多有。可这是一棵柳树,一棵永远长不大的老头柳。它是左宗棠麾下的湘勇栽植的。想当年,左大帅亲率十万湖湘子弟,来到与南国风景迥异的西北,一边血战,一边植树,新栽杨柳三千行,引得春风度玉关,那是何等的恢宏啊。可是,树与人是一样的,同样是横扫西北远征天山的湘勇,有的弃尸边地、黄沙埋骨,有的戴着红顶子入朝堂回故乡了,有的呢，战事结束了，他们成了散兵游勇，一些人流落江湖做了刀客，干着提脑袋挣饭吃的差事，一些人成了黑社会的打手。就像他们栽植的那些柳树，有的被砍伐当柴烧了，生在河川地的，高大辉煌，最终也免不了刀砍斧削命运，幸而生在风水地的，被当作风景，当作文物留了下来，供人观瞻，树下仰望，人们喜滋滋曰：这是左公柳。而获此殊荣者，万里古驿道，如今仅数十棵罢了。

　　老头树是幸运的，因为它是老头树，锯之，不足以当大材用，烧之，车水束薪的热能。于是，它活了下来。高大的左公柳被砍伐尽后，它就是左公柳了。先前人们是不愿承认它的身份的。左公是啥样的人，这样寒碜的家伙也配！我刚进村，村主任便遥指山头：看，左公柳，左大将军栽的！我笑笑，颇觉凄楚。这是老西兰路经过的地方。西兰路改道十年了，没想到，路边还有老头树活着，成为一个村庄的荣誉。二十多年了，老西兰路我不知走过多少趟，新西兰路也不知走过多少趟。第一次见到这棵树时，爷爷已死去近十年，而我还是一个刚走向社会的毛头小子，眼睛只看见天，只盯着高大辉煌的事物。那时经过平川地的西兰路上，左公柳并排西去，浩浩荡荡，雄风历历，前不见头，后不见尾。到了这条绵延四百里的荒寒山岭上，左公柳却像一支溃兵，军容不整，歪七扭八，稀稀落落并排走着。左宗棠是我喜欢的历史人物，不仅是他的不世边功，还有他的学问，他的见识，当绝大多数文化人还在之乎者也摇头晃脑挣功名时，他却潜心于被主流士人讥笑的西北地理学，多年以后，他的地理学成就了他，也成就了中国西北。这是他栽的树吗，怎么可能呀！

　　老头树也只剩下了这一棵。与我爷爷一样老的老头，都在我爷爷前后谢世了。我不愿正眼一瞧的老头树，如今我却汗流浃背站到了它的阴凉下。树干蜷曲，枝条稀疏，柳叶黄瘦，无风瑟缩，一种半死不活的样子。当年我瞥见它时,它就是这样,典型的一棵老头树。二十多年过去了,它还是老头树,岁月风尘似乎遗忘了它,它还是那样不紧不慢地活着,而我已由毛头小子变成老头了。我会像爷爷那样老去,死去,而老头树呢,只要人们不加以刀斧,不屑也可,不愿也可,老头树还会活下去,像老头那样活下去,目送无数的人诞生,长大成人,变成老头,然后死去,而所有的人都不会成为老过它的老头。

何物生命力最强?达尔文指出,不是最强壮的,也不是最凶猛的,而是最能适应环境的。躲过了寒天酷地的交相陵迫,躲过了兵荒马乱,躲过了人们贪婪的眼睛,一切因为它的不起眼,它的无用,而无用恰恰是大之大用者。老头树就是这样一种随环境变异了的柳树,它见证着一百多年的气候变迁,也成为一个重大历史事件的见证者。

五、那双眼睛

大约七八岁的那年冬天,村里突然涌进了大批的人,说是要修水电站,而一马平川的我村被选为坝址,河对岸回水湾的中央,矗立着一座石头山,圆圆滚滚的,腰围数百米,这可是远近闻名的一方风水宝地呢。人传说,我家祖辈人丁兴旺、家业繁盛,就是祖坟里的祖先,个个脚蹬这座独立的山峰所致。这座山峰,人都叫龙头,河水划了一个大圈,刚好把它围得剩了一点与山坡相连,而发大水时,溢槽的水便从那段相连的石壕漫过去,走了捷径,那道石壕便被称为龙脖子。绕龙头的这段河面约有数里长短,水深数米,是整个马莲河少见的水域,则被称为老龙潭。六岁时,我随兄长们下河游泳,目睹过好几人被淹死,包括我最小的哥哥。我在家乡的十几年中,也差点被淹死过多次,幸好每次都遇难呈祥,没有彻底淹死。龙头也是常上去的,春夏秋,站在十米高的石崖上跳水玩,冬天,在上面乱跑。正玩得有趣,龙头却要被消平了,拔掉这颗钉子,两岸平地相连,便是一块宽敞的坝址呀。

每家必须腾出一切能腾出的窑洞安顿从全地区征发来的民工,我家新庄院有两孔闲窑,还有一座废弃的庄院有三孔窑洞。我家便接纳了上百个民工。有一天,一拨民工断伙了,父亲请来我家吃饭。饭间,一个人老是看我,他的眼睛很大,双眼皮,眉目甚是清秀,那时候我的头大,眼睛也很大,也是双眼皮,村中老人经常叫我大头娃,或大眼睛娃,说是什么头大有宝,长大能当官。于是,走在路上,老有人盯着我看,摸我的头,对此我十分反感。那人看我一眼,我便瞪他一眼,再看我一眼,我再瞪他一眼。第二天,黄昏收工时,龙头上传来一声闷响,满河川都是嚣叫声。每天都要放炮开山的,放炮前,到处都在喊叫,让人们躲远点,一炮响起,碎石腾空,撒出一地狼藉。可今天的叫嚷有些特别,一会儿,便传来确切消息,有人被炸死了,而死者正是被我昨天瞪过的那个大眼睛。他是炮手,有一枚哑炮,好半天不响,他去查看,刚走到跟前,炮响了,他被炸得粉碎。他才十八岁,还没成家,没成家的人横死了,按当地习俗,是不能回家的,他被埋在了龙头的另一侧。

我老觉得,那人的死与我有关。听到消息后,我莫名地哭了,是因为恐惧,我一直看见那双眼睛在看着我,在质问,我瞪他干什么。我家正对龙头,一出大门,首先看见的便是龙头,而此后,我看见的是从那里向我射来的目光。在村子的任何一个方位,龙头都是最显眼的标志,和伙伴们在一起,恐惧感被忘记了,剩下我一人,我一直感觉有一双来自龙头的目光,正对龙头时,我不得不低下头,背对龙头时,则要不断回头张望。那个冬天,我就是在这种恐惧中度过的。

时间在推移,在第二个冬天来临时,工程下马了,而龙头剩下一颗偏头,难看地戳在那儿。我也长大了些,要做许多事的,要到河湾里拣柴火,拣羊粪和牲口粪,还有人粪。而这些东西河湾里最为丰盛。有别的伙伴一起去,这没有问题。我一个人是从不去的,宁愿挨打挨骂也不去。没有人问我是什么原因,问了,我也不会说的。长到十岁,兄长们都长大了,每年正月初二给舅家拜年的任务,便落在我的头上。而龙脖子,是去舅家的必经之地。大过年的,河滩空无一人,凛冽的河道风,尖叫着,掠过青冰,掠过石矼,发出刺耳的、难听的声响。我从出家门那一霎,两眼便盯着半截龙头,走到河边,还在盯着龙头,踏过冰河,就要横穿龙脖子了。这是风口,风很厉,打着旋,一柱柱旋风裹着黄土,有时候可举起几丈高,有时被卷住,老半天挣不出来。在电视上,大家都见识过美国德克萨斯龙卷风的厉害,风旋过处,一座城市不见了。当然,这里的旋风没有那样可怕。可老年人说,旋风是鬼过来了,人要朝旋风吐三口唾沫,因为人的唾沫对于鬼就是钉子、刀子,嘴里还要念叨:旋风旋风你是鬼,三把铡刀铡你腿。我心中有鬼,此刻,便格外怕有旋风刮来,而此刻,正是旋风活跃期。过了河,早已毛骨悚然,再有旋风到来,已是虚汗滚滚了。给舅家拜年,我一直拜到十六岁出门远行,每年的正月初二,对我,是一个真正的年关。

后来上中学,龙脖子又是必经之地,好在,大体都在白天经过,也大体都有同学相伴,每到此地,也老觉得有一双眼睛在看着我,我便催大家快走。春夏秋,则伙同大家跳下老龙潭游泳,一到水中,便看不见那双眼睛了,洗去一路风尘,玩够了,再回家。多年后,回老家,龙头被人常年采石快要采平了,我还能看见那双眼睛,童年的恐惧感还残留心中。只是,我从来没问过,那人是谁,叫什么名字。

六、桃花汛

　　阳春三月,黄河边是少妇们的乐园,各色轿车缓缓地停靠在路边,人款款地走出来,手里托着一只或几只风筝,身后跟着一个蹦蹦跳跳的孩子。让棉衣压迫了一冬的身体,像一条复苏的蛇,上下都在荡漾着柔软的波浪。上身穿一件或素或艳的紧身内衣,外挂一件或长或短的外套,怀尽情地敞开,任风儿在身上乱窜,撩乱了秀发,乱发中的脸儿忽露忽隐,那一双媚眼儿一瞥,风儿手忙脚乱,不留神掀起了人家的衣袂,惊起的却是一地香尘。腿儿,颤颤的,臀儿,颤颤的,腰儿,颤颤的,手臂,颤颤的,胸脯,颤颤的,看人时,眼神也颤颤的。心,是否颤颤的,只有风儿揣摸过,大概也是颤颤的,因为风儿在那里颤颤地滑过了。而此时,让人感到,黄河水也是颤颤的,掠身而过的风也是颤颤的,当头的春阳也是颤颤的,整个地球也是颤颤的。

　　这个季节的某一天,我在黄河边睡了一觉。

　　周末了,陪老婆出来走走,散散心,晒晒太阳,看看柳绿桃红,听听鹂鸣春声。可是,只漫步一会儿,我便困得一塌糊涂,几乎是举步维艰了。老婆说,要不咱们回家,我说不想回家,老婆说,要不你到石椅子上躺一会,我说躺着不舒服,头没处搁,老婆说我有办法。河边公园中石椅子很多,我将头枕在老婆的腿上,阳光打在脸上,五颜六色的风筝翩翩长空,少妇和孩子们的欢叫声萦绕四周,三五分钟光景我便梦见周公了。这时,手机却响了,接完电话,感到不怎么困了,但,还想睡一会。这样躺着,看放风筝的人,看飘在天空的风筝,都是最佳视角。我说,你看那个媳妇挺漂亮,老婆拧一把我的耳朵说:好好睡觉,不许乱看。过一会,我说,那个媳妇体型不错,老婆又拧一把我的耳朵说:好好睡觉,老实点。我还在乱看,不乱说了。过了一会,老婆说,你看那个媳妇才叫漂亮呢,比你说的那几个漂亮多了。我早看见了,我说,我才不乱看呢,我要睡觉。真的有了睡意,朦胧中感觉天阴了,高远的天缓缓落了下来,像被子一样盖在我的身上。忽然,一支利箭射向太阳,晃晃悠悠地直中日心。我被惊醒了。

不知什么时候,阳光不再灿烂,春风不再习习,一时间阴云四合。但,我看见了,那不是要下雨的云。有雨的云湿塌塌的,压着太阳,压着风,压向地面。无雨的云,是飞扬灵动的,云脚随风翻飞,阳光破云,时隐时显,隐时有光,光线隐隐,显时光出,光芒显显。此时,太阳从一堆乌云中挣出来,刚露出一张脸来,四射的光线都被云遮挡了,只有一脸大的光洒向地面。我的梦境其实是实景。一只风筝,鹞式战斗机那种造型的风筝,借着风力,迎着那颗被乌云圈住的太阳,不偏不倚,不避不让,上升,上升,直插日心。我戴着墨镜,天空本来还算明亮的,我看出去,便有些浓重了。我说,老婆,你朝太阳看。她举头一看,说,呀,简直太美了! 我把墨镜递给她,她戴着举头一望,叫道,要是带着相机,拍下来多好,这种构图,找都不好找的。她把眼镜又还给我,我仰视着在天空漫游的风筝,蝙蝠状的,蝴蝶型的,蜻蜓式的,红的,蓝的,黄的,河谷宽阔,风力漂浮,各色风筝颤颤悠悠,整个春天也随之颤颤悠悠,颤悠出一个春天来。

绵延百里的河边公园,几年前,还有连片的桃园的,这个季节,一河灿烂,天地同艳的。如今公园里间或还是有一株两株许多株桃树的,不似农家桃园的自然,不似那般芬芳,也不似那般绚丽,然而终究是夭桃,枝叶羞怯,似经不了春寒的料峭,花色却极奔放,一朵盛开,一片春色。哦,桃是懂得敛其势张其色之奥义的啊。夭桃之妖,妖之妖,便是媚了。这媚与春光相似,媚得睁不开眼睛,还极力要睁开,睁开的眼睛,就是媚眼了。桃花开了,河水展舒了被拘束了一冬的情怀,水势浩大了,水流欢畅了,在两岸桃花的拥护下,招摇东走。这是桃花汛。——这是谁对阳春三月黄河汛的命名?——上游青藏高原河段的冰雪消融了,正赶上中游的桃花,这汛期来得有些暧昧,有些意味深长,还有些来得春心勃勃。它不像夏秋河汛那般铺张扬厉,那般摧枯拉朽,那般放诞无忌。桃花汛中的河水,清色之青是淡淡的,黄色之黄是淡淡的,水势是浩浩的,波形却是绵绵软软的,伫立河边,河水像一张彩烛辉映中的婚床,颤颤悠悠,明明灭灭,送来的是一天一地一河一水桃汛。

和平时代的女人们,尽情玩吧,河边的春天是你们的,你们是河边的春天。你们看吧,那一河春水就是让天地动荡不安的桃花汛。

恐怖一条街

有一个秋天,得了些空闲,忙惯了的人,乍然闲下来,又有些心慌,还有些意乱情迷。呆在这一派暧昧的都市里,把不定会做出什么不尴不尬的事来。离开乡村久了,便想去吸几口新鲜空气,借此确定自己的心里对这个世界是不是还有一点冷热之心关怀之情。

正好有一位地方长官来省上开会,顺便看看我,也邀请我去他们那儿看看,这样就随他去了。他知道我这人爱往荒凉的地方跑,到了县上,必要的应酬后,他打电话叫一位乡长来接我。把那个乡管辖的地盘转得差不多了后,和方方面面已打成一片了。搞文化的人,和乡镇干部打交道千万不要酸文假醋,拿拿捏捏,你越随和,越民间,他便愿意跟你做朋友,你要是觉得自己还是个什么人物,他们也会把你当人物看的,对你很客气,但是,他们让你看在眼里的事情,很报纸,给你说的话,也很报纸,转一圈,回头一想,还不如呆在家里看报纸呢。我这人从小农村长大,又常年和乡村保持着亲密接触,农村的生活习惯,他们的说话方式,做事风格,乃至酸话荤话混账话,都听得懂,未必去跟着说,但别人说时,绝不会假正经,把自己扮成什么日日口吐莲花的角色。快要离开时,与大家有感情了,送行宴上,大家放开玩闹,酒酣耳热,你一言,我一语,三丈高,两丈低,奇闻异事,家长里短,乡风民俗,各路笑谈,五彩缤纷,要有尽有。玩得高兴,乡长笑问,作家,你胆子大小?我笑说,那要看干啥事呢,杀人越货不敢,爬墙嫖风不敢,别的,倒敢试试。他笑说,这些活儿,你就是敢,在我的地盘上,我也不敢让你去做的,出了事,县长大人会把我烤了羊肉串的。我说的是,假如一条街的人都盯着你看,你敢不敢走过去?我一听压轴戏要出场了,便故意问,光用眼睛看,还是有别的动作,比如打骂之类的,他说,只用眼睛看,目不转睛地看。我笑道,那有什么可怕的,多少人不是在挖空心思追求回头率争夺眼球,这不正好吗。

座中都是本地人,很多人在那工作过,或去过,乡长就是在那当过副乡长的。提起这事,座中温度骤升,争着抢着说自己的见闻。乡长在那呆的时间长,体会最深,我优先采信了他的话。说是那个镇子很偏僻,很穷,居民习惯了吃政府救济,不思进取,不事生业,以饿不死为生存标准,男女老少日常行为,便是坐在街道两旁晒太阳,春秋冬三季晒,夏天在房檐下乘凉,雨雪天看天阴天晴,总之,不离开街道两旁。偶有人路过,满街的目光一齐射来,死盯着人看。据说,这个传统从清朝已形成了,名闻遐迩,向来被人视为畏途,谁要是一身轻松,走过这条街,便被视为英雄好汉。乡长说,过去有迎亲队伍,如果必须经过这里,主人事先便备了厚礼,央求他们回家歇会儿,那些不信邪的,被盯看这么一次,不是新娘的精神出问题,便是那些心理素质较差的帮忙人当场尿裤子。他还说,别说人了,牛马驴骡从街上经过,胆大的,被吓得颤颤惊惊,胆小的,四蹄撑在当街,仰天长号,任你皮鞭狂抽,也无济于事。乡长说,他在那儿工作时,日日处在极度恐惧中,离开几年了,谁要是认真看他一眼,他的丹田那儿还不由自主要跳几跳的。他说,天麻麻亮,乡政府对门便会有十数个老者坐在那里,身子一动不动,眼珠子一动不动,盯着大门里面,到吃饭时,换班,一直到夜深人静,才回家睡觉。每天,谁来了,谁走了,乘的什么车,吃的什么饭,在哪吃的,他们都会记得一清二楚。乡政府工作人员受不了,来客也受不了,他们动员了一年多,让他们别这样,不顶事,后来便动粗,他们离开大门几十米外又安营扎寨了,咋赶都赶不远了。

我以为他们是吓我的,免不了燕山雪花大如席,便说了一句大话:卵大个事,不就是让人多看几眼吗,本人不是英雄好汉,刀山火海尿裤子有可能,倒还不至于怕活人的眼睛!乡长说,你真敢去,我明天陪你去?我说,走,真的尿了裤子,我就穿着尿臊裤子走在大街上,任人笑话,绝不会换干净裤子的。

一大早,乡长带上我,飞驰一百多公里山路,近中午时,来到镇头,先到一农家吃饱肚子,我让乡长到镇头等我,我要在街上走一来回。乡长说,还是我陪你走吧。我说,我们写东西的,要体验那种最真切的感受,有你作陪,感受是不一样的。乡长说,这样吧,我们绕出镇外,把车停到那头,你要是还想再走一趟,就走,不想走,咱从那头撤。我说:好的。才走出几步,还没见到人,我的心里突然有了怯意,聚了一腔的勇气有点泄了,我返回去,乡长和司机看见我一脸冷笑,我说忘带烟了。烟我是带着的,是烟卷,劲小,雪茄在车上,我换了烟,点着一根,这烟很生猛,平时是抽不到的。我鼓足勇气上了街,刚拐上正街,猛觉天地一片惨亮,抬头看天,阳光还是秋日的阳光,懒懒的,乏乏的,又鲜鲜亮亮的。街道两旁的房屋一片老迈,像老电影中的背景。街道两旁果然坐了两溜人,男女老少,脸黑黢黢的,穿的衣服黑黢黢的,只有一束束眼光格外醒目,像老屋里的电灯泡。街中心空无一人,我朝左边看,左半身一阵麻痒,朝右边看,右半身奇痒无比。那不是正常人的眼光,有的带着刺,有的带着钩,有的是子弹头流线的,从物理上说,这种流线最具有穿透力,螺旋式地钻着,直透人的深处。我控制住自己的意识,目不斜视,可空落落的大街上,只有我一人在走,脚步声真的有着空谷足音的意味,一步迈出,四周回音,绕身三匝,嗡嗡不息。我试着把脚步放轻些,更可怕了,好似夜深人静时,那若有若无若即若离的声响,瞻之在前,忽焉在后,觉之有,视之无。而从两旁和身前身后射来的目光,一齐将我罩定在垓心,像在开水锅里蒸煮一般,躲到哪边,都是同样的感受。秋风渐凉,我穿得单,平时有点冷,可那时,我忍不住已热汗滚滚。我搓搓头皮,挺着劲走下去。我使劲抽烟,烟雾将我缭绕得迷离恍惚,才走出大约五十米,一根雪茄居然抽完了。这种雪茄平时一根是要抽两小时的。我扔掉烟蒂,换了一根,掏出打火机,丁昧丁昧打了好多下,却打不出火来,打出火来了,却点不着烟。我以为,按通常,会引来一片嘲笑声的,我是乡下人,我知道,乡下人最爱嘲笑人。那样至少可以证明我走在人世间,却没人笑。只觉得,四周投射来的目光更凌厉了,带刺的,直刺心头,带钩的,扯住了某条敏感的神经,子弹头形的,则在身体里面乱窜。我感到,全身已千疮百孔,到处漏气,流血流脓,脚裆粘湿,无心判断是精子,还是汗。

  点起第三根雪茄时,我已经没有明确的意识了,下意识控制着方向和脚步。二百多米长的街道终于走完了,我已筋疲力尽,汗出如浆。乡长在那里等着我,他是一个极聪明的人,什么话也没说,拉开车门,我们上车后,司机摇下玻璃,一轰油门,从另一条马路呼啸而去。凉风猛灌进来,山峦沟壑草木行人迅速抛在身后,渐渐地,我有了重回人间之感。三人一言不发,一个小时后,车停在一座水库边,放眼一望,碧波荡漾,群鸟纠纷,四望无人,天地静默,乡长长叹一声,颇有意味地说:一场战争结束了。我说,你在那儿居然呆了三年!有这样了不起的心理素质,前途不可限量的啊。

江湖夜雨灯

一、粗糙的世界和完美的裤子

一则笑话说,一名犹太人在逾越节前夕到裁缝处订做了一条裤子。这名裁缝的手艺很好,顾客盈门,总是不能按期交活,因此,这位顾客担心没有新裤子过节。节日前夕,他如愿穿上了新裤子,他很高兴,说谢谢你按时完工,可是我还要说,你看看上帝只花了六天时间就创造出宇宙和整个时间,再看看你竟用了六周时间才做成这样一条简单得不能再简单的裤子。裁缝激动地说,亲爱的先生,请你仔细瞧瞧,我做的这条裤子是多么的精工细料完美无缺,你再看看上帝的手艺是多么的粗糙,简直是漏洞百出。

这虽是一则笑话,可也用得着我国的一本笑话书名:笑得好。上帝在六天内赶制出了这么一个庞大无比的世界,真够难为他老人家的了。如此浩大的工程量,如此短的工期,又是一个人形单影只在那儿分剖擘划,连个帮忙的人都没有,出现百密一疏的情况,也是难免的。按说,他老人家做得已经很不错了,在六天内让一派混沌一无所有的天地,变得有日有月,有山有水,有这有那的,人能想到的,他基本都想到了,人所必须的,也基本准备齐全了,再给他提意见,甚或抱怨指责他,似乎有点站着说话不腰疼。可求全责备是人的老毛病(这毛病也是上帝一手惯出来的),而一味求全责备的人,必然是干不出一件漂亮活的人。自己满脸麻坑,而又喜欢拿手电筒照人,照呀照,不厌其烦地照,挖空心思地照,总会在对方本来还不错的脸上照出一星半点毛病来,于是,张扬之、夸大之、痛心疾首之,经过一番恶意炒作,用别人的不完美遮蔽自身的恶疾,又给自身的恶疾找到了责任者,把自身的责任一推二五六,如此便是,别人都是有毛病的,我也是有毛病的,可我的毛病都是别人制造的,因此,所有关于我的责任都应由别人来承担。对人如此,对世界更是如此。世界浩大无边,风云开合,无休无止,难测难料,在运行过程中,这儿出现一个漏洞,那儿生出一些差错,是再也平常不过的事情;加之,一个世界面对的又是浩浩荡荡的人群,所谓百人百性,众口难调,他嫌味淡,你嫌味浓,各揣各的心思,各有各的道理,在滔滔众人眼里,世界的不完美是自然而然的事情。

然而,还是世界的不完美——天然的不完美,还有人们感受中的不完美——才使得有追求完美癖好的人,去装扮它,改造它,使之臻于完美。不过,可以肯定地说,世界只能接近完美,其极限也只能是大致完美,而不可能真的完美。因为世界是变化不居的,生存于世界中的人也是变化不居的。而一条裤子适用的只是一个具体的人的具体的下半身,穿上舒服,好看,就算完美了。因此,我要说,手艺再粗糙的上帝也是上帝,再不完美的世界终究还是世界,而手艺再精细的裁缝也只是裁缝,再完美的裤子也只是裤子,这与上帝的功业,与世界的博大,是没法比的。需要每个人去做的,就是像那位裁缝一样,精工细活,将每一条裤子做得尽可能完美,将每一件事情做得出类拔萃,也许,我们每天才可看到完美的朝阳从地平线上冉冉升起。

二、茶罐的价值

本阿弥光悦是日本历史上一位茶道大师,在他年轻时,偶然见到一把由著名的宗是家族所拥有的陶制茶罐在拍卖,但标价高得吓人:金币30枚。换算成今天的货币,大概买一辆世界上最昂贵的名车是没有多大问题的。要玩茶道,就得有上好的茶罐,可光悦家是以刀剑鉴赏和研磨为家业的,并不怎么看重家财的积累,他没有这么多钱,又想得到茶罐,为此茶饭不思,日见憔悴。宗是被感动了,他找到光悦,表示愿意减价出让,但光悦断然拒绝了他的好意。光悦认为,这把茶罐是天下少有的珍品,它是值那么多钱的,如果减价,则贬损了它的价值。于是,光悦将自己的庄园卖了,又想办法筹措了一些,分文不少地买回了茶罐。

那正是日本茶道盛行茶具至上的时代,上自王侯公爵,下到平民百姓,无不赶这种时髦。光悦是前田爵爷的家臣,要从主人那里领取禄米,两家的交情也不错。他带着茶罐去让主人赏玩,主人一见爱不释手,命下人给光悦传话,愿出300枚银币购求。光悦一听这话,揣上茶罐扭头就走,在众人的一片斥责声中回了家。他把事情的经过给母亲妙秀说了。妙秀是一位享誉全日本的慈悲长者,她最嫌恶的是由于贪婪而致富的不义之人,即便是她的靠发不义之财致富的女婿,当仓库被大火烧毁后,妙秀也会抚掌大笑:烧得好,烧得好!听到儿子的遭遇后,她大惊失色,忙问他是怎么应对的,光悦说他没有接受爵爷的银币,并陈述了自己的想法。妙秀这才长出一口气,高兴地说,做得对,你要是拿了银子的话,再好的珍品也成了一件俗物,你这一生也就无法再领略茶道的妙处了。

妙秀待人处事的基本准则概括起来有四条:一是贫穷并不可怕,富贵反而令人担心成为有德之士的障碍;二是以婚姻的办法贪图财物,乃取祸之道;三是金银并非世间至宝;四是无论贫富,和睦是家庭幸福的标志。她的一生自始至终都在积德行善,把所有的财物都分送给邻居和素不相识的人,在90岁高龄去世时,除随身的几件衣物外，无一长物。光悦在母亲那里明白了什么是人生的必需，什么是可有可无和纯粹不需要的。在青年时，他耽于器物，为了一把茶罐不惜毁家以求，不惜开罪主人，经过母亲的熏陶和人生的历练，他认识到，越是名品、珍品，就越会使人患得患失，而内心的平静为这些物品搅乱后，就再也难以割舍，只想着如何占有了。获得顿悟的光悦便把这些苦心搜求之物悉数送人，自己则用最粗鄙的茶具品茶，以保持心灵的平静安宁，而这并没有影响他作为茶道大师的地位。

在本阿弥光悦那里，我们看到了一把茶罐的价值变迁轨迹：所谓物有所值，只要是真正的宝物，便不可降格以求；宝物一旦以金钱去定质论价，便成俗物；获得宝物是为了品尝人生的真趣，如果成了累赘，扰乱了内心的宁静，宝物便是害物。

三、缝袍赠诗

话说在大唐玄宗当朝时，我们中国人的日子过得少有的好，在朝庭，纸醉金迷，笙歌不息，在民间，道不拾遗，夜不闭户。要是这样的好日子不被打搅，一直过下去，过到现在，让我也沾沾光，最好让我孙子的孙子也能沾点光，那该多好啊。可是，美梦之后往往是恶梦。

与往常一样，这次打搅朝野内外美梦的还是边患。有患就得平患，除患。但马放南山刀枪入库的时间太久了，虽然狼烟四起军令如山，从富贵安乐窝里匆忙赶赴前线的将士，哪会把保家卫国放在心上，哪里又有什么激情投入铁血沙场？唐玄宗不愧是位风流皇帝，敢耍风流，也会耍风流。他想出来的劳军对策也堪称风流无敌。他命令后宫的三千粉黛为前线将士缝制战袍，以振军威。这一招有点美人计的嫌疑,想想看,宫闱九重,天地悬隔,后宫佳丽都是普天之下甄选的一代尤物,平民出身的将士别说去穿一双双纤纤玉手缝制的战袍,即使梦见这等风流事体,恐怕还要会做梦的人才可梦见呢。这次,却是由皇帝老子亲自下令,宫娥彩女亲自动手,军需官亲自押送到前线来了。大家穿上这种皇恩浩荡的战袍,自然是上下用命,以一当十,战局眼见得好转了。这时,却发生了意外,一位士兵在他获赠的战袍里发现了一首诗。诗曰:沙场征战客,寒夜苦为眠。战袍经手作,知落何谁边?蓄煮多添线,含情更著绵。今生已过也,领结后生缘。

这是何等样的诗,简直就是情诗!朋友对朋友不可这样写,上级对下级不可这样写,母亲对儿子不可这样写,姐妹不可对兄弟这样写,只有情人间才可用这样的言语。热辣辣的,缠绵的,满怀期待的,幽怨的,甚至还有些露骨的表白与默许。皇家禁脔竟然与边关健儿谈起恋爱来了。在那个时代,后宫哪怕飞入一只鸟也得看看公母,得到这件战袍的士兵也许在心里温暖了片刻,一想温暖过后必然是寒刃,甚或是灭门之祸。他立即用一盆冷水浇灭了心头燃起的那朵粉红色的火焰,把战袍和诗交给了主帅。主帅更不敢怠慢,以八百里加急快报将这些物件交给了朝庭。玄宗不愧是风流皇帝,他想他自从得到杨玉环后,三千宠爱在一身,眼里还有谁呀,都是青春年少的妙人儿,难道心里就没个想头?再说,朝庭正在用人之际,何不做个顺水人情以体现皇恩浩荡呢。他将宫女招齐,把这首诗朗诵一遍,说:这事是谁干的,好好招了,啥事没有,还想心存侥幸,笔迹鉴定一出来,哼!那位闯祸的宫女一看这阵势,索性一不做二不休,风情万种地跪在了玄宗面前。玄宗哈哈一笑,当即发出一道风流圣旨:赐两人成婚。

前线将士闻讯,士气大振,人人争先,个个奋勇,万里驿路一时捷报频传。当然这种好事在几千年的封建时代,掘地三尺也寻不到几桩。不过,称得上盛世的时代,必然是一个开明的时代,而只有开明,才有希望走向强大。不能设想,一个人人自危动辄得咎的社会,会创造出什么不凡的功业来。

四、哥伦布的微笑

哥伦布发现新大陆返回西班牙后,女王为他摆宴庆功,应邀出席宴会的都是王公大臣名流绅士,只有哥伦布是一介白丁,他们都瞧不起这位虽是世界顶尖级的航海家却没有任何爵位的人。发现新大陆的功臣成了他们的一道下酒菜,讥讽挖苦调侃取笑纷至沓来。这个说,有什么了不起,我要是去航海,也会发现新大陆的,那个说,这个道理三岁小孩都明白,驾驶一只船朝一个方向航行,自然就会撞上新大陆,又有人高声嚷道,这太容易了,完全是凭运气嘛。

在这场合,哥伦布清楚自己的身份,他微笑着在倾听大家的七嘴八舌,他虽非上流社会中人,但深知混迹于这个阶层的大多都是些金玉其外败絮其中的家伙。当攻击的浪潮稍息后,他趁这个空档笑容满面地给了这些自命不凡的蠢货以温柔一击。他拿起一枚鸡蛋说,诸位无比尊贵无比聪明的先生,现在请大家做一个小小的游戏,哪位能把鸡蛋在桌子上立起来?"这太简单了!"那些自以为真个是无比尊贵无比聪明的人争相献艺,但没有一个人获得成功。

原来看起来十分简单的事情操作起来却并不简单。不能在他面前丢丑,咱是谁呀,贵族,名流,绅士,他是谁呀,没有爵位的白丁,暴得大名的乡巴佬!他们想,我们都做不到,你就更做不到了。

大家异口同声,命令哥伦布把鸡蛋立起来。哥伦布微笑着,款款拿起鸡蛋,将一头在桌面上磕了一下,鸡蛋人似的立住了。众人也顾不得上流社会的矜持了,一起嚷道:"这太小儿科了,谁不会呀!"哥伦布依然微笑着说,是的,我说过了,这只是个小游戏,问题是,在这之前你们为何想不到呢?

是啊,有些问题太简单,也太复杂了。看见苹果落地甚至让苹果砸疼过头的人不知凡几,而牛顿只有一个,看见壶水沸腾,甚至让沸水烫了手,浇灭了炉火的人何止万千,可只有瓦特对此怦然心动。我们中国人挖苦那些事前一塌糊涂,事后冰雪聪明的人为事后诸葛亮,确实,一仗打完,结果出来了,遍地都是诸葛亮,又要打仗了,给锦囊里封装妙计的依然是那个料在敌先的诸葛亮。事先与事后,不只是时间上的差异,看见与发现,也不是词义上的区别,一"先"一"后",一"看"一"发",分出了人的智愚,还有人品的高下。哥伦布这样不厌其烦地微笑,不是他心中有什么大欢喜,而是有大悲哀,对人的一种不可救药的劣根性的大悲哀。

五、各就各位

有一则故事说,一位富裕的犹太商人,在儿子新婚之际准备大宴宾客,儿子却不知道该如何安排客人的座位,他向父亲请示说,今天是我的好日子,若按传统的方式,富人坐在首席,穷人坐在靠门的地方,这并非我的主意,就让我把荣誉让给那些穷人吧。父亲想了想说,儿子呀,要改变这个世界的传统何其难也,在每一项习俗后面都有很好的理由,穷人参加宴会,一定要让他们大快朵颐,富人参加宴会,才是为了荣誉,一旦让穷人坐在首席,他们就不好意思开怀大吃,一旦让富人靠门,他们就会感到受了侮辱。

我原以为就咱中国是礼仪之邦,日常生活讲究多,不料想,犹太人也是如此。虽有这样一个以聪明著称的民族给咱大中华民族做伴,我还是觉得,该正规时尽量正规,该放松时不妨放松,尤其在吃饭这种日常事务中,不要把人弄得那么拘束为好。可还得话分两头,各表一枝,正如这个故事中说的,既然是传统,是习俗,就有它成为传统养成习俗的理由。

俗话说,酒席宴前分贵贱,自小,我对国人的种种繁文缛节就特别不认同,不就是吃饭嘛,同在一个饭厅,同吃一种规格的饭,又是圆桌,却要分主席次席,每一席又要分上座末座,谁先动筷子,谁后动筷子,一不留神,人丢大了。童年时,我随父亲去邻村赴宴,一位客人坐错了地方,也不过是次席与更次席之别,结果让管事当众轰了下来,闹了一个大红脸。多年以后,每当我看见那个人,不由得就会想起那件事,还替他难为情。我在后来的生活中,每次赴宴,哪怕是再好的朋友,再随意的场合,都要先问清楚哪是主座,哪是次座末座,而我直到现在也搞不清一副座头的级别。时间长了,我便以经验选择自己的座位。如果桌上有领导,或来头很大的人,咱主动坐到他对面,至多坐到他身旁,大体是不会出以低就高之错的,错了,那也是以高就低,说明你谦虚,让别人把你往高处赶,就好像你不想当官,而有关部门认为你不当就会给什么什么带来重大损失一般,比你走门路当上的官值钱多了。在进餐时,每上一道菜,人家不动筷子,咱慎勿乱动,即使人家已经吃饱了,不动筷子了,咱也不轻举妄动。这几年,混了些许资历,似乎也混了一点"身份",经常有人把咱往主座上礼让,推辞不过,只得绉巴巴坐上去。

坐上去了,这顿饭哪怕真饿了,哪怕饭菜真合味口,也是吃不快活的,既怕礼节不周,辜负了主座的待遇,又怕慢待了次座末座的客人,让人家吃一顿饭,怀一颗心病。我的意见是,如果是礼节性的吃饭就遵守约定俗成的礼规,如果是亲人友人相聚,或纯粹为了吃饭,放松一些,才能吃出心情,吃出味道,吃出舒服的肚皮来。

时代进步了,进步的标志便是开明,宽容,和个体对生活方式选择的多元,尤其吃饭这档子天天顿顿破烦人,又天天顿顿不受破烦不行的事情,该讲究的,愿意讲究的人,尽量去讲究;不讲究,讲究不起的,不咋愿意讲究的人,不妨随人家的便,各就各位,各取所需,互不妨碍,多好。

六、红叶题诗

事情总是有例外的,例外的事情给这个按部就班的世界,增添了一些波澜,一些期待,一些向往,一些色彩。正是有了例外的鼓舞,使得日子过得不怎么顺遂的人对未来有了些盼头,使得苦于日子枯燥无味的人,在一朵朵粉红色梦幻的感召下,振作精神,从而使自己的生活有了改变,也为人世间涂抹了些许引人入胜的色彩。

话说在唐代某朝,有一位读书人叫于佑,他让整天之乎者也青灯黄卷的读书生活折磨得受不了了,想给枯涩的人生寻找一些另外的刺激,而美妙的生活哪里有啊。他知道皇宫里整日纸醉金迷,莺歌燕舞,尤其那些藏于深宫的宫娥彩女,个个美貌如花,风情万种。可这种好日子轮得着一个穷秀才么?好在学堂就在宫墙外,他日日墙下盘桓,真个是墙里秋千墙外道,墙里佳人笑,所谓过屠门而大嚼,虽不得肉,贵且快意吧。御河从宫里流出来,河上漂浮着香艳犹存的胭脂,还有春天的桃花杏花,秋天的枫叶,偶或还有宫女们用过的体己物,于佑从水中捞起这些暧昧的物品,日日夜夜,美梦不绝。然而,梦里走了许多路,醒来还在床上。一墙之隔,天地有别,他的心里涌上不绝的惆怅和忧伤。又一个秋天到了,他无情无绪漫步在小河边,看见一只只红叶随波逐流,好似他那难以确定的人生。他顺手捞起其中一叶,这片红叶形状别致,色泽艳丽,他不觉心动,仔细一看,上面竟然还有一行诗。诗曰:流水何向急? 深宫尽日闲。殷勤谢红叶,好去到人间。而且,诗后还有落款,单单一个"韩"字。

这不明摆着是一位姓韩的宫女在用红叶抒怀寄情吗?宫里人寂寞,宫外人烦恼,寂寞人对烦恼人,自有千言万语要倾诉的。一时冲动,于佑将所有的后果都弃置脑后,心里眼里只有那位未曾谋面的寂寞宫女了。读书人写一首诗小小意思啦,他在这片红叶的空白处题诗一联:曾闻枫叶题红怨,叶上题诗寄阿谁?他把自己的名字缀上,转到御河上游,让它自流入宫。人世间真有巧合在的,这片红叶恰好为韩姓宫女所得。而她在25岁那年,碰上皇上大赦天下,脱籍为民了。她找到了于佑,两人喜结连理。

人说机会总是钟情有备者的,机会一露头,让有备者逮个正着,也许会因此改变人生。有些机会则属于千载难逢的机遇,但只要出现过一次,哪怕是千年来一回,仍是可以当作机会对待的,只要是机会,就会有抓住机会的人,你,我,他,无论是谁,人世间便多了一个幸运者或有福者,而这,便为我们的生活增添了一份惊喜,一份怀恋,一份动力,一份美好。

七、吉田兼好的竹筒

吉田兼好是日本江户时代的文学家,所著随笔集《徒然草》代表了日本古典文学的最高成就,有识者甚至认为,他与法国随笔大师蒙田的水平不相上下。到底如何,咱给人家做不了裁判,也不敢黑哨红哨嘟嘟乱吹,在艺术领域,见仁见智乃寻常事。撇开他的艺术成就不谈,我觉得,他在书中表达的一些人生观念倒有些意思。

人生在世,任谁也回避不了的两个重大命题便是生与死。他极力劝诫人们乐天知命,而且要"恨死爱生"。为什么呢,他说,四季尚有固定之序,死期则无。死非自前来,往往由后逼至。人皆知有死,然尚未及待,已悄然袭掩而至;宛如浅滩相隔千里,潮水瞬间已掩至脚边沙石。由于死亡之不可预期,因而人们便须珍惜生命。本来,活着是人人所愿,死则为人人所厌,兼好这样郑重其事地著文劝诫不是在说废话么?非也。许多人虽然活着,但并不知晓怎样活着,怎样活着才有意义,虽然死了,却死得不明不白。他要让人们活得清楚,死得明白。他说:"是故,人当恨死爱生。存命之喜,焉能不日日况味?愚人忘此乐,忘此财,妄贪他财,则志难满。生时不乐生,临死而惧,诚荒谬之至。人皆不乐生,盖不畏死也。非不畏死,乃忘死之将临也。"生命无常,而人生有常态,这常态便是充满快乐地投入到生活中去,日出朝阳时,高高兴兴出门做事,日落黄昏时,坦坦然然回家休眠,生命结束之日,便是无怨无悔归于天地大化之时。明白了生死之道,生是快乐的,死是坦然的,可见,他并没有说废话,他要破解的是关于生与死的天大机密。

那么,如何才可做到"存命之喜,日日况味"呢?他开出的药方是:"心无所移,一人独处,最为佳妙。"这样说,有些玄。他进一步解释道,随顺尘世,则心易为外界生欲所迷;与人交往,则言辞易为他人之听闻左右,而丧失内心之纯正;与人游戏,与人竞争,时恨时喜,不得安宁;分别之念时起,则得失之心没完没了,迷惘进而沉醉,沉醉进而为梦,人莫不到处奔驱,营营为生,而忘了自我。他的这些话,表面看来,似乎是在鼓吹消极避世,实际恰恰相反,他在主张人们不可陷入名缰利索的烦恼中,而要一身轻松一心澄明地去投入生活,开创自然祥和的生活天地。日本学者上田三四二是懂得吉田兼好的心意的,他说:"兼好在表达这种人生观的时候,感觉自己变成了一个透明的竹筒,筒中一无杂物,通体澄澈,洋溢着纯粹的时间。这是一具已除却一切内容的透明的竹筒,是一种无限确实又纯度极高的生命触觉。"

想想看,在纷纭扰攘的尘世生活中,如果我们使自己变成这样一根透明的竹筒,获得纯度极高的生命触觉,还有什么理由不快乐地生活,又有什么理由做不好自己想做的和该做的事情呢。

八、旧钥匙

我有一个纸盒,里面存有许多旧钥匙,这都是曾经与我有过亲密关系的老朋友,只是因为情形的改变,它们一个个或光荣或无奈地退出我的生活了,可我不忍心丢弃它们,专门为它们辟出一隅之地,供养起来,过一段时间,我总会情不自禁地看看它们。看见它们,就像看见了一个个久违的老朋友,也如同看见了自己人生旅程中的一串串脚印,获得的亲切和踏实是无以言表的。

旧钥匙很多,我大概都能记起它们究竟属于哪扇门哪把锁上的,也能记起它们与我产生过的具体关系,但正如朋友有远近亲疏,旧钥匙也同样有彼此之别。有三把旧钥匙,每当我看见它们,心里总会激起一阵不小的波澜,有温暖,有伤感,还有动力。一把是老家的家门上的,童年少年时,家里常常剩下我一个人,放学回来,无论是黄昏,还是夜半三更,父亲常常还没有歇工回家,我用那把钥匙打开屋门,总有一份或精致或粗糙的饭温在锅里,这时,我感受到的是家的温暖和安全。虽然是一个一贫如洗的家,可这也是家呀,而进入这个家的方法便是,用这把钥匙打开这把锁,这把钥匙便也成了我生命的一部分。后来,父亲去世了,老宅也废弃了,这把钥匙便成为老家留给我的唯一的纪念品。每拿起这把钥匙,时隔多少年了,老家又在千里之外,我还有一种打开家门的温暖。还有一把钥匙是我参加工作后,单位分给我的那间单身宿舍门上的。我曾经为拥有这样一把钥匙自豪过、激动过,因为钥匙告诉我,我已是一名国家干部了,只要钥匙在手,我便有事干,有饭吃,我知道获得这份工作是多么艰难,于是,为了这把钥匙,我便拼命工作,夜以继日。这是一栋单面二层简易办公楼,我在这间12平米的房间里,工作、读书、写作、娶妻生子,苦苦乐乐。那是我自己的家呀,虽简陋狭小,却属于我自己。后来,这栋楼拆了,楼房我没办法留住,而失效的旧钥匙永远属于我。另一把钥匙是自行车上的,那是一辆五羊牌自行车,刚参加工作那几年的每天午后,我骑着它,在郊区农村飞驰,一连几年,很少间断,几十公里范围的农村,自行车能到的地方我都到了。我住在城市,对农村依然保持着亲密接触,所见所闻会时常提醒我,需要我做的事情很多,我不可有半点懈怠。我骑着这辆车,走了一趟陕甘宁蒙,行程数千公里,在那趟艰苦的旅程中,每天最让我担心的是自行车坏在沙漠中,它坏过几次,却都坏在了大路上。它是一辆通情达理的自行车。回家后,它还能骑,但我不忍再骑它了,我想找个闲地安置下来,作为人生永久的纪念。可是,在一个晚上让贼偷了,留给我的只是一把钥匙。

凡是值得我们上锁的东西,是因为它们对我们有价值,可物件有过期的时侯,人有老有死的时侯,我们就记住承载于物件上的故事、情感和记忆,而这仍然是需要用钥匙打开的,也就是说,物件失去了价值,对它们的记忆仍是有价值的,它们会时时警醒我们,人生苦短,多做一些让他人和自己能记住的有意义的事情吧。

九、堈坎

　　一位朋友给我讲了这样一则他亲身经历的故事,说是在一个深秋的早晨,他急着去上班,车过黄河大桥时,他瞥见河边伫立着一位女子,人很年轻,打扮也很入时,一点也不像晨练的人。在这个季节,北方已是朔风怒号落叶满地了,那女子形单影只,独对清凌凌的河水,一身素色衣裙迎风抖动,一头秀发随风散乱,看不见面目表情,但她的背影却分明地透露着一种沮丧、伤感和绝望的情绪。朋友是个不爱管闲事的人,可在那个秋晨的那一刻,却使他的心头蒙上了一层不祥的阴影。

　　朋友说,这天他上班老是走神,映入眼帘的全是河边那个孤独无依的女子的身影。他莫名其妙地为她设计了无数种可能,而他最不愿面对的一种可能,却一次次顽强地奔来眼底,令他三番五次地拂之不去:难道她是个厌世者,要用河水完成自己的人生?

　　在这座滨河城市,投河自尽的人并不鲜见。这一种可能折磨得他坐卧不宁,时不时地惊出一身冷汗。好不容易挨到下班时间,他拦了一辆出租车,心急火燎冲上大桥,往下一看,那女子还在那儿向河而立。他奔到桥下,看见那女子周围布满了脚印,杂乱的、沉重的印痕表示着她经过了多么漫长而痛苦的煎熬。而在这时,他却犯难了:我来此何干,说什么,做什么,怎么说,怎么做?一切都显得责无旁贷,一切又显得唐突鲁莽。情急智生,他有主意了。他装作闲散的样子,捡起石片打了几个漂亮的水漂,正打得兴奋,他突然手捂双眼,大叫一声:啊,石渣进我眼睛了!他从指缝中看见,那女子回头看了他一眼。

他受到了鼓舞,装作极端痛苦的样子,捂住眼睛,边跳边喊。那女子又回头看了他一眼。这一次,她的目光在他那里多停留了一下。他趁机喊道,小妹妹,快来帮帮忙,我的眼睛坏了!那女子犹豫片刻,毅然快步奔过来,帮他用手绢擦拭眼睛。一会儿,他的眼睛"恢复"了正常,他说,谢谢你,小妹妹,要不是你,我今天不知道有多狼狈呢。那女子惨笑笑,不说话。他抬头看一眼天,说天色不早了,又这样冷,我送你回家吧。他掏出工作证双手递给她,笑说请组织审查,我不是坏人。她凄楚一笑说,好人坏人对我都无所谓了。接上了话头,他一本正经地说,看这小妹人长得这样漂亮可爱,却一点原则性都没有,好人就是好人,坏人就是坏人,怎能好坏不分呢。两人你一句,我一句,说了一会话,他看见她紧锁的眉头渐渐疏朗了。他又提出送她回家,她摇摇头,突然泪如雨下。原来她是一个大四学生,交往多年的男友突然弃她而去,她想不开,想一死了之,可在死之前,她还想见他一面。她望穿秋水,看他能否回心转意,至少来看她一眼。可太阳快落山了,他还没来,她已经彻底绝望了,并且决心已定,在太阳落山那一霎,她也要一河秋水葬香魂了。她埋怨他打乱了她的计划,现在她忽然觉得生活是如此让人留恋,她不想死了。

朋友讲完这个故事,叹息说,人看起来很强大,其实很脆弱,强大起来历经劫波却越活越有味,脆弱起来呢,一句伤面子的话,一件伤心事,都可能使人活不下去。路途上的塄坎,绊人一跤,跌个鼻青脸肿,爬起来照样走,塄坎太高,可以绕道走,而心上的塄坎无论高低,都有迈不过去的可能,迈不过去,就直接与生命有关。不过,要迈过去也不是一件难事,一句暖心的话,轻轻地搀扶一把,或者仅仅是一次冒昧的打扰,使其脱离了那个心理氛围,哪怕是一瞬间,都有可能迈过那个坎。朋友是个务实的人,很少去玄想什么微言大义,听了这个故事和他说的这番话,我说士别三日当刮目相看,你原来挺哲学的嘛。

十、良宽的眼泪

前几年,在日本兴起了一股良宽热。良宽是明治维新前的一位禅师、诗人和书法家,终生行乞坐禅,一文不名,为何受到在经济高度发达的现代日本人的追捧?有道是,世界上没有无缘无故的爱,简单地说,良宽所追求的清澈无欲的生活方式,为过于功利化的现代人提供了一个精神样板。

良宽追求的是一种纯粹的生活,他从不打算在人格方面做出让步,以换取出人头地,也不求财源广进,以罗致荣华富贵,正如他的诗中所言"囊中三升米,炉边一束柴",足矣。那么他一天都干些什么呢,万事随心自然,一任天真而已。他终日沉默寡言,行乞于路,静坐于庵,写字,作诗,以最低限度的物质生活,追求最高的精神境界。一位与良宽有着密切交往的学者,用了这样一种语言描述他的日常行状,说是良宽在他家住了几天,"上下自和睦,和气盈室,虽归去,数日之内,人自和。与师语,一夕顿觉胸襟清静。师不说内外经文以劝善,就厨上烧火,或就正堂坐禅。其言不涉诗文,不及道义,优游不可名状,仅道义化人而已。"

所谓"道义化人",换成我们当下的话语便是,做他人的思想政治工作决不空言说教,只是以个人的具体行动和人格魅力,去感染人,影响人。你看看,他只在别人家住了几天,就使得那家人"上下和睦,和气盈室"。良宽还深得孩子们的喜爱,每路过一个村庄,孩子们每看见他,都会喊着"良宽叔"远近赶来,他便与他们一起做游戏,捉迷藏,唱儿歌,拍手球。他写的一首《咏手球》诗,童趣昂然,意境天成。诗曰:"冬尚残,春已至,离草庵,去乞食,至村里,路上孩童言,春至拍手球,一二三四五六七;汝拍吾唱,吾拍汝唱,遂边拍边唱,晚霞起,永恒春日将暮。"就是这样,以自己心底的纯粹,走到哪里,把快乐祥和带到哪里,收到"化人"的社会效果。

良宽成为一代大禅师后,曾遇上了一件麻烦事。他的侄子泰树生活放荡无度,导致身体衰弱,深陷精神困境无由解脱。泰树的母亲将良宽请去,想让大伯哥来帮她教育儿子。良宽在她家一连住了三个晚上,却一言不发。要辞别时,他让侄子帮他系鞋带,弟媳躲在屏风后,想听听大伯哥如何训戒泰树,泰树也以为伯父一定有什么人生妙谛说给他,可是,良宽依然一言不发。这时,正在替伯父系鞋带的泰树感到有一粒冰凉的水珠滴在他的手上,抬头一看,伯父泪流满面,在默默地注视着他。那一刻,泰树内心受到了强烈的震撼,顿时豁然开悟,决心痛改前非,重新做人,而良宽依然一言不发,从容起身,缓步而去。

良宽的一滴眼泪挽救了一个人。其实,这不是一颗普通的眼泪,使得这颗眼泪具有如此功效的是良宽那强大的道义感,卓越的人格魅力,和他那无所不在的悲悯情怀。良宽不事生产,可他仍可被认为是优秀的生产者,他创造的是精神产品,为在物质领域里奔忙的人们开辟了一方精神的栖息地。

十一、两羊吃草

有一幅漫画很有意思,画面是两只羊在吃草。主人怕羊跑散了,用一根缰绳拴住两对羊角,这样做本来是不影响它们吃草的,可是,还是影响了。因为这两只羊不懂得一损俱损一荣俱荣的道理,而是各怀心思,互相扯皮,互相拆台,把共荣的前景搞成了共损的现实。在三组画面中,第一个画面是,一只羊看中了路左的草,要去吃,而另只羊却看中了路右的草,也要去吃,两只羊各自卯足了劲,结果谁也争不过谁,两只羊嘴离各自看中的草各有一尺远近,却都吃不到嘴里;第二个画面是,两只羊大方向倒是达成一致了,但一只羊低头吃草时,另只羊却偏要走路;第三个画面是,两只羊终于认识到了合作的重要性,要去哪边便同去哪边,要停同停,要走同走,要吃同吃。这样,两只羊都吃得自在,吃得尽兴。

谁都知道,再聪明的羊都是不懂得绘画艺术的,画是人画的,当然是画给人看的,拿羊事说人事。羊能有什么事呢,羊天生就是吃草的,羊再有个性,个人主义再严重,只要肚子饿了,只要碰见可口的草,哪怕先前有什么矛盾,哪怕当下有什么意见不合,哪怕有什么性情差异,经过短暂的争执、磨合后,会立即把兴奋点集中到吃草这件关键的事情上来的。所以,画家把画羊的画没有贴在羊圈和牧场上,而是贴在只有人才可光顾的画廊里,用意再也明确不过了:我在说人呢。

任人宰割的羊都可明白的道理,难道主宰了整个世界命运的人会不明白么?这样说,绝对是贬低了人的,而又在某些方面是抬高了人的。真实的情况是,人懂得的东西太多了,因为懂得太多,却把有些天生就懂的道理掩盖了,忽略了,忘记了,不在乎了,因而,只因懂得太多,却弄成了懂得太少。比如,拿合作这件简单的事情说吧,在人类初始,天地混沌,民智未开,人的眼睛是迷茫的,脚步是蹒跚的,能力是欠缺的,但人的心灵却是透亮的,至少在面对生存的时候。因为人的能力欠缺,大家都比较谦虚,都知道靠一己之力是无法对付成群的猛兽的,只有靠群体的齐心协力,才可争得一线生机。但当人的能力充分提高后,有些狂人便不这样想了,觉得自己了不得了,妄想一手遮天,据偌大世界为一己所有。

当然最后的结果使自己变成了一介可笑的可耻的不自量力的独夫民贼。为什么会这样,只因为他不懂得,

这个世界是一个大家共有的乐园,要生存,要建功立业,必须得到他人的合作,也必须与他人分享利益。可以这样说,我们生存的世界,是个谁也无法遗世独存的世界,缺少合作精神的人,是不可能做成什么有意义的事情的,甚至会像那两只还没尝到合作甜头时的羊那样,连一口草都吃不到嘴里的。

十二、那一条乞丐腿

这是一个繁华的小镇,家家丰衣足食,镇上也从无乞丐出没。有一天,却来了一个乞丐,蓬头垢面,和光鲜灿烂的小镇人形成了极大的反差。人们十分烦他,每到一家门前,关着的门不会为他打开,开着的门则迅速关上,他一次次屈辱地离开每一家门前。那是一个寒冷的冬天,他不幸摔断了一条腿,有人将他送进了医院。镇上的人为此深感内疚,许多人前来看望他,并送来了衣服、面包和钱。这个可怜的人给妻子写信说,感谢上帝,一个奇迹发生了,我跌断了一条腿。妻子回信说,小镇上的人为何在你受伤后才帮助你,而不是帮你不要跌倒?

乞丐的妻子提出了一个重要问题:究竟该帮助人不使人跌倒,还是在人跌倒后帮他站起来?人都是有同情心的,有的人强一些,有的人弱一些,有的人来得迅疾一些,有的人则来得慢一些,但,人人都不乏同情心。远的不说,单说我们中国,乞丐从古以来就是一份职业,似乎还是被官方和民间共同容忍的正当职业。元朝曾把天下职业分为十档,"九儒十丐",乞丐只比读书人差一级。乞丐就是靠讨要为生的,其讨要的依据和生存的前提在于人们的

同情心。想想也是,如果不依靠人们同情心的支持,乞丐早都绝迹了,哪里会有什么丐帮呢,丐而成帮,恰可说明人的同情心具有普遍性。乞丐和小偷不一样,虽然都有不劳而获的嫌疑。乞丐是一种光明正大的求助行为,我伸手求助,你视手头方便或心肠软硬施予,多少给一点,谢你一声,多少都不给,我走我的独木桥,你走你的阳关道,咱们本来就是两股道上跑的车,走的不是一条路。如此说来,乞讨与施予算得上是一种商业行为,求助了,也施予了,等于完成了两人之间的一桩生意:施予者付出了同情心和物资,得到了赞美和施惠于人的道德感,求助者以人格的付出回报了施予者。可是,既然是一桩古老的"生意",为何在今天有了难以为继的尴尬呢,众多的人开始对乞丐表示着他们的质疑、愤怒和拒绝,越来越多的城市也在明文排斥乞丐。所有这些,不是表明我们的社会已经繁荣到了不会产生乞丐的程度,也不是表明我们民众的同情心在全线崩溃,请允许我说一句缺少同情心的话,在相当大的程度上,这是乞丐在自毁职业,自绝生路。

严格说来,活在世上的任何人都有沦为乞丐的可能,哪怕眼下贵为王侯富甲天下,汉光武帝刘秀,宋太祖赵匡胤,还有我们共和国的好几位开国将领在身陷危地时,不也是靠求助和别人的慷慨施予才摆脱困境吗。当然,他们只是因地制宜,偶尔为之,可他们要是不幸流落在那个小镇上,后果则不堪设想。这些事例说明了一个朴素的道理,人活在世上,总会有手头不方便的时候,总是需要人扶助的,哪怕是一时一刻的扶助,再发达的社会,社会保障也不可能与每个人如影随形,在旷天野地中,肚子饿了,张口就有面包,下雨了,头顶马上会撑起一把伞。道理人人都懂,可眼下的乞丐为何会引起人们普遍而空前的厌烦和愤怒呢,这就是大家曾讨论过的问题:骗子挑战人们的同情心。一家企业造了假,一经查实,便会受到追究,假乞丐借乞讨之名行蒙骗之实,伤害的是人的同情心、尊严和道德感;不仅伤害了扶助他的人,而且损害了真乞丐的利益。可以看出,小镇上那位乞丐并非遇到了缺乏同情心的人,而是当人们证实他是真乞丐以后,才施予了同情。话说到这份上,窃以为,排斥乞丐应针对假的,而非所有乞丐,正如一家或许多家企业造假,不应牵连所有企业一样。

十三、牵挂的美丽

在离开故乡的那个夏日午后,我所供职的单位后院发现了两具女孩尸体,她们平静地躺着,神色安详,午后斜阳照射在稚气未脱的脸上,洋溢着一种残忍的浪漫。不用说,这是一桩惊天大案。但现场却并无他杀的任何痕迹,而她们每人手中还抓有一支剧毒药瓶。经技术侦察,正是这种化学药物夺走了她们蓓蕾初绽的生命。

为什么会这样?

两人都是初一学生,独生女,父母的宝贝疙瘩,丰衣足食,无忧无虑,这段时间,学校和家里都不曾发生过让她们不愉快的事情。案情很快大白了,她俩还有一个同伴,本来三人是约定一同去西天极乐世界的,而幸存的这位女孩在举瓶服毒的一刹那,想起一件事还没做,她想把这件事做完后再去追赶同伴,而她正在做这件事时,爸爸回来了。爸爸做饭,她帮忙,在这当口,案子发了。她是个重情义讲信用的女孩,但她同时又是一个体贴爸爸的女孩,她想不留遗憾地暂别人生,而偶然的时间差使她从鬼门关又回到了人世间。

三个女孩从小在一个院子长大,又一直在一个班级读书,形影不离,情同姐妹。这段时间她们正在看一部神话情感剧,女主人公一会去了天国,一会回到人间,独往独来,浪漫非常。她们便约定也去天国玩玩。遇难的两个女孩提前完成了老师布置的作业,家务活轮不着她们去干,今天再没有别的事要她们做了,她们有足够的时间去天国潇洒一回,赶明早上课回来就行。于是,她们幸福且充满期待地举起了毒药瓶。幸存的女孩在那一刻想起的也不是什么重大事情,她想起爸爸的衬衣还泡在洗衣盆里,爸爸只有两件衬衣,一件已穿了几天,爸爸是老师,穿脏衬衣上讲台,同学会笑话的。父母离婚了,她与爸爸相依为命,她觉得爸爸很可怜,要上班挣钱,还得做饭洗衣照料她,她已是初中生了,应该帮爸爸分担一些力所能及的家务。她也想去天国看看,但她想,衬衣洗得迟了,赶明早上课晾不干,她得先把衬衣洗了。

  案情就这么简单,两条单纯的生命因无所牵挂酿成巨变,另一条同样单纯的生命却因一条单纯的牵挂绝处逢生,一个小小的牵挂居然与一个人的生命相关。人们往往把牵挂当成一件烦人的事情,表面看来,确实如此,有了婚姻家庭的牵挂,便限制了随心所欲的自由,有了事业的牵挂,便不得不早出晚归去打拼,有了国家民族的牵挂,还得时刻准备着万里赴戎机;可是,离开这些牵挂又会怎样呢?没有大地的牵挂,鸟儿就失去了翱翔蓝天的前提,没有那根丝线的牵挂,再美丽的风筝也会像一片枯叶,随便跌落在某个污浊之地,没有故乡亲情的牵挂,人的心灵便会永远处在漂泊之中。牵挂和自由本来就是一个共同体,没有牵挂的自由是一种虚假的自由,没有自由的牵挂是一种恶意的囚禁。因了牵挂,使自由显得宝贵而美丽,因了自由,使得牵挂心有千千结。

  人生就是这样,牵挂着,烦恼着,自由着,限制着,走出一段路程,回头一望,却也生动着,美丽着。

十四、蚊子的工作

盛夏季节,阳光灿烂,蚊子也随着灿烂的阳光一道加入了我们的生活。一天黄昏,我与朋友在街边树下小摊喝啤酒乘凉聊天,言谈投机,渐入佳境,众多的蚊子看见我们心情不错,也大呼小叫着,纷纷赶来凑热闹助兴。

太阳落山,夜幕降临,晚风徐徐,冰冰的啤酒一杯杯下肚,累积了一天的燥热眼看要平息了。可是,气温依然很高,好在周围没有女士的出没,我们也顾不得雅俗之讲究了,都脱了光膀子。正聊得有趣,忽见一只蚊子悄然落在朋友的三角肌上。那只蚊子肤色翠绿,体态丰满,两翅健硕,轻盈地,又是那样坚定地叮在那里不松口。朋友看见蚊子在咬自己的肉,喝自己的血,他以为它叮一口解决了当下的温饱问题,就会另谋高就的,但它却没这个意思,仿佛一个长久游荡终于回归的游子,又像一个咬定青山不放松的志士,把它认准的那块地方当成自己的安身立命之所了。朋友感到了搔痒,感到了疼痛,而此时,渐趋遥远的童心倏忽归来,他问我:蚊子用什么部位咬人吸血?我不懂,便想当然地说,所有的动物都是用嘴吃饭的。他狐疑地看了看蚊子,又看了看我,说怎么看见蚊子是用翅在扎我,我说,也许蚊子是个例外吧。我们都不懂这个问题,朋友便慨然道,管它用什么部位吃饭,它咬了我,我便有权利正当防卫,它用嘴咬我,我就让它吃进去吐出来,用翅扎我,我就要折断它的翅。他正当防卫的办法是,浑身一聚劲,三角肌立即鼓突起来,他企图紧缩肌肉的缝隙,夹其嘴,或折其翅。平缓而柔软的富贵温柔乡,突然化为坚韧而陡峭的山地,蚊子显然对此缺少准备,它愣了片刻,似乎抬头观察了一番周边形势,还不放心,又振翅做了一回探测,没什么异常情况,又一门心思埋头干活了。朋友的图谋没有实现,蚊子毫发无损惬意而去,给那个地方留下了指头蛋大小的一片红肿。

我说,你夹住蚊子的嘴没有,朋友叹息说,我的功力还欠火侯,让它占了一回便宜。又喝了一会啤酒,朋友发出一声更响亮的叹息说,人的职责是用手劳动,挣钱,养活自己,养活家人,盈余部分贡献给社会;蚊子的工作就是靠吸血谋生,不要以为人比蚊子能高尚多少,去粗取精,说到底都离不开生存,人的所有高尚的头衔,都是人的自我任命和册封。蚊子不会说话,或说的话人听不懂,要是能够互相交流,也许蚊子制造出来的种种理论,也是可以装满无数个图书馆的。人把蚊子列进了黑名单,谁知道在蚊子那里,人又该担当什么角色呢。"所以,"他强调说,"人要平等对待一切生命,包括蚊子。"我知道他在说着玩,便笑说,你这是谬论。他说在人那里,这是谬论,你问问蚊子,看是谬论还是真理。"人啊,老是把自己当成世界的中心。"此时,凉风习习,朋友却浩叹连连。

十五、我的处境并不算最糟糕的

有一则故事说,一个穷人与妻子,六个孩子,还有女儿女婿,共同生活在一间小木屋里,局促的居住条件让他感到活不下去了,他便去找智者求救。他说,我们全家这么多人只有一间小木屋,整天争吵不休,我的神经快崩溃了,我的家简直是地狱,再这样下去,我就要死了。智者说,你按我说的去做,情况会变得好一些。穷人听了这话,当然是喜不自胜。智者听说穷人家还有一头奶牛,一只山羊和一群鸡,便说,我有让你解除困境的办法了,你回家去,把这些家畜带到屋里,与人一起生活。穷人一听大为震惊,但他是事先答应要按智者说的去做的,只好依计而行。

过了一天,穷人满脸痛苦地找到智者说,智者,你给我出的什么主意?事情比以前更糟,现在我家成了十足的地狱,我真的活不下去了,你得帮帮我。智者平静地说,好吧,你回去把那些鸡赶出房间就好了。过了一天,穷人又来了,他仍然痛不欲生,他哭诉说,那只山羊撕碎了我房间里的一切东西,它让我的生活如同噩梦。智者温和地说,回去把山羊牵出屋就好了。过了几天,穷人又来了,他还是那样痛苦,他说,那头奶牛把屋子搞成了牛棚,请你想想,人怎么可以与牲畜同处一室呢。"完全正确,"智者说,"赶快回家,把牛牵出屋去!"

故事的结局是这样的:过了半天,穷人找到智者,他是一路跑着来的,满脸红光,兴奋难抑,他拉住智者的手说:"谢谢你,智者,你又把甜蜜的生活给了我。现在所有的动物都出去了,屋子显得那么安静,那么宽敞,那么干净,你不知道,我是多么开心啊!"

显然,这是一个寓言。凡寓言总免不了夸张虚构的成分,缺少模仿效法的现实可操作性,但寓言带给人的是一种启示,一种打通内心障碍的方法。那么,这个智者要告诉我们什么呢,他给这个穷人出的主意够不够一个智者的水平呢?

表面看起来,智者的方法带有某种黑色幽默,他并没有让穷人的处境稍有改观,相反,穷人因此而受了一段时间更严重的痛苦。问题不在这里,因为一个人生活得幸福与否,从来没有一个衡定的标准,在更多的情形下,幸福与否是一个人的现实生活感受,是与先前的生活,和与周围人的比较。在日常生活中我们会发现,有的人一文不名,照样活得有滋有味的,你要说他穷,他会说某某比我还穷,有的人坐拥金银,人能拥有的他都有,但仍然雾锁愁眉,日月无光,你给他说,你已经幸福到家了,他会说,某某人比我更幸福。我们不可简单地嘲笑前者的麻木不仁,也不可轻易地指责后者的不知满足,他们的满足与不满足自有各自的合法性理由。俗话说,人心没底儿,吃了五谷想六谷,吃了龙肉想豆腐,全在于一时一地的需要和心态,而且,对生活的满足感的产生,并非全部来自生活给你提供了什么,更多的则是你在生活中感受到了什么。步行赶路的人看见以驴代步的人是多么逍遥自在,而骑驴的人在骑马的人那里便要自惭形秽了,那么骑马的人在汽车面前呢,汽车在火车,在飞机,在飞船那里呢。我发现,为行步所苦的人,一但有车坐,则很少去抱怨车速慢,吃不饱肚子的人,也很少对到口的食物挑挑拣拣。我从小就一直接受忆苦思甜教育,听得最多的一句话便是:苦不苦,想想红军长征二万五。长征咱没走过,只是听说,但通过知情者的描述,眼前的吃苦受累,真的算是小小不然的挫折了。当然,施教者并非一定要我重走长征路重吃长征苦才算,而是向我证明,你眼下吃的那点苦是算不了什么的,要改变处境,必须通过坚韧不拔的努力。

寓言中的这位智者给这位穷人出的点子,其实还属于忆苦思甜教育范畴,不过,他不是拿别人的事来说事,他让身处糟糕地位的穷人陷于更糟糕的处境,以此来说明,你的处境虽然很糟糕,但还不是最糟糕的,还没有到绝望的时侯,需要你做的,是调整你的心态,鼓起生活的信心,改变眼下的处境,至少,不要退到你已经见识过的比现在还糟糕的境地。

十六、幸福的马车

一位富翁带小儿子去乡下踏青,目的是让孩子见识一下穷人是怎样生活的,并在最穷的人家待了一夜。返回途中,父亲想测验这次对孩子忆苦思甜教育的效果。父亲说,到乡下踏青好不好,儿子兴奋地说,好极了,父亲试探着问,这回你知道穷人是怎么过日子了吧,儿子做了肯定的回答。父亲让儿子谈谈此行的感想,儿子不假思索地说,咱家有一条狗,穷人家有许多条,咱家仅有一个水池通向花坛中央,穷人家旁边却有一条清澈的小河,我们的花园里只有几盏灯,而他们却有满天的星星。儿子还列举了许多所见所闻,得出的结论却是,他们家没的,穷人家有,他们家有的,穷人家更多。

显然,这是一个孩童眼中的世界,一个孩童眼中的穷富观和幸福观。那么,究竟怎样的人才算穷人,怎样的人才算富人呢?这是一个无法回答的问题。经济学家大概主要以对财富的占有量来衡量穷富的,对财富占有到相当量是富人,对财富缺失到一定程度,便是穷人。当然,这是不错的,人必须借助一定量的物质基础才可生存下去,才可生活得好一些。这位父亲和儿子讨论的其实不是对财富占有的多少,而是幸福观问题。幸福的拥有离不开财富的支持,可财富并非幸福的同义词。美国一位社会学家,对一个社区的居民进行了长达 40 年的追踪研究,在这 40 年里,居民的财富翻了两番,而感到幸福的人,比例却下降了一倍。正如那个孩子描述的,富人家的那条狗也许身价不菲,而乡村的人聚族而居,整日百犬追逐,自是一番热闹景象,富人家拥有独自享用的美轮美奂的花坛水池,可在乡野的高山大河那里,却显得局促小气,而人造的灯盏,无论多么富丽堂皇,也比不上满天星月的辉煌灿烂。

说到底,幸福从来就没有什么衡定标准,它与一个人所处的境遇、心态和生命观有关。对饥肠辘辘的人来说,一块干面包都是一顿美食,在饱食终日无所事事的人那里,满汉全席也未必调得动他那麻木的味口。需要人们去做的,便是在确定人生目标前,先考察自己到达这个目标的能力和主客观因素,追求自己力所能及的东西,拥有自己能拥有和该拥有的,保持一份平和的心态是至关重要的。有哲人说,当人的目的超过了人的力量时,就产生了悲剧。那么,我要跟着说,当人的目的与人的力量均等,或者目的小于力量时,如此便天高地阔,满目祥和。以这样一种心态去应对人生的种种问题,是可以自由地发挥自身的能量的,当力量最大化时,最大化的目标才有望实现,此际,一辆辆幸福的马车才有可能如约朝我们驶来。

十七、选择

　　有一则笑话说,一个人背着一捆沉重的木柴,他累得实在无法忍受了,便放下柴捆,万分痛苦地叫道:死神啊,请把我带走吧。话音刚落,死神就出现在他面前,沉着脸说:你叫我干吗?这个人被惊得魂不附体,忙说:请帮我把这捆柴放到肩上。

　　生活中的笑话很多,有的是纯粹的虚构,有些则来自生活而高于生活。笑话之所以被称为笑话,就在于它的可笑,它可以把不可能发生的超出常理的事情,编排得活灵活现,甚至比真的还真。笑话就是逗人笑的,在繁重的工余,在烦恼的当口,听听笑话,让人莞尔一笑,哑然一乐,劳累有所减轻,烦恼有所淡化。这便是笑话的功用。这是指专门逗笑的笑话。有些笑话却不仅仅可以逗笑,在笑过之后,还令人警醒,启人智慧。比如上面所说的这个笑话,它确实可笑,又确实让人笑不出来。只要生活在人世间,只要心智健全,只要还想有所作为,没有不感觉到活得累的,或者心累,或者身累。各人有各人的累法,老百姓为生计所苦,一日不劳动,就会有饿肚子的危险。我们看见那些各类明星够潇洒的吧,在镜头前吼两嗓子,说几句很弱智的废话,装在兜里的钞票就够你和我忙活多少时日的。风头出了，利益得了，名声有了，这多好啊。但是别忘了一句老话：看见贼吃肉，没看见贼挨打。一个人能混到这个份上，不付出行么。空手套白狼，一本万利，无本万利的买卖有没有，有，肯定有，世界之大，人群之广，任何例外都是有的，没有，反倒不正常了。但例外就是例外，若把例外当常态，非得闹笑话不可。我们在看奥运明星上领奖台，升国旗奏国歌时，也不妨数一数他们身上的伤痕。当然，谁都知道金牌后面的辛酸。人们往往眼红的是那些一炮红遍天的影视明星，觉得他们的一切都是唾手可得，当然个别人成名似乎是容易了一些，但这只是个别人，你知道多少人当了一辈子演员，还没有捞着登台亮相的机会呢吗。你再去看看那些"京漂"，有的在电影厂门外已守候10多年了，把什么都耽搁了，还是个群众演员，好不容易逮着个出场机会，也是一天20元人民币，两份盒饭，上了场，没说一句话，没露一次脸，走人吧你。那么，侥幸成名的人就不累吗，你再看看他们身前身后的保镖吧，逛商场，下饭馆也让一群人跟着，摄像机盯着，你试试是什么滋味。这叫成名累。那么，我嫌累从此躲到幕后行不行，不行，一天没了鲜花掌声便六神无主，还是让我累着好，烦着好。

言归正传，还是说这则笑话。沉重的柴捆压在身上好玩吗，不好玩，除非有自虐倾向的人才玩这个。可是不背柴捆行不行，不行，没有这捆柴，水烧不开，饭做不熟，日子没法过。你说我不过这日子了还不行吗，行倒是行，可是你不愿意，发发牢骚可以，来真的，免谈。因为你懂得，这就是生活。你选择了生存，就意味着同时选择了劳累，选择了烦恼，而减轻劳累，减少烦恼的唯一途径便是努力工作，这是无可选择的选择，也是一个人的终极选择。

十八、要想堕落也不容易

在北京读完研究生后,我回到了我所供职的大学。地场虽偏僻些,却宁静,少干扰,少诱惑,正是潜心做学问的理想场所。想我离家别舍数年苦读,当然是想有所作为的。回到原籍后,立即傻眼了,仅过了几年,情形大变了。当年也曾埋头学问的同学朋友,如今整日出入舞场酒场,打牌钓鱼,什么好玩玩什么,想当官的戴上了官帽,想评职称的,或熬够了时间,或找到了窍门,大都如愿以偿。而我除了一房子乱七八糟的书籍外,要什么没什么。我向有关人士建议抓教风学风建设,得到的是不冷不热的应付,人们也都用一种别样的眼神看我。一时,我成了一个单位的不和谐音。

既然无法改变环境,就得回头审视自己。读书是为了什么,堂皇点说是为了求知,求知又意欲何为,谁都可从中找出一千种一万种堂皇又堂皇的理由,可现实往往让这种种堂皇变得卑琐可笑。书读得稍多,眼界稍稍开阔一点后,也发现读书的动机令人鼓舞,读书的结果却往往是一口陷阱。学而优则仕吧,宦海无涯,遭受灭顶之灾的人不知凡几;读书为稻梁谋吧,身边的许多有钱人与文盲无甚区别;读书成圣成哲青史留名吧,漫不说这是一个极其艰苦漫长的过程,板凳要坐十年冷,青灯黄卷,锥刺悬梁,弃绝人间一切繁华,哪怕不把这些常人难以忍受的过程当回事,走这条路还有更大的风险在里面,因为学者三千,成者一人,吃了苦,吃够了苦,苦过了头,谁也不敢保证学有所成。在创作和学术研究上,我本来是有宏大抱负的,在视野开阔后,却感到了前所未有的绝望。以长篇小说而论,一部《红楼梦》,一部《百年孤独》,令我绝望;以短篇小说言之,一个契诃夫,一个鲁迅,令我绝望;在散文方面,唐宋八大家,令我绝望;说起做学问,且不说什么西洋的大师,中土的乾嘉学派,随便拉出来一个民国年间的文科教授,即便是钱钟书在《围城》中嘲弄过的那些教授,把学问做到那个层次也是不容易的。既然学不优也可仕,不识字也可发家致富,不学无术也可挥斥一方,既然连巴掌大一篇文章都整不漂亮的人也可当教授,咱费那劲干吗。什么官呀教授呀老板呀,不过是个称呼嘛,人们重的是名,是头衔,谁去管别的呢。那一天,我豁然开悟,将手中的线装古书往边一扔,断然道:

"玩谁不会?不会造导弹的人滔滔天下皆是,哪有不会玩的人!"

于是就玩。舞场里乌烟瘴气,男男女女拥拥挤挤,宛如三流跤手在撂跤,毫无美感可言;小湖边,污水横流,垃圾招摇,还未钓到鱼,情趣早失。经过一番折冲樽俎,便在麻将桌旁坐了下来。那几年,我所在的城市打麻将蔚成风气,大学也不例外。每晚从家属楼群穿过,一盏盏灯光通宵明亮,哗哩哗啦的搓麻声,在夜深人静时,格外嘹亮悦耳。即便是白天,这种声音也是不绝如缕,声声都在召唤着自甘堕落,或在堕落的岸边徘徊的人。我本是请有一年创作假的,别人白天多少还要做点事,受点纪律约束,我是彻底的自由民。堕落的念头一生,顿时云破天开,和风习习,我见青山多妩媚,料青山见我亦如是,人们不再以我为另类,我见什么也都顺眼了。心里一放松,白日当头,我昏昏大睡,太阳一落山,精气神全来了。一过午夜,牌友们头昏眼花,我则愈战愈勇,几场下来,牌场领袖不由惊呼:一代麻坛新秀诞生了。牌场如战场,较上劲了,上瘾了,谁服谁呀。正好假期来临,我们四人为排除一切干扰,索性出外租房再战,共同约定:谁也不许以任何理由擅离牌桌,比一比谁更能打持久战。饿了,一个电话,饭店送饭上门,实在太困了,趴在桌上迷糊片刻。11个昼夜过去了,四张脸都像从古墓里爬出的野鬼，胡须纵横，蜡黄如裱纸，人色皆无，四双眼睛像顽童在泥墙上随手掏出的破洞，连眼珠都不会转了。四个人你看着我，我看着你，体能和意志都到了极限，但谁也不想装孙子，首先说出散场的话。还是由我装孙子吧，我不装孙子谁装孙子。

一连昏睡一个星期后，我爬起来怅望着满房子的书，还有一柜子的卡片和手稿，突然有了一种罪恶感。小时候，为求学费尽周折，吃够了苦，看够了人的脸色，大学毕业找到一份不错的工作，即使不再努力，把这碗饭吃到底没问题，但总觉得好多该读的书还没读，许多该明白的事还不明白，又去一边打工，一边读研。现在，有点基础了，却打算混了。如果纯粹为了混日月，一天学不上，一本书不读，一张白纸，没有价值标准的约束，没有道德原则的限制，混起来似乎更加顺手一些。亚里士多德说，追求是人的本性。人活在世上，总得做点什么，总得追求点什么，做得好坏和干脆不做并非一回事，目标能否达到与根本没目标不可同日而语。想明白事理后，我又乖乖地坐在书桌前，捧起书本，摊开稿纸，浪子回头后，我写上稿纸的第一句话是：要想堕落也不容易。

十九、一所小学

犹太人有两条著名的格言，一条是："宁可变卖所有的东西，也要把女儿嫁给学者，为了娶得学者的女儿，就是丧失一切也无所谓。"一条是："假如父亲与教师两人同时坐牢而又只能保释一个人出来的话，做孩子的应先保释教师。"犹太人是这样说的，也是这样做的，他们共同信奉的两大美德，第一是敬神，第二是办学校。一位犹太作家写道，在俄国沙皇尼古拉一世统治时期的一个小镇上，犹太人能够为了送孩子上学，都不惜倾家荡产，不少穷苦人为了替孩子缴纳学费,卖掉了自己最后一个枝形灯架或者仅有的枕头,由于对知识的崇拜,使得当地犹太人中除了一个傻子外,没有第二个文盲。正是因为尊师重教传统的源远流长深入人心,才使得犹太民族向人类奉献出了那么多伟大的思想家、科学家和艺术家,也正是这些杰出人物在很大程度上主导或改变着人类的命运,比如思想巨子马克思,科学巨子爱因斯坦。

从一则古老的故事中,我们可以看出犹太人为了延续民族传统是多么煞费苦心。公元70年前后,罗马人占领了中东地区,他们大肆破坏犹太会堂,图谋彻底灭绝犹太人,当时犹太人只剩下一座孤城耶路撒冷,在此危急时刻,他们也分裂为两派,鹰派主张以武力相抗,战斗到最后一人,鸽派认为双方势力悬殊,应当采取非暴力手段抵抗侵略,为民族留下一线生机。约哈南大拉比属于鸽派,在民族的空前浩劫前,他想出了一个好点子,就是必须亲自见到罗马军队主帅韦斯巴芗将军。但城门在鹰派手里,他出不去。所谓情急智生,他先放出风去,说自己突患重病,于是,前来探望的人不绝于途。不久,大拉比去世的噩耗传遍城里城外。城内没有墓地,必须要葬到城外去。众多弟子将他装入棺材,出城门时,守军要验尸,但犹太人的传统是绝对不可看尸首的,士兵要用刺刀捅棺材,被弟子以亵渎死者为由严辞拒绝。到罗马军队阵前,军士仍要检查棺材,又被弟子以同样的理由拒绝。大拉比如愿见到了罗马将军,一见面他便说,我对将军阁下和罗马皇帝怀有同样的敬意。将军一听来人把他与至高无上的皇帝相提并论,大为不满,大拉比却以不容置疑的口气说,请相信我吧,阁下一定会当上罗马皇帝的。将军见他死到临头还这样沉着,便说谢谢你的祝福,可是,你想从我这里得到什么呢?大拉比从容说,我只有一个心愿,给我一所能容纳大约10名拉比的学校,永远不要破坏它。将军觉得留下这么一所小小的学校也无关紧要,便答应了。

　　大拉比十分清楚,耶路撒冷是守不住的,而罗马人一定是要屠城的。不久,罗马皇帝死了,手握重兵的韦斯巴芗将军果然当了皇帝。在城破之日,他如约向部队发布了一条简短的命令:只留下一所小小的学校。罗马将军永远不会想到,犹太人就是靠这所小小的学校,薪尽火传,留下了民族的血脉,延续了民族的传统。确实,在人类历史长河中,从来没有不曾被攻破过的城堡,哪怕它是铁打铜铸的,唯一攻不破的是一种精神流,而精神流主要是靠学校传承的,哪怕它是多么多么小的学校。

二十、一屋烛光

　　有一则故事说,一位上了年纪的犹太富商,他把三个儿子叫到床前安排后事,说我年纪大了,想把家业分给你们,但我要考考你们,看谁更有经商天赋。考试的办法是这样的,老人给三个儿子各 10 美元本钱,让他们用这笔钱买一种东西,条件是要用买回的东西把一间空屋子装满。谁装得最满,谁继承家业。老大买回一棵枝繁叶茂的大树,只占了一半空间,老二买回一车马草,占了大半间,老三花了 25 美分买回一根蜡烛。天黑后,他把父亲和两位兄长请到空屋,点燃蜡烛后,顿时一屋烛光,明亮如昼。这样,老三便继承了家业。

　　这则故事要说明什么道理呢,是说老大老二的愚笨,还是说老三的聪明?都不是。其实这家人都是聪明人。父亲是一位聪明理性的父亲,手心手背都是肉,他愿意使自己辛苦创立的家业是一条生生不息的河,仅靠血亲关系只能维系家族血脉的延续,并不能保证事业的后继有人。可是,三个儿子都有权继承这份家业,按我们中国老人的通常做法,把家产一人一份,或交由长子当家,无论长子的贤与不肖,谁让人家生在前面呢。这样做,在交接程序上似乎是公平的,而其结果却是不可预测的。平均分配,则会导致资本分散,按自己的意愿指定继承人,又有可能引起兄弟阋墙,内耗毁家。唯一公平且安全的办法便是公开考试。三人公平竞争,当面判卷,赢了的理所当然,输了的无话可说,而且,最重要的是选出了最优秀的继承人。老大老二的聪明之处在于,按通常思维方法,用仅有的钱买回了他们能见到的体积最大的东西,老三的聪明之处在于他的逆向思维能力,他用最小的本钱买回了能够装满一屋的东西。虽然,烛光并非"东西",但有些东西是可捉可摸的,有些东西,只可看,只可感受,并无实体的展示。比如精神、智慧等等,谁能说这些不是"东西"呢。可以说,人类由蒙昧状态走到现在,这些"东西"起了关键作用。

老三买回的一屋烛光,便是这样一种东西,它是智慧的象征,正如智慧照亮了人类前进的道路一样,老三的一根蜡烛也照亮了那间老父亲为他们弟兄三个特设的考场。犹太民族对智慧的无比崇尚,造就了本民族辉煌灿烂的历史。在几千年的历史长河中,他们曾经没有一寸国土,却在全球各地建立了一个个繁荣的犹太社区,没有任何从祖先那儿继承下来的自然资源可供开发利用,但却创造了数不清的物质财富,在漫长的漂流动荡中,培育出了一个个杰出的思想家、科学家、艺术家,和无以计数的能工巧匠。托尔斯泰说:"犹太民族的智慧包含了一些永不消失其温情与魅力的伟大东西,就像玫瑰色的晨星闪耀在寂静的早晨。它们之中蕴含的最可贵的东西,是那种对于人类灵魂永恒秘密的充满激情的探索。"正是对智慧的充满激情,才使得他们用一根根蜡烛,照亮了一间间黑暗的屋子。

二十一、职业的尊严

　　日本的本阿弥家族是以刀剑的鉴赏和研磨为祖传家业的,在这个曾经盛行武士道的国度,对宝剑名刀的崇拜达到了登峰造极的程度,风气使然,也诞生了一批刀剑鉴赏家,而本阿弥家族则独领风骚。

　　刀剑鉴赏不仅是一门高深的学问,更需要高迈的职业道德做支撑,眼力,胆力,正义感,责任感,缺一不可。德川家康身为幕府将军,是天皇面前的重臣,掌握着日本的军政大权,他珍藏了一把短刀,据说是前幕府将军足利尊氏的镇宅之宝,还附有本人的亲笔题款。有一天,德康当着天皇的面,将名人光德召来,让他对宝刀做出评价。光德明知干系重大,可经他认真鉴定后,还是说,此刀被重新浇铸过,不过是一件废品,虽然附有足利尊氏的题款,也说明不了什么问题,因为他本人不是刀剑鉴赏家,何况在他手上刀还是新的。德川在天皇面前丢了面子,尽管不高兴,可光德是全日本刀剑鉴赏的绝对权威,权威的树立是因为他的心中只有刀剑,而没有刀剑的主人是谁这个概念。光德认为,即使在最高当权者面前,要他说出违背自己本心的话,还不如去死,而德川也意识到,手握重权的将军并不等于手握真理的将军,他也没找光德秋后算账,只是不再召见他罢了。

　　光德的后辈空中斋光甫也遇到过一件事,他在江户浪游时,武士今田四郎左卫门拿出一把插在古鞘中的锈刀,说主人令他以两枚金币的价格出售,可是,没人看得上这把刀,刀子究竟有无价值,想请大师帮忙鉴定。光甫接过刀子仔细一看,虽然刀身的铭文已经模糊,且锈蚀不堪,但他立即判定,这是一把宝刀。他对武士说,你不用再找别人了,你想出让的话,不管什么价格,我都愿意买下。光甫将刀带回京都,经过一番研磨,便光芒四射,谁看都是一把宝刀。他给刀身贴上金币 250 枚的标签,并在象眼部位刻上"正宗"二字。做完这些,他便以这个价格从今田手中买回了这把刀。

当时日本正是经济起飞物欲横流的时代,满地都是见钱眼开的人,当今田武士明码标价售刀时,任何买主分文不少买下来,都不算是什么坏事,一家愿卖一家愿买而已,虽欠公平,却符合市场交易的基本规则。可在本阿弥家族看来,以鉴赏刀剑为业的眼光既已看出了刀的真正价值,而利用对方的无知进行低价收买,便无异于令人羞耻的掠夺行为。他们也需要靠专业技能生存,但更值得他们自负和珍重的是在职业方面的权威地位,如果为一时之利所惑,使家族的威望受到损害,无异比死还要可怕。

本阿弥家族的两件事,一件是不以职业的尊严阿谀权力,一件是不以职业的尊严谋取利益,自己对自己的诚实,自己对他人的诚实,这便是一切职业尊严的来源;而且,由于敬业,由于对业务的精通,以此获得了权威的信誉,便应以这份信誉更敬业,更讲信誉,如果借权威的名号谋私利,趋炎附势,那么,这权威就要打折扣,一次次折扣下来,直到一钱不值。

二十二、给坏人让座

一位朋友给我讲了发生在他身上的一件事情,说是有一天,他上街办事,坐在公交车靠门的座位上,看见一个拄拐的人上车了,立即主动让了座,可当他细看,那人却曾是街头有名的泼皮无赖,打架斗殴,无事生非,白吃白喝,为害一方,也曾欺负过他,他曾想杀了那个家伙的。后来听说,被仇家敲坏了一条腿,不知所终。做了这件事,让他几天觉得心里憋得慌,问我:到底该不该给坏人让座?

听了他的故事,我一时语塞,不知该怎样回答。我们说话做事,最要不得的是,说那些站着说话腰不疼的废话,还美其名曰,是站在公众立场上,以正义的姿态,代上帝宣言真理。可靠,平实,老实的说话做事方式,我想应该是:设身处地为人一想,把自己搁进去,在此情此景中,"我"会怎样,而不是,"你"和"他"该怎样。"我"被确定后,才有资格去确定"你"和"他"。大话谁不会说呀,冠冕堂皇的话谁肚子里没装几集装箱呀。要让我说句不负责任的话:中国,敢明儿,你必须使你的每个公民都变成李嘉诚。这话谁听了都舒服,即便是与钱有三世仇的绝世清雅之士也不会反感的——"我"固然不爱钱,看见钱如仇人相见分外眼红,"我"不知道闭上眼不看钱,让爱钱的人需要钱的人人捡个便宜不好吗——可这是一句不折不扣的废话,弯腰把路边的纸屑捡起来丢进垃圾筒,动作虽然不够潇洒,行为也抢不来镜头,但,比空口说白话好得多。

我想了想,说搁给我,要是认出他曾是那种货,不抽他也就罢了,绝不会给他让座的,因为我是凡夫俗子,不是圣人。他说,就是,我就是为这事憋得慌。可是,我又补充说,既然让了座,也就让了,犯不着搁在心里,不就是让了一回座嘛,让出去了,绝无再要回来之理,因为这是公交车座位,不是私家车。而且,也没权利再要回了,因为你已经让出去了。让出去了,不论让给了谁,说到底,不就是让了一回座嘛。

他听出了我说话的破绽。他说,也就是说,你认出了他是坏人,不会给他让座,那么,他是坏人,但你没认出来,也是应该让座的? 我反问道,你坐公交车,给人让过座吗,他说,那还用说,从上小学到现在,一贯如此。我追问道,你给让座的那些人,你都认识吗,他说,那还用问,自然是绝大多数不认识的啦。我说,也就是说,享受了你让座利益的那些人,你并不知道他们是好人还是坏人是吧,他说,谁管那个呀,怎么管呀,我总不能在让座前先问问,你是坏人,还是好人,坏人,我不让,好人,我让,啥话嘛。我说,那么,你一般都给什么样的人让座,他脱口说,抱小孩的妇女,孕妇,行动不便的老人,残疾人。我已胜券在握,故意逗他,我说,那么,你为什么不把人看清楚,就要毫不犹豫地给那个坏人让座呢,他说,我没看他的脸,只看见了他拄的拐。我笑道,这不就结了吗,你还郁闷什么,你是给残疾人让座,而不是在给坏人让座。

有用的话说完了,我说了一段大而无当的废话:在公交车上给需要座位的人让座,说到底,与得到座位的人无关,虽然,他享受了你让座给他带来的现实利益,这只与自己有关,只要你具备了给人让座的条件。这不是一个可以讨论的问题。因为前提是确定的:让座是你的义务;论证的过程是确定的:你让了座,他坐上了你让出的座位;结论也是确定的:你尽了你让座的义务。

哦哦,他说。

呼儿嗨哟,我说。

二十三、歹徒学生

有一年冬天,我乘长途卧铺客车出差,这种车刚流行时,一张床两个人,中间没任何隔挡,床又很窄,说是同床共枕应该不算是胡说。同床是一年轻女性,一上车便大喇喇躺在那里,她在床的外侧,咱想上床,还要请她起来,或从身上爬过去,而她并无主动让我上床的意思,上去又得并排躺着,我觉得别扭,车厢空气很污浊,也不困,便坐在司机旁边说话抽烟。

卧客出了城，又上来四个年轻人，上来了却不买票，司机也不问，我认得其中的一个，这是我教过的学生，听说当了混混。他是最后一个上车的，车子重新启动后，他朝我看了一眼，一愣，似想下去，又不好招呼同伙。四人便躲到后面大床上打扑克了。我这人师道尊严观念很强，我对我的老师，无论喜欢与否，哪怕只是教过一节课的老师，大礼是从不失的，我的学生无论你是干啥的，挣大钱的，当大官的，见了面不叫老师，那就请你一边待着去。司机小声给我说：这是几个土匪，小心点。我说：没事。我离开前排，去了后面我的床位。那几年到处都在流行车匪路霸，乘客都明白这几人是干啥的，忙把值钱东西胡乱藏掖。我觉得好玩，这不是给贼指路嘛！同床女人大概是做生意的，还颇有姿色，更紧张些，早坐了起来，看我一眼又一眼，是那种求助的眼神，我笑笑说，你睡里面吧。她忙不迭挪进去，给我留出三分之二的空铺，热情地请我上床。我开玩笑说，这样不好吧，萍水相逢的，就这样呀？她向我郑重地示眼色，我装作不明白，我说，嗨，别急呀，一千里路呢，干啥都来得及。她悄悄扯住我的胳臂，急得眼神纷乱如麻，轻声说：后面有流氓呢。我大声说，我怕个啥，我是男人，要钱没有，要色更没有。她狠拽我一下，吓得不敢说话。

　　卧客走出四十里路，到了一个大镇子，又要上客。那四个人呼啸一声，高喊道：下车喽！收起扑克，临出车门时，我的那个学生向我扬扬手说：马老师，再见啦！我喊着他的名字说：不送！危机解除了，车厢立即活跃起来，原来是这么回事！有人感叹说，当老师还是有好处呢，有的说，这学生还不错，当了土匪还认老师，是个好土匪。有人则挖苦我老师当得好，教出了土匪。我瞥见同床女人又试着把屁股往外床蹭，已蹭去了超过一半床位，便故意给大家说，这个娃其实很老实的，半道等着的那几个，连爹都不认，还认老师!同床女人身子一抖,忙又缩了进去,又热情地请我上床。我暗笑笑,一只脚搁在地上,和衣往那一歪,睡了个好觉。

那人确实是我教过的学生。学院附中成立之初,没有初中历史老师,院长派我去兼一学期历史课。一学期上完,我的工作太忙了,顾不过来,又请了一个老师,但学生不满意,一连换了两个,学生还不答应,教工子弟多,一批学生直接来找校长,希望让我给他们上课。看着这些少男少女信任的目光,我只好勉为其难。这个学生有点家族背景,行为已不是调皮了,而是坏,联络了几个社会小流氓,整哭过一个女老师,扬言要整哭所有的女老师,再整男老师。有一天,我正在平房教室上课,外面来了几个小混混,在那伸头探脑,打口哨,唱下流歌,学生的注意力不集中,那个学生歪坐在座位上,得意非凡。我提着教杆出去,问他们是干啥的,他们说找某某的,我警告他们这是上课时间,请他们立即离开,一个小子歪着眼睛出言不逊,我抡圆教杆要抽,他们见势不妙,落荒而逃。下课后,我把那个学生叫到办公室,问他是不是有一项宏大的计划,他不说,再问,他承认了。我说,你的计划实现起来有无困难,我愿意帮你。他说,他放弃计划了。我问他说话算数不,他说算数。

这个学生很聪明,历史课学得很好,在我的课堂上很遵守纪律的。这届学生升上初二后,有了新调来的历史老师,我不再兼课,听说那个学生却逃学了,一逃不回,流落于江湖,还混出了一些名头。没想到,在客车上邂逅,他居然还肯给我这个老师留些薄面。我便认定,这娃是会浪子回头的,过了几年,在另一个城市打出租车时,一辆拉着客人的绿桑,停在了我面前,他伸出头说:老师,我带你一程好吗?

二十四、悼词

连续写了四个月正经文章，不知读者因此正经了些没有，自己倒正经得有些招架不住，好像在与异性调情时说的是能上报眼的话，居家日常生活，却西装革履领带严肃一样，正经得过分，正经得不分场合地点，正经得让人感到你是居心叵测。当正经得自感累的时候，自感没意思的时候，其实，离不正经已经很近了。在我看来，不正经，或有意的不正经，倒不是什么大不了的坏事，有可能还是一种放松或自由呢，而令人可怕，或恶心的，是假正经。

现在，我们就不正经一回吧。

我要说的是，我长这么大，耍了这么多年笔杆子，目送过那么多人由人间走向天国，而我仅作过两篇悼词。按说，悼词是再正经不过的文字，关乎着对一个消失的生命的怀恋、悲伤和追思，岂可不正经？按说，我作悼词的缘由很多，当过三年秘书，单位上很多重要行政公文都出自我手，这期间，本单位好几位同事死了，悼词却不是我写的。我不想写，因为那几句规定的干巴巴的词语给除了敌人的任何人都能用，既然给任何人都能用的话，写这种悼词有什么意思呢；在几十年的生活经历中，有好几位童年玩伴遇难而殇，有好几位少年同学死于非命，我也没有写过悼词，我知道，我的文字无法复原那一个个生动的形象，而我记忆中的他们仍是那么生动。他们死了，我悼念的目的是要让他们活，而他们在我的心中本不死，笔下却死了，又怎能忍心使他们再死一次呢；还有我的几个老师，他们是名扬四海的学者，他们死了，各种悼念文章在各种媒体上纷纷亮相，悼念者一个个似乎悲痛得要追随而去，但我知道，在他们活着的时候，如今的这些涕泗交流的悼念者们，根本把他们没当回事，甚至盼他们早死，若果允许自由杀人的话，这一双双只可握住瘦笔杆的瘦胳臂们，早已向他们现今悼念的对象，不止一次地举起屠刀。人死了，他们眼前的山没了，他们便显得有些山的气象了，而借追述与倒下的山的源缘情分，就等于在给自个这座小山培土垫高罢了。我在这一篇篇悼词中看到的只是蝇营狗苟者的弹冠相庆。

也因此，我从不作悼词，尤其对我爱的人，我敬的人。然而，我还是做过两篇悼词的，这两篇悼词，至今还是朋友聚会时的笑料。

第一份作于1982年的冬天。我刚参加工作半年，每天早晨，我们这十几个刚分配到机关工作的小年轻，照例是要打扫办公室和院子的。那天，北风呼啸，气温降至零下二十度。都是不满二十岁的小伙子，玩兴正大，并不把寒冷当回事。我们把废纸和树叶集中起来，在楼后的垃圾场焚烧。火借风势，风助火威，我们跳着，喊着，唱着，闹着，这时，一位学中文的伙伴摇头晃脑当场给我作了一篇悼词，抑扬顿挫，文采灿烂，大家乐不可支。我也大笑，笑完，我说，你们学中文的写文章容易堕入程式，我给你来一个别致的。我随口说道：某某同志，生于1981年12月28日，卒于1982年12月28日，享年一周岁。他的一生是伟大的一生，是光辉的一生，他为国家节约粮食约二百吨，布匹约两千尺，其他物资不可胜计，他生如慧星之迅忽，死如闪电之耀亮。为了弘扬这种节约闹革命的精神，请大家向他致以崇高的革命的敬礼！呜呼哀哉，伏维尚飨。

举众为之绝倒。在那个寒冷的冬天，这篇悼词为我们刚踏上的人生之路制造出了一长串的欢乐。时光如贼，以特警之训练有素，也赶它不上，一眨眼，二十年的时光过去了，当年种种无状的毛头小子，不得不正经一些，哪怕是假正经，而在老朋友聚会上，当年在场的人都可完整地背诵我作的这篇悼词，引出幽远的温暖和如新的笑声。

第二篇悼词作于 2003 年 9 月 26 日。我随作家采风团去新疆周游一圈到喀什以后,采风团任务完成,要坐火车返回乌鲁木齐,可我想沿南疆和田一线,横穿塔里木和柴达木两大盆地,从青海回兰州。张弛先生,张存学先生也久蓄此意,三人一拍即合,便脱离大部队行动。漫漫流沙,迢迢驿路,各种辛苦与欢乐,片言难表。万里征程,无尽荒寒,我们终于到了青海的德令哈。张弛说,此处发现一个外星人基地,我们去看看。好不容易租到一辆曾去过那里的昌河面包,荒原上奔驰百里,到了目的地。这是一个叫玉素湖的所在,与身边的一个湖是姊妹湖,却一个是咸水,一个是淡水。玉素湖是咸水湖,外星人基地便在这里。司机带上情人躲到一块巨石后忙乎去了,举目茫茫,三人成众,水是虚假的清,天是虚假的蓝,云是虚假的白,不到此地,是绝对见不到那种概念意义上纯粹色彩的。三颗感恩的心被这万古荒原灼烧着。张驰兴起,要下湖游泳,不料,湖底青石板极为光滑,一跤跌倒,利刃般的石尖割破了脚趾,鲜血像一根红绸带,飘摇于光可鉴人的湖面。都吓坏了,一看,却无大碍。虚惊过后,他兴致更浓,倒给我俩作起悼词了。我俩不甘示弱,攻击他是张国焘,分裂了革命队伍,把我们引上了歧途。因为,他是作协副主席。

闹了一会儿,我说张主席虽然犯了错误,但自己也受伤了,为了体现人道主义精神,我给咱张主席作篇悼词吧。虽只隔了两年,原话却忘了,只记得最后一句:

张弛同志永垂不起!

后来,在一次聚会中,我们说了这事,惹得朋友喷饭,为示惩罚,藏族诗人才旺瑙乳竟把这句话强加于我,给我写了首诗,广泛传扬,诗曰:

舞剑纸上,
洗手床上,
自悬一匾:
永垂不起。

为正视听,如今我把这句话的源流本末披露于世,万勿以讹传讹,张弛先生与我交好多年,我仅此一言相赠,怎好中途又收回之理?再说,我们都是守法良民,捐赠之物权益归受赠人所有。法不可违呀,亲爱的朋友!